Oceani. 266

*Della stessa autrice*
*presso La nave di Teseo*

Ho fatto la spia
Una brava ragazza
La figlia dello straniero
Pericoli di un viaggio nel tempo
Blonde
La notte, il sonno, la morte e le stelle
Sorella mia unico amore
L'altra te
Respira
Babysitter
Dammi il tuo cuore
La madre che mi manca

# Joyce Carol Oates
# Il macellaio

## (Il padre della moderna Gino-Psichiatria)

Traduzione di Chiara Spaziani

La nave di Teseo

Titolo originale: *Butcher*



This translation published by arrangement with Alfred A. Knopf, an imprint of The Knopf Doubleday Group, a division of Penguin Random House, LLC.



ISBN 978-88-346-1924-7

Prima edizione La nave di Teseo novembre 2024

*Per tutte le Brigit – quelle senza nome e quelle che un nome lo hanno,*
*quelle ridotte al silenzio e quelle la cui voce è stata ascoltata,*
*quelle che sono state dimenticate e quelle cui la storia ha reso onore*

Come Colombo guardò stupefatto il Nuovo Mondo, come Copernico e Galileo scrutarono nell'alto dei cieli, così io, Silas Aloysius Weir, dottore in medicina, ho rivolto lo sguardo nell'oscuro mistero della vagina femminile – il solo tra gli uomini, fino a ora.

SILAS ALOYSIUS WEIR, dottore in medicina

Un chirurgo deve avere il cervello di un Apollo, il cuore di un leone, e la mano di una donna.

Sir JOHN BELL

C'è stata gioia, tra il dolore.
Tra il dolore, gioia.
Perché il dolore-gioia è stato più
intenso per noi
della semplice/sola
Gioia.

BRIGIT AGNES KINEALY,
*Una fanciulla smarrita, e ritrovata.*
*La vera storia di un'orfana da lei raccontata*

# Nota del curatore

È qui proposta una biografia a diverse voci, principalmente quella del mio defunto padre, Silas Aloysius Weir, dottore in medicina (1812-1888), direttore per trentacinque anni dell'Istituto del New Jersey per donne malate di mente, a Trenton: ritenuto dai suoi colleghi medici, chirurghi e psichiatri il "Padre della Gino-Psichiatria" – ovvero, di quella branca della psichiatria specializzata in patologie femminili. Ma Silas Aloysius Weir è stato un pioniere anche in altri ambiti della scienza medica, come questa biografia rivelerà.

In origine, in qualità di esecutore testamentario di mio padre, era mia intenzione raccogliere una serie di testimonianze dei suoi colleghi riguardo al lavoro avanguardistico di Silas Aloysius Weir, in occasione della (decima) commemorazione della sua morte; gran parte di questa intenzione primigenia rimane invariata, certo, sebbene sia stata ampliata da altri documenti, messi a disposizione da fonti impreviste, nonché dalle mie stesse parole a commento.

Sono giunto alla conclusione che una corretta rappresentazione della vita e della carriera di Silas Aloysius Weir sia stato un obiettivo quasi impossibile da perseguire. Essendo stato un precursore coraggioso e risoluto nel suo campo, mio padre, com'è naturale, ha suscitato nei suoi confronti una buona dose di acredine, rivalità e biasimo; dopo la sua morte, i punti di vista sul suo valore si sono irrigiditi, finendo in genere per percorrere due alternative, di *sostegno* o *condanna*.

Nondimeno la mia posizione, in quanto esecutore, ma anche suo primogenito, è, mi auguro, *oggettiva*.

Va detto, comunque, che Silas Weir è stato un ricercatore scientifico piuttosto unico nel suo genere, un pioniere non solo nel campo psichiatrico ma in quello della Gino-Psichiatria, un'area di specializzazione a oggi controversa; mio padre, insieme al suo consanguineo Medrick Weir, è stato fondatore di questa branca di studi che ancora oggi vanta un seguito, benché scarno. In alcuni ambienti, mio padre è stato accusato di aver approfittato come medico delle sue pazienti (impotenti) per avvantaggiarsi nella sua carriera, e per più personali e oscene ragioni; ciononostante, resta vero che nessuno dei più ortodossi medici della sua epoca si prestava a visitare il tipo di paziente (donne) cui si dedicava mio padre, tanto meno a "curarne" le patologie. Perché all'ospedale di Trenton, le pazienti di mio padre erano per lo più indigenti, "gli scarti e i detriti della Terra", come le definiva lui. Sebbene per un periodo abbia avuto anche un fiorente studio privato a Trenton, rivolto a pazienti benestanti, nutriva il maggior senso di responsabilità nei confronti delle anime afflitte dell'Istituto del New Jersey per donne malate di mente. Riteneva il suo incarico una forma di sacra fiducia accordatagli dal governatore di stato, dalla commissione per la sanità pubblica del New Jersey, dai contribuenti dello stato del New Jersey, e dalla Provvidenza stessa, in cui mai ha smesso di riporre fede.

(In effetti, è un tema piuttosto ricorrente nell'autobiografia di Silas Weir la convinzione che, qualsiasi cosa facesse, fosse la *Provvidenza a guidare la sua mano*. Le più insignificanti tra le sue mansioni, riteneva mio Padre, erano essenziali al suo destino; ciò che noi, di una generazione più giovane, attribuiremmo al semplice caso, se non alla capricciosità del fato, mio Padre lo interpretava come il volere di Dio.)

Non posso negare che commenti volgari circolassero sul conto di Silas Weir, da parte di persone che poco sapevano di lui; persino tra i Cleff, i parenti di mia madre, dai quali devo ammettere di essermi estraniato, per ragioni che si chiariranno nel corso di questa biografia.

Dunque, le testimonianze fornite dalla schiera di colleghi medici di mio Padre si sono dimostrate per lo più deludenti, e in ogni caso sarebbero risultate piuttosto noiose da leggersi: racconti agiografici da parte dei suoi più stretti collaboratori e difensori; furibonde espressioni di sdegno, disgusto e disapprovazione dai suoi detrattori. Poiché non intendo chiedere testimonianze ai parenti di mio Padre, dai quali pure mi sono allontanato, va qui ravvisata una penuria di materiale biografico, a eccezione di quello fornito da mio Padre stesso, in estratti selezionati dalla sua autobiografia (di postuma pubblicazione), *Cronaca della vita di un medico*, che ho revisionato per includerli alla presente.

(Con l'obiettivo di divulgare informazioni esaustive, dovrei sottolineare che l'autenticità e l'accuratezza dell'autobiografia di mio Padre è stata messa in discussione da alcuni storici. In particolare, Silas Weir è stato accusato di aver enfatizzato eccessivamente i suoi "successi" chirurgici e di aver deliberatamente evitato di riportare i suoi fallimenti più rilevanti, come un medico è eticamente tenuto a fare. In seguito a un incendio devastante nel marzo 1861 all'interno del laboratorio di Silas Weir nell'ospedale di Trenton, la documentazione relativa ai suoi più controversi esperimenti è andata perduta; tutto quello che si conosce degli esiti coincide con i fatti che mio Padre ha voluto tramandare nella *Cronaca*.)

Ciò che ho composto, infine, è, come spero, un ritratto efficace e autentico di mio padre, Silas Aloysius Weir, dottore in medicina, basato su un coro di testimonianze: alcune chiaramente orientate e altre più oggettive. La più inattesa, essendo la più spietata, è la Sezione V, tratta dal noto memoir della più famosa tra le ex pazienti di Silas Weir, Brigit Agnes Kinealy, intitolato in modo provocatorio *Una fanciulla smarrita, e ritrovata. La vera storia di un'orfana da lei raccontata* (Matthew Carey Publishers, 1868), che fornisce un racconto diretto sulle pratiche e la personalità di mio padre impossibile da acquisire altrimenti, e straordinariamente divergente da quello di mio padre.

Un documento, perciò, di inestimabile valore nella travagliata storia della Gino-Psichiatria in cui, troppo di rado, agli oggetti di studio scientifico, ovvero *le donne*, veniva concesso d'avere una voce.

Che la mia eclettica biografia sia probabilmente destinata a essere giudicata "controversa" – addirittura "scandalosa" – da parte di molti lettori è un'inevitabilità che devo accettare, in quanto primogenito di Silas Weir che molto l'ha deluso, rimanendo, tuttavia, il suo erede e cronista più battagliero.

Jonathan Franklin Weir
Boston, Massachusetts
ottobre 1898

# Prologo, marzo 1861

*...avevamo appena cominciato ad ammazzare il Macellaio dalla mano rossa che già era finita. Caduto all'istante sul pavimento lurido come una stupida bestia colpita dalla mano di Dio che scivola e striscia nel suo stesso sangue. Un bambino frustato che piagnucola ormai senza speranza né vergogna, con i vestiti squarciati e strappati di dosso, nudo com'era, i genitali spappolati che gli sanguinavano tra le vecchie cosce giallognole le nostre risate come grida nel vederlo così. Alleluia! – l'urlo dell'iracondo Dio Geova degli Israeliti che persiste in quella gioia furiosa simile a un'alluvione che esonda dagli argini del fiume, le più audaci tra noi curve nell'ammazzamento, nella gioia dell'ammazzamento, i nostri coltelli che avevano fame del petto molle del Macellaio dalla mano rossa che ci aveva segregate, del cuore del Macellaio dalla mano rossa che ci aveva torturate, della pancia del Macellaio dalla mano rossa che ci aveva sodomizzate, persino mentre le più sagge tra noi strillavano – No! No, non dobbiamo farlo! – sarà la nostra condanna, se ammazziamo il dottore Macellaio.*

*Mi nascosi gli occhi perché non potevo guardare quello che avevamo fatto.*

# 1. Il giovane dottor Weir

*Il pretendente (1835)*
*Signorina Elias Rollins, nata Tabitha Tyndale*
*Chestnut Hill, Pennsylvania*

Che Dio ci perdoni! – non abbiamo saputo riconoscere il giovane genio apparso dal nulla in mezzo a noi, nell'autunno del 1835; come le stupide oche che eravamo, talmente accecate dalla nostra vanità e dal gonfiore delle nostre piume, scambiammo invero questo apprendista-dottore poco promettente per uno sciocco, benché in apparenza schivo e maldestro, e proveniente, dicevano, da una famiglia "molto rispettabile" della sua città natale, Concord, in Massachusetts.

Addirittura, *ridemmo* di lui, immaginandolo un *pretendente*! – di qualcuna tra *noi*.

Si presentò come "Silas Weir, dottore in medicina" – la voce solennemente grave che tradiva vanto. Di certo, il meno attraente in quella stagione tra gli scapoli di Chestnut Hill!

La prima cosa che si notava di Silas Weir: la pelle insalubremente giallognola, l'indizio supremo del genere d'uomo *coscienzioso*. La faccia di un giovane dottore tumulato troppo a lungo, immerso nei suoi testi di medicina, a operare in sale non arieggiate, e in quei posti orripilanti chiamati "obitori", dove i cadaveri vengono crudelmente dissezionati. Una faccia sia infantile che logora, con rughe d'ansia nella fronte (alta, ossuta) simili a segni marcati da una forchetta nell'impasto, e uno sguardo strabico negli occhi come per un senso di disagio, di colpa. Medio nell'altezza. La testa era sproporzionata sulle spalle gobbe e appuntite; i capelli a ciuffi crespi di una tinta indistinguibile, né scuri né chiari, che reclamavano un taglio più accurato; gli occhi incassati nelle orbite parevano occhi di roditore, umidi e scattanti. Aveva le orecchie curiosamente bianche, gli sporgevano dalla testa. Eppure, c'era una sorta di bizzarra dignità nel suo portamento, come in qualcuno mascherato da chi non è.

Il suo abito di lana scura e leggera era di buona fattura (aveva osservato mia Madre, occhio acuto) ma un po' stropicciato, come se ci avesse dormito dentro. La sua camicia di lino poteva essere stata indossata fresca quando era uscito dal suo alloggio nel lontano centro città, ma dopo pochi minuti trascorsi nel nostro salotto surriscaldato aveva cominciato a inumidirsi e il colletto inamidato aveva preso ad avvizzire. Dentro le nostre stoffe squillanti di seta e satin, costrette nei corsetti a stecca di balena, noi *giovani signorine* eravamo incipriate di talco, in quantità maggiore sotto le braccia e nell'abisso tra le gambe, che nome non aveva ed era perciò innominabile; se, per qualcuna di noi, si trattava di quel periodo del mese, creavamo tra le nostre cosce una spessa impalcatura di garze e bendaggi che presto si appesantiva di sangue salmastro indurito e ruvido contro la nostra tenera pelle, come la più grezza delle carte vetrate; anche questa impalcatura veniva generosamente incipriata di talco, perché, tra tutte le cose, inclusi persino i peccati e i più efferati dei crimini, il destino peggiore possibile era che *quel periodo del mese* si facesse visibile agli altri, e, tra gli altri, soprattutto agli uomini; e, tra gli uomini, soprattutto a coloro eletti a *buoni partiti*. Nell'ansia di venire scoperte, *fiutate*, *annusate*, *rilevate* dalle narici (maschili), eravamo perpetuamente in allerta, cosa che ci rendeva scattanti e (occasionalmente) crudeli, e d'occhio veloce, certo, perché non desideravamo esser colte di sorpresa.

Dunque, ci accorgemmo di Silas Weir con sussiego, e sollievo, poiché chiaramente eravamo in presenza di un *buon partito* la cui opinione per noi non aveva la minima rilevanza. I nostri pretendenti di Chestnut Hill ci erano noti sin dall'infanzia, e persino il meno affascinante tra loro era affascinante per noi, come qualcuno di famiglia; in verità, il giovane dottor Weir non era così tanto brutto quanto semplicemente *troppo ordinario* e privo di qualsiasi buona maniera.

Il notevole aspetto del maturo Silas Aloysius Weir, dottore in medicina, apparso sui giornali e di recente su "Harper's Weekly" – dall'aria così severa e sicura di sé, la mascella sporgente e gli occhi corrucciati, elogiato come uno scienziato ricercatore premiato e celebrato dalla Casa Bianca – è completamente diverso dal ricordo che ho del giovane dottor Weir dalla pelle giallognola.

Nel nostro salotto a Chestnut Hill nell'autunno del 1835, Silas Weir era un oggetto curioso a vedersi. Sorrideva quando avrebbe dovuto esibire un'espressione sobria, ed esibiva un'espressione sobria quando avrebbe dovuto sorridere. La sua bocca era all'apparenza molle tanto quanto prossima, per colore, allo stucco e ai vermi; l'idea che una bocca tale potesse *osare baciarti* ti faceva ululare di risate come un'ossessa. (Nessuna di noi si spinse tanto in là nell'immaginarselo, mi affretto a rassicurarvi!) Aveva l'atteggiamento di un quarantenne ma si diceva avesse solo ventitré anni!

Il suo accento risuonava nelle nostre orecchie davvero – singolare. Si sentivano parlare così persone di Boston, come se avessero un raffreddore; l'accento di Silas Weir era persino più marcato. Sebbene sapesse pronunciare parole dal suono affascinante – (*Aristotele*, *Galeno*, *contagio*, *dissanguamento*) – l'effetto era comico. Non saremmo riuscite a trattenerci dal ridere se ci fossimo azzardate a scambiarci uno sguardo come tante volte avevamo fatto a scuola e in chiesa, solo che non eravamo più bambine, ma *giovani signorine*.

Di tanto in tanto, come un serpente che fa guizzare la lingua, gli occhietti umidi di Silas Weir guardavano nella mia direzione: si spostavano rapidi dalla punta delle mie scarpette, che facevano capolino sotto la gonna pesante e la sottogonna, risalendo alla vita strizzata, fino al broccato ricamato del mio corpetto, percorrendomi la gola pallida e la faccia altrettanto pallida di cipria, senza avere però il coraggio di cercare i miei occhi.

Certo, non era colpa di Silas Weir se era divenuto un ospite fisso, tollerato a stento, al tè che ospitavamo ogni settimana nella nostra casa di Chestnut Hill – non si era autoinvitato. Il mio prozio Clarence Tyndale era il decano della nostra chiesa, la Prima chiesa episcopale di Chestnut Hill, alla cui congregazione Silas Weir si era unito; per pura carità cristiana, nutrito di buone intenzioni, zio Clarence aveva incoraggiato il "giovane dottor Weir" (come lo chiamava lui) a "far visita" alla nostra dimora. Silas Weir non conosceva nessuno a Chestnut Hill, o così si diceva. Si era appena laureato presso il college di medicina di Philadelphia e stava compiendo l'apprendistato dal nostro medico di zona, Ambrose Strether, che continuava a esercitare in modo ridotto poiché ormai vicino all'età del pensionamento (sessant'anni); non era esattamente un avvio promettente per la carriera medica di un giovane dottore.

(Soltanto dopo avremmo appreso che Silas Weir era stato "esiliato" – per così dire – dalla sua stessa famiglia, non avendo mantenuto gli elevati requisiti d'eccellenza che ci si aspettava dai Weir di Concord, Massachusetts; non si era distinto negli studi, non riuscendo di conseguenza a ottenere l'ammissione a Harvard, dove si erano laureati tutti i maschi Weir nella storia della famiglia.)

Senza dubbio, zio Clarence sperava di essere d'aiuto al giovane gentiluomo cristiano. Il monito di Gesù, *Ama il prossimo tuo come te stesso*, si era insinuato nella testa dello zio come il minatore smeraldino nei nostri imponenti frassini, rendendolo una seccatura per i suoi parenti.

*Un giovane scapolo cristiano di buona famiglia che ha studiato medicina. Che sa quale futuro lo attende. Voi giovani signorine lo accoglierete con gentilezza, ne sono certo. Lo farete sentire il benvenuto a Chestnut Hill, dove temo ci sia una lunga tradizione di "snobberia di classe".*

È passato così tanto tempo, da farmi girare la testa.

Avevo appena diciotto anni, mi ero diplomata presso l'accademia femminile di Chestnut Hill. La mia più cara amica, Fiona Fox, si era diplomata con me. Nella nostra cerchia c'era anche mia sorella (maggiore) Katherine, una bellezza contrita, e le nostre vivaci cugine June e Jetta. E Belinda Prescott, la figlia del giudice. C'è da dire, senza volerne fare un vanto, che in quegli anni, a Chestnut Hill, la nostra cerchia era *la* cerchia. Fanciulle delle migliori famiglie facevano a gara per essere nostre amiche così come i loro fratelli e cugini facevano a gara per "corteggiarci", ma noi eravamo giovani e viziate e sdegnose, cosa che ci rendeva crudeli.

Sì, lo ammetterò: eravamo *graziose*. Tutte!

E graziosamente abbigliate nei nostri frivoli vestiti floreali tutti trine e nastrini con i corpetti aderenti e le gonne che si allargavano giù fino al pavimento, nascondendoci le caviglie (sottili, avvolte in calze bianche); dentro ai nostri abiti eleganti eravamo obbligate a mantenere una postura estremamente eretta, una postura perfetta, talmente strette nei corsetti a stecca di balena da riuscire appena a respirare.

Il *mio* girovita di sessanta centimetri si riduceva a una circonferenza da silfide di quarantotto centimetri, tra il luccichio satinato del corsetto e le balze della gonna, concepita per attrarre lo sguardo di un giovane gentiluomo.

L'espressione turbata e annaspante sulla faccia di Silas Weir quando per la prima volta ci vide lì in esposizione, come gladioli in un giardino lussureggiante, ci fece rammaricare per lui – o quasi…

Tenendo il cappello con entrambe le mani mentre Lettie lo accompagnava dall'ingresso al salotto. Guardandosi attorno e sbattendo gli occhi come se una luce folgorante lo stesse accecando. Lesta, Mammina mise a suo agio l'ospite bislacco, o almeno tentò: il povero dottor Weir inciampò sui suoi piedi mentre si metteva a sedere accanto al focolare, arrossendo vistosamente.

Non si era mai ritrovato in compagnia di persone tanto raffinate, o così sembrava!

Non aveva mai visto *giovani signorine* come noi prima di allora, era ovvio.

Quante volte quell'anno, e per parte di quello seguente, Silas Weir fece ritorno a casa nostra non riesco a rammentarlo. Non gli prestammo davvero attenzione, visto che c'erano degli altri giovani uomini, di gran lunga più attraenti, provenienti da "buone" famiglie di Philadelphia, che si contendevano il nostro interesse; tra gli "scapoli più appetibili", Silas Weir rappresentava il più gracile della nidiata. Ma lui non lo sapeva – ovviamente.

Dopo la sua prima, bizzarra visita, il dottor Weir non mancò mai di portare dei fiori in dono per Mammina: spesso fiori volgari, ortensie nel pieno della fioritura, malvarosa e gigli tigrati persino! (È probabile che il dottor Weir trovasse quei fiori selvatici nei campi e nei fossi, come se noi non ce ne rendessimo conto.) Mammina non aveva cuore di deluderlo. Nessun'altra casa a Chestnut Hill gli aveva aperto le porte. Non erano il raffinato tè inglese in infusione o i deliziosi sandwich e *crumpet* che la nostra cuoca preparava ad attrarre quello strambo giovanotto, poiché in nostra presenza esibiva un appetito piuttosto scarso; se si portava una tazza di tè alla bocca, con mano tremolante, finiva per versarsene il contenuto sui pantaloni cadenti. Educatamente, gli rivolgevamo domande a cui lui, con ansia, sorridendo e mettendo in mostra i denti di forma strana e le gengive umide, rispondeva balbettando, come se fossimo mosse da un genuino interesse e non solo da una forma di garbo; oppure, persino peggio, a volte, e confesso di essere stata tra le colpevoli di tanta cattiveria, lo canzonavamo come si fa con i cagnolini goffi.

Cos'è che il giovane medico, destinato un giorno a divenire così famoso, ci raccontava nel nostro salotto di Chestnut Hill, una vita fa? Mi sembra di rammentare un'impacciata arroganza quando Silas Weir sproloquiava del suo proposito di far progredire il sapere umano e di "farsi un nome" nel campo della ricerca medica, tanto quanto di costruirsi una carriera in campo clinico e chirurgico; parlava della "chirurgia sperimentale" cui stava dedicando i suoi progetti, con la speranza di correggere "malformazioni congenite" nei bambini e persino nei neonati. Trasalivamo nel sentire termini così volgari come *labbro leporino*, *piede equino*, *occhi strabici* – espressioni crude che mai venivano pronunciate in occasioni sociali. La temibile parola *consunzione*, che il giovane medico s'azzardava a dire; vocaboli osceni come *cadavere*, *travaglio*, persino *utero*. (Ma forse non era "utero" la parola che Silas Weir usava, essendo un termine che non avremmo riconosciuto, visto che era, letteralmente, indicibile; forse, con il suo accento nasale del New England, lo strampalato giovane dottore in realtà diceva "tetro", un'espressione peculiare ma poetica che ricorda la poesia di Edgar Allan Poe.)

Sul decoroso brusio di voci sommesse cadeva improvviso un silenzio di piombo, mentre la voce di Silas Weir si diffondeva col suo timbro sciocco e tuonante; il giovane dottore arrossiva in modo violento e si guardava attorno come qualcuno, inavvertitamente apparso in pubblico scarmigliato e in disordine, che spera che nessuno lo noti.

Le mie amiche mi beffeggiavano senza pietà dicendo che "lo stupido Silas" era *innamorato* di me! Le mie cugine June e Jetta erano le più crudeli.

A giudicare da come si comportava Silas Weir se solo guardavo nella sua direzione, figuriamoci se scambiavo qualche parola con lui o se gli sorridevo, sembrava fosse proprio così; quando osava pronunciare il mio nome – "S-signorina Tabith-a" – lo faceva con voce talmente rotta e gracchiante che quasi perdevamo il controllo e scoppiavamo in uno scroscio di risate.

A mia volta, stavo attenta a non chiamare il giovane dottore in nessun altro modo che "dottor Weir". Di certo non l'ho mai chiamato "Silas". Nonostante ciò che pensavano gli altri, *non lo incoraggiai* nemmeno per capriccio.

Dunque, alla fine, Silas Weir si rese conto che Tabitha Tyndale non era attratta da lui, e spostò le sue attenzioni, alquanto disperatamente, sulla cara Fiona, la cui gentilezza d'animo non le consentiva di essere scortese nei confronti di nessuno, anche se goffo, e comunque neanche Fiona incoraggiò Weir; e poco dopo, quando le attenzioni di Fiona furono assorbite dal suo galante corteggiatore Rufus Clark, Silas Weir si rivolse, con ancora maggior disperazione, alla mia civettuola cugina Jetta.

Tra tutte le ragazze della nostra cerchia, *Jetta*! Smaniosa di giocare col cuore dell'ingenuo giovane come un gatto giocherebbe con un topo, prima con il topo vivo e tutt'intero, e poi solo con i resti del topo, con le sue interiora, il suo minuscolo cranio e, infine, col suo cuoricino gommoso.

Poiché Jetta aveva la tendenza a intrattenere, suscitando il riso a discapito del "topolino" (ignaro, inconsapevole) – il povero Weir si illuse che la vivace rossa Jetta, di diciassette anni, potesse, per un volatile istante, essere interessata a *lui*.

Che risate ci facemmo più tardi su quello sciocco, nella segretezza della mia camera da letto! Ero così costretta nei lacci che mi stringevano il torace, la vita, i fianchi e il didietro da provocarmi un dolore tale che quasi svenni e dovetti venir *slacciata*.

"Ragazzacce! È un atteggiamento spietato da parte vostra, e niente affatto cristiano. Il povero giovanotto vi adora tutte. È garbato da parte vostra ripagarlo in questa maniera?" – Mammina ci rimbrottò così, sospirando.

Di quei frizzi nel salotto durante i nostri tè del venerdì pomeriggio, Papino non sapeva nulla – per fortuna! Né Papino mise mai piede in uno di quei ricevimenti, per i quali, da bravo uomo d'affari calvinista su cui le relazioni sociali non avevano presa, non nutriva alcun interesse.

Alla fine, le sue figlie avrebbero sposato dei giovanotti che avevano la sua approvazione perché conosceva e rispettava i loro padri, come loro rispettavano lui; il resto erano solo innocui cicalecci e flirt.

Ma, la volta successiva che Silas Weir venne a casa nostra, porgendo in dono a Mammina un mazzo scompigliato di rudbeckie e pratoline, la simulazione di interesse di Jetta nei confronti del dottore era evaporata, poiché c'erano altri giovani uomini, più interessanti, al ricevimento; né Fiona gli riservò più che una rigida ed educata forma di cortesia, lasciandolo alquanto desolato. Quella volta, Elias Rollins aveva fatto ritorno a Chestnut Hill, con la sua uniforme da cadetto di West Point, una visione così incantevole che a malapena riuscii a distogliere lo sguardo; in un attimo, nonostante la mia postura perfetta indotta dall'invisibile corsetteria non desse assolutamente a vederlo, tutte le mie leziose difese *crollarono*.

Perché lì c'era un affascinante, giovane uomo il cui padre mio padre rispettava, visto che faceva affari con lui in città; lì c'era un giovane uomo che era davvero un *pretendente*.

Eppure, con fare maldestro, senza la minima idea di quanto stupido e futile fosse il suo comportamento, Silas Weir osò sistemarsi su una sedia rivolta a me, nel tentativo di unirsi alla conversazione che io ed Elias stavamo facendo, come un asino che tenta di giocare in un campo con due puledri purosangue. Guardai con freddezza il giovanotto sgraziato con quell'assurdo accento di Boston come se non l'avessi mai visto prima; non lo presentai a Elias, poiché non ne vedevo la ragione, fingendo di non sentire nessuna delle parole balbettanti che ci rivolgeva.

Mammina infine se ne accorse e si impietosì per Weir, si avvicinò e, prendendolo a braccetto, lo condusse da uno dei suoi vecchi parenti per introdurlo come uno dei "più promettenti giovani medici, arrivato da poco a Chestnut Hill".

L'espressione sulla sua tetra faccia equina! Il rossore profondo, gli occhi sottili da roditore e la bocca molle – non ci si aspetterebbe che uno stupido possa rimanere *ferito* a tal punto.

Fu quel pomeriggio, mentre Mammina salutava Silas Weir nell'ingresso di casa nostra, che lei gli sussurrò, con profondo rammarico: "Penso che non saremo a casa il prossimo venerdì, dottor Weir. Andremo via, capisce. Mi dispiace molto."

"Oh. Mi dispiace." Se qualcuno gli avesse dato un colpo in testa con un attizzatoio, Weir sarebbe stato meno stupito. "D-dove?"

"'Dove–'?"

"–andate?"

Silas Weir aveva posto quella rude domanda con un'ingenuità tale, con uno sguardo d'innocenza così infantile, che Mammina evitò di trafiggerlo a morte come forse avrebbe desiderato fare, e mormorò invece qualcosa sulla morte di un famigliare, un funerale, un periodo di lutto...

"Ah, capisco! Mi dispiace moltissimo. Posso porgerle le mie condoglianze, signora Tyndale?"

"Certo, dottor Weir. Certo."

Perfino quando la domestica irlandese lo accompagnò fuori da casa nostra e dalle nostre vite per sempre, fu con una smorfia di derisione appena malcelata.

Finalmente liberi dalla peste! Ce ne rallegrammo tutte, non avremmo sentito la mancanza di Silas Weir. Provavo tuttavia l'eco di un senso di colpa in mezzo a tutta la gioia vigorosa per il mio futuro emozionante. Almeno un'altra volta, con nostra grande sorpresa, Silas Weir si presentò a casa nostra, in occasione di un grande ricevimento natalizio.

Forse era stato zio Clarence a invitarlo, anche se zio Clarence negò poi; ma non escludemmo che il disperato "pretendente" tenesse d'occhio la nostra dimora, e, notando le persone che si riversavano in casa, avesse seguito gli ospiti all'interno, sapendo che in contesti di tale decoro difficilmente sarebbe stato messo alla porta.

Malato d'amore, gli occhi umidi da roditore che perlustravano la stanza, per poi fissarmi.

Ma, questa volta, ero determinata a scoraggiarlo. Decisi di avvicinare Silas Weir come mai avevo fatto prima, sollevando gaia la mano verso di lui – "Devo darle una notizia, dottor Weir – sono fidanzata!" – e gli mostrai trionfante il bellissimo cimelio di famiglia che avevo ricevuto come anello di fidanzamento, un diamante squadrato circondato da rubini, appartenuto una volta alla bisnonna di Elias Rollins.

I suoi occhi, illuminatisi mentre mi rivolgevo a lui, si oscurarono come l'ombra melmosa di uno stagno, e la bocca gli cascò per lo sgomento. Non mi vanto di ammettere che fui priva di cuore. Sono certa che il mio sguardo rifulgesse di trionfo. Come quando calpesti una falena che non intendevi calpestare, che non intendevi ferire, e adesso quella patetica creatura sbatacchia le ali e sfarfalla nell'erba e tu provi soltanto un inspiegabile *fastidio*.

Nonostante lo shock, il dottor Weir riuscì a farfugliare delle congratulazioni. Per fortuna, il mio galante fidanzato Elias non era presente, cosa che rese l'incontro in qualche modo meno penoso per Weir, che fece del suo meglio per riprendersi e non scappare via all'istante. Nell'intera sala, infatti, era caduto il silenzio, perché il mio gesto crudele nei confronti di Silas Weir era stato accolto con una sorta di fremito nei cuori di Fiona, Katherine, Belinda, June e Jetta, che, provate dall'ansia e dalle aspettative nei confronti degli uomini più desiderabili che conoscevamo, potevano rilassarsi e godere del nostro puro e composto disprezzo per quell'intruso.

Dopo quell'episodio, il giovane dottor Weir scomparve dalle nostre vite. Nutrivamo un così scarso interesse nei suoi confronti che non facemmo mai domande su di lui né ci venne mai in mente, fino a quando zio Clarence non ci informò, mesi dopo, che Silas Weir aveva lasciato Chestnut Hill e il suo apprendistato con Ambrose Strether in modo "alquanto improvviso", per ricoprire una posizione in New Jersey.

*

"Tabitha! Questo dottor 'Weir' – 'Silas Aloysius' – è il nostro dottor Weir?"

Benché invecchiata, Mammina poteva vantare lo sguardo acuto di sempre, avendo colto un viso dalle sembianze famigliari sull'ultimo numero di "Harper's Weekly", che mi porgeva con espressione imperativa.

"Perché, penso – sì – penso sia lui. 'Silas Aloysius Weir' si fa chiamare ora, a quanto pare..."

Guardai il ritratto di un gentiluomo di mezza età piuttosto distinto con folti baffi. Mi sentivo alquanto a disagio. E il sorriso sarcastico di Mammina non mi era di grande aiuto.

In decenni, nessuno a Chestnut Hill aveva mai rivolto un pensiero a "Silas Weir, dottore in medicina". Aveva attraversato le nostre menti senza lasciare tracce più significative di una qualsiasi delle nostre serve a contratto irlandesi che lavoravano duramente nelle nostre dimore, arrivavano alla fine del loro contratto e venivano sollevate dalla servitù con una piccola paga e le benedizioni di Papà, per poi essere rispedite sulla loro strada e dimenticate. Fino a quando, anni dopo, si venne a sapere che il dottor Weir aveva ricevuto un importante riconoscimento dall'Associazione nazionale di scienza medica per le sue "profonde innovazioni" nella chirurgia che riguardavano "l'anatomia femminile"; era definito, cosa ancor più sorprendente, il "Padre della moderna Gino-Psichiatria".

*Gino-Psichiatria*! Una parola che si poteva a malapena mormorare, tanto osceno e allarmante ne era il suono.

Avevamo solo un vago sospetto di ciò che significasse Gino-Psichiatria – in apparenza, una specializzazione medica "mentale" che riguardava le donne. Ma una specializzazione piuttosto rara, non c'era nessun medico a Chestnut Hill con una formazione in quel campo.

In che cosa consistessero le innovazioni mediche del dottor Weir, non so dirlo. Diedi solo uno sguardo all'articolo su "Harper's

Weekly". Mi sarei sentita di certo mancare apprendendo nel dettaglio questioni riguardanti il *corpo femminile*; i miei nervi sono talmente logori che certe parole hanno il potere di sconvolgermi.

Ancor di più, i ricordi indesiderati di una gioventù da così tanto tempo svanita, in cui ero talmente bella da poter ridere con crudeltà di un "pretendente"...

Ah, dottor Weir! Dopo dodici gravidanze, sette aborti e cinque nascite, benedette da due bambini rimasti in vita, ora entrambi adulti, e sette nipoti (ancora vivi), temo che non riconoscerebbe la sua maliziosa Tabitha.

I miei nervi non sono più così saldi come lo erano un tempo, né i miei pensieri altrettanto giocosi e frizzanti. Le caviglie gonfie e le gambe crivellate dalle vene varicose a malapena riescono a sostenere la mia corpulenza. Le mammelle a cui è ridotto il mio seno mi affonderebbero nella pancia come sacchi di sabbia, se non fossero severamente costrette dentro a una robusta biancheria intima.

Trovo così gravoso il solo *pensare*, figuriamoci se riesco a *rammaricarmi* – non so di cosa poi...

Ed ecco Mammina che tira fuori l'argomento del dottor Weir per rimproverarmi, come se non fossi una donna di mezza età dalla pelle costantemente arrossata e i capelli sempre più radi, ma una giovane ragazza cocciuta, con un girovita di quarantotto centimetri.

"Ero convinta che il giovane dottore fosse un uomo molto promettente, come ricorderai – *tu* e le tue sorelle foste delle sciocche a pensare diversamente. Se la tua testa non fosse stata traviata dai Rollins, e avessi invece sposato il giovane galante Silas Weir – a quest'ora saresti la moglie del Padre della Gino-Psichiatria..."

*L'apprendista (1835-1836)*
*Milton Thorpe, dottore in medicina*
*Chestnut Hill, Pennsylvania*

*Lui!* Difficilmente potrei dimenticarmi di "Silas Aloysius Weir" – come si fa chiamare ora.

Il fatto è che, quando lo conoscevamo noi a Chestnut Hill, lui era "Silas Weir" – non aveva niente di speciale lui né la sua laurea al college di medicina di Philadelphia, dove l'intera durata del corso di studi era solamente di *quattro mesi*.

I miei ricordi di Silas Weir risalgono all'anno turbolento che trascorremmo insieme presso lo studio chirurgico del dottor Strether, entrambi apprendisti dell'anziano medico; io, più grande di due anni, con la mia laurea (come la sua) al college di Philadelphia, e Weir, appena laureato nel 1834, molto giovane e privo di esperienza per un ventitreenne.

In effetti, Silas Weir non era un medico molto promettente, tantomeno un promettente chirurgo. Mi informò che tra i Weir del Massachusetts c'erano vari medici "di grande fama", e che uno dei suoi zii era un astronomo famoso di Harvard; cosa che, ovviamente, mi incuriosì parecchio sul perché Silas avesse frequentato una scuola di medicina di così più basso livello, e non piuttosto Harvard o l'Università della Pennsylvania, anche se non fui così maleducato da domandarglielo.

Weir mostrava un vero e proprio timore nell'approcciare un paziente nella sala visite di Strether – ogni volta mi esortava ad "andare per primo", e mi seguiva poi nella stanza.

A meno che Strether non si rivolgesse a lui per spingerlo ad azzardare un'ipotesi, Weir rimaneva a bocca chiusa per tutta la durata della visita, osservando con occhi intimiditi la persona sofferente, se era un uomo; se era una donna, a malapena osava guardarla.

A volte, notavo che Weir *tremava* visibilmente, come se avesse freddo.

(E in effetti, Weir sembrava avere di frequente freddo. Aveva le unghie delle mani livide, spesso anche le labbra, quando era brutto tempo. Le orecchie, che erano alquanto più grandi di un paio di orecchie normali, e un poco appuntite, erano bianco-ceree come fossero congelate.)

Di conseguenza, dovevo assistere io il dottor Strether per la maggior parte del tempo, cosa che non mi importava, visto che così avevo la possibilità di apprendere sul campo parecchie pratiche mediche della vecchia scuola, mentre Weir si faceva piccolo in un angolo, da codardo qual era.

Perché presto divenne evidente che Weir era molto poco a suo agio con il *corpo* – un impedimento di un certo rilievo per un dottore! Chiaramente non aveva avuto alcuna esperienza intima con una donna, e di certo non ne aveva mai guardata una nuda. La vista di una donna svestita, persino di una donna semisvestita allora terrorizzava molti giovani cristiani, e Weir era uno di loro; anche le giovani donne cristiane di buona famiglia non avevano idea di come fossero fatti i loro stessi corpi privi d'abiti, poiché era stato insegnato loro che era un peccato indugiare con lo sguardo sulle proprie parti intime, se non addirittura un segno del demonio. Ovviamente, non avevano alcuna nozione riguardo ai meccanismi fisici della *procreazione* e arrivavano al matrimonio in questo stato di profonda ignoranza.

In aggiunta al comune imbarazzo, Weir sembrava provare, come parecchi uomini e ragazzi della sua epoca, una ripugnanza peculiare per le "parti intime" femminili; un'innegabile attrazione, come si è attratti dal proibito e dall'osceno, ma, soprattutto, un ribrezzo viscerale, che si faceva palese disgusto.

Col tempo, come sarà rivelato nella sua autobiografia, Silas Weir avrebbe avuto poca difficoltà nel curare donne delle *classi inferiori*, in particolare serve a contratto e immigrate irlandesi che considerava "selvagge"; ma in presenza di donne di "buona famiglia" si ammutoliva.

Più erano distinte, più erano facoltose, più Weir si tirava indietro come se fossero dee, come se gli ricordassero le donne della sua stessa famiglia e le sue vicine di casa a Concord. Essendo lui stesso una specie di *déclassé* in quanto figlio minore, un candidato improbabile a ereditare una fetta cospicua del patrimonio paterno, Weir era ossessionato dalla speranza di un buon matrimonio, attraverso l'unione (implausibile) con una delle giovani ereditiere di Chestnut Hill.

Avvicinandosi al pensionamento, e con tutti i giovani medici che affollavano il benestante sobborgo di Chestnut Hill, nei pressi di Philadelphia, il dottor Strether aveva perso i suoi pazienti più agiati; la maggior parte delle donne che visitava erano vedove e figlie di commercianti locali, di operai e manovali, d'insegnanti sottopagati e gente simile, con una spruzzata di domestiche e braccianti, mandate dai loro datori di lavoro. Alcune delle donne immigrate, le più povere, rimanevano sorprese di venire visitate, spogliate, i loro corpi mammiferi gonfi e grotteschi per le tante gravidanze che emanavano spesso un odore ripugnante; visitare accuratamente femmine di tal genere è una sfida per qualsiasi dottore, persino per un medico maturo come Strether.

"Dovrà imparare a trattenere il respiro, Silas," lo riprendeva Strether, con un sorriso impietosito rivolto a Weir e uno sguardo di divertita complicità lanciato a me, "se vuole essere un dottore. Ai nostri compagni del clero va molto meglio, avendo a che fare con anime impalpabili che non emettono odore alcuno."

Weir provò a ridere, in modo flebile. Ti veniva quasi da dispiacerti per lui, per quello sguardo annaspante e malato che albergava sulla sua tetra faccia equina.

"Sì. Mi ripeto: 'Gesù ci ama *tutti*.'" Ma l'espressione sulla faccia di Weir raccontava tutt'altro.

Vi chiederete come avevamo ottenuto la certificazione alla professione medica, avendo così poca esperienza con i pazienti? Al college di medicina di Philadelphia il metodo privilegiato di insegnamento erano le lezioni, spesso di natura alquanto ottusa e inconsistente, tenute da un vecchio professore e medico dalla voce così monotona che spesso ci faceva appisolare. A differenza degli studenti di medicina di scuole più rinomate, come la scuola di medicina dell'Università della Pennsylvania, noi non incontravamo pazienti; noi non visitavamo ospedali; noi non facevamo alcuna ufficiale esperienza della malattia. Le nostre lezioni riguardavano l'anatomia umana, con molta enfasi sulla memorizzazione delle parti del corpo, così come sulla miriade di ossa che compongono lo scheletro umano. Un medico che esercita non ha alcuna ragione concreta per ricordare informazioni del genere visto che, con tutta probabilità, come il dottor Strether, tiene nel suo studio libri di medicina e tavole da consultare. Il pensiero allora vigente era *Nel dubbio, far sanguinare* – il paziente, ovviamente; ma avevamo pochissima esperienza diretta con il vero e proprio drenaggio del sangue dalle vene, una procedura complessa che avremmo imparato nel corso del nostro apprendistato con i medici più anziani.

Ci facevano assistere alla dissezione dei cadaveri ma non eravamo autorizzati a partecipare, con nostro sollievo. C'erano poche salme disponibili a scuola, e la maggior parte erano ridotte a resti putrefatti e derelitti di povera gente, dopo che le università mediche più prestigiose avevano fatto la loro selezione dei campioni più validi.

Per gli "esami clinici" ci esercitavamo su manichini progettati per riprodurre l'anatomia maschile e femminile.

Sebbene non fossero troppo rassomiglianti al vero, con gli occhi ciechi e assenti e un'epidermide priva di pori, color sabbia, apparivano realistici in modo disturbante ai più impressionabili tra noi che erano ancora dei giovanotti, a malapena più che ragazzi, e alquanto privi di esperienza; persino una rudimentale rappresentazione dei *genitalia umani* era scioccante ai nostri occhi. Ancor più traumatizzanti erano i manichini delle donne "incinte" con le pance gonfie che, orribilmente spalancate, rivelavano i "feti" al loro interno; questi feti, destinati a essere espulsi dal ventre del manichino attraverso un percorso uterino, erano di un disgustoso color carne... era probabile che studenti inesperti come Silas Weir si sentissero svenire, o avessero la nausea, di fronte a una vista tanto ripugnante.

Poiché nella maggior parte dei casi i bambini venivano fatti nascere non dai dottori ma dalle levatrici, la nascita non era un argomento tenuto in seria considerazione all'interno della comunità scientifica. Solo in occasione di un parto insolitamente difficile che coinvolgeva una donna di una buona famiglia, veniva fatto venire un medico e gli si chiedeva di assistere come favore personale al capofamiglia; altrimenti era sensibilità comune accettare che un certo numero di neonati morisse alla nascita, o poco dopo. Una madre in salute poteva perdere sangue fino a decedere nel corso di un parto, o sviluppare una febbre molto alta e morire, per una qualche causa misteriosa che nessuno poteva determinare. ("L'infezione" era un dato evidente – ma cosa l'aveva provocata? E come bisognava trattarla? Fare un salasso a una paziente che già aveva perso una notevole quantità di sangue non sembrava la scelta più efficace. Aristotele non aveva affrontato questa problematica medica, ma, se l'avesse fatto, sicuramente l'avrebbe ascritta a una sorta di *isteria* del sangue, legata all'utero. Ma come bisognava trattarla?)

Il problema era che i manichini sono inerti, indifferenti al "dolore", e non iniziano improvvisamente a perdere sangue nel corso del travaglio. Dunque, noi giovani medici eravamo mal preparati a un parto vero e difficoltoso. Si supponeva che un giovane medico avrebbe imparato tutto ciò che aveva bisogno di sapere nel corso del suo apprendistato con un medico esperto, come qualsiasi giovane apprendista lo fa con un lavoratore più anziano, in ogni categoria di commercio; perché la medicina, all'epoca, era una categoria di commercio e non una professione riconosciuta. Ci si aspettava da uno studente in medicina la memorizzazione meccanica di ogni parte del corpo, ma non la conoscenza di *come* il corpo vivo funzionasse veramente; il corpo preso a modello era quello di un maschio (bianco) nel fiore degli anni, mentre le donne e i bambini erano di secondario interesse.

Il primo incontro di Silas Weir con una donna incinta fu catastrofico – per lui: la sola vista della donna (completamente vestita) nello studio del dottor Strether con il suo ventre gonfio, seduta in modo bislacco in modo da mostrare, al vaglio accigliato del medico, il reticolo grottesco di vene varicose che le percorreva le gambe bianche e carnose che aveva scoperto tirando giù le spesse calze lo fece crollare a terra come una pera cotta!

Fui io a far riprendere i sensi a Weir con i sali. Con voce tremolante mi disse di aver intravisto le gambe nude delle sue sorelle quando erano bambini, ma mai in vita sua aveva visto le *gambe nude* di qualsiasi donna adulta e non aveva idea di quanto "volgari, oscene e pelose" fossero – non molto diverse dalle sue.

Fortunatamente, le femmine venivano visitate più o meno del tutto vestite, e i maschi svestiti solo in parte. Se lo riteneva necessario, Strether poteva "apporre le mani" su un paziente maschio ma, potendo evitarlo, preferiva non toccare le pazienti femmine. I suoi apprendisti erano ancor più diffidenti. Non avevamo nemmeno mai sentito un vero e proprio battito cardiaco con uno stetoscopio, fino a che Strether con ruvidezza non ci impose di farlo – "Venite qui! Vediamo se batte qualcosa qui dentro."

L'umorismo del vecchio dottore poteva essere un po' stiracchiato, di tanto in tanto. Una volta, mentre stava visitando un paziente più anziano (maschio), Strether passò lo stetoscopio a Weir per sentire il battito cardiaco, reggendo al contempo lo strumento in modo da coprire con le dita la trasmissione del suono; Weir impallidì tragicamente mentre ascoltava invano ed esclamava infine: "Mio Dio! Gli si è fermato il cuore!" – anche quando Strether mi fece un occhiolino e cominciò a ridere con parecchio gusto.

Ancor più divertente comunque era il terrore di Weir alla vista del sangue. Delle volte, *alla sola prospettiva della vista del sangue.*

Col tempo, si scoprì che Silas Weir aveva insistito per frequentare la scuola di medicina contro le obiezioni del padre, perché Percival Weir, evidentemente, non teneva il figlio minore in grande considerazione; la sua paura alla vista del sangue, così come per ogni altro fenomeno naturale, era ben nota all'interno della famiglia, e ridicolizzata. C'era un fratello maggiore di nome Franklin, di gran lunga il favorito, che si era laureato con lode alla scuola di medicina di Harvard, e che aveva intrapreso una promettente carriera come chirurgo a Boston. Persino un fratello più giovane, che si era appena laureato a Harvard, aveva un brillante futuro spianato come ricercatore in chimica. Tutto ciò che Silas tentava si scontrava ferocemente con i successi di questo fratello e si rivelava inadeguato.

Con riluttanza, il padre di Weir acconsentì a pagargli la retta al college di medicina di Philadelphia solo perché Silas non aveva esibito altre capacità o inclinazioni – per la legge, per l'istruzione, persino per il ministero; era certamente improbabile che sposasse una facoltosa ereditiera di Boston, o che si trovasse una posizione rimunerativa negli affari o nella finanza. I medici che non avevano clienti agiati, soprattutto i dottori che operavano in aree rurali, non erano visti in modo così diverso dai tuttofare ambulanti che venivano chiamati per le riparazioni, e venivano pagati pochissimo, sempre se venivano pagati: sembrava che Silas Weir fosse destinato a una degradata esistenza di quella stregua, con il ribrezzo dei Weir di Concord, Massachusetts.

Quando chiesi a Weir come sperasse di non far scoprire al dottor Strether il suo terrore del sangue, Weir mi implorò: "Puoi aiutarmi, Milton? Ci sto *provando.*"

Quando un giovano operaio venne portato nello studio con un piede quasi reciso per un incidente con un'ascia, Weir rimase in un angolo immobile e tremante mentre io e Strether provammo coraggiosamente (seppur futilmente) a salvare l'uomo dal morirci dissanguato davanti agli occhi; un'altra volta, Weir (con riluttanza) mi assistette mentre operavo, con fretta convulsa, attorno a una ferita che sanguinava in modo copioso sulla testa di una donna che era caduta su dei gradini in pietra all'esterno di una chiesa di Chestnut Hill, sbattendo il capo su ogni scalino e lacerandosi il cuoio capelluto tanto da farlo quasi staccare dal cranio – e questa donna, robusta, di mezza età, apparteneva a una famiglia del posto molto conosciuta.

Un'altra volta, Weir svenne mentre assistevo Strether nel rimuovere le dita incancrenite e malamente imputridite dal piede di un paziente (diabetico) che dovette essere legato sul lettino così che potessimo "operare" – ovvero, amputare con una sega.

Durante i travagli che duravano fino a tre giorni e richiedevano al medico imbrattato di sangue di inserire un forcipe nell'utero spalancato della madre per tirare fuori il neonato vivo o, più plausibilmente, morto, oppure, cosa ancor più sanguinosa, di eseguire un cesareo improvvisato, senza anestesia – Weir doveva chiudere gli occhi, e mormorare preghiere tra sé e sé per evitare di svenire.

Una volta, per delle emorroidi dolorosamente gonfie che affliggevano un paziente (maschio) corpulento fu necessario praticare la dura operazione nota come *écraseur* – l'arresto di flusso di sangue alle emorroidi utilizzando uno strumento che somigliava a una garrota. Poiché anche questa operazione veniva eseguita senza anestesia, il paziente doveva essere incatenato a un tavolo, per la sua stessa incolumità; tale era il dolore che dimenandosi e scalciando avrebbe colpito Strether, mentre questi brandiva lo strumento con un'espressione di intensa concentrazione, se non di disgusto, prima di passarlo a me, suo apprendista; e poi a Weir, le cui dita l'afferrarono con precarietà, poiché s'era fatto scivoloso per il sangue.

Strether si rivolse a Weir con durezza: "Lo prenda, Silas, e lo usi in modo appropriato – o lei, qui a Chestnut Hill, avrà chiuso."

Weir, dunque, provò a maneggiare lo strumento con le sue mani goffe; per sua fortuna, il paziente che fino ad allora stava strillando era a quel punto svenuto, e non oppose resistenza alcuna. Ma, anche così, Weir fallì nell'operazione, lasciando cadere l'*écraseur* a terra, dove si sporcò completamente.

Con pazienza, Strether intimò a Weir di riprendere, perché rimaneva soltanto un'emorroide gonfia, e, dopo alcuni, laboriosi minuti, il tremulo giovane medico riuscì a restringerla.

"Vede, Silas – deve soltanto perseverare. Chissà, magari un giorno riuscirà a godere di questi più ardui momenti."

Più tardi, mentre ci stavamo ripulendo, Weir mi chiese con faccia cinerea se io fossi stato consapevole dell'esistenza di quegli orrori nel creato di Dio – perché *lui* di certo no.

Con freddezza gli risposi, "Per Dio, tutte le cose visibili sono uguali, direi."

"*Tutte le cose visibili* – 'uguali'? Non riesco a crederlo."

Weir mi fissò senza capire. Il suo Dio era il Dio di John Calvin, orgogliosamente sprezzante verso la debolezza umana, fin troppo incline a considerare infernali talune cose, maledette persino.

Devo ammettere che, quando un paziente non presentava alcuna emergenza e c'era una relativa quiete nello studio, Silas Weir si dimostrava un apprendista sufficientemente competente. A mano a mano acquisì una boriosa autorevolezza, quantomeno non in presenza di Strether, nel gestire patologie comuni – alluci valghi, sfoghi cutanei, emorroidi (di dimensioni normali), cisti e foruncoli, mal di stomaco, mal di testa, dolori articolari, costipazione, respiro sibilante, febbri e brividi, raffreddori, "fischi all'orecchio", "nervi", eccetera; per questi malanni, così come virtualmente per ogni altro, imparammo a seguire le terapie somministrate al tempo, prescrivendo un limitato insieme di farmaci: laudano, digitale, mercurio, belladonna, echinacea, ginko biloba, biancospino, aglio, actaea racemosa, mosto di San Giovanni, piccole dosi di arsenico, gocce di cocaina.

Come ho menzionato prima, la procedura medica più invalsa era la *flebotomia*, o salasso, prescritta per la maggior parte delle indisposizioni poiché si credeva che le malattie fossero causate soprattutto da una sovrabbondanza di sangue, o di sangue "caldo". Strether credeva fermamente in questa pratica, una tradizione che affondava nei tempi antichi: *nel dubbio, far sanguinare*. Ma consisteva in una procedura discutibile e complessa che il vecchio medico preferiva delegare ai suoi apprendisti.

Con grande sorpresa, Weir scoprì in ciò un singolare talento, poiché il suo panico alla vista del sangue veniva in apparenza mitigato dall'essere *lui* l'agente del sanguinamento, e non un semplice testimone.

Con il passare del tempo, colsi davvero un curioso scintillio negli occhi umidi e infossati di Weir mentre sollevava il bisturi del salasso per incidere la vena di un paziente, sia che il malanno fosse una febbre o un raffreddore, o una pelle sudata; un mal di testa pulsante o un polmone sibilante; un dolore al petto con palpitazioni, una lesione spinale, grave costipazione o diarrea, nausea, ammassi tumorali – talmente abile divenne Weir nell'arte della flebotomia che presto fu in grado di far sanguinare anche le donne, purché non fossero di buona famiglia, svestite, giovani o attraenti. Più di una volta avevo intravisto Weir fissarsi le mani luccicanti di rosso, prima di lavarsele, con un'espressione di sgomenta ammirazione.

"Finalmente, qualcosa che il nostro amico è capace di fare," commentò Strether ironico, rivolgendosi a me "–senza svenire lui, ma facendo svenire solo il paziente."

Certo, la flebotomia è una scienza incerta, come la frenologia, e a volte accadeva che, mentre operavamo un salasso a pazienti deboli e pallidi, questi lo diventassero ancora di più e perdessero i sensi e occasionalmente ci *morissero* davanti agli occhi mentre il loro sangue veniva drenato in un secchio messo sul pavimento; quest'evento fortuito era sconcertante e seccante per Strether, che, nella sua vecchiaia irascibile, non amava essere messo in imbarazzo dai suoi apprendisti.

"Idioti, cosa avete combinato di nuovo? – ne avete fatto morire un altro?" così Strether si rivolgeva furibondo a Weir, la cui abitudine di serrare gli occhi e mormorare preghiere che lo riducevano in una specie di stato di trance non era molto di aiuto in queste circostanze.

Quelle morti nello studio del medico erano considerate *atti di Dio*. Un cristiano l'avrebbe capito – *era il suo momento*.

Prendendo coraggio dal suo successo come *flebotomista*, Weir cominciò a vantarsi di essere un *chirurgo sperimentale*.

Poteva non esserci alcun futuro nella semplice medicina clinica, si rese conto Weir. Se voleva competere con i suoi fratelli e con gli altri famigliari (maschi) di casa Weir che "si stavano facendo un nome", avrebbe dovuto esplorare nuovi campi, e assumersi dei rischi, e pubblicare le sue scoperte sulle riviste mediche più importanti.

Dopo che lo studio veniva chiuso alle prime ore della sera, Weir rimaneva a spulciare le riviste mediche, a lume di candela, fino a mezzanotte. Ah, che sogno essere uno dei medici più celebrati in America! Medici in grado di eseguire procedure mediche e operazioni chirurgiche radicalmente inedite! Silas Weir fu sedotto dalla fantasia di divenire un pioniere nella correzione di deformazioni comuni (piede equino, labbro leporino, occhi storti) – solo questo avrebbe potuto assicurargli il successo e un posto nella storia medica. Gli venne in mente l'idea di curare la "malattia mentale" come una variante della "febbre"; rimase incantato dalla frenologia, una nuova scienza che collegava aree del cervello a determinate attività ed emozioni umane, conseguenza della conformazione dell'osso cranico, e riteneva che condizioni come l'epilessia, il ritardo mentale, l'insania e le "oscillazioni dell'umore" potessero essere curate attraverso l'intervento chirurgico.

Si riteneva che molte di queste patologie fossero indotte alla nascita, dalle azioni di levatrici incompetenti; era una credenza comunemente insegnata nelle scuole di medicina. Che le levatrici fossero *femmine* assicurava loro una certa dose di fallacia, divenendo causa di lesioni catastrofiche per le donne che partorivano e per i neonati; ciononostante il parto era un tema talmente eluso nella pratica medica, letteralmente la più disgustosa ed esecrata tra tutte le procedure, da rendere piuttosto implausibile che dei medici rinomati si abbassassero ad assistere alle nascite, se non in circostanze particolari.

Fu in quel periodo che, grazie alle generose intenzioni di un decano della chiesa che Silas Weir frequentava, questi cominciò a venire invitato ai tè del venerdì pomeriggio a casa della famiglia Tyndale, una delle più importanti di Chestnut Hill – cosa di cui Weir non resistette a vantarsi con me, da sciocco qual era. (Come se io potessi essere geloso di *lui*). Confidandomi con ingenuità che sperava di "farsi un nome" con cui fare colpo sulla figlia minore dei Tyndale, Tabitha, una "bellezza angelica" che un giorno sarebbe stata un'ereditiera dei Tyndale; Weir sembrava davvero pensare che la signora Tyndale avesse una predilezione per lui e che lo incoraggiasse a "corteggiare" Tabitha, che aveva appena diciotto anni.

Weir era talmente arrogante con quei suoi modi grossolani e infantili che dovetti dirgli alla fine che non volevo saperne più nulla dei Tyndale; tanto si sarebbe presto potuto vantare davvero, giacché il fidanzamento era ormai alle porte.

"Giusto! Hai ragione," disse Weir, arrossendo, più per rabbia che per umiliazione, "non è ancora quel giorno. Ma – vedremo."

Era così che si palesava il colossale egocentrismo di quell'uomo. Nella sua persona affatto rimarchevole, piuttosto esile di corporatura, dalle spalle prematuramente ricurve e la fronte aggrottata, e i modi irritabili, simile a un cane che gratta compulsivamente a terra – eppure compresa in una così alta opinione di sé.

Senza dubbio, le *illusioni* sono un luogo comune per coloro che aspirano alla grandezza senza avere la necessaria integrità, intuizione, genialità.

Presto poi una neonata particolarmente sfortunata finì nelle mani di Weir, che smaniavano di dedicarsi alla sua *chirurgia sperimentale*.

Questa neonata, una bambina di appena cinque mesi, era la nona figlia di una donna che non viveva a Chestnut Hill ma in una vicina colonia rurale di operai, braccianti e scansafatiche, molti tra questi disoccupati per diversi motivi – età, malattie, lesioni, alcolismo. La donna, il cui cognome era Brush, si era accompagnata a una variopinta sequela di uomini, tutti con la tendenza a bere, e si diceva che fosse molto poco intelligente, come la sua progenie; una vasta famiglia dal pedigree discutibile, chiaramente di sangue misto la cui "non lucidità mentale" era ravvisabile a qualsiasi occhio esperto.

Tanto ostile era il sentimento cristiano verso chi viveva in modo peccaminoso fuori dal vincolo del matrimonio, e tanto scarse erano le cure mediche a disposizione dei poveri, che pochissima era la beneficenza a favore di una madre abbandonata e dei suoi figli. Persino il dottor Strether, per natura non rigido né moralista, spesso diceva, scuotendo pietosamente la testa, che queste creature avevano tra le loro poche benedizioni quella di *vivere poco*. L'aspettativa di vita per bambini così miserabili non andava oltre i sei o sette anni; eppure, come accadde, quasi in modo perverso, la famiglia Brush dalla mente poco lucida sembrava crescere, se non addirittura svilupparsi, in una topaia malandata ai confini della città.

Com'è che Weir venne in contatto con la madre derelitta della bambina di cinque mesi – come avvenne che gli fu portata la neonata Brush, fuori orario, quando il dottor Strether immaginava che il suo studio fosse chiuso – non l'ho mai saputo con esattezza, sebbene, nella scia del disastro, i pettegolezzi dilagassero.

Forse, come ipotizzavano alcuni, il giovane, ambizioso dottore aveva fatto delle ricerche tra i più indigenti abitanti della zona, offrendo di pagare in contanti chi si proponeva per i suoi esperimenti chirurgici; è possibile che abbia "affittato" la neonata per il suo scopo.

All'inizio, Weir era evidentemente compiaciuto da quella neonata – addirittura ispirato. Perché si trovava di fronte un caso esemplare che aveva un disperato bisogno di cure, come chiunque sarebbe stato in grado di concludere riservandole soltanto un'occhiata.

La bambina nervosa, febbrile, aveva un cranio malforme, simile a un melone cresciuto in modo asimmetrico. Una bulbea sporgenza ossea sull'occhio destro, una cresta superficiale che percorreva la corona della testa, non rassomigliante a nulla che il medico novizio avesse visto fuori da un testo di medicina. Con le dita poteva seguire la cresta, e con le dita poteva *quasi* riplasmare il teschio deforme, perché le ossa craniche di un neonato si saldano gradualmente nel corso del primo anno di vita e, in una certa misura, sono malleabili prima del compimento dell'anno. In questo caso, Weir notò che il cuoio capelluto della neonata sembrava caldo – benché, per sua stessa ammissione, non sapesse quanto caldo dovesse essere il cuoio capelluto di un neonato. Era febbre? Il colorito della pelle era di certo insalubre, giallo itterico, diverso dalla più rosea luminescenza di un neonato normale, e gli occhi sembravano mettere a fuoco in modo asimmetrico – ovvero, ogni occhio pareva *vedere* secondo angolature dissimili. (O forse la povera creatura era *cieca*? Weir le passò un dito di fronte agli occhi ma non riuscì a determinarlo.)

Confrontando il cranio della neonata con il grafico frenologico appeso sul muro della sala visite di Strether, Weir concluse che la zona del cervello ritenuta sede dei "sentimenti morali e religiosi" era appiattita in modo innaturale, mentre le zone del cervello legate alla "distruttività", al "segreto" e alla "doppiezza" erano sproporzionate.

Se, dunque, alla neonata Brush fosse stato concesso di crescere senza alcun intervento, era probabile che sarebbe evoluta in una creatura amorale, proprio come la madre. *Lui* avrebbe posto rimedio a quella condizione.

Premendo con forza le dita, anche mentre la bambina scalciava, si dimenava e gridava, rossa in faccia come un demonio, Weir tentò di riplasmare il cranio della neonata. Tanto assordanti e vigorose erano le urla della piccola che Weir dovette inserirle un batuffolo di ovatta in bocca per attutire il baccano, cosa che sembrò bastare, fino a un certo punto. Subito dopo, Weir lasciò perdere la manipolazione manuale del cranio, che richiedeva più forza nelle mani di quella che avesse a disposizione, e cominciò a operare con uno strumento chirurgico preso dall'armamentario di Strether simile a una pinza (affilata), per riposizionare le (morbide) piastre craniche della neonata; poi, con un punteruolo da ciabattino scoperto in un cassetto, che gli consentiva di fare maggiore leva.

Inaspettatamente, dei rivoli di sangue cominciarono a scorrere dalle ferite nel cuoio capelluto della neonata.

Weir tamponò il sangue con strisce di garza. Ah, non doveva farsi prendere dal panico! Si era dimenticato, come se l'avesse saputo, che le vene del cuoio capelluto sono particolarmente delicate e che le ferite sullo scalpo sanguinano in modo molto copioso, persino (con tutta evidenza) in un neonato.

"Smettila! Per l'amor di Dio, nessuno ti sta facendo del male..."

Per alcuni strazianti minuti la lotta perdurò, con Weir che tentava di maneggiare il punteruolo per correggere il disallineamento (palese), e la neonata che resisteva, scalciando e dimenandosi per salvarsi la vita.

"Ho detto *smettila*. Sei un piccolo *demonio*."

All'improvviso poi, con sgomento di Weir, la neonata cessò di combattere, e un istante dopo smise di respirare del tutto.

Weir estrasse il batuffolo dalla bocca della neonata, e, per alcuni frenetici minuti, tentò di rianimarla premendo ritmicamente sulla sua sottile cassa toracica, e chiedendo aiuto e misericordia a Dio. Quasi a prendersi gioco dei megalomani sogni del giovane medico, i piccoli polmoni avevano smesso di respirare, e il suo piccolo cuore di battere. Una *bambola* dalla pelle infuocata ma priva di vita – Weir indietreggiò dal tavolo operatorio, nauseato.

Come era potuto accadere? – il piccolo demonio era stato così intensamente, così combattivamente *vivo* tra le sue mani; e poi, *privo di vita*.

Prima che riuscisse ad aggiustare il cranio malforme, la Provvidenza aveva mandato a monte tutti i suoi sforzi – ma *perché*? Era forse un oltraggio al volere di Dio che un medico chirurgo potesse tentare di *correggere* una sofferenza del genere?

Weir credeva con tanta arrendevolezza nel suo Creatore e in Gesù Cristo il suo salvatore, da non riuscire a capacitarsi di come, mosso da così buone intenzioni, *Dio gli avesse permesso di fallire nel primo esperimento della sua carriera.*

Per alcuni minuti rimase immobile, ammutolito di fronte al corpicino insanguinato. Il silenzio nella stanza era assordante: nemmeno il disgusto di suo padre nei suoi confronti aveva voce, non ancora.

Fino a che, a poco a poco, Weir realizzò: la neonata Brush era ovviamente nata difettosa, e non era destinata a sopravvivere.

Con tutta probabilità era stata lesionata nel corso della nascita da una levatrice incapace, e poi allevata senza premura dalla madre derelitta. Essendo tali le circostanze, la morte non era per certo *una sua colpa.*

Tuttavia, Weir era turbato dalla vista del piccolo corpo. Così tanto più piccolo adesso, nella sua immobilità, di quanto gli era sembrato quando combatteva per la vita. Non aveva mai visto un neonato morto prima di allora, né addirittura un corpo morto, a eccezione dei cadaveri alla scuola di medicina, quelle spoglie maciullate che si era azzardato soltanto a sbirciare tra le dita della mano.

"Non è *colpa* mia. Eppure – suppongo di avere qualche responsabilità."

Weir mandò a dire alla madre di venire subito a riprendersi la neonata. Provò a parlare in modo composto di fronte allo strazio della donna, e alla nauseante puzza di gin nel suo fiato; non voleva accusarla, né rimproverare nessuno, ma doveva comunque ripetere il concetto che, quando gli era stata portata, la *neonata era difettosa*.

Weir pagò alla madre tutta la cifra pattuita, nonostante fosse convinto che la neonata che gli avevano consegnato fosse un bene danneggiato e che, probabilmente, la donna lo aveva preso per uno sciocco, forse istigata da qualche cinica compagnia maschile.

Il cuore del giovane dottore rimase colpito di fronte alla scena straziante della donna dal volto avvampato che, con rassegnazione estrema, sollevava tra le braccia la sua neonata priva di vita, l'avvolgeva nel sudicio scialle con cui gliel'aveva portata, piangendo come piange un animale, come piange un animale bestiale; ma, con ancora maggior strazio, la donna mormorò umilmente, *Grazie, dottore*, per le numerose banconote che lui le mise in mano.

Tanto era certo Silas Weir di essere destinato a diventare un giorno un medico di chiara fama da mantenere nel corso di quegli anni di apprendistato un diario scientifico. Un riferimento a questa operazione abborracciata ricorre nel primo degli undici quaderni, sebbene non ci sia una data:

> Che colpo! Non riuscivo a comprendere qual era il senso di giustizia, perché la Provvidenza era stata tanto crudele da permettermi di perdere il primo paziente completamente mio, in una piccola comunità come Chestnut Hill, in cui tutti avrebbero potuto sparlarne, l'unica benedizione è che si trattava di una bambina dalla mente così ritardata, di una madre così ritardata e malata, che avrebbe accettato la somma modesta che le avevo dato senza cagionarmi problemi, ne ero certo.

Poiché nella sala visite del dottor Strether era stato versato parecchio sangue, e Weir non era sicuro che in quello stato confusionale sarebbe riuscito a pulirlo del tutto, il giovane dottore ritenne più saggio arrivare presto il mattino dopo per pulire ulteriormente, e per parlare subito con il vecchio dottore e avere una "cornice chiara" dello sfortunato incidente.

All'inizio, Strether lo fissò incredulo e si guardò intorno nello studio, come se si aspettasse di vedere la neonata mutilata da qualche parte, in un angolo. Poi, mentre Weir balbettava delle scuse, Strether lo interruppe con irritazione: "Silas, spero che lei non si sia scusato così profusamente con la Brush! Ha fatto una cosa molto stupida, ma non si dimentichi: *è lei il medico.*"

"Ma–"

"No, no! Basta con queste moine. *È lei il medico.*"

"Io– *Io sono il medico...*"

"Se la donna ha accettato i suoi soldi, dovrebbe chiuderla qua. Un incidente – o meglio, non un *incidente*: un 'atto di Dio'."

Weir provò ad assorbire queste sagge parole; ciononostante, ancora, con voce tremula, avendo dormito pochissimo la notte precedente, Weir provò di nuovo a scusarsi, al che Strether perse la pazienza: "Vede, Silas. Può anche essere che lei sia uno stupido idiota, ma era mosso da buone intenzioni. Spero che abbia imparato la lezione e che non ritenti nuovamente queste stupide pagliacciate. Certo, non con queste premesse! Ma non deve andarsene in giro a scusarsi, e tantomeno a parlarne con qualcuno – deve restare il nostro segreto. Di certo non vorrà scusarsi con la famiglia Brush – chiunque siano quei miserabili. Comportarsi così significa solo ammettere di essere colpevole."

"Ma, io– io credo di essere colpevole, dottore..."

"*Lei non è colpevole* – un medico non è mai 'colpevole'. I miserabili si rivolgono a noi in cerca di aiuto e noi diamo loro l'aiuto che possiamo, con la grazia di Dio; se Dio non è caritatevole con la Sua grazia, difficilmente la colpa cade su di noi. Noi facciamo quello che possiamo, più di questo non possiamo. Lei stava provando ad aiutare una famiglia indigente. Come un buon cristiano, mettendo volontariamente a disposizione il suo tempo. Stava provando a fare 'un'opera di bene'. Correggere la malformazione del cranio di un bambino povero è una cosa alquanto ammirevole, perlomeno nelle intenzioni. Ho fatto esperienza di incidenti simili, negli anni – che non riguardavano neonati, certo; non avrei mai tentato di fare nulla di così assurdo come 'riparare' il cranio di un neonato, ma ho avuto pazienti che mi sono morti tra le mani, in modo piuttosto improvviso e inaspettato. O meglio, ci si deve *aspettare* che un paziente possa morire. Come dice lei, questa neonata era difettosa, destinata a una mente poco lucida come sua madre; è una benedizione che la sua vita abbia avuto fine. Sono piuttosto sicuro che, se conoscessimo bene la famiglia, verremmo a sapere che la morte della neonata è stata accolta con sollievo, se la madre ha molti altri figli e se sono poveri. Non sono estranei alle morti infantili – non è remoto supporre che la madre ne abbia aiutato uno o due a trapassare all'altro mondo, nel corso del tempo. Posso chiederle quanto ha pagato la donna?"

Con qualche imbarazzo, Weir confidò al vecchio medico la cifra, che non gli sembrava molto generosa ora, pronunciata in modo così crudo, alla luce della morte.

"Ecco– avrebbe potuto dare alla madre straziata un po' di più, sa, Silas. Le suggerirei di pagare per una bara, e per un funerale. Alla famiglia Brush sembrerà un gesto molto generoso da parte sua."

"Ma– qual è il costo di una bara per neonati? E di un funerale? –non ne ho idea."

Strether rise, come se Weir avesse detto qualcosa di molto spiritoso.

"Silas, non sia stupido. Seppelliranno la bambina disgraziata nel cortile sul retro dentro a una scatola oppure avvolta in un lenzuolo, e spenderanno i soldi in gin. Ma lei non deve saperlo. *Lei* sarà generoso – dia alla donna la somma che le ha dato la scorsa notte, e lei non proverà che gratitudine."

"Io– Lo farò–"

"E le dica che prega per l'anima della neonata, che sarà condotta da Dio in Paradiso, e non condannata agli inferi come il resto dei Brush. La donna ne sarà impressionata, perché di certo prova soggezione nei confronti di un giovane medico come lei, *mio* apprendista."

Weir rispose subito che sì, che stava pregando. Certo. Aveva cominciato a pregare all'istante, non appena la neonata era trapassata.

"E ho pregato tutta la notte, in ginocchio, per l'anima della neonata, e anche per la madre in lutto."

"Bene, glielo dica. Quando paga per la bara e il funerale, si assicuri di dirglielo. A che serve pregare per l'anima di una neonata morta se nessuno lo sa?"

Weir ribatté: "Dio lo sa..."

Strether rise impaziente.

"Dio non abita a Chestnut Hill, dottor Weir. Dio non le servirà a nulla per la sua reputazione in questo posto."

Nonostante l'ottimo consiglio del dottor Strether, e la sollecitudine con cui Weir diede alla Brush la somma per la bara e il funerale, con i soldi presi (segretamente) in prestito dalla madre, la fortuna non arrise al giovane, ingenuo dottore. Di lì a una settimana, un rozzo conoscente della Brush, che affermava di essere il padre della neonata "assassinata", lo molestò per avere altri soldi, minacciandolo di rivolgersi alle autorità. Alquanto sconvolto, Weir fu costretto a prendere in prestito dei soldi (segretamente) dalla sua anziana nonna, a cui era sempre stato molto legato; fu così stupido da consegnarli al bruto ricattatore, con il risultato che, come avrebbe dovuto sapere, gli fu chiesto un terzo pagamento la settimana seguente, che con disperazione non sapeva come saldare.

"Che Dio mi aiuti. Perché, a quanto pare, io non so farlo."

Weir valutò di rivolgersi a Strether per avere un anticipo sulla sua paga (piuttosto modesta), che a malapena serviva a coprire le spese del suo alloggio; era talmente disperato lo sciocco che si rivolse persino a me, illudendosi non so come che un suo compagno d'apprendistato potesse avere dei soldi da prestargli, per uno scopo che era riluttante a svelare.

(Col tempo avrei scoperto la lurida vicenda che si nascondeva dietro lo stato d'animo sconvolto di Silas Weir e al suo angoscioso bisogno di soldi; ma non ancora.)

Sebbene il bruto ricattatore non si sia mai rivolto alle autorità, di certo per paura della legge, cominciarono a diffondersi pettegolezzi inquietanti per Chestnut Hill, simili a ondate d'acqua sporca che non si può far finta di non vedere; e presto, molti nel villaggio presero a parlare in modo diretto, con grande allarme, del giovane medico apprendista del dottor Strether, che aveva fatto morire una neonata durante un "esperimento demoniaco".

Quando infine queste voci giunsero a Strether, questi non ebbe alternativa se non professare completo sgomento, riprovazione e condanna. Una trascurabile morte infantile, che avrebbe potuto essere gestita in modo sommario, grazie all'esperienza del vecchio dottore, si era infettata in modo incontrollato, per colpa di un giovane medico che aveva agito senza che il suo responsabile lo sapesse.

"E con i miei strumenti! Per compiere una macelleria del genere!" così borbottava Strether, in un crescendo di indignazione. "E, infine, anche una violazione dell'etica. Della *fiducia.*"

No, non importava, Strether rimarcò con irritazione al suo apprendista, che la bambina dei Brush fosse di stirpe fragile, certo di sangue "misto"; il fatto restava, Weir aveva provato a tenere segreta la morte di una bambina, e si poteva dire che aveva comprato il silenzio dei genitori, chiari segnali di un atto criminoso e di colpevolezza.

"Non provi nemmeno a difendersi," disse Strether, interrompendo Weir mentre cominciava a parlare, "la sua carriera qui a Chestnut Hill è finita."

Senza coinvolgere Weir nelle negoziazioni, Strether si incontrò con le autorità di Chestnut Hill, per giungere all'accordo che, se l'apprendista colpevole avesse lasciato subito la zona, con la promessa di non fare mai più ritorno nello stato della Pennsylvania, non sarebbero state sollevate accuse contro di lui, né contro Strether.

In fretta e furia, dei parenti della madre di Weir che vivevano in New Jersey acconsentirono a che Weir andasse in pensione da loro a Morristown, dove l'unico dottore della zona era morto da poco per colera.

"Esiliato – in New Jersey! Che Dio mio aiuti, Papà non dovrà mai saperlo."

Così umiliato, Weir cominciò a parlarmi in modo più aperto, come a un compagno, sebbene io mi tenessi a distanza, disprezzando i suoi modi incivili e la sua sconsiderata crudeltà nei confronti del "soggetto dell'esperimento" che aveva ucciso, cosa a cui alludeva ora come se fosse stato solo un enorme sbaglio, e non atto efferato.

Una volta che Strether se ne fu "lavato le mani", per usare le sue stesse parole, toccò a me aiutare Weir a infilare i suoi pochi effetti personali in un baule e organizzargli una carrozza che lo portasse fuori città; con la sua laurea in medicina al college di Philadelphia, Weir si era convinto di poter avviare una qualche attività nel rurale New Jersey, dove i requisiti non erano alti come nella più civilizzata area di Philadelphia. Perché lì, i dottori venivano richiesti soprattutto per i braccianti agricoli, molti dei quali erano servi a contratto, spesso trattati malamente dai loro padroni quanto gli schiavi neri del Sud.

Essendo questo il grado più basso della pratica medica, appena un gradino sopra le infermiere e le levatrici, era improbabile che qualcuno avrebbe fatto ricerche approfondite sui precedenti di Silas Weir.

Invece di mostrare gratitudine per essere stato prosciolto con così tanta leggerezza dalle autorità di Chestnut Hill, Weir, stizzito, si lamentò con me: "Sono stato trattato ingiustamente! Il vecchio" (intendeva il dottor Strether; era come Weir si riferiva in modo ostile proprio a colui che l'aveva protetto) "non mi ha dato la possibilità di spiegare: la bambina era danneggiata in modo irreparabile! E malata! La chirurgia cranica sarà il futuro della specie umana e avrebbe potuto sbocciare a Chestnut Hill, ma ora– Chestnut Hill resterà per sempre uno stagno isolato dal mondo."

"E cosa ne è della tua fidanzata, Miss Tabitha Tyndale – cosa le dirai?" non riuscii a trattenermi dal provocare Weir, che si drizzò come un serpente che aveva subito un affronto sollevando la coda e disse, con lacrime di ribrezzo che gli affioravano negli occhi infossati: "Mi ha tradito anche *lei*. Ho chiuso qui, con tutti voi."

# *Nota del curatore*

*Sebbene mio Padre considerasse la vagina della donna "un buco infernale di sozzura e corruzione" e i genitali femminili "ripugnanti per conformazione, funzione, e aspetto", in qualche modo comunque avvenne per interdizione divina che nove di noi nascessimo dai suoi lombi e dall'utero dell'adorata Madre, il primo e il maggiore io, essendo nato alla vigilia del Natale del 1838.*

*(Poiché mio Padre non nutrì praticamente alcun interesse nei confronti della sua prole, i miei otto fratelli non giocheranno alcun ruolo in questa Vita.)*

*Come primogenito di Silas Weir, e in quanto esecutore ed erede principale del suo testamento, incluso il diario medico intitolato* Cronaca dalla vita di un medico *(diverse migliaia di pagine di libro mastro tenuto in maniera intermittente nel corso dei decenni), posso rivendicare un punto di vista unico: sono il solo individuo che ha letto tutti i diari privati di Silas Weir, con la prerogativa di poterli citare; e sono anche nella posizione di ricordare Silas Weir in modo personale, non soltanto professionale.*

*Venendo a sapere della mia parentela con Silas Weir, molte persone mi hanno chiesto: "Ma com'era suo padre?" Una domanda molto complessa a cui rispondere, come i figli di ogni padre importante capiranno di certo.*

*Dunque, lasciatemi dichiarare in modo diretto che mio Padre esprimeva nei miei confronti un senso di delusione poiché ero "troppo timoroso" per raccogliere il testimone della Gino-Psichiatria, che era convinto sarebbe stato il suo lascito; era, questa, addirittura la ragione per cui la Provvidenza l'aveva messo al mondo. Quando assunse il ruolo di direttore presso l'ospedale del New Jersey per donne malate di mente a Trenton, nel 1853, mio Padre mi pressò perché lo aiutassi con i suoi esperimenti, mentre io a stento riuscivo a tollerare di mettere piede nell'atmosfera asfittica e feculenta del laboratorio sperimentale all'ultimo piano della Torre nord; molte notti, come i miei fratelli e le mie sorelle, dovevo premermi il cuscino sulla testa per attutire le grida che provenivano da quel luogo infernale, e che giungevano fino a casa nostra, al piano terra dell'ospedale, quando il vento soffiava da quella direzione; fallii completamente nel raccogliere il testimone, ovvero il bisturi e la curette, che Silas Weir aveva desiderato tramandarmi per assicurare il suo lascito nel campo della Gino-Psichiatria. Incaricato solo una volta di correggere con una frusta il comportamento sbagliato di un suo servo a contratto, fallii nuovamente nell'accontentare mio Padre, per fortuna senza che lui lo sapesse.*

*Le mie idee politiche che propendevano per l'abolizionismo non erano radicali per l'epoca a Philadelphia, New York e Boston, ma alquanto fuori luogo in New Jersey, dove crebbi, a casa di mio Padre; essendo anche mio Padre incline a considerare con disapprovazione morale la schiavitù, come tutti i Weir del New England, non dissentiva in principio con le mie posizioni; ma le contestava, divenendo in verità piuttosto inquieto, se mi esprimevo con eccessivo vigore contro la schiavitù in presenza di certi suoi colleghi che, se non erano veri e propri proprietari di schiavi, di certo non si curavano della moralità del possederne.*

*Come molti nordisti, lo stesso Abraham Lincoln per l'appunto, i Weir non credevano che gli uomini e le donne neri fossero "uguali" ai bianchi, ma, in quanto cristiani, non credevano nello schiavismo. Era un argomento caldo allora, destinato a non essere deposto del tutto nemmeno dalla guerra civile, i ricchi proprietari di schiavi del Sud dovevano ricevere una ricompensa per le loro perdite, oppure no; e bisognava incoraggiare gli schiavi neri a fare "ritorno" in Africa, o dovevano diventare cittadini statunitensi garantendo anche a loro il diritto di voto (per i neri maschi, cioè). Questi temi non mancavano mai di sollevare dibattiti accesi, spesso all'interno delle famiglie, e di certo tra padri e figli; e il mio rapporto con mio padre fu ampiamente caratterizzato da tali conflitti, mai del tutto risolti.*

*Tuttavia, mio Padre non aveva altra scelta che perdonarmi, poiché un primogenito e un erede è un bene troppo prezioso per un cristiano convinto d'appartenere all'esteso lignaggio di patriarchi che discende da Mosè in persona. In realtà, nessuno dei miei cinque fratelli ha scelto di seguire mio padre nella medicina, tanto meno nella Gino-Psichiatria; e nemmeno una della nostre tre sorelle ha sposato un dottore, nonostante la pletora di giovani pretendenti medici che le corteggiavano in quanto figlie del rinomato (seppur controverso) Silas Weir.*

*Alcuni di voi saranno profondamente critici nei confronti della mia decisione di riprodurre alcuni stralci dal diario di mio Padre che potrebbero essere definiti osceni, se non addirittura lascivi; e per altri passaggi di questa biografia che taluni potrebbero ritenere offensivi. È stata mia intenzione, a ogni modo, presentare un ritratto di Silas Aloysius Weir pienamente sfaccettato a beneficio della storia, e non una parziale e accondiscendente agiografia, come spesso avvenuto in numerosi necrologi.*

*Jonathan Franklin Weir*

## Esilio: contea di Morris, New Jersey, 1837

Da *Cronaca della vita di un medico*,
di Silas Aloysius Weir, dottore in medicina

*Perché i primi saranno gli ultimi, e gli ultimi saranno primi. Sia benedetto il nome del Signore.*

Queste emozionanti parole di Gesù, la mia salvezza. Quante volte le ho ripetute ad alta voce durante il mio esilio nella contea di Morris, in New Jersey.

Precipitato nell'abisso della Vergogna, come nell'abisso dell'Inferno – tra gli umidi acquitrini e le paludi pestilenziali di questa selvaggia zona di campagna, vivendo, da *povero e disprezzato congiunto*, in un alloggio soffocante nella fattoria di un prozio, a nord di Morristown, ridotto a uno stato di indigenza, mi guadagnavo a malapena da vivere lavorando come medico a chiamata, visto che non avevo un ufficio né uno studio mio, costretto invece, come un venditore ambulante, a muovermi a cavallo o con il carretto per strade di campagna dissestate, tra sciami di zanzare che mi perseguitavano come una piaga dell'antico Egitto.

Ero a tal punto esiliato, a tal punto umiliato, che solo mia Madre sapeva dove mi trovassi, poiché mio padre e il resto della famiglia erano ancora indotti a credere che lavorassi come apprendista presso un anziano e rispettabile medico a Chestnut Hill, in Pennsylvania.

Che ingiustizia! Il mio cuore batteva affaticato dalla costernazione e dal risentimento. Perché la Provvidenza mi aveva lasciato intravedere un destino alquanto diverso: fama e onori per aver corretto la malformazione del teschio di una neonata, uno sforzo intrapreso nella speranza di far progredire la scienza medica, per pura carità, senza guadagnarci neanche un penny. E, infine, la pubblicazione su una rivista medica – un articolo di Silas Weir, dottore in medicina, sul "Boston Journal of Medicine".

Come sarebbero rimasti impressionati mio Padre e il resto della famiglia – *se solo*...

Tuttavia, sono giunto a capire che devo sopportare il fardello del mio fato. Come ha fatto Gesù prima di me.

Frainteso, disprezzato, tradito – *crocifisso.*

E adesso questo interregno all'Inferno, dal quale posso solo pregare, con mia Madre, di venir sollevato.

Chi può prevedere quando queste mie esitanti parole verranno lette? Da chi? Sono talmente piegato e mortificato da riuscire appena a sostenere questa penna per esprimere ciò che porto nel cuore.

Bandito da Chestnut Hill e dalla dimora dei Tyndale. Bandito dalla civiltà.

Con tutta probabilità non vedrò mai più Tabitha; senza dubbio, mi ha già scordato la volubile fanciulla che mi ha sbattuto in faccia il suo anello di fidanzamento, con inutile crudeltà.

*La femmina, la mantide religiosa. Che diavoli sotto quegli abiti e corsetti eleganti!*

Sono certo di non essermi sbagliato: c'era un legame tra noi, un *rapporto*.

E la madre, la signora Tyndale, apparentemente così cara, ansiosa di scortarmi in salotto, per mettermi a sedere accanto al focolare, e prendere il tè con lei e gli altri come *se fossimo davvero eguali*.

Non feci vanto dei miei avi del New England se non con estrema moderazione, rammentando il primo arrivo dei Weir al porto di Boston nel 1679. Non feci vanto del mio antenato Thaddeus Leiden, un ufficiale di alto grado nella Compagnia olandese delle Indie occidentali, né del mio bisnonno Demetrius Weir, braccio destro del generale Washington durante la guerra d'indipendenza; non parlai di mio padre, Percival Weir, tranne per far presente, con poche parole mormorate in disparte alla signora Tyndale quando il riferimento mi parve appropriato, che mio Padre è fondatore della Banca di Concord, e che mio fratello maggiore, Franklin, è, come me, un giovane medico, appena avviatosi alla carriera. Poiché avevo capito che i Tyndale, che si erano arricchiti attraverso la proprietà di un granaio sul fiume Delaware, erano una stirpe relativamente recente in America, e non ancora distinta quanto i Weir. Se doveva esserci un matrimonio, se le nostre famiglie erano destinate a unirsi, quello sarebbe stato allora il momento giusto per rivelare quel genere di informazioni; e quanto sarebbe stato più lodevole, per il momento, trattenerle.

*Silas è così modesto! Non ne avevamo idea, ha radici notevoli. La sua famiglia! Così ragguardevole.*

La mia (ingenua) speranza era che avrei potuto annunciare presto al mondo il successo del mio primo esperimento di *chirurgia cranica*. Con la cautela del ricercatore scientifico, avevo intenzione di operare un altro paio di neonati dal cranio malforme, per perfezionare la procedura.

Ciò, non avevo dubbi, avrebbe grandemente impressionato la famiglia Tyndale, e la loro considerazione nei miei confronti sarebbe accresciuta – perché dovevo ancora incontrare il padre di Tabitha, Robert, uno dei cittadini più in vista di Chestnut Hill.

Quante notti febbrili, durante la primavera del 1835, ero rimasto sveglio a immaginare il lampo di luce negli occhi di Tabitha quando si sarebbe resa conto di *chi è Silas Weir* – una figura destinata a prendere le redini del globo intero, non solo di Chestnut Hill e della pratica medica in quella cittadina. Quella sua consapevolezza si sarebbe palesata tra noi quasi senza bisogno di parole – che *lei* sarebbe stata *mia*; e che il *suo* lignaggio e la sua eredità sarebbero divenuti *miei*.

Un sogno meraviglioso aspramente mandato in frantumi quando, un giorno, Tabitha sollevò la mano verso di me per mostrarmi un anello al suo dito – comunicandomi di essersi *fidanzata*; ma lasciandomi intendere, con uno sguardo riservato e un'intonazione nella voce, che, se le circostanze fossero mutate, avrebbe considerato di rompere quel *fidanzamento* per perseguire un'altra vita con Silas Weir, dottore in medicina.

Sono certo di non essermelo immaginato. Avevo i sensi sopraffatti, sentii crescermi nel petto un sospetto di svenimento – realizzai che *dovevo sbrigarmi*.

Riguardo al raggiungimento del pubblico successo, devo *sbrigarmi subito*.

E da qui, la sollecitudine con cui intrapresi i miei esperimenti – poiché *non c'era tempo da perdere*.

Conoscendo la mia posizione di umile apprendista, intendevo rivelare il successo del mio esperimento craniale prima al dottor Strether, mostrandogli la testa corretta della neonata, assieme alla sua spiegazione frenologica – a cui sicuramente avrebbe plaudito, pensavo; la neonata ora era "normale" grazie al mio operato. Il vecchio vanesio, che nella mia ingenuità avevo intenzione di lusingare riconoscendogli quanto gli dovevo per avermi preso quando ero solo un novellino, e per avermi mostrato fiducia fin dal principio, persino offrendogli di condividere, fino a un certo punto, il successo dell'operazione.

E invece – come è potuto accadere! – l'operazione fallì; e non mi fu concesso di ripeterla, su un'altra cavia infantile.

Eppure la neonata dei Brush proveniva da una famiglia estremamente povera, praticamente subumana, e, com'era evidente, danneggiata da una levatrice incompetente; era un fatto, comunque, che quando mi era stata portata era *viva*, e, quando la madre straziata se la portò via, era *morta* – questo, non potevo negarlo.

E così, colui che avrebbe dovuto essere *primo*, fu relegato all'*ultimo* posto.

Costretto a lasciare Chestnut Hill col favore delle tenebre, un unico baule riempito dei miei beni terreni, come un criminale qualunque che raccoglie in fretta e furia i pochi abiti, i libri di medicina e le riviste, la mia Bibbia; gli strumenti per i salassi, e vari medicinali sottratti dalle mensole disordinate di Strether, della cui assenza era improbabile si sarebbero accorti; e il punteruolo da ciabattino che avevo impiegato, senza perizia, per l'operazione cranica e che speravo di impiegare ancora con maggiori risultati nelle lande selvagge del New Jersey.

## L'Hermitage, Ho-Ho-Kus, New Jersey, 1839

Da *Cronaca della vita di un medico*,
di Silas Aloysius Weir, dottore in medicina

"Dottor Weir! Deve venire subito con me, il mio padrone la implora." Il capovolgimento della mia vita – il giorno che avrebbe determinato il mio Futuro finalmente!

Un soffocante giorno di giugno, nella caldo-umida contea di Morris, New Jersey, dove la mia anima aveva cominciato a sciogliersi e a imputridire, come un cervello infetto dentro a un secchio, e dove mi sembrava annidarsi ben poca speranza al di là di un'esistenza schiava da misero scapolo nella campagna a nord di Morristown costellata da consunte fattorie e insediamenti, nient'altro che squallidi incroci dove i medici venivano spesso pagati in natura – polli decapitati, ceste di granturco ancora da sfogliare, mucchi di legna da ardere – quando venivano pagati; in questo giorno, in cui il sogno di far da pioniere nella ricerca medica era schiacciato dal fardello della semplice, brutale realtà d'essere un povero congiunto nella fattoria del mio prozio, un gradino appena più in alto dei suoi malandati servi e braccianti; in questo giorno, quando a mezzodì avevo fatto ritorno nel mio asfittico alloggio, frastornato dalla stanchezza e dall'umiliazione di essere stato chiamato a visitare un paziente che si era rivelato essere, una volta rintracciato, un obeso quasi ottantenne, colpito da un ictus e prossimo alla morte, che il Nostro Salvatore in persona non aveva potuto salvare: in questo giorno fui chiamato all'Hermitage presso Ho-Ho-Kus, nella cittadina di Bergen, dove risiedeva la famiglia Rosencrantz, proprietaria di numerosi mulini di cotone sul torrente Ho-Ho-Kus, la cui ricchezza, già nel 1839, era leggendaria.

*L'Hermitage!* I parenti con cui alloggiavo, che di rado esibivano grande entusiasmo per le mie misere novità, ancor meno per la mia presenza, rimasero veramente impressionati di fronte a quella notizia e mi esortarono ad avviarmi.

Il patriarca, Elijah Rosencrantz, aveva addirittura mandato la sua carrozza personale, con tanto di cavalli coordinati e cocchiere in uniforme, per portarmi a Ho-Ho-Kus il più in fretta possibile. Per una volta non avrei dovuto viaggiare con il carretto, come un venditore ambulante!

Sobbalzando lungo le strade di campagna, con i denti che mi vibravano nella testa. Aggrappato alla valigetta che avevo poggiato sulle ginocchia.

Lo ammetto – tremavo moltissimo. Non potevo permettermi di fallire ancora; un'opportunità del genere non si sarebbe facilmente presentata di nuovo.

"Dio aiutami! Questa sarà la mia ultima supplica, lo giuro."

Immaginando, nella mia frenetica fantasia, di essere stato mandato a chiamare all'Hermitage per visitare un membro della famiglia Rosencrantz – il vecchio Elijah in persona? Oppure – sua moglie? Sua figlia?

Anche se mi sarebbe dovuto sembrare improbabile che una famiglia così facoltosa non facesse vivere il proprio medico, o i propri medici, nelle vicinanze e che dipendesse dal rintracciarne uno sconosciuto in circostanze d'emergenza, quella fantasticazione frenetica mi teneva la mente come una morsa, convincendomi che il paziente sarebbe stato un membro femminile della famiglia, e che avrei potuto curarlo io. Sarei riuscito a trovare il coraggio?

Quanto era stato difficile non inciampare e arrossire in presenza di Tabitha. L'idea di trattare una paziente donna di buona famiglia mi faceva vacillare i sensi...

Provai a consolarmi: se la paziente era una donna o una ragazza dei Rosencrantz, di certo un'altra consanguinea sarebbe stata presente alla visita. A un medico maschio non sarebbe stato permesso di rimanere solo con qualsiasi femmina, da ciò sarei stato risparmiato. Di certo un'altra donna avrebbe assistito. Un mediatore. O un parente maschio. *Qualcuno.*

Durante il viaggio sobbalzante di un'ora fino a Ho-Ho-Kus, una sorta di follia si impadronì del mio cervello: cosa avrei detto a chi mi avrebbe accolto, come avrei dovuto parlare, dovevo ricordarmi di tenere le spalle *dritte e alte* come sempre mia Madre mi sollecitava a fare, non *ricurve.*

Dovevo provare a non deglutire con nervosismo, a non leccarmi le labbra (secche, asciutte). Provare a non schiarirmi la gola come era mia abitudine fare, evidentemente senza rendermene conto, divenendo causa di lamentele frequenti a casa del mio prozio, in cui venivo accusato d'aver sviluppato un "insopportabile" tic, un suono piuttosto spiacevole che echeggiava nelle orecchie degli altri recando loro parecchio fastidio.

Sebbene fossi molto a disagio, non mancai comunque di gonfiarmi d'un euforico orgoglio perché Elijah Rosencrantz aveva mandato a chiamare proprio *me*.

Com'era accaduto che il proprietario del mulino mi conoscesse? I miei "successi" nella contea di Morris, tra umili pazienti, di rado superavano i miei "fallimenti" – in realtà, in alcuni casi, "successo" e "fallimento" si distinguevano appena.

Elijah Rosencrantz era osannato come uno degli uomini d'affari di maggior rilievo nel New Jersey del Nord, temuto e mal tollerato da coloro che erano costretti ad avere a che fare con lui. Attorno ai trent'anni, giovane e ambizioso e appena arrivato nel New Jersey, aveva già accumulato una piccola fortuna tramite operazioni commerciali con le piantagioni di cotone del Sud; sebbene fosse un accanito contestatore della schiavitù, Rosencrantz faceva comunque affari con i padroni di schiavi e i loro soci, traendone enorme profitto. Avendo accumulato questa fortuna, aveva acquistato la proprietà nota come Hermitage a Ho-Ho-Kus, una villa patronale in pietra di quattordici stanze in stile olandese-americano, presso la quale, durante la guerra d'indipendenza, avevano soggiornato il generale Washington e i suoi assistenti; e, non molto dopo, aveva abitato Aaron Burr insieme a sua moglie, prima di trasferirsi a Manhattan ed entrare nella fase più famigerata e controversa della sua carriera politica.

Persino i rivali in affari di Elijah Rosencrantz riconoscevano che era un uomo "duro ma giusto" – benché simpatizzasse con l'abolizionismo e chiudesse facilmente un occhio se qualche schiavo in fuga transitava per l'Hermitage durante la sua corsa verso l'Ontario e la libertà; un certo numero di impiegati dei

Rosencrantz erano servi a contratto, che lavoravano duramente e senza paga, solo vitto e alloggio, per sette anni.

A Concord, in Massachusetts, non c'erano schiavi neri – ovviamente. In pratica, l'intera città era abolizionista. Né la famiglia Weir impiegava servitù a contratto – mio Padre non credeva in quel genere di servitù, che era, rispetto alla legge, praticamente identica alla schiavitù, visto che i servi debitori non avevano diritti come cittadini americani e potevano essere costretti a lavorare oppure frustati fino alla morte, con pene inconsistenti per i loro padroni. Una differenza essenziale era che i servi a contratto tendevano a essere di razza bianca e non erano schiavi – vale a dire che la loro prole non apparteneva al padrone ma a loro.

In cuor mio, come cristiano, non "credevo" nella schiavitù, né in quel genere di servitù, che spesso i padri contrattavano in Europa a nome dei figli per pagarne il trasporto in America, e che sembrava esprimere una forma peculiare di malignità: padri che vendevano i propri figli per profitto. Un ulteriore pericolo era che, quando i servi debitori arrivavano agli ultimi mesi del contratto, il loro padrone non aveva forti motivazioni per continuare a sfamarli o per provvedere alle loro cure mediche, ma poteva "buttarli al vento" violando il contratto.

Sebbene i servi non fossero schiavi come gli africani crudelmente ridotti in schiavitù, il fatto che i loro figli non appartenessero ai padroni e che fossero destinati a divenire liberi americani, non soggetti ad alcun possesso, poteva rappresentare per loro un rischio: perché, mentre il padrone di una schiava aveva naturale interesse a ben nutrirla se gravida, visto che poteva mettere al mondo una nuova generazione di schiavi, accrescendo le sue ricchezze, il padrone di una serva non nutriva alcun interesse per la salute del neonato, né per la sua gravidanza. (Era facile infatti che una serva a contratto abbastanza sfortunata da rimanere incinta rischiasse di venire affamata o picchiata, o di dover ingoiare alcuni farmaci che inducevano l'aborto, come avrei presto scoperto.)

Poiché nella fattoria del mio prozio c'erano numerosi servi a contratto, non ero nella posizione di esprimere apertamente delle critiche riguardo alla cosa. Il mio prozio non era un padrone crudele, era un fattore ben educato e benestante, con una proprietà di grandi dimensioni. Mi sembrava, da un punto di vista filosofico, che quelli (di noi) che dovevano lavorare per una misera paga fossero, sotto certi aspetti, "schiavizzati"; eravamo liberi, sì, ma liberi di morire di fame. Ciononostante, giurai che non mi sarei rivolto di nuovo a mia Madre per chiederle soldi, ma soltanto per cercarne la comprensione e la solidarietà, e le preghiere; perché, dopo oltre dodici mesi, non era ancora stato rivelato a mio Padre che ero stato cacciato in quella vile maniera da Chestnut Hill e così vergognosamente umiliato, *esiliato dallo stato della Pennsylvania.*

Altri medici erano stati chiamati all'Hermitage, immaginai; altri dovevano essere stati mandati via quando non erano stati in grado di soddisfare il padrone. Con la Provvidenza a guidarmi, *non avrei fallito.*

"Dottor Weir – da questa parte, per favore."

Dunque, con mia delusione, non feci altro che intravedere, alla distanza di circa quindici metri, l'austera vecchia casa in pietra costruita su un poggio sopra al torrente Ho-Ho-Kus: una visione proibita nel sole abbacinante, tra la lussureggiante vegetazione e le rose rosse rampicanti vivide come cuori esposti alla luce.

Successive visite all'Hermitage mi avrebbero consentito di ammirare a più ravvicinata distanza la grande casa in pietra grezza e malta, con tetti scoscesi in ciottoli e legno, camini svettanti, e finestre piuttosto strette, costruita originariamente nel 1750; più simile a una fortezza che a una dimora domestica, ma soprattutto imponente, più grande di ogni altra dimora di Chestnut Hill.

(Quanto a Ho-Ho-Kus: il nome singolare si dice derivi dagli indiani Lenape, e che evochi *il suono del vento che fischia tra gli alberi.* Appropriato, vista la densa schiera di alberi decidui e conifere che circondavano il torrente Ho-Ho-Kus e lo stesso Hermitage.)

Al mio arrivo fu presto evidente che ero stato convocato non nella casa padronale e nemmeno nelle residenze minori lì a fianco, quanto invece in un'affollata casetta a schiera sul retro, nascosta dagli edifici della fattoria, dove i braccianti vivevano dentro alloggi asfittici e un intenso odore di carne infetta e sudicia mi punse le narici e mi fece lacrimare.

Ah! Non era forse una discesa nell'Ade, un'ignobile caduta per un medico proveniente da una così ragguardevole famiglia di Concord, Massachusetts!

Venni informato da uno degli addetti all'amministrazione del signor Rosencrantz che un bracciante era "incappato in uno sfortunato incidente" (questa informazione mi venne data con tono sorprendentemente irrispettoso) e mi ritrovai a fissare una scena pietosa, per la quale, devo ammettere, ero del tutto impreparato, essendomi figurato con tanta intensità una paziente femminile di buona famiglia, e non questo: un giovane uomo a petto nudo steso nel fango, sul fianco, in apparenza colto da un delirio febbrile, privo di sensi a causa delle ferite, con i grossi muscoli della schiena luccicanti di sangue, affollati di mosche; la faccia contorta in una smorfia di dolore e incrostata di sudore. Al di là delle ferite, appariva un esemplare maschile di buon fisico ed età prossima alla mia.

"Un 'incidente'? Che genere di 'incidente'?" Nella mia ingenuità, non mi trattenni dal chiedere; ma l'economo si allontanò gettandomi uno sguardo sprezzante.

In piedi, a poca distanza dall'uomo a terra, c'erano cinque o sei suoi compagni che mi guardavano con espressione colma di sfiducia.

Ah, ecco: era stato *frustato*. Fu sconvolgente vedere, per la prima volta nella mia vita, il terribile effetto della frusta sulla pelle nuda di un uomo, trasformata in un pezzo di carne cruda in putrefazione su cui si posavano le mosche, per tormentarlo ancora.

Chiesi agli astanti cosa avesse combinato quel povero disgraziato per meritarsi una punizione del genere, e non trovai altro che facce intenzionalmente mute, come se avessi posto una domanda tanto sciocca che nessuno voleva degnarsi di rispondere.

Alla fine, una donna corpulenta di circa quarant'anni, con grandi occhi scintillanti, guance rubiconde e spalle muscolose, i capelli ricci pallidi attorno al volto dalla pelle ruvida, mi rise in faccia in modo brutale. Con il suo accento marcato mi disse con fare canzonatorio: "Merito? Cos'è il merito, dottore? Non esiste 'merito' qui."

Delirante forse di febbre, il bracciante dal petto nudo mi guardava con occhi sgranati e allarmati, come se, nelle mie tetre fattezze da medico, con la valigetta in mano, fossi la figura di un incubo chiamata a procurargli altro male. Mi affrettai a consolarlo: "Sono Silas Weir, dottore in medicina. Sono qui per prendermi cura di lei. Non abbia paura!"

Queste parole accorate, fuoriuscite di loro spontanea volontà, sembrarono far piacere all'uomo, che mi guardava ora con un baluginio di infantile speranza.

Una selvaggia forma di felicità mi percorse. *Nessuno ha mai avuto bisogno del mio conforto prima d'ora* – non così.

Che io – Silas Weir, dottore in medicina – denigrato in certi ambienti, fatto sentire un reietto – potessi *essere di qualche utilità.*

Cosa ancor più sorprendente, non fui assalito dalla mia solita trepidazione nel trattare un paziente, quanto piuttosto dalla pietà e dalla compassione; perché il giovane uomo apparteneva a un gruppo di servi debitori del signor Rosencrantz che lavoravano nella fattoria, e non era un cittadino americano. Ai loro occhi ero investito di un'aurea autorevole, transitata su di me per tramite del loro padrone.

Accadde infatti, che da quel Giorno dei Miracoli in poi, corrispondendo all'autorità dell'Hermitage, avrei nutrito più fiducia nelle mie qualità di medico prendendomi cura di persone di basso ceto, o di classe ancora inferiore; in particolare, di disgraziati di tal stregua, simili a questo giovane bracciante dal petto nudo, violentemente frustato.

Sorpresi dunque gli astanti con la mia magnanimità cristiana, e allontanai i loro sospetti sulla mia persona, trattando il paziente con grande premura; lavandogli le ferite con le mie stesse mani, anche se con animo cupo; non c'erano solo abrasioni fresche, procurate dalle percosse del mattino, ma altre più vecchie che non erano guarite e si erano riaperte di nuovo con le frustate, un reticolo di lesioni che si stavano infettando ed erano infestate dai vermi – una cosa tremenda a vedersi.

Mi parve di riuscire a ottenere persino il riluttante rispetto della donna corpulenta, che si offrì di assistermi quando vide quanto sincero fossi nel prodigarmi, benché (alquanto) inesperto.

Mentre mi prendevo cura del paziente, feci attenzione a mostrare reticenza. Non feci domande sull'identità di colui che l'aveva frustato, né su ulteriori dettagli circa la fustigazione. Punizioni del genere sono, si potrebbe dire, *atti di Dio*. Non era il mio ruolo – mai lo sarebbe stato –, essendo a servizio del padrone dell'Hermitage, lanciare accuse su nessuno dei suoi impiegati; perché questo significava, pur in modo indiretto, gettare accuse su di *lui*.

Inoltre, non avevo modo di sapere cosa avesse potuto fare il giovane bracciante per provocare una punizione simile, essendo un bruto dall'aspetto vigoroso, molto probabilmente una testa calda, come tanti giovani uguali a lui, insofferenti nei confronti degli ordini dei loro responsabili.

A ogni modo, il mio cuore non mancò di venir toccato dal suo pianto di gratitudine per le mie cure, quando infine fu in grado di parlare; anche lui parlava con un accento marcato che identificai come *slavo*. Ero nella condizione di ipotizzare uno stretto legame tra quella sensibilità al dolore, come la sensibilità nei confronti di ogni malessere e ingiustizia, e la posizione sociale del paziente: più erano poveri, alla stregua della disgraziata Brush, più erano induriti, insensibili al dolore che provano invece le persone più istruite e agiate. Non era una questione di genere, in primo luogo – una donna animalesca e muscolosa era meno suscettibile di soffrire di un gentiluomo di classe più elevata.

Non solo riuscii a pulire, ricucire e fasciare le gravi ferite come mai avevo fatto prima, ma la Provvidenza mi fornì un'infermiera – la donna robusta, dalla pelle ruvida che aveva riso alla mia domanda – che si rivelò essere la "levatrice più esperta" dei braccianti dell'Hermitage; una serva a contratto proveniente da Amsterdam di nome Betje, che mi avrebbe assistito durante le mie visite successive all'Hermitage, nel corso di anni.

Che benedizione! Senza Betje, questa *cronaca della vita di un medico* sarebbe davvero molto diversa.

Quando agivo con riluttanza o sembrava che non avessi idea di ciò che stavo facendo, Betje mi veniva in aiuto senza dire una parola, persino senza che glielo chiedessi. Se, nello studio di Strether, la sua infermiera di lungo corso si permetteva di trattarmi spesso in modo impertinente, essendo io un modesto apprendista, Betje sapeva stare sempre *al suo posto*; perché io ero il medico convocato dal padrone, e lei non era che un'umile serva a contratto, non (ancora) una cittadina americana. E, ovviamente, l'esperienza di Betje come levatrice era di gran lunga più estesa della mia di medico laureato.

In quel soffocante giorno di giugno, avendo portato con me all'Hermitage la mia valigetta con le medicazioni, somministrai al paziente una modesta dose di belladonna, di mosto di San Giovanni e di laudano, tutti farmaci che velocizzano la guarigione e mitigano il dolore e inducono il sonno; con l'approvazione di Betje, perché, essendo una semplice levatrice, non aveva a disposizione farmaci simili per le sue pazienti, ma doveva ricorrere a ciò che cresceva nei campi in qualsiasi stagione.

Avendo constatato che mi ero prodigato con insperati esiti positivi nei confronti del giovane bracciante (che, scoprii, era stato dichiarato "spacciato" da un precedente medico chiamato all'Hermitage), fui portato dall'economo a visitare altri malati e feriti, tra cui operai del mulino e contadini, molti bambini e ragazzi; donne di diversa età, incluse donne incinte, donne che avevano appena partorito e non si erano riprese, o che avevano subito degli aborti. Soprattutto, c'erano molti più pazienti di quelli che avrei potuto vedere in un solo giorno, e così mi fu chiesto di tornare all'Hermitage di nuovo nel corso della settimana; e, poi, la settimana dopo ancora. Potete immaginare la mia gratificazione per il fatto che il signor Rosencrantz fosse soddisfatto del mio lavoro e mi pagasse generosamente! – per tramite, cioè, del suo economo.

Per di più, i miei pazienti all'Hermitage erano eterogenei, essendo infatti di diverse nazionalità – olandesi, tedeschi, norvegesi, scozzesi, irlandesi. Taluni soffrivano di ferite gravemente infette (era evidente che alcune erano state causate dalle frustate sulle schiene nude); di colpi di calore, a causa del lavoro sotto al sole accecante, nei campi di granturco, fagioli, cavoli e altre piantagioni; d'ogni sorta di incidente tra i macchinari sferraglianti del mulino e gli attrezzi agricoli. Ossa slogate o rotte, rotule e vertebre spezzate; pustole, piaghe infette; alluce valgo, ernie, cisti e masse tumorali, sibilo ai polmoni e fiato corto; artrite; tachicardia, dolori al petto; ogni specie di malanno femminile e gravidanze problematiche. Tra loro, ovviamente, c'erano persone così malate d'andare oltre la mia capacità di diagnosi, molte erano state date "per morte" e però resuscitarono, fino a un certo punto, seguendo le mie prescrizioni e con la valida assistenza di Betje, riuscendo anche a tornare a lavoro.

Certo, se un servo a contratto che doveva lavorare per sette anni era impossibilitato a farlo per settimane, o mesi, questo periodo di tempo andava ad aggiungersi al contratto, secondo la legge. Più spesso si ammalavano o si facevano male, più a lungo durava il loro contratto, che poteva arrivare a coprire una vita intera, visto che i servi debitori avevano vite brevi, nel complesso. Col suo inglese dall'accento olandese, che all'orecchio faceva sembrare la sua lingua troppo grande per la sua bocca, Betje mi spiegò che avrebbero dovuto concederle "la dovuta libertà" anni prima, ma, a causa di malattie e gravidanze, non aveva potuto lavorare in modo costante; e dunque, il suo contratto con i Rosencrantz era stato prolungato numerose volte.

"Ormai è una presa in giro, dottore: io non sarò 'mai' libera – mi faranno lavorare fino al giorno che muoio, e quella mattina mi faranno scavare la mia fossa."

Betje aveva una risata stridula e non molto femminile; le sue parole tetre mi graffiavano le orecchie, ma mi sforzai il più possibile di prestarle ascolto con empatia. Era tutto ciò che potevo fare per non rabbrividire a causa dell'acre odore animale che emanava il corpo della donna, corpo che non veniva lavato abbastanza spesso quanto avrebbe dovuto; Betje lavorava nella fattoria, il suo compito era mungere e prendersi cura delle mucche all'interno di una grande stalla. Le sue spalle si erano incurvate per il tanto tempo trascorso a *mungere*; e le mani le puzzavano di latte rancido, un odore che non si riusciva a lavare via.

Poiché in ben pochi tra i miei pazienti mi avevano ringraziato in passato, e alcuni avevano espresso schiette critiche nei miei confronti, fui profondamente commosso dal rispetto ricevuto all'Hermitage. Non solo mi ringraziò il giovane bracciante frustato con violenza, ma lo fecero anche altri che non avevo curato ma che mi erano grati per essermi preso cura dei loro compagni e famigliari; la cosa più gratificante per me fu che all'Hermitage imparai a lavorare con calma e autorevolezza, e senza esitazione. Presto, non fui più intimidito all'idea di visitare e trattare soggetti femminili di così umile ceto, che fossero donne giovani, più vecchie, o sfigurate; bellissime, o normali, o persino rivoltanti.

*Perché* andò così? Vi ho dedicato lunghe riflessioni e pagine nei miei diari.

È innegabile che, sotto alcuni aspetti, sia ripugnante esaminare in modo approfondito un corpo femminile, una sciagura della carne che le donne più giudiziose accettano come un debito ereditato da Eva; non tanto per gli elementi mammiferi del corpo, che possono essere osservati, se debitamente contenuti e vestiti, quanto per le parti inferiori, tra le cosce e nelle zone più alte, un vero e proprio disgustoso buco dell'inferno, sebbene coincida curiosamente con il canale attraverso cui, adempiendo alla propria sacra missione, avviene la nascita.

Tuttavia, con le donne dell'Hermitage, così come con gli uomini, non provavo la sensazione di oltrepassare un territorio proibito, quanto invece, come medico di più alta classe, mi sembrava che fosse una mia prerogativa agire come intendevo, senza preoccuparmi di alcun giudizio. Ovviamente, in quanto cristiano, ero *obbligato ad agire per il bene*.

Ci è stato insegnato che la tonalità della pelle conta più di tutto, e che esistono razze "superiori" e razze "inferiori". La mia personale conclusione è più articolata, e non si sofferma tanto sul colore della pelle o meramente sulla razza, ma, assieme a questi elementi, su una considerazione dello *status sociale*.

Perché, non ho dubbi, se mi fosse chiesto di visitare un nobile nero, proveniente da una qualche antica dinastia africana, mi troverei a disagio; mentre con gli individui appartenenti alle classi lavoratrici non c'è ragione d'essere riluttanti, poiché è più che probabile che ci siano grati per ogni servigio che offriamo loro, grazie alla nostra magnanimità.

Presto dunque, Silas Weir, dottore in medicina, divenne una specie di salvatore per i pazienti dell'Hermitage; impararono a non dovermi temere, come temevano gli altri medici che li trattavano in modo crudele, facendo loro dei salassi senza curarsi del fatto che, per incidenti o colpi di frusta, potessero già aver perso molto sangue. (Ovviamente, quando il *salasso* era il rimedio più evidente, non esitavo a praticarlo.) Quando la frusta dei supervisori lacerava i loro corpi, ero io a curarli tamponandone le ferite sanguinanti e ripulendole dalle infezioni, con l'aiuto di Betje; se non c'era speranza ed era giunto il momento, ero io a somministrare loro un'ultima dose di laudano per sopire il dolore e sedare i cuori turbolenti. Così come si parla ai bambini, mi rivolgevo a quei pazienti con calma, mostrando solamente pazienza, tenerezza e cristiana forza d'animo.

Persino quando non riuscivo a salvare un arto incancrenito dall'amputazione, o a estrarre con il forcipe un bambino morto incuneato nell'utero (spesso giovanissimo) della madre, o ad arrestare il conseguente flusso emorragico simile a un geyser – era palese che la mia presenza faceva una qualche differenza, almeno; mentre mi venne riferito che tanti ammalati e feriti in passato erano morti o erano stati lasciati morire di fame visto che erano inutili per il lavoro.

Invece, come esito del mio operato diligente, un numero impressionante di pazienti presto si riprese abbastanza da fare ritorno alle proprie mansioni; così tanti, che il padrone stesso iniziò a notarlo e un giorno chiese che venissi condotto da lui, per ricevere il ringraziamento di Elijah Rosencrantz in persona!

Nonostante tutto quello che mi era stato raccontato sul conto del signor Rosencrantz, che molti dei suoi impiegati sembravano temere, rimasi stupito dai suoi modi da gentiluomo e dal garbo con cui mi ricevette, non all'interno della grande dimora in pietra, ma su una veranda riparata della casa. Addirittura, il signor Rosencrantz ritenne opportuno pagarmi di sua mano e non attraverso il solito intermediario e una somma anche maggiore rispetto a quella che mi era stata promessa.

Lo ringraziai con fare solenne. Questa generosità mi aveva commosso nel profondo.

In soggezione, feci fatica ad alzare gli occhi sul suo volto. La mia impressione fu che Elijah Rosencrantz trasudasse potere senza alcuno sforzo – una figura slanciata, con un portamento dignitoso e occhi incassati come quelli di una tartaruga.

"Mi ha fatto risparmiare una notevole quantità di denaro, dottor Weir! Questi 'servi a contratto' stavano morendo come mosche. Io pago per farli arrivare dall'Europa – pago ogni dannato boccone che mangiano, e mangiano come cavalli – e loro mi ringraziano morendo. Gli irlandesi sono i peggiori! Gli irlandesi sono *sempre* i peggiori! Si ubriacano e si fanno incastrare dai macchinari per fare dispetto a *me*. Spero che questa follia avrà termine, ora."

Il signor Rosencrantz rise, non in modo duro ma con aria incredula, come se non riuscisse a capacitarsi di quanto lo trattassero male, con quale cattiveria.

Era difficile stabilire che età avesse, probabilmente un'età avanzata – verso la fine dei sessant'anni, poco più di settanta? Oppure era molto più giovane, ma aveva patito un qualche male, aveva perso peso e la maggior parte dei capelli? La pelle sembrava lievemente butterata; la palpebra sinistra cadente.

Pensai che forse mi avrebbe invitato a fermarmi all'Hermitage per cena, occasione in cui sarei stato introdotto alle donne della famiglia Rosencrantz; ma ciò non avvenne.

Né il signor Rosencrantz fece domande sulla mia famiglia, come mi ero immaginato potesse fare, per cortesia. (Per cui mi ero ripassato in mente le parole che avrei usato per parlare dei Weir di Concord, Massachusetts – cosa avrei scelto di menzionare, tra i tanti traguardi raggiunti da mio Padre, conservando al contempo un'aria modesta e misurata, in considerazione della grande fortuna e reputazione del mio ospite.)

All'improvviso la conversazione sembrò volgere al termine.

"Tornerà nuovamente da noi, dottor Weir? Una stagione pestilenziale si sta annunciando – 'febbre gialla' –, useranno ogni scusa possibile per cadere come mosche. *Lei* li terrà in piedi, eh?" – strizzandomi l'occhio quando mi sarei aspettato una brusca stretta di mano; mentre un economo si palesava al mio fianco per accompagnarmi dalla veranda alla carrozza che era ferma in attesa.

Scrissi quella sera a mia Madre – *oggi ho stretto la mano al più illustre dei gentiluomini – Elijah Rosencrantz in persona. La fortuna è girata a mio favore, finalmente!*

## I primi anni di pratica, 1846-1851

Da *Cronaca della vita di un medico*,
di Silas Aloysius Weir, dottore in medicina

Grazie all'appoggio dei Elijah Rosencrantz e della sua famiglia, e al mio trasferimento in un modesto alloggio presso il villaggio di Ho-Ho-Kus, a quaranta minuti di battello da Manhattan, la mia vita cambiò drasticamente.

Sollevato dal destino di un declassato *dottore di campagna*, di cui tutti si prendevano gioco, e spostato su un piano completamente diverso, grazie alla mia abilità nel provvedere ai bisogni di malati e feriti di cui c'era un'offerta smisurata; perché, come il signor Rosencrantz aveva detto, i servi a contratto trovavano come arrivare alle nostre spiagge, venivano assunti per lavorare sette anni, presto si ammalavano o si ferivano o collassavano fino alla morte, quasi per fare dispetto proprio a coloro che avevano pagato per il loro viaggio.

Di queste persone che lavoravano nei mulini e alla fattoria, che balbettavano spesso lingue straniere, o un inglese tanto storpiato da essere quasi incomprensibile, solo pochissime sarebbero sopravvissute per divenire a tutti gli effetti dei cittadini statunitensi. Dei loro bambini, solo pochissimi ce l'avrebbero fatta – senza dubbio, un miracolo.

La cosa che mi colpì di più fu che il mio timore verso i pazienti, in particolare verso le donne dell'alta società, cominciò a ridursi, mentre acquisivo confidenza con i pazienti di classe inferiore; il mio era stato il timore del medico novizio, che trema per il giudizio altrui, quando mi divenne evidente che avevo ben poco, se non nulla, da temere da parte *loro*.

Un giovane dottore deve imparare a mantenere un'aria sicura e non tradire mai ansia, terrore o disperazione. Non è il giuramento di Ippocrate a guidare il medico – *Non fare del male*; quanto, piuttosto – *Non esitare nel tuo proposito, che tu faccia del male o meno*.

L'incombenza di gran lunga più sfidante per il giovane medico è quella che potremmo definire il *problema femminile*.

Il fatto che la femmina, nelle sue incarnazioni spirituali più alte, Madre, Moglie, Amata, sia ineluttabilmente anche la *femmina* nella sua esistenza corporea.

La ripugnanza fisica del corpo femminile non è questione di razza, identità etnica o colore della pelle; quanto un'eredità di Eva accettata come tale dalle donne più giudiziose. Inoltre, le donne di buona famiglia non hanno la minima idea di che aspetto abbiano le loro *zone più basse*, non più di quanto ne sappia un marito, poiché l'atto matrimoniale tra coppie sposate avviene al buio, in un doloroso silenzio. (Nei miei primi anni come medico, io, ovviamente, non ero ancora sposato; fino alla mia notte di nozze, *vergine* quanto la mia cara sposa.) Mai sarei stato del tutto a mio agio nel visitare donne del mio stesso ceto o di un ceto maggiore, come lo ero con le donne di classe inferiore. Con quelle che lavoravano al mulino, alla fattoria e con le domestiche dei Rosencrantz avrei appreso una naturalezza, una giocosità quasi, che mi sarebbe stata d'aiuto negli anni successivi, quando la mia pratica si sarebbe estesa fino a includere pazienti più agiate, dato che la chirurgia sperimentale che praticai su questi primissimi casi si sarebbe dimostrata di inestimabile valore, col tempo.

Elemento importantissimo, stavo attento a non essere mai da solo nella sala visite, o in qualsiasi sala, con una paziente femmina. Di solito, era presente un parente maschio; altrimenti, era Betje ad assistermi. Con discrezione "sentivo" il battito cardiaco (al polso) con le dita, o poggiavo la mano su una fronte febbricitante, ma questi contatti non erano mai prolungati. Se una donna era affetta da uno sfogo cutaneo, da una ciste, da un nodulo o da un ammasso tumorale in zone "private" del suo corpo, di solito non voleva parlarne a un medico (maschio), ma si confidava con un parente che me lo riportava, per decidere come era meglio procedere. La maggior parte delle mie consultazioni con donne delle classi più agiate erano circostanze di scrupolosa indagine, di mie domande e loro risposte, un'elencazione di sintomi, molti dei quali piuttosto comuni: fiato corto, sensazione di svenire, assenza d'appetito, eccesso d'appetito, tachicardia, pulsazioni rallentate, terrori notturni, pianti immotivati, eccitazione, affaticamento estremo che non consentiva di alzarsi dal letto alcune mattine e di allacciarsi nei corsetti a stecca di balena, eccetera; di solito, poi, trattavo la paziente con un sano *salasso*, per quietare i tremori dell'utero nervoso. Il primo progetto di quella che sarebbe diventata, nella mia pratica, la rinomata *Sedia della calma*, fu elaborato a Ho-Ho-Kus, con degli asciugamani umidi avvolti per stringere fermamente la donna nevrotica e una dose di laudano per indurre il sonno. (Per gli uomini si suggeriva quasi il contrario, poiché richiedono un'eccitazione della muscolatura, non una sua sedazione.) Se c'era un gonfiore alle gengive, con una lancetta affilata incidevo la gengiva fino al dente, somministrando poi un estratto di echinacea, di pastiglie di chinino e di tintura d'arsenico – un'anticipazione delle procedure che avrei perfezionato anni dopo, nella mia ricerca di una cura della follia attraverso la rimozione dell'infezione.

Una terapia innovativa, intrapresa dopo il mio trasferimento a Ho-Ho-Kus e suggeritami dallo stesso Elijah Rosencrantz per il trattamento di diversi malanni, era l'*impacco di senape.*

(Dall'odore alquanto nauseabondo – ma ottimo per il morale delle pazienti che associano gli odori forti alla potenza, e sono ammansite dai loro modi aggressivi in una sorta di gradevole *passività femminile.*)

Nel corso della convalescenza, alla paziente venivano prescritti medicinali adeguati alla sua condizione, di solito gocce di morfina, o di laudano, che si dimostravano efficaci con le donne di alto ceto che non avevano bisogno di darsi da fare durante il giorno, a differenza delle lavoratrici del mulino o della fattoria che non godevano di quel lusso; per questi casi più difficili una soluzione di estratto di nicotina e gocce di aspirina induceva un battito cardiaco più accelerato e un afflusso di forza negli arti, estremamente più muscolosi di quelli delle donne agiate, i cui arti superiori, da giovani, erano a malapena più larghi dci polsi, e pietosamente flaccidi e laschi con la mezza età.

Era raro che non mi consultassi in modo approfondito con un marito, un padre o un fratello dopo aver visitato una paziente di buona famiglia, prima di rivelarle la mia diagnosi; laddove le donne di basso ceto sembravano voler confrontarsi con la verità, quelle più facoltose se ne riparavano, come da una luce accecante. Ogni dettaglio delle cure relative a una donna agiata veniva approvato dal marito o da un parente maschio, ovviamente, perché sarebbero stati loro a pagare la mia parcella, ed erano loro che dovevo accontentare, soprattutto riguardo a certe pratiche chirurgiche "controverse" che cominciarono a venirmi affidate: richieste di mariti preoccupati dal loro benessere, sia per casi di agitazione estrema nella donna, o di fiacchezza; un riso sovraeccitato, o lacrime incontrollate; "frigidità" nel corpo inferiore che inibiva i rapporti coniugali oppure una perversa, innaturale "avidità" del corpo inferiore durante i rapporti coniugali – tutte queste, forme di *isteria*.

Incoraggiato dalla sovrabbondanza di tali richieste, e consultando con scrupolo le riviste di medicina per trarne indicazioni, cominciai a perlustrare una branca della cura medica per me nuova, che riguardava gli organi femminili. Alla scuola di medicina non ci era stato insegnato praticamente nulla in merito; per compensare, tentai alcune esplorazioni chirurgiche sugli animali, vale a dire sui cani e i gatti; sebbene molto complesse, e per necessità eseguite di nascosto, con le spoglie rimosse dai miei alloggi nottetempo e seppellite in fondo a un giardino, queste indagini chirurgiche si rivelarono infinitamente preziose.

Cosa ancora più proficua, fui in grado di acquisire i corpi di varie donne morte da poco, inclusa una, a giudicare dal colore della pelle e dalla fronte bassa probabilmente un'immigrata dal sud Europa, di non più di vent'anni, con il ventre rigonfio – una *gravidanza*. Questa manna inattesa mi consentì, una volta che i miei nervi furono abbastanza pronti, di apprendere gran parte di ciò che mi era sconosciuto delle *parti intime* femminili: fu sorprendente.

(Non potei fare a meno di provare un brivido di gratificazione per il fatto che proprio lo svantaggio della mia precedente carriera, ovvero che fossi obbligato a provvedere a pazienti di così umile estrazione, si sarebbe dimostrato un netto vantaggio, inaccessibile a mio fratello Franklin, socio di un importante studio chirurgico su Beacon Street, a Boston.)

Soprattutto, mi fu di enorme beneficio poter curare le pazienti dell'Hermitage, perché le mie abilità si poterono affinare per una pratica di più ampio respiro. La rimozione delle ovaie era prescritta frequentemente quale cura per la *nevrastenia*; nei casi più estremi, si suggeriva la rimozione di tutto l'utero (da qui, il termine "isterectomia"); in altri casi, la rimozione chirurgica della "clitoride" vaginale, in quanto appendice priva di scopo del corpo femminile descritta da Galeno come ipersensibile al tocco, incline a determinare sovraeccitazione, anemia, sonnambulismo, iperventilazione, surriscaldamento, anoressia, pensieri morbosi, mal di testa, insonnia, tendenze all'ateismo, follia e taluni indicibili comportamenti di carattere degenerato più spesso associati ai maschi adolescenti della specie.

Il trattamento, così come si era evoluto nel corso della mia pratica a Ho-Ho-Kus, si svolgeva in questo modo: la paziente (ignara) veniva condotta dai parenti nello studio, dove veniva messa a suo agio conversando con il medico di argomenti come il tempo, la poesia o le prossime vacanze, mentre le veniva somministrata una bevanda calda, solitamente un tè, che conteneva un potente sonnifero, spesso laudano, che in poco tempo l'avrebbe fatta cadere in un sonno profondo, senza alcun sospetto; quando, ore dopo, la paziente poteva essere risvegliata, l'intervento chirurgico nelle regioni inferiori del suo corpo era già concluso e, tranne che per un minimo dolore, qualche perdita di sangue e alcune complicazioni che richiedevano una terapia ulteriore, la paziente veniva riportata a casa per una convalescenza tranquilla, isolata fintanto che era necessario.

Siate certi che questi interventi venivano eseguiti con premura per salvaguardare la decenza della paziente: la testa e il dorso della donna priva di sensi erano castamente avvolti in una stoffa bianca per rendere le circostanze impersonali, come se si trattasse di una lezione di anatomia, mentre le cosce erano sollevate e aperte, esponendo all'occhio clinico del chirurgo le regioni inferiori della donna, ovvero la vagina, le labbra, il canale del parto, eccetera. Si richiedeva d'avere nervi d'acciaio a qualsiasi chirurgo si avventurasse in quei territori, che offrivano all'occhio uno spettacolo infernale. Secondo lo scrupoloso diario medico da me tenuto in questi anni, comunque, in nessun caso una delle mie pazienti ebbe a lamentarsi delle mie operazioni purificanti sul suo corpo; ma la rimozione delle ovaie, dell'utero, della clitoride di rado si registravano in coloro che sopravvivevano, la maggior parte delle quali continuò ad assumere laudano ogni giorno.

Le donne più giovani, tuttavia – "le ragazze" – non erano sempre altrettanto trattabili. Uno spirito riottoso è un difetto di gioventù, estinto da tempo nelle donne sposate, anche in quelle ancora piuttosto giovani. Si dice che alcune ragazze malvagiamente curiose nel corso dell'adolescenza siano indotte a mettersi uno specchio di fronte alle parti proibite del proprio corpo, tra le gambe, per spiare con stupore e sgomento precisamente *ciò* di cui non hanno una chiara visione e che spesso gettino lo specchio atterrite, per non prenderlo e tentare mai più.

Perché il terrore della giovane, virginale fanciulla è che il *buco* al centro del suo essere, tra le sue gambe, sia *così piccolo* da rendere sgradevolmente molesto immaginare come possa accadere che un neonato venga "fatto passare" da lì; queste circostanze, anche per quelli tra noi esperti d'anatomia umana, restano un mistero inafferrabile. In quanto studenti presso il college di medicina di Philadelphia, siamo stati ingenuamente ingannati dalla *rigidità* dei manichini con cui ci veniva insegnata l'anatomia femminile, manipolabili per espellere i "feti" senza grande sforzo; nella vita reale, la carne della donna, il canale di nascita, l'utero, eccetera, è *tenero e cedevole*, non rigido. E, com'è ovvio, un getto di sangue accompagna il parto.

Delle giovani donne che vennero nel mio studio a Ho-Ho-Kus o, meglio, che furono condotte nel mio studio, un caso risalta in modo peculiare e inquietante: la nipote di diciassette anni del signor Rosencrantz, Bettina, figlia del figlio maggiore, Joseph, che mi venne descritta come una "ragazza difficile, volitiva, cocciuta e ostile", sospettata dal padre di avere abitudini turpi così come una predisposizione alla disobbedienza e all'insolenza in chiesa – tutte espressioni di *sfida*.

Quando Joseph Rosencrantz mi portò la figlia imbronciata, la ragazza dai capelli rossi si insospettì all'istante, e rifiutò di sorridere alle mie chiacchiere giocose; si rifiutò di bere la cioccolata dolce che le offrimmo; e insistette nel dire che "non c'era nulla che non andava" in lei; non collaborò quando provai a farle un salasso, sebbene fosse palese che il suo sangue era caldo in modo patologico e che necessitava di essere raffreddato.

"Figlia, tu obbedirai al dottore," disse Joseph Rosencrantz con la voce incrinata dall'indignazione; mentre Bettina continuava a comportarsi in *maniera capricciosamente contraria*, cosa che, era chiaro, le era stata concessa troppo a lungo dalla sua famiglia, forse perché era molto graziosa, con la pelle lattiginosa, le sopracciglia chiare e scuri occhi verdi.

Infine, dopo che sia il padre sia il medico fallirono nel tentativo di persuaderla con la ragione, l'ostinata Bettina dovette essere trattenuta con la forza dalla servitù che Joseph Rosencrantz si era portato a tal scopo dalla sua dimora; legata a un tavolo mentre urlava, e sedata dopo essere stata costretta a ingerire delle gocce di morfina affinché potessi trovarmi di fronte a una visione a tal punto sconvolgente in una così giovane (presumibile) vergine: il minuscolo, volgare organo alla bocca della vagina era dritto e infiammato, simile a un organo maschile in miniatura, con un fuoco che vi si propagava dall'interno.

A quel punto, mandai via Joseph Rosencrantz e gli altri, perché potessi raccogliere tutto il coraggio e agire con decisione; pregando Dio nostro Padre, e Gesù Cristo nostro Salvatore affinché la mia mano non tremasse nel compiere questo debridement chirurgico, il primo del suo genere nella mia esperienza di giovane medico e novello chirurgo.

Presto poi, il fuoco osceno fu sedato – il minuscolo pezzo di carne rapidamente reciso e gettato come spazzatura tra i rifiuti medici, e la ferita sanguinante tamponata e cucita con uno spesso filo nero che doveva essere rimosso dopo due settimane.

Ancora priva di sensi, l'ostinata giovane Bettina fu portata fuori dal mio studio e ricondotta a casa all'Hermitage. Se avvertii una fitta di pietà per lei, sentii un più profondo senso di giusto sollievo per il fatto che alla ragazza, ancora così giovane, fosse stata risparmiata una vita da bisbetica, per lo più infelice; e sarebbe divenuta ora una moglie e madre ideale per un buon partito.

Per questa sola operazione, fui pagato generosamente, rendendomi subito disponibile ad accogliere l'insistente desiderio di Joseph Rosencrantz di non comunicare a nessuno quella transazione, giacché pochi in famiglia sapevano, inclusa la madre di Bettina.

Avvenne che, pur aspettandomi certo di venire chiamato all'Hermitage per controllare la convalescenza della ragazza e rimuovere i punti, non la vidi mai più; né nessuno mi informò del fatto lancinante che, solo pochi giorni dopo l'intervento, quando la ferita chirurgica era ancora aperta, Bettina dai capelli rossi era scappata di casa durante la notte; e sotto la coltre delle tenebre si era tolta la vita annegando in uno stagno infestato dalle zanzare accanto al torrente Ho-Ho-Kus, a meno di due chilometri da casa mia, nel villaggio.

La notizia scioccante mi giunse in modo tortuoso, dopo alcune settimane. Ricordo di esser rimasto muto per alcuni minuti nell'apprenderla e di essere crollato in ginocchio, per pregare per l'anima della fanciulla, perché potesse esserle risparmiata la dannazione dell'inferno; non riuscii a non tormentarmi con il pensiero che se solo Joseph Rosencrantz mi avesse portato la figlia prima, e se avessi avuto l'opportunità di eseguire l'intervento quando era più piccola, dunque meno riottosa e conformata nei modi, la sua vita sarebbe stata risparmiata, e così la sua anima – ma è inutile indugiare in ciò che sarebbe potuto essere.

*

Presto poi, con la benedizione della Provvidenza, e il sostegno continuo della famiglia Rosencrantz, la mia attività medica, un tempo così misera, cominciò a fiorire. Nel corso di numerosi anni dediti a un lavoro senza sosta, avrei accumulato abbastanza risparmi da poter sposare un'esemplare donna cristiana appartenente a una famiglia di una certa solidità del South Jersey; una sposa forse non così attraente come Tabitha Tyndale, né altrettanto agiata, ma una fedele compagna che si sarebbe dimostrata a me devota, indubitabile nella sua lealtà e nei confronti delle necessità della nostra famiglia – verso tutti i nove, benedetti, figli.

## La convocazione a Trenton, 1851

Da *Cronaca della vita di un medico*,
di Silas Aloysius Weir, dottore in medicina

"Dottor Weir? Silas Weir? La prego, venga con me, c'è un'emergenza, c'è bisogno di un medico, la vogliono con urgenza a Trenton!"

Un'altra volta, come un lampo di luce in un cielo sereno, la Provvidenza intervenne ad alterare completamente il corso della mia vita; e, in questa occasione, in modo ancor più inaspettato, per tramite di Percival Weir – l'ultima persona tra tutte che mai avrei immaginato potesse aiutare *me*.

Mi trovavo nel mio studio in una piovosa mattina di settembre e, per puro caso, non avevo appuntamenti previsti durante la giornata; fui contento, perciò, di essere convocato a Trenton da un individuo vestito di scuro il cui nome, colto come fui di sorpresa, non riuscii a udire con chiarezza; compresi soltanto che le circostanze erano tetre e che *c'era disperato bisogno del mio intervento.*

Ebbi a malapena il tempo di andar a prendere la mia valigetta, diedi un frettoloso saluto alla mia cara moglie, Theresa, che stava in un'altra parte della casa, con la vaga promessa di fare ritorno prima della mezzanotte; devo confessare che ero perplesso dal fatto che nessun altro medico nelle vicinanze di Trenton, capitale del New Jersey, fosse disponibile per accorrere sul luogo di una *tremenda emergenza*. Trenton è a 140 chilometri da Ho-Ho-Kus e ciò implicava una fastidiosa corsa in carrozza sotto la pioggia battente.

A ogni modo, sfide del genere non mancavano mai di suscitarmi una sensazione di grande eccitamento, misto a panico: la speranza che la mia perizia medica si sarebbe rivelata adeguata alla circostanza, assieme al terrore di poter fallire nella maniera più vergognosa.

Lungo il turbolento tragitto verso Trenton, mi fu spiegato dall'individuo vestito di scuro e sedutomi a fianco che c'era urgente bisogno della mia esperta conoscenza dell'anatomia femminile, così come delle mie capacità di chirurgo, per un ricovero particolarmente difficoltoso presso l'Istituto per donne malate di mente a Trenton e la penuria di medici nella struttura.

"Istituto per donne malate di mente! Ah, capisco."

Mi venne in mente ora, con un sentimento simile alla mortificazione, e tuttavia anche con maggior ansia, che un lontano parente di mio padre vari anni prima era stato nominato direttore dell'Istituto del New Jersey per donne malate di mente a Trenton: come una chiave che scatta in una serratura, dedussi che qualche contatto si era attivato tra mio Padre e questo parente, con l'intenzione di farmi progredire nella mia carriera.

Per quel che ricordavo, il parente di mio Padre – molto plausibilmente, un cugino – faceva anche lui di cognome Weir; sentii il battito accelerare, come un giovane in un racconto d'avventura, sebbene (in realtà) *giovane* non lo fossi più: stavo per realizzare il mio destino, infine.

"È molto grande, quest'istituto?" non riuscii a trattenermi dal chiedere al mio compagno, che sembrava piuttosto affabile, pur se poco incline alla conversazione; e mi fu risposto "Sì, lo *è*" con lieve, seducente enfasi.

"E il direttore è un tale 'dottor Weir'–?"

"Sì, *è* lui. 'Medrick Weir'."

A queste parole, risi nervoso. Poiché mi sembrò ridondante da parte mia sottolineare che il direttore del rinomato istituto fosse un mio consanguineo, oltreché vanaglorioso. Ciononostante, il mio compagno vestito di scuro non fece ulteriori commenti, si girò invece a guardare con aria cupa fuori dal finestrino la pioggia battente simile a una tela che si spostava in continuazione mentre la carrozza continuava a tuffarsi in avanti lungo la strada infangata.

Era trascorso ormai un po' di tempo da quando mio Padre era stato informato da mia Madre del mio sfortunato allontanamento da Chestnut Hill, addirittura dall'intero stato della Pennsylvania; conosceva la mia attuale situazione a Ho-Ho-Kus, a servizio della ricca famiglia Rosencrantz; sapeva che ero sposato e che avevo avuto una nidiata di figli (di cui ne aveva conosciuti solo tre). Agli occhi di mio Padre non ero più un giovane *specializzando*, anzi; non più una *promessa*; a differenza di mio fratello maggiore, Franklin, decollato in una carriera di successo come medico dell'alta società di Beacon Hill, Boston. Poteva essere almeno un poco soddisfatto che riuscissi a sostentare, seppur con minimi mezzi, una moglie e una famiglia che si allargava; ma era escluso che considerasse seriamente l'ipotesi che mi sarei distinto in una qualsiasi branca della medicina.

In tutto il mondo, solo la mia cara madre e la mia cara moglie riponevano fiducia in me, forse mia Madre più di mia moglie, oltre tutto.

Perché, ormai, mia moglie e io avevamo affrontato una certa mole di problemi economici, con la prole da sfamare e vestire solo con il mio magro stipendio, e una specie di incerto sostegno finanziario da parte dei miei parenti acquisiti, che possedevano proprietà importanti nel South Jersey e guardavano con un certo scetticismo alla scelta impetuosa della figlia di sposare un *aspirante ricercatore medico*, nelle vesti di un *medico di campagna.*

Ero dunque eccitato alla prospettiva della *tremenda emergenza* come avrebbe potuto esserlo un dottore più giovane di me di dieci anni; e pregavo Dio con grande fervore, affinché non mi lasciasse fallire quando dai miei successi dipendeva così tanto.

Fu un Giorno dei Miracoli quello in cui posai per la prima volta i miei occhi su Brigit Kinealy.

Ovviamente allora non conoscevo il nome della ragazza, né avrei potuto immaginare che questa disgraziata, deforme creatura, attorcigliata dal dolore tra le lenzuola macchiate di sangue, potesse sopravvivere al calvario del suo travaglio, figuriamoci persistere poi con tanta rilevanza nella mia vita.

"Dottore! Grazie a Dio *è qui.*"

Una donna dal volto infiammato che assisteva al parto e che presi per una levatrice mi spiegò, con voce fastidiosamente eccitata, che la giovane madre era in travaglio da diciotto ore, e che si stava indebolendo e dissanguando sempre di più. Uno dei medici dell'istituto era stato incaricato di seguire la nascita, ma non si era fermato nella sala parto più di qualche minuto, sopraffatto dalla scena e dagli odori; a un altro medico era stato ordinato dal direttore di sopraintendere alla nascita, ma questi non si era nemmeno presentato.

La giovane madre (Brigit) era un'orfana – una "sordomuta" – che lavorava nell'istituto, ricoprendo un umile incarico, perché sua madre, una cuoca, l'aveva ceduta con un contratto poco prima di morire; il contratto di Brigit stabiliva che non sarebbe stata libera dalla servitù fino al compimento dei ventuno anni. Si riteneva che Brigit si fosse "messa nei guai" con qualcuno degli impiegati, con uno o più dei portantini, approfittatisi della sua ingenuità e della sua tempra infantile.

Dopo così tante ore di difficile travaglio, sembrava che nessuno si aspettasse che la madre potesse sopravvivere; ma sapevano che il direttore dell'istituto voleva che il bambino – almeno – fosse salvato.

Fu scioccante per me che una ragazza all'apparenza così giovane, appena poco più di una bambina rispetto al suo sviluppo fisico, e con una specie di angelica radiosità, potesse essere *incinta*; e ridotta a una tale agonia, dentro un istituto mentale rinomato condotto dal consanguineo di mio padre, Medrick Weir! Ovviamente, la ragazza era di origini irlandesi, cosa che poteva giustificare un certo grado di dissolutezza; rammentai che le nostre domestiche a Concord, e quelle dei nostri vicini, erano di solito delle irlandesi che non facevano che farsi mettere incinta dai giovani uomini della casa, e dovevano essere allontanate in fretta.

Le donne partoriscono con dolore, si dice, per colpa del peccato di Eva, eppure non può che apparire una cosa tristissima, poiché di certo questa ragazza non aveva consapevolezza del suo misfatto; era straordinariamente pallida come se tutto il sangue le fosse stato drenato dal corpo. La sua pelle cerea, gli occhi così chiari da essere traslucidi, le ciglia e le sopracciglia prive di colore, e i capelli a tal punto biondi da sembrare quasi bianchi.

Era *albina*? Uno scherzo della natura, come ricordai dalla scuola di medicina; si diceva che gli albini vivessero poco, e che avessero una vista molto scarsa.

Eppure, sebbene fosse *albina* e così straordinariamente pallida, Brigit possedeva una bellezza fantasmatica e angelica, come mai ne avevo viste prima, di gran lunga maggiore rispetto alla più robusta bellezza di Tabitha Tyndale.

Appena arrivato in questa camera degli orrori – una *sala parto*, come le chiamavano lì (non c'era nulla di simile all'Hermitage, usavamo uno degli edifici esterni della fattoria per emergenze di quel genere) rimasi immobile a fissare la scena infernale. Mi domandai quasi se il mio crudele padre e il suo congiunto avessero cospirato non per farmi progredire nella mia carriera, ma per umiliarmi oltre, per evirarmi invero. Sentii gli arti intorpidirsi, e i pensieri presero a sciamare. Tra tutte le circostanze mediche, è l'orrore della nascita che i medici temono più di tutto, per assoluto disgusto: la pancia enorme e rigonfia della gravida striata di sangue, la vagina lacera, dilatata e lucida per il sangue esposta in modo crudo, una visione oscena in condizioni normali, ma ancora più ripugnante quando così rivoltata durante la nascita; la bellezza della giovane madre sfregiata e a malapena ancora di fattezze femminili, cosa che avrebbe potuto emanare un qualche minimo fascino in quello spettacolo raccapricciante.

(Della testa del neonato incuneato tra le cosce insanguinate, all'apparenza bloccato all'interno della vagina tesa, solo un breve accenno così sconvolgente per me che ebbi paura di svenire, non riuscivo a parlare; le parole mi eludono, devo rimanere in silenzio.)

La ragazza era talmente agitata che sembrava essersi a stento accorta della mia presenza, mentre tentavo in modo esitante di darle conforto, con l'assistenza della levatrice; era spaventoso sostenere lo sguardo di quegli occhi chiari, quasi temessi di guardare in tutt'altro genere di anima, giacché nulla di umano sembrava risiedervi.

Come negli alloggi dei braccianti dell'Hermitage, c'era un ronzio di mosche e un olezzo davvero nauseabondo; sebbene questo fosse un istituto per donne malate di mente, a Trenton, un complesso di imponenti edifici in mattoni rossi che si diceva fossero stati progettati da un noto architetto, e non un ospedale improvvisato, le condizioni nella sala parto erano altrettanto riprovevoli.

Se non fosse stato per il giuramento di rendere infine mio padre fiero di me, sarei scappato da lì come avevano fatto gli altri dottori prima.

Benché dicessero che la giovane albina irlandese fosse sordomuta, ciò non le impediva di gridare, nel modo più straziante, come grida un bambino, in un impotente calvario. Perché era palese che la filiforme fanciulla non avesse la circonferenza pelvica sufficiente per sostenere la nascita; e il neonato, generato da chissà quale bestia, sembrava troppo grande per il canale del parto. Mi domandai, non per la prima volta, come e perché il nostro creatore avesse progettato il corpo femminile in modo tanto *inetto.* All'Hermitage, Betje e le altre levatrici si occupavano dei parti difficili, perché agli occhi della famiglia Rosencrantz non valeva la pena pagare la parcella di un medico e convocarmi per quello scopo; se succedeva che mi trovassi all'Hermitage per altre, più urgenti questioni che riguardavano i validi lavoratori maschili, poteva accadere che mi fosse chiesto di supervisionare il parto; ma Betje o un'altra levatrice partecipavano alla vera e propria nascita, mentre io me ne stavo soltanto lì, spesso con gli occhi chiusi, per cui non avevo ricordi concreti di quali manovre la levatrice eseguisse con le sue mani nude, insanguinate. Ricordo che Betje urlava con voce fastidiosamente alta parole di incoraggiamento alla futura madre protesa nello sforzo; sentivo di non poter replicare una condotta così accalorata, né desideravo farlo, perché sono un gentiluomo, e non un *tipo incline alle grida.* Inoltre, non avevo idea di cosa dire, ed ero preoccupato che la levatrice dell'ospedale, e gli altri astanti, che guardavano inebetiti sull'uscio della sala parto, potessero considerarmi un ciarlatano e deridermi.

Anche qui la levatrice, che si chiamava Gretel, stava cercando di incoraggiare la giovane madre straziata, modellando la bocca in modo espressivo per farle "vedere" le parole pure se non poteva sentirle.

In ogni suo aspetto, una scena estremamente chiassosa, esasperante per i miei nervi. Grida e strepiti femminili – per cui non siamo stati affatto preparati alla scuola di medicina!

Non vidi alternativa che spiegare con schiettezza a Gretel che avevo ben poco chiaro cosa fare, perché non avevo mai fatto "nascere" un bambino in carne e ossa da solo, soltanto un bambino-manichino alla scuola di medicina, insieme a numerosi altri studenti, e questo anni fa; i travagli e i parti della mia cara moglie furono seguiti con grande perizia da una levatrice che aveva scelto lei e che di certo non sarebbe svenuta, come può accadere a un marito/padre (perché di certo sarei stato bandito dalla camera da letto, anche se fossi stato a casa durante le nascite). Scelsi di non menzionare la mia dissezione del corpo gravido, perché avevo fallito anche quella operazione, ne sono certo – subito dopo, avevo raccolto rapidamente le spoglie e le avevo sepolte nel punto più lontano di un campo di granoturco, vicino alla nostra casa, insieme ad altri esemplari *post mortem* su cui mi ero esercitato, umani e animali. *No, non ero orgoglioso di me, per la mia codardia.*

"Un cesareo" sentii me stesso dire, con sorprendente autorevolezza. "Sono qui per eseguire un cesareo."

Realizzai infatti di essere stato convocato a Trenton per via delle mie capacità di chirurgo; era quella la ragione per cui ero lì! Era chiaro che non era intervenuta alcuna sciagura o bizza del destino, ma solo la mano della Provvidenza.

Per fortuna, durante le ore di ozio nel mio studio casalingo, spesso consultavo i testi di medicina che descrivevano quella procedura, incluse alcune tavole che illustravano gli organi riproduttivi femminili che credevo in quel momento, con un po' di concentrazione, di poter richiamare alla mente. Se solo mi fosse stata comunicata la natura precisa della mia missione a Trenton, avrei potuto strappare quelle pagine e portarle con me!

Come Betje, questa levatrice, un'estranea, si stava comportando con stupefacente perizia e deferenza, rispettando la mia autorità. È davvero straordinario come un medico e una sua subordinata possano lavorare assieme senza essersi mai visti prima.

Nella mia distrazione, mi ero dimenticato che stringevo ancora in mano la valigetta, e Gretel con gentilezza la staccò dalle mie dita e la aprì per scoprire al suo interno il tetro strumento conosciuto come *forcipe* – che ricordavo di aver utilizzato, o di aver tentato di utilizzare, spesso con gli occhi semi chiusi, quando Betje mi esortava nel corso di qualche parto laborioso all'Hermitage.

Nel mentre, Gretel prese a vestirmi con un camice protettivo simile a un lenzuolo per coprirmi l'abito; perché indossavo, in questo caldo giorno di settembre, la mia formale divisa da medico – un sobrio vestito nero di lana leggera, con una camicia bianca dal colletto inamidato e una consona cravatta, poco pratica in queste circostanze.

"Dottore, venga. Possiamo iniziare."

Con calma gratificante, Gretel preparò la paziente per me, aiutando a tenerla giù e ad allargarle le gambe; prendendo il forcipe, premendomelo in mano e guidandomi, così che potessi manovrarlo all'interno della vagina dilatata, esortandomi a chiuderlo (con delicatezza) attorno alla testa del neonato incastrato, e a dare uno strattone – prima più delicato – poi in modo più energico. Ero ormai ricurvo tra le cosce della giovane madre, nella più miserabile delle posizioni; osando respirare appena mentre spostavo la testa del neonato in modo lieve da lato a lato per allentare la stretta della vagina, anche mentre la madre gridava, e Gretel le urlava calorose parole di incoraggiamento – "Spingi! *Spingi*!" – con voce talmente alta che persino la sorda riusciva a sentirla.

Quanto a lungo durò questo incubo straziante dopo non sarei riuscito a ricordarlo. Come la donna partorisce con dolore, così Dio nella sua misericordia cancella questi ricordi; in questo oblio, la razza umana può avere seguito, perché, con ogni probabilità, non avverrebbe altrettanto se fosse il maschio della specie e non la femmina a rimanere incinta e a *mettere al mondo.*

In questo infernale luogo dell'istituto di Trenton, Dio deve avermi dato la forza per farcela, mentre una sottile nebbia rossa calava nel mio cervello e il mio cuore pompava nella disperazione; perché il dannato bambino si rifiutava di spostarsi – *non volevo nascere.* L'accorta Gretel mi fece scivolare in mano un coltello dalla lama lunga e affilata, non uno strumento chirurgico (così sembrava), quanto piuttosto un coltello da macellaio, e mi disse che dovevo usarlo, per liberare sia la madre che il neonato, o sarebbero morti entrambi. In qualche modo, lo feci; poiché non avevo scelta; tagliai nella regione pelvica in modo alquanto azzardato, socchiudendo gli occhi, augurandomi che fosse Dio a guidare la mia mano, cosa che Dio sembrò fare, fino a che quel cranio sproporzionato finalmente non scivolò avanti, un'espressione di sorpresa e umiliazione sulla sua piccola, piatta faccia da pesce.

Subito dopo, tutto il corpo del neonato, viscido di sangue, simile a una minuscola foca, emerse dal corpo della madre, tra grida di sollievo e felicità degli astanti. Sia nella sala parto che nel corridoio esterno si accalcarono rumorosamente gli impiegati, che si distinguevano, così sembrava, dalle uniformi verdi; qui e lì, donne scarmigliate in abiti marrone scuro, pazienti dell'istituto. Più tardi mi sarei meravigliato dell'interesse generale per il parto del bambino di Brigit Kinealy, come *se la sua paternità avesse un significato più che ordinario*, ma in quel momento devo ammettere che non ci feci caso.

Ah! – nel trionfo la piccola creatura grinzosa fu sollevata in alto da Gretel come un premio prezioso; ma, quasi all'istante, le fu tolta dalle mani, presumibilmente per venire lavata, lasciando me e Gretel ad assistere la giovane madre febbricitante, stesa tra le lenzuola sudice, che ancora perdeva una considerevole quantità di sangue scuro.

"Eccoci, eccoci – starai bene ora, tesoro. Tu e il tuo bambino. Non c'è bisogno di piangere, non devi avere *paura.* Ci prenderemo cura di te" – così la levatrice rassicurava la giovane madre, gesticolando con le mani e il viso in maniera enfatica, mentre la giovane madre esausta la fissava con un'espressione di disorientata comprensione.

Ah! Persino nella confusione del momento realizzai che il bambino mostruoso era in realtà un *lui.* Che si riempiva i polmoni di aria e piangeva vigoroso, come qualcuno che avesse diritto non alla vita soltanto, ma all'attenzione; portato precipitosamente lontano dalla sala parto dal putrido olezzo e dalla vista.

*

"Dottore?" – la voce preoccupata di Gretel volteggiava sopra di me.

Ero *svenuto*? Mi resi solo vagamente conto di venire sollevato e trasportato in un'altra stanza; rianimato, solo in parte forse, e lasciato steso su un divano, troppo frastornato per aprire gli occhi. La mia nuca doleva per aver sbattuto contro qualcosa di duro.

Avevo inalato così a lungo l'aria disgustosa della sala parto, e tanto era durato lo strazio del travaglio animale, dissimile da qualsiasi altra esperienza nella mia vita, che una subitanea cupezza era piombata su di me come un battito d'ali scure, ed ero crollato privo di sensi sul pavimento lercio.

"Dobbiamo ricucire la ferita," dissi, agitato, "–non abbiamo finito con la giovane madre..."

"È stato fatto, dottore!" mi rassicurò Gretel. "È tutto riuscito."

Con molta cautela, quindi, mi misi a sedere, sbattendo gli occhi nell'osservare la stanza sconosciuta che mi roteava attorno.

"Ne è certa, Gretel? La sutura è stata eseguita?"

"Sì, dottore."

"Ma–chi l'ha fatta?"

"Mi sono presa la libertà di farla io, dottore. Spero che non avrà nulla da obiettare."

"*Lei*! Ha avuto il coraggio di suturare una ferita chirurgica?"

Questa fu decisamente una sorpresa: una semplice levatrice che sutura la ferita di un cesareo! Ma supposi che una donna del genere avesse esperienza, e che sapesse cosa stava facendo.

"Ma la giovane madre avrà bisogno di ulteriori cure, ha perso molto sangue..."

"Oh, provvederemo noi a lei, dottore!"

Gretel parlava con una sorta di forzata allegria, come se credesse che ci potesse essere qualcuno a origliare la nostra conversazione.

Cercando di riprendermi, chiesi se il dottor Weir – ovvero, Medrick Weir – fosse informato del fatto che mi trovavo lì e che il difficile parto si era risolto per il bene.

"Sono certa che il direttore Weir sappia tutto ciò che c'è da sapere", disse Gretel, con un senso recondito che non riuscii a cogliere, "–e che le sia molto grato, dottore, per la sua esperta premura."

Visto che ero venuto a Trenton soprattutto mosso dalla speranza di poter stringere la mano al mio rinomato congiunto fui piuttosto deluso perché, invece di incontrare Medrick Weir, fui ricevuto dal suo assistente, Pell, un individuo dalla pelle giallastra e dalle fattezze suine, grosso modo mio coetaneo, che mi ringraziò con freddezza per i miei servizi, e mi informò che il direttore dell'istituto era stato convocato altrove – "in modo inevitabile."

"Convocato altrove? –dove?"

Ma questa era una domanda impertinente, me ne resi conto. Pell mi fissò con un'espressione aspramente vuota; ciononostante, riuscivo a cogliere una specie di smorfia derisoria sulle sue labbra sottili.

"Ecco la sua parcella, dottore. I suoi servizi non sono ulteriormente richiesti al momento."

Fu un colpo per il mio amor proprio. Dovevo essere liquidato dal mio congiunto, senza averlo incontrato?

Imbarazzante, inoltre, ricevere un pagamento in contanti, in modo così diretto. Come se fossi venuto fino a Trenton solo per questo: banconote fresche di stampa, nel palmo della mia mano.

Anche se ringraziai Pell per la remunerazione, esitai comunque ad andarmene, ancora un momento. Perché sentivo che, in qualità di medico che aveva fatto nascere il neonato della ragazza albina, dovevo fare almeno una rapida visita alla paziente, prima di andarmene.

"Non c'è bisogno, dottore. Sarà seguita."

"Una madre così giovane e malnutrita può morire, temo, se–"

"Ci prenderemo cura di lei, dottore. Siamo tutti medici qui. Ha ricevuto la sua paga, piuttosto generosa, ritengo."

Ma adesso Pell si stava esprimendo in modo imperativo. Non avevo altra scelta che fare un passo indietro.

Infilai rapido il mucchietto di banconote in una tasca. Le avrei contate più tardi, in realtà ricontate, lungo lo sballottolante viaggio verso casa.

Nonostante non mi fossi del tutto ripreso dal mio svenimento, venni sollecitato da Pell ad alzarmi e fui condotto con fretta alla carrozza che mi stava aspettando. Gretel tergiversava in maniera incerta sul bordo del marciapiede. Era chiaro che la levatrice aveva altro da dirmi, ma non poteva parlare in quelle circostanze; perché Pell la guardò, e la salutò con un movimento della mano.

*La giovane madre morirà. Non si prenderanno cura di lei. Ti vogliono fuori dai piedi, non sei più utile.*

Come se Pell potesse leggermi nei pensieri, mi congedò con falsa giovialità. Rassicurandomi del fatto che il direttore Weir era "molto dispiaciuto di averla mancata" – "spera di poterla ingaggiare di nuovo al più presto, quando ci sarà bisogno della sua competenza." Con mia sorpresa, mi mise in mano un oggetto pesante – una bottiglia di scotch di dimensioni generose – "un regalo del Direttore."

Con voce esitante provai a spiegare che non bevevo alcol, ma Pell non mi prestò attenzione.

Non avevo scelta che salire sulla carrozza. Al finestrino, sporgendomi per provare debolmente a oppormi una volta ancora: "Ma–sa–il mio lavoro qui non è davvero concluso..."

Nessuno mi prestava il minimo ascolto. Il cavallo si mise in movimento, gli zoccoli che rimbombavano sul selciato.

"Buonanotte, dottore! Buon viaggio di ritorno a Ho-Ho-Kus."

Ebbi l'impressione che Pell avesse pronunciato il nome *Ho-Ho-Kus* in modo sarcastico.

La carrozza si addentrò nel buio del rurale New Jersey. Un viaggio scomodo, lungo strade sconnesse, senza nient'altro che le lanterne ai lati della carrozza per gettare una luce sinistra sul nostro percorso. Pensieri angoscianti mi assillavano: il neonato sarebbe stato riportato alla madre per essere allattato; o sarebbe stata rintracciata una balia, per prendersi cura di lui al suo posto? – dando per scontato che la giovanissima madre non sarebbe sopravvissuta a lungo.

Visioni della fanciulla – *Brigit* – mi giungevano spontanee: la bellezza angelica, l'innocenza macchiata, crudelmente contorta nell'agonia...

*Devi accontentarti di sapere: l'hai salvata da una morte immediata.*

*Quello che succederà dopo non sarà colpa tua.*

Molto stanco per la mia traversia, e fiaccato dalla mancanza di cibo, riuscii ad aprire la bottiglia di scotch, lasciando che le esalazioni affilate mi giungessero alla testa come fili d'acciaio. Mi azzardai ad assaggiare la bevanda – che mi bruciò la lingua, e mi prosciugò la gola, come un liquido infiammabile. Mi azzardai a bere – un sorso solo. Una gioia muta cominciò a plasmarsi nel mio cuore. Poiché sentivo di possedere il "dono della guarigione", che è una specie di grazia, conferita solo a pochi tra coloro che esercitano la professione medica. Perché, sebbene altrove fossi ritenuto un fallito, disprezzato dal mio stesso padre, a Trenton avrebbero potuto considerarmi un medico affermato, per aver eseguito un parto cesareo in condizioni d'emergenza, salvando la vita sia alla madre che al neonato.

*Spera di poterla ingaggiare di nuovo al più presto, quando ci sarà bisogno della sua competenza* – queste parole echeggiavano nelle mie orecchie mentre sprofondavo in un sonno esausto nella carrozza sobbalzante che mi portava via, nel dolce oblio di una notte del New Jersey.

# 2. L'Istituto del New Jersey per donne malate di mente

# Destino

Da *Cronaca della vita di un medico*
di Silas Aloysius Weir, dottore in medicina

Poiché la Provvidenza ha guidato la mia carriera, spesso senza che io capissi il corso delle cose che mi si dispiegavano davanti, ma sempre confidando in Dio, nel fatto che le mie scelte sarebbero state espressione della Sua volontà, accadde dunque che, a pochi mesi di distanza dalla mia prima visita, il direttore dell'Istituto del New Jersey per donne malate di mente a Trenton, mi contattasse una seconda volta, con la richiesta urgente di recarmi da loro, dove si era verificata di nuovo una *circostanza tremenda*.

Nel tempo intercorso, ero spesso stato preda del più magnetico dei sogni, che mi vedeva di nuovo insieme alla giovane madre Brigit, la cui raggiante bellezza e l'innocenza risaltavano più nitide ai miei occhi ora, nella mia immaginazione, che nella brutale concretezza della sala parto; se avessi avuto il coraggio, avrei potuto chiedere qualche notizia in istituto sulla salute della fanciulla; ma non intravedevo alcuna maniera di farlo senza attrarre un'indesiderata attenzione sulla mia persona, attenzione che avrebbe persino potuto giungere alle orecchie della mia famiglia a Concord, con esiti sgradevoli. *Sei un marito cristiano felicemente sposato, padre di più figli: è questo il tuo destino, ed è un destino benedetto. Gioiscine!*

Di solito, come una pioggia torrenziale, l'oblio lavava via ogni ricordo dei miei pazienti, a prescindere che il mio contatto con loro avesse avuto come risultato un successo o un fallimento; essendo un dottore di campagna sopraffatto dalla mole di lavoro, non ci si poteva aspettare che ricordassi la maggior parte dei miei pazienti, nemmeno se ci provavo.

All'Hermitage, dove mi occupavo di servi a contratto e lavoratori, essendo questi spesso vittima di incidenti all'interno dei mulini o nella fattoria dei Rosencrantz, così come di malanni naturali, avevo imparato a non indagarne le *cause*, ma solo a gestirne i *risultati.* Teste e schiene insanguinate, arti rotti e spezzati, colpi di calore, arresti cardiaci, collassi respiratori, vista annebbiata, emorragie gastrointestinali, manie – erano tutti la stessa cosa per me, ero un medico capace, pagato non per "curare" ma per "ripristinare" la fedeltà nel lavoratore, per consentirgli di guadagnarsi *il proprio sostentamento.*

Ciononostante, mi sembrava d'intuire che avrei potuto ancora raggiungere un destino più elevato: i primi sogni che avevo coltivato riguardo alle mie sperimentazioni chirurgiche, il mio tentativo (crudelmente abortito) di correggere il disallineamento cranico della neonata dei Brush e gli altri progetti mai realizzati mi fluttuavano innanzi come miraggi, mentre ogni notte sprofondavo in un sonno esausto; e avevo la sensazione che quel destino mi attendesse a Trenton, New Jersey.

Venni convocato a Trenton per la seconda volta nel dicembre del 1851, con esiti così soddisfacenti che il direttore volle vedermi e ringraziarmi di persona; e offrirmi una posizione più stabile tra gli impiegati dell'istituto, in qualità di medico chirurgo, essendosi improvvisamente liberato un posto.

All'inizio, esitai ad accettare l'offerta che intimamente accolsi con gioia, poiché, nel corso della nostra conversazione, per timidezza non avevo osato correggere la supposizione del direttore che mi immaginava laureato presso la scuola di medicina dell'Università della Pennsylvania; e poi per imbarazzo, perché avanzare questa correzione in un secondo momento avrebbe posto troppa enfasi sul lapsus; ma, quando il direttore gentilmente mi ripropose l'offerta, fui felice di accettare.

Questa posizione mi avrebbe consentito di guadagnare un salario più stabile di quello che potevo aspettarmi dalla famiglia Rosencrantz, che aveva preso l'abitudine di darmi per scontato, affidandosi all'idea che fossi reperibile con scarso preavviso.

Non ebbi quasi bisogno di consultarmi con mia moglie, da tempo scontenta della situazione a Ho-Ho-Kus, nella quale, come rincarava lei, ero trattato più alla stregua di uno dei servi dei Rosencrantz che come un rispettato dottore con un diploma in medicina.

E, cosa ancora più straordinaria, il mio incarico presso l'istituto includeva anche un alloggio per la mia famiglia all'interno della struttura, dove potevamo vivere pagando un affitto minimale; questa manna inattesa mi fece piangere di gratitudine, come qualcuno che ce l'ha messa tutta per nuotare attraverso un fiume turbolento, e si ritrova stupefatto sulla spiaggia, finalmente in grado di respirare.

"Dottor Weir, grazie! – lei mi ha salvato la vita."

Stringendo vigorosamente la mano del mio congiunto, le lacrime presero a scendermi sulle guance, temo di aver in qualche modo messo a disagio l'anziano uomo, che si affrettò ad assicurarmi che la posizione “non è altro che quello che si merita, Silas – per le ottime raccomandazioni che l’accompagnano, e ovviamente, per la sua ‘buona famiglia’” – strizzandomi l’occhio, come a indicarmi che potevo unirmi all’ironia.

Presto poi, Pell fu convocato nell’ufficio del direttore per discutere il mio contratto e i dettagli sul trasferimento della mia famiglia a Trenton; avrei iniziato a lavorare la mattina successiva, perché c’erano dei “casi urgenti” che non venivano trattati da troppo tempo.

Avevo colto vaghe voci sul fatto che l’Istituto del New Jersey per donne malate di mente a Trenton, descritto enfaticamente dalla riformatrice Dorothea Dix al momento della sua fondazione nel 1837 come un centro per il trattamento umano della malattia mentale, subisse gli attacchi degli oppositori politici del direttore che sedevano nell’assemblea del New Jersey; molto risentimento era stato suscitato dalla costosa costruzione dell’istituto a opera dell’architetto Kirkbride, che aveva voluto progettare un ospedale le cui finestre fossero il più possibile esposte alla luce, invece di edifici simili a fortezze che ricordavano prigioni, con affacci angusti. Nei resoconti che avevo letto sui giornali con una specie di ossessiva fascinazione, si diceva che Medrick Weir fosse aspramente criticato da quei legislatori ignoranti che lo accusavano di sprecare risorse nel curare “pazze senza speranza” – “donne che non possono guarire” –, invece che rinchiuderle da qualche parte come si faceva in passato, sperando che morissero il prima possibile.

Fui ovviamente onorato di essere invitato a unirmi al personale di un istituto tanto progressista, perché era chiaro che Medrick Weir si sarebbe dimostrato ricettivo nei confronti delle sperimentazioni chirurgiche che speravo di perseguire. Non avevo mancato di notare che il dottor Weir somigliasse moltissimo a mio padre in quanto a portamento e fattezze, oltre che per età: entrambi appena sessantenni, non alti, ma in possesso dell'incedere autorevole tipico dell'altezza; inclini alla genialità, alla giovialità persino, dissimulando al contempo una volontà d'acciaio che (sapevo) era letale contrastare.

Fu stabilito all'inizio che cenassi con Medrick Weir nella sua residenza privata nelle pertinenze dell'istituto, dove avremmo potuto discutere dei termini della mia assunzione più nel dettaglio e avremmo potuto conoscerci meglio; sfortunatamente, intervenne un'emergenza di qualche tipo, e questi piani vennero posticipati.

"Le chiedo solamente di essermi leale," mi disse Medrick Weir con calore, stringendomi la mano quando ci salutammo quella sera, "–perché sono circondato da persone di cui non mi posso fidare. Lei sarà le mie orecchie e i miei occhi, spero – mio giovane congiunto, Silas."

## Il voto

Da *Cronaca della vita di un medico*,
di Silas Aloysius Weir, dottore in medicina

Mi divenne presto evidente che l'istituto versava in una condizione medica critica: se ciò fosse causa della *malattia mentale*, o sua conseguenza, non era chiaro.

Tema di rado affrontato in presenza del direttore, giacché era per lui fonte di profondo imbarazzo, nel corso degli ultimi dodici mesi undici malate di mente ricoverate in ospedale si erano tolte la vita, in diverse maniere, tagliandosi i polsi, impiccandosi con le lenzuola, fino ad annegarsi (nel fiume Delaware). Fu una notizia veramente scioccante per me! Perché *togliersi la vita* è il più grave dei peccati, si dice che sia l'unico peccato che Dio non può perdonare.

Benjamin Franklin, Benjamin Rush, Dorothea Dix, più di recente Medrick Weir e altri riformatori nel nuovo campo scientifico della psicologia avevano avanzato l'idea che la "follia" fosse infatti una "malattia" – ovvero, una *malattia mentale*. Non una specie di maledizione, non una pena e un flagello simile al peccato originale. Per curare la *malattia*, come si cura una qualsiasi *malattia*, benché il disturbo sembri avere origine nel cervello, non si deve ricorrere alla superstizione, quanto invece all'osservazione scientifica; e, laddove è possibile, alla sperimentazione.

Questa fu un'idea dalla portata rivoluzionaria! Poiché nella medicina, come nella religione, l'autorità aveva a lungo coinciso con la tradizione, non con l'esplorazione promossa dalle giovani menti.

Le ricerche sperimentali nell'istituto di Trenton erano condotte dal direttore e da un'esigua, fidata cerchia di dottori più giovani, cui (avevo ragione di credere) sarei stato presto invitato a unirmi. Il loro obiettivo era "curare" la malattia mentale – un obiettivo che il dottor Weir riteneva più che ragionevole, perseguibile nel corso della sua stessa vita.

"La malattia mentale è causata da 'un'infezione' – dobbiamo risalire alla causa dell'infezione." Così si era espresso Medrick Weir, dottore in medicina, nelle pubblicazioni più rilevanti dell'epoca, suscitando un'ondata di reazioni controverse.

Era eccitante per me ascoltare idee tanto articolate. La vita di un medico di campagna è priva di "idee" – curare i pazienti rappresenta uno scopo pratico, legato alla speranza che possano tornare alla normale vita lavorativa; non c'è spazio per pensare di scoprire delle verità scientifiche o delle terapie per la malattia. Nell'istituto di Trenton, prendersi cura del malato di mente era responsabilità di chi vi lavorava; cercare verità superiori l'attività del direttore e dei suoi giovani scienziati.

La malattia mentale sembrava manifestarsi in modo più ricorrente sotto forma di agitazione, eccitamento, discorso accelerato e sconclusionato, "balbettio"; oppure, paralisi mentale e fisica, rifiuto di parlare o ascoltare, o di stabilire un contatto visivo. Una forma più estesa e più "colorita" di follia includeva il vedere e sentire cose che non esistevano, l'immaginare una comunicazione con il divino, l'essere indotti a comportamenti violenti senza venire provocati. Nella donna, in particolare, un aspetto arruffato, capelli scarmigliati e unghie rotte, un odore acre emanato dal corpo, soprattutto, l'incapacità di vestirsi in modo appropriato, compresa la biancheria, erano sicuri sintomi di pazzia che anche i meno esperti tra i medici sapevano identificare.

Nelle scuole di medicina ci insegnavano, e l'esperienza lo confermava ampiamente, che le femmine sono più inclini dei maschi alla follia, giacché la sede dell'*isteria* è l'utero. Le donne sono più portate a piangere, a qualsiasi età; come notò Aristotele, le lacrime delle donne sono "di consistenza più morbida e meno sostanziosa" delle lacrime degli uomini. Le emozioni nella donna emergono da specifici organi femminili, mentre le emozioni nel maschio sgorgano dal cervello. Poiché si riteneva fermamente che il comportamento immorale e criminale fosse conseguenza della degenerazione d'alcune razze e discendenze famigliari, la sterilizzazione delle donne che ne erano afflitte, per obbligo statale, avrebbe rappresentato una parte indispensabile della carriera chirurgica di alcuni medici, cui era affidata la responsabilità della salute pubblica.

Già quando ero un giovane, smanioso apprendista, rimuovere chirurgicamente l'organo imputato mi sembrava una plausibile procedura per curare l'*isteria*, e dunque mi auguravo di poter percorrere questa strada sperimentale una volta stabilitomi a Trenton, dove c'erano numerose pazienti malate di mente, così come mi auguravo di poter perseguire con maggiore successo la "correzione" dei crani infantili malformi intrapresa a

Chestnut Hill. Poiché era probabile che mi venisse richiesta, la sterilizzazione di alcuni elementi della società sarebbe stata di certo un'altra incombenza quotidiana.

Medrick Weir mi ascoltò con gratificante concentrazione mentre gli raccontavo del mio primo, sfortunato esperimento a Chestnut Hill; confesso di aver glissato sul fatto che la neonata dei Brush era spirata tra le mie mani, e mi focalizzai invece sulla deformazione del cranio alla nascita, e sulla morte prematura cui la bambina era stata senz'altro condannata.

"Sono certo, dottor Weir, che potrò perfezionare questa procedura quando avrò l'occasione di operare uno o due neonati che soffrono di una condizione simile. In effetti, un bambino più grande – di due o tre anni – potrebbe costituire una sfida interessante, visto che il cranio si indurisce, come sa, crescendo; il cranio di un neonato è ancora malleabile, fino a un certo punto. In istituto ci sono neonati o bambini dal cranio malforme che potrei visitare?"

Preso dall'entusiasmo, è possibile che mi fossi espresso in modo veloce ed eccitato; ebbi l'impressione che Medrick Weir mi lanciasse uno sguardo allarmato attraverso i suoi occhiali luccicanti.

Rimanendo poi sorpreso dalla compostezza della sua risposta, che sembrò biasimare e al contempo perdonare l'eccessivo zelo del giovane medico: "Bene, Silas! Senza dubbio la sua ricerca è degna di interesse e dovrebbe essere approfondita, col tempo; è vero che, di rado, avvengono nell'istituto nascite illecite e illegittime, e che molti di questi neonati vengono tolti subito alla madre malata di mente, per essere dati in adozione. Ma se le circostanze lo giustificassero, e se un giovane ricercatore avrà avuto modo di dimostrarsi valido, è possibile che gli venga fornito un soggetto su cui operare sperimentalmente, a seconda del parere del consiglio dell'istituto, di cui io sono direttore."

Queste parole mi toccarono a tal punto che riuscii a malapena a rispondere. Perché mi sembrò che in questo lontano congiunto, che mai mi aveva conosciuto se non da pochissimo, stessi trovando il benevolo, accudente, *paterno* padre che non avevo avuto nella mia vita precedente.

"Ma, nel frattempo, Silas, ci dobbiamo occupare di una tremenda crisi all'interno dell'istituto, un'inclinazione al suicidio tra le più pazienti più fragili, come avrà senz'altro sentito – perché è estremamente difficile mettere a tacere uno scandalo del genere quanto più si fa esteso! I miei nemici nell'assemblea di stato – che si sfamano delle dicerie e falsità più maligne messe in circolazione dai miei avversari nel campo della psicologia, ansiosi di veder destituita la mia direzione – si stanno battendo per 'un'amministrazione pubblica' del mio istituto; e dobbiamo dunque porre immediatamente termine ai suicidi. Certo, abbiamo rinchiuso le malate più gravi – le abbiamo costrette all'immobilità, secondo le procedure comuni. Ma sarebbe una pessima immagine se tutte *le pazienti venissero rinchiuse come detenute.* Perché segnaleremmo ai nostri avversari che abbiamo desistito dal tentare di 'curarle' – che è il nostro mandato." Medrick Weir si fermò, per fissarmi dritto negli occhi, uno sguardo trafiggente persino attraverso il filtro lucido degli occhiali. "*Lei*, mio caro nipote, è stato selezionato per guidare una squadra di giovani medici dell'istituto e trattare le malattie psichiche che potrebbero degenerare in questi gesti inconsulti."

Tra queste stupefacenti parole, quelle che giunsero con maggiore nitore alle mie orecchie furono *Lei, mio caro nipote...* perché questa era la prima volta che Medrick Weir mi si rivolgeva in modo così preciso: non come se fosse un parente molto lontano, che condivideva con me soltanto il cognome di famiglia, un cognome neanche così infrequente nello stato del New England, ma un famigliare davvero prossimo, che mi conosceva nell'intimo, essendo io suo *nipote*.

"Dottor Weir, non la deluderò. Faccio voto, signore – *di essere ai suoi comandi.*"

E mi passai una mano sugli occhi, perché il mio congiunto Medrick Weir non vedesse le lacrime di gratitudine li avevano inumiditi.

# Fistula

Da *Cronaca della vita di un medico*,
di Silas Aloysius Weir, dottore in medicina

*Fistula* – la vera maledizione di Eva, che affliggeva molte donne dopo il parto, patita per lo più in silenzio.

Non avrebbe dovuto sorprendermi che la *fistula* rappresentasse la patologia ricorrente in quelle donne malate di mente che commettevano il più grave dei peccati, togliendosi la vita; perché era inevitabile che la *fistula*, in sé ripugnante, conducesse alla disperazione chi ne era colpita, annebbiandone ulteriormente il giudizio.

Conoscevo da tempo questa patologia, anche se non nel dettaglio, perché i medici la consideravano una condizione irrecuperabile, come la lebbra o la sifilide, in alcun modo curabile. Si diceva che tra le pazienti del dottor Strether a Chestnut Hill ne soffrissero in tante, erano donne che nessuno vedeva più da anni; donne con *fistule*, appartenenti alle famiglie più distinte, tenute nascoste per vergogna, o che desideravano loro stesse allontanarsi dalle dimore di famiglia, come in una sorta di quarantena di cui nessuno faceva parola. Queste donne infelici, pur essendo in tanti anni mogli e nonne, non potevano mescolarsi agli altri, e non volevano mescolarsi agli altri, sapendo di essere ributtanti; e preferivano venire considerate eccentriche, o persino pazze, più che mostrare d'essere vittime di tale pena.

All'Hermitage, tra le donne e ragazze di umile origine che lavoravano come domestiche o nei mulini o alla fattoria, ce n'erano alcune affette da *fistula* che non mi venne chiesto di visitare; queste sfortunate creature potevano lavorare ancora, in forme isolate, grazie al buon cuore della famiglia Rosencrantz, cosa che le risparmiava almeno dal morire di fame.

Ma all'istituto non avrei potuto evitare queste pazienti; nell'abnegazione con cui cercavo di confermare la più alta stima di mio zio Medrick per le mie capacità e la sua fiducia nei miei confronti, ero deciso a fare tutto ciò che potevo per trovare una concreta *cura per la fistula*. Era questo un campo di sperimentazione del tutto inedito per me, imprevisto fino all'arrivo a Trenton.

La particolarità della misera condizione comportata dalla *fistula* è che ripugna non solo colei che ne soffre ma gli altri – tutti coloro che le si avvicinano. Non importa quanto una donna possa tentare di aver cura della propria igiene, non può riuscirvi se non per pochi minuti; a meno che non si rifiuti di bere e mangiare del tutto, circostanza che la vedrebbe svenire e presto morire.

Tale miseria mi sembrava eccedesse forse persino il peccato di Eva; ma mi affretterò a sottolineare che non sono il tipo d'uomo che ama sfidare i principi della fede cristiana, per come sono stati esposti dalle stimate menti che hanno guidato la Riforma protestante, ammirate da mio padre, John Calvin tra tutti.

In ogni caso, la sfida del medico è *guarire e curare* l'afflitto, non giudicarlo.

Per i lettori nuovi al termine medico *fistula*, si tratta di una precisa perforazione del tratto urinario della femmina che conduce a un'incontinenza cronica e continuativa.

*Lurida, abominevole, maledetta* – spesso si appellava così la persona che ne soffriva e non aveva alcun controllo sulle infiammate regioni inferiori del suo corpo, e che, dunque, non meritava d'essere incolpata.

Di rado si parlava di questa malattia in circostanze sociali decorose. Non era immaginabile che un marito fosse consapevole della *fistula* della moglie, perché l'ignobile termine non sarebbe mai stato pronunciato in sua presenza. Alla scuola di medicina apprendemmo cosa sono le ulcere – non esattamente un equivalente maschile dalla *fistula*, ma una patologia che ne condivide alcuni aspetti. L'*ulcera* è un accrescimento misterioso all'interno dell'intestino maschile, la *fistula* è una lacerazione nella vescica femminile, solitamente conseguenza di un parto laborioso.

Devo essere onesto, fu per me alquanto sorprendente, se non un vero e proprio shock, venire a sapere che il primo compito che mi venne affidato presso l'istituto di Trenton era trattare le pazienti affette da *fistula*, di certo le meno attraenti tra tutte; e realizzare, con ritardo, che i termini della mia assunzione, benché generosi e migliorativi rispetto alla mia situazione a Ho-Ho-Kus, dipendevano interamente dal mio impegno in questo senso, alle direttive di mio zio.

Sì: è un fatto tragico da riferire, ma Brigit Kinealy era divenuta una di queste donne disprezzate. Sebbene Brigit non fosse una paziente dell'istituto, ma una serva a contratto che ricopriva una qualche umile posizione lavorativa, si diceva che il direttore stesso l'avesse a cuore perché orfana di madre, che era stata anche lei una serva a contratto dell'istituto, originaria di Limerick in Irlanda, morta pochi anni prima.

Non feci in tempo a rallegrarmi nel sentire che Brigit non era morta per un'emorragia di sangue o per un'infezione dopo il parto cesareo, che fui informato da Gretel che la giovane madre soffriva di incontinenza, come le altre, e che era apparentemente preda d'una profonda depressione.

"Dovrei visitarla? Dove si trova?" – chiese con sollecitudine, quasi con apprensione, perché sarebbe stato scioccante per me vedere l'angelica fanciulla in quello stato, e sentire l'inevitabile olezzo di urina ed escrementi caratteristico della *fistula*.

"Brigit se ne sta in disparte, dottore. Di solito le viene assegnato il turno di notte, con altre *serve a contratto*. Si sono costruite dei piccoli giacigli in una zona del seminterrato dove non si reca nessuno. Lavorano in cucina e nella latrina, sono pagate una miseria e sono facilmente irascibili."

Fu doloroso da apprendere. Quel volto angelico – un'addetta alla latrina!

"Che ne è stato del suo bambino? Non lo allatta, suppongo?"

"Certo che no, dottore! Gliel'hanno portato via immediatamente. Un bambino 'bianco' è sempre un bene prezioso, anche se di umile nascita. È stato adottato da una 'rispettabile coppia cristiana' di Trenton, o Princeton. Non lo sapremo mai – non lo sappiamo mai."

"Che intendi con – 'mai'? Questo tipo di cose succedono spesso?"

Ma Gretel si stava allontanando, il volto corrucciato. Era chiaro che non voleva essere vista parlare con me in un corridoio principale dell'istituto, vicino all'infermeria.

Senza dubbio, la mia faccia tradì un'espressione incredula, perché non potei evitare di sentirmi profondamente turbato.

"Ma spero, almeno, che non abbia tendenze 'suicide'" – avrei voluto dire a Gretel, ma non osai.

Presto, con mio sgomento, dopo aver visitato una sequela di disgraziate donne malate di mente – certo più di venticinque – che andavano dalla tarda adolescenza alla prima vecchiaia, divenni mio malgrado una specie di esperto della *fistula della vescica*, fino ad allora un territorio inesplorato per me, come per ogni stimabile medico.

Per lo più, la condizione sembrava originare da un'inseminazione in giovanissima età, prima che le pelvi avessero modo di crescere a sufficienza per consentire il parto sicuro di un neonato di normali dimensioni (come nel caso della sedicenne Brigit). Non era infrequente che ragazze di umili origini venissero fecondate anche a dodici anni – era una cosa con cui mi ero già confrontato, fino a un certo punto, nel rurale New Jersey, e dunque non rappresentò esattamente una sorpresa.

Era probabile che le donne in qualsiasi condizione di servitù – che fossero serve a contratto o schiave nere (perché all'epoca esisteva ancora la schiavitù in New Jersey, soprattutto nel South Jersey) – venissero messe incinte molto giovani, non avendo alcun modo di difendersi dai loro padroni e supervisori; temendo che provassi pietà nei loro confronti, mi fu rimarcato che quelle ragazze spesso non erano superiori al *chiedere favori* in quel modo, e che molte erano, per la loro giovane età, sorprendentemente *mature*.

(Sono alquanto restio a rendere noto che la famiglia di mia moglie a Vineland, New Jersey, possedeva una coppia di schiavi neri, e che ne vendette i figli appena nati; uno di loro avrebbe dovuto far parte della dote di Theresa, ma io obiettai, spiegando che i miei famigliari erano dei ferventi abolizionisti e che mi avrebbero completamente diseredato se avessi condotto uno schiavo bambino in casa mia! Da questo delicato avvio in poi, ci furono tra me e i Cleff frizioni destinate a non scemare velocemente.)

Come risultato di un travaglio difficoltoso e prolungato, accadeva spesso che una giovane madre subisse delle lacerazioni nella zona della vagina, tra cui perforazioni della vescica; questo comportava che il flusso escretorio (l'urina) transitasse direttamente nel canale vaginale e fuori dal corpo come un rivolo quasi costante. Ciò rendeva la donna che ne era affetta una paria all'interno della sua stessa famiglia, che non poteva tollerarne il tanfo "lurido" e cronico. Persino coloro che provavano un forte affetto per la donna, persone a lei vicine, come un marito, un genitore, un fratello, uno dei suoi figli, non potevano sopportare di starle accanto per un tempo protratto. Di conseguenza, le donne affette da *fistula* non solo venivano bandite da ogni sembianza di vita normale, ma erano suscettibili di sviluppare infiammazioni, infezioni purulente e acuti stati febbrili che conducevano presto a termine le loro vite, spesso prima che i loro bambini fossero svezzati.

Infatti, nei casi più gravi, anche i neonati erano vittime di quelle circostanze, perché venivano abbandonati dalle loro madri miserabili, troppo fragili o malati per essere adottati.

Persino con la morte, scoprii, il corpo della donna affetta da *fistula* rilasciava quell'odore così acre, era inutile tentare di lavarlo, come si era soliti fare; veniva eseguita una sepoltura cristiana in fretta e furia di lì a poche ore, con poco tempo da dedicare al lutto. Soprattutto, quando una donna affetta da *fistula* moriva, lo si considerava probabilmente una benedizione, per quanto triste potesse essere per coloro che l'avevano conosciuta in giorni più lieti.

Perché, dunque, le giovani fanciulle non resistevano strenuamente al venir fecondate? – ci si potrebbe domandare.

A una simile età, e fuori dal vincolo matrimoniale, questa precocità sessuale è un fenomeno che lascia sgomenta qualsiasi società civilizzata. Una certa lassità morale tra le classi più umili è la spiegazione più plausibile; l'incapacità di educare i propri figli alla fede cristiana, come era stato per i genitori.

Spesso, per esasperazione, chiedevo a qualcuna di queste afflitte creature, "ma perché permettere che avvenga una cosa del genere? Avreste di certo potuto *resistere*?" e venivo guardato con occhi colmi di lacrime e un silenzio di pietra.

Una volta, Gretel, sentendomi, intervenne deridendo con sprezzo la mia domanda, dicendomi che nessuna donna o ragazza poteva dire di "no" a un qualsiasi uomo– a eccezione di quelle appartenenti a famiglie facoltose; in qual caso, nessuna poteva dire di "no" a una proposta di matrimonio approvata dal padre.

Benché apprezzassi molto l'assistenza di Gretel in reparto, non apprezzavo la sua lingua tagliente. Non mi piaceva che parlasse con toni tanto crudeli dei *maschi* – come dimenticandosi che anche io ero un *maschio*, senza citare i superiori dell'istituto.

"Non è vero, Gretel. Esistono *maschi* degni, corretti, timorosi di Dio – forse non di sua conoscenza, ma esistono, invece."

Potrei essere arrossito nel parlare in modo tanto aperto di questi argomenti; perché uno scambio di quel tenore non avrebbe mai avuto luogo nella mia casa, o in quella dei miei parenti acquisiti, o della mia famiglia a Concord.

Gretel si accorse del mio disagio, aggiungendo col suo piglio ironico: "Ma certo, dottor Weir. Potrebbero essere solo i *maschi* di altri posti, non del New Jersey, a comportarsi così male. Dicono che i proprietari di schiavi del Sud siano particolarmente brutali nei confronti delle loro schiave nere, pur essendo al contempo dei gentiluomini cristiani. Ma si tratta senza dubbio soltanto di una *diceria*."

Altre che erano lì vicino risero, ma io no. Mi voltai indignato e me ne andai, lasciando Gretel ferma a guardarmi con rimorso, ne sono sicuro.

Perché spesso, saggiamente, si dice: se non fai in modo che i tuoi sottoposti *restino al loro posto*, travalicheranno i limiti e si approfitteranno della tua gentilezza, scambiandola per una labile autorità.

*Faccio voto, signore – di essere ai suoi comandi.*

Se, stringendo calorosamente la mano a mio zio Medrick, non avessi fatto voto al direttore dell'Istituto del New Jersey per donne malate di mente, mi sarei scoraggiato e me ne sarei andato di fronte alla sfida apparentemente insormontabile della *fistula*.

Per di più, un'altra paziente malata di mente si era suicidata alle prime ore del giorno, una domenica mattina di febbraio, gettandosi da una finestra del piano più alto dell'istituto, il terzo, per finire su un marciapiede innevato, rompendosi entrambe le gambe e fratturandosi gravemente il cranio; aveva lasciato soltanto un biglietto scarabocchiato – *Maledetti Dio e il maschio.*

(Sebbene provassi solidarietà nei confronti di Medrick Weir, crudelmente preso di mira dai suoi oppositori nell'assemblea del New Jersey per quest'ultima morte, provai un certo sollievo perché il suicidio non era stato compiuto da una paziente affetta da *fistula*, ma da un più ordinario malanno, una psoriasi cronica diffusa su tutto il corpo della suicida, e una tosse da bronchite cronica, oltre alla disperazione e alla depressione comuni alle pazienti dell'istituto; non si trattava perciò in alcun modo di una mia responsabilità.)

Visitare le pazienti con Gretel o con un'altra infermiera che mi assisteva era tutto ciò che potevo fare, e, a volte, più di ciò che potevo; spesso ero costretto a interrompermi all'improvviso per correre a una finestra, sporgermi fuori e inalare aria fresca per evitare di soffocare e vomitare, tanto era nauseabonda la puzza. Questo anche quando Gretel aveva verificato che tutta la zona pelvica della paziente fosse stata da poco profusamente lavata con il sapone al borato di sodio.

Anche se non preferirei non confessarlo, tale era il mio ribrezzo in quei primi giorni di pratica clinica, che dovetti bere piccoli sorsi di scotch conservato proprio per quello scopo nel mio studio privato all'interno dell'infermeria; e, per la stessa ragione, di tanto in tanto assumevo gocce di cocaina e di laudano dalle riserve dell'infermeria.

Fu sconcertante scoprire che non tutte le donne malate erano state vittime di rapporti violenti quand'erano ragazze; infatti, per la maggior parte si trattava di donne più mature, sposate, rimaste lesionate durante il parto, a qualsiasi età. Confidavano spesso a Gretel di aver avuto tanti figli – otto, nove, dieci. Non poteva stupire che avessero corpi devastati e volti contratti dalla disperazione. Era difficile stabilire se queste donne fossero *malate di mente* quando le si approcciava con l'empatia di Gretel; ma, quando ero io a porre delle domande, diventavano per lo più silenziose, spostavano lo sguardo, in preda all'ansia.

Era quello un sintomo diagnostico della malattia mentale femminile, secondo Medrick Weir: l'incapacità di rispondere a semplici domande poste da un medico, come se il cervello avesse smesso di funzionare, alla mercé delle infezioni provenienti dall'utero.

Ciò che mi riproponevo di determinare era se la *malattia mentale* di queste pazienti fosse sopraggiunta come conseguenza della *fistula*, o se invece le due cose fossero solo incidentalmente correlate; oppure se l'esperienza della gravidanza in sé le avesse fatte precipitare nella *malattia mentale*, e se la *fistula* esacerbasse quella condizione patologica.

"Dare la vita è la realizzazione della donna," facevo notare a Gretel, "–dunque appare illogico che una donna, più ha figli, più sia esposta alla malattia mentale. Viene da chiedersi perché la Provvidenza abbia deciso che così tante donne debbano soffrire di *fistula* se sono state contemporaneamente 'benedette' dalla maternità."

"Non tutte le donne sono così contente di diventare madri, dottore. Per alcune, è un'amara scoperta."

"Ma per le donne normali, provenienti da saldi contesti cristiani, con mariti affettuosi e premurosi, si tratta di certo di un'esperienza felice."

"Per donne di questo tipo, sì – forse. Ma per quelle che non hanno un marito a proteggerle, per le serve a contratto di un padrone, rappresenta un'esperienza completamente diversa."

Questa era la prima volta che sentivo Gretel parlare di un padrone usando all'incirca le stesse tristi parole di Betje.

"Ma chi è il suo padrone, Gretel?" –non riuscii a trattenermi dal chiederle, sorpreso.

"Il direttore dell'istituto è il mio padrone, dottore," disse Gretel, guardinga, "–ma solamente se sono impiegata dall'istituto, sotto il governo dello stato del New Jersey. Fui mandata qui da un villaggio vicino a Düsseldorf, a quattordici anni – eravamo troppi in famiglia. È successo così tanto tempo fa che a malapena ricordo."

"Non mi ero reso conto, Gretel. È anche lei una serva a contratto?"

"Siamo tutti 'a contratto'. L'unica differenza tra noi è che alcuni hanno perso la speranza, e altri no – non ancora."

"Ha detto che viene da – Düsseldorf? Si trova in Germania? Non ha tenuto contatti con la sua famiglia, negli anni?" – anche questo mi sorprendeva, poiché fino a quel momento Gretel non mi era parsa inasprita, a differenza di molti impiegati dell'istituto.

Gretel rise in modo secco, mostrando i denti piccoli, macchiati, una vista nient'affatto gradevole.

"Una 'famiglia' è un lusso, dottore. Non è cosa per *noi*."

Accigliata, Gretel riportò la mia attenzione su una delle pazienti che stava aspettando di essere visitata con espressione umiliata, accanto a una finestra socchiusa, per timore che l'odore del suo corpo potesse diffondersi; era una di quelle donne scheletriche, con logori capelli ricci che le avvolgevano la testa come ragnatele.

"Venga qui, signora Brunner" – disse Gretel, con voce gentile ma ferma.

La cosa più straziante era che le donne affette da *fistula* arrivavano presto ad accettare d'essere ripugnanti proprio come le consideravano gli altri; similmente, le donne malate di cancro al seno e alle pelvi erano assalite dalla stessa vergogna, e in alcuni casi preferivano nascondersi e morire, senza tentare terapie. Essendo la *fistula* una specie di bolla aperta e infiammata, una lesione nella carne, veniva ulteriormente aggravata dal continuo flusso di urina che fuoriusciva dalla vescica perforata, e che scorreva in rivoli acidi per il tratto vaginale, giù nell'interno delle cosce e sulle gambe, fino a macchiare per terra, ovunque la donna si trovasse per lungo tempo, cosa che portava gli altri a evitarla o scacciarla con irritazione, come se fosse una mosca.

Era ancor più atroce quando a essere colpite erano ragazze giovani e attraenti come Brigit Kinealy, perché, inevitabilmente, la loro vita era spacciata. Non avrebbero mai potuto sposarsi, non avrebbero mai potuto vivere in una casa normale. Non potevano che fare il più umile e disprezzato dei lavori, perché non potevano nemmeno essere impiegate all'interno di un mulino sferragliante, tra gli altri lavoratori. Era difficile non pensare che, condannate a tal punto dall'umanità, non fossero condannate anche da Dio, come aveva predicato il grande John Calvin.

Che crudeltà! – non riuscivo a comprendere perché Dio avesse dato vita a una così seducente creatura, solo per macchiarla.

***

Un giorno di metà inverno, intravidi a distanza Brigit Kinealy mentre mi stavo avvicinando all'ingresso sul retro dell'infermeria dell'istituto; sembrava che Brigit fosse diretta alla stessa porta, ma, vedendomi, arretrò, in grande imbarazzo.

Mi ero dimenticato che Brigit Kinealy appariva, agli occhi, uno *scherzo della natura*: un'albina, dalla pelle pallida in modo innaturale e i capelli bianco-cenere; e gli occhi così chiari da sembrare trasparenti come il vetro. Il suo volto era di una bellezza straordinaria, eppure così delicato che temevo si sarebbe potuto infrangere come la più sottile porcellana Wedgwood.

In questo tempestoso giorno d'inverno, Brigit indossava un mantello fatto di qualche ruvido materiale scuro che le stava largo sul corpo esile, e non era molto pulito; ai piedi, degli stivali che le calzavano male e sarebbero potuti appartenere a un ragazzo. Sebbene agitassi le braccia in modo enfatico, per attirare la sua attenzione – non riuscii a resistere dal chiamarla in modo affabile, modellando la bocca per segnalarle un saluto caloroso e il mio nome – "dottor Weir" – "che ha fatto nascere il suo bambino" – chiaramente lei non aveva desiderio di incontrarmi, e scappò via come un gatto spaventato.

Alle mie narici, nonostante la fresca aria invernale, giunse un lieve odore di urina – straziante e nauseabondo.

"Povera ragazza! Vorrei poter *fare voto* – di salvarti."

Più tardi, quel giorno, andai da Gretel per dirle che avevo intravisto Brigit, per caso; e mi chiedevo se Gretel volesse condurla da me nell'infermeria, per visitarla e vedere se c'era qualcosa che potevo fare per aiutarla; perché fui assalito dal timore improvviso che Brigit, come così tante altre, potesse cadere in depressione e togliersi la vita.

Ma Gretel scosse la testa con aria grave e disse che Brigit scappava via anche da *lei*, e che era sicuramente molto triste per la recente morte di una sua amica, affetta anche lei da *fistula*, ritrovata morta nel seminterrato dell'istituto, ridotta a uno scheletro perché si era rifiutata di continuare a bere e mangiare, versando in quel suo stato contaminato.

Mostrai sorpresa per non essere a conoscenza di quella morte, ma Gretel mi spiegò che dal momento che la ragazza non era una paziente dell'istituto, un'istituzione statale, ma semplicemente una delle serve a contratto, la sua morte non contava nel registro pubblico; nessuno al di fuori dell'istituto l'avrebbe saputo.

"Quante ce ne sono? Che non 'contano' nel registro pubblico?" – stavo riflettendo sulla possibilità che nell'istituto ci fossero, in una certa quantità, individui non registrati che avrebbero potuto essere disponibili a fungere da cavie; ma Gretel non ne aveva idea.

"Sarebbe un tremendo peccato se Brigit si facesse del male," dissi con tono severo, sperando che Gretel potesse trasferire la mia preoccupazione a Brigit, "–un affronto a Dio, anche se sta soffrendo moltissimo."

A queste parole, con voce appena percepibile, per assoluta condivisione oppure per una delle sue prese in giro, Gretel mormorò in assenso *–Sì, dottore.*

"Dunque devo insistere, Gretel: condurrà Brigit Kinealy da me."

"Ma, dottore–"

"*La porterà*. Al più presto, per favore."

"Ma non sono sicura che vorrà seguirmi, dottore. Perché, vede–"

"*La porterà*. È tutto, Gretel."

Rapidamente poi, così che Gretel non avesse modo di cogliere la mia espressione, mi voltai e corsi via. Il cuore mi batteva accelerato, non ne sapevo la ragione. La mia ferma risoluzione mi aveva sorpreso, così come aveva sorpreso Gretel, perché di solito faccio fatica a tenere traccia dei pazienti, in particolar modo all'istituto, dove le donne malate di mente si somigliano tra loro, ricadendo in due sgradevoli generi: tendenti alla morbidezza delle forme, a un'obesità come priva d'ossa, oppure alla nodosa, ossuta spigolosità di uno scheletro; calve in modo pietoso, o con i capelli ricci e aggrovigliati come il nido di un topo; d'un pallore malaticcio, oppure fastidiosamente brunite, come se un sottile strato di lerciume vi si fosse impresso troppo in profondità per essere lavato via.

"Ma *lei* – Brigit – non è una di loro. *Lei* è stata prescelta, come lo sei stato tu, dalla Provvidenza" –fu così che quella rivelazione si abbatté su di me, con la potenza di un lampo.

## Il miracolo, 11 marzo 1852

Da *Cronaca della vita di un medico*,
di Silas Aloysius Weir, dottore in medicina

Eppure, una volta ancora, la Provvidenza mi guidò: e una volta ancora, in modo inatteso.

Le mie preghiere di anni infine avverate – almeno, al principio.

"Dottor Weir – gliel'ho portata: Brigit."

Erano trascorse alcune settimane. Avevo perso la speranza. Ma, adesso, in un giorno di marzo insolitamente luminoso, dopo la nevicata della notte precedente, eccola all'ingresso dell'infermeria condotta da Gretel, il volto in parte nascosto da un mantello col cappuccio: l'orfana albina, Brigit Kinealy.

"Ah! Bene. Venga *dentro*."

Un tonfo sordo nel petto. Il colpo di un martello.

Fu molto strano e disturbante ritrovarmi finalmente vicino all'orfana-albina, cui ero stato così intimamente prossimo, mesi prima. Questa volta, Brigit era perfettamente lucida, e io mi ero alzato in piedi assumendo una posizione autorevole, non accovacciato in quel modo ignobile tra le cosce della madre in travaglio, come era accaduto in passato.

I suoi occhi che mi fissavano! Il più trasparente dei blu, prodigioso.

"Brigit, salve! Come sta?"

Impassibile, lo sguardo fisso su di me. In silenzio.

Dopo aver chiesto a Gretel di preparare la paziente per la visita, sgusciai dall'infermeria al mio ufficio lì accanto per prendere un sorso veloce di scotch dalla bottiglia ormai quasi finita. Mi era parsa una forma di cortesia infatti che la bottiglia, dono del mio benefattore, non andasse sprecata.

Di rado quel genere di precauzione non riusciva a instillarmi una palpitante forma di energia e d'ottimismo.

Perché, devo ammettere, la mia speranza a volte *vacillava*. La fiducia nel mio *destino*.

"Ah, eccoci! Nessuno le farà del male, sa."

Era il mio modo d'essere premuroso con le pazienti (donne), per metterle a loro agio, fin tanto che era possibile.

Chiacchiere giocose, adatte a bambini impauriti all'idea di venire esaminati da estranei.

Mai nel corso della mia pratica avevo visitato una paziente sordomuta, tanto meno una con un difetto di pigmentazione della pelle, dagli occhi così trasparenti da riuscire a vedere i minuscoli capillari all'interno dei bulbi oculari, suscitandomi un senso di vertigine, se vi indugiavo troppo da vicino. *È una trappola, ti risucchierà l'anima. Sta' attento!*

Come avrebbe fatto il dottor Strether, un po' per gioco, e un po' per verificare la "sordità" della paziente, schioccai le mie dita dietro la testa di Brigit; ma Brigit non ebbe alcun sussulto, per genuina sordità oppure per l'ostinato rifiuto di reagirmi. Perché questa orfana irlandese era oltremodo ostinata, me ne rendevo conto.

"Salve? Sal-*ve*?" – sebbene alzassi la voce, Brigit non sembrava sentire; ma dovette percepire le vibrazioni nell'aria, e il calore del mio fiato, perché si dimenò con disagio.

"Vediamo qual è il problema..."

Con la fronte corrucciata per la concentrazione, scrutai nelle orecchie – spirali delicate come petali di un fiore dalla tonalità cerea; ma non ravvidi nulla d'anormale all'interno di quella scura cavità. Alla scuola di medicina non avevamo studiato praticamente niente che avesse a che fare con le *orecchie*.

Una lanugine chiarissima sulla nuca della ragazza, tra i capelli bianco cenere che cadevano in morbidi boccoli sulle spalle...

Passai poi a esaminare la vista della ragazza, muovendo le mie mani animatamente di fronte al suo volto per vedere se le sue iridi chiare le seguivano; quando le mie dita si avvicinarono troppo agli occhi, Brigit trasalì, sbattendo rapida gli occhi come una persona normale.

Quando tenni dritte tre dita e le chiesi quante ne vedesse, Brigit in risposta sollevò tre dita, mi parve una replica brillante.

"Non riesce a dire, Brigit – 'tre'?"

Brigit si incupì, un lieve rossore le comparve sulle guance. Percepivo che era infastidita da me ma non riuscii a trattenermi dal toccarle la gola, cercando le corde vocali.

"Non può provare a parlare, Brigit?"

Un silenzio caparbio. Il suo sguardo mi eludeva ora, non voleva incontrare i miei occhi. Quando le toccai la gola in modo più energico, cercando il piccolo "pomo d'Adamo", che di certo doveva esistere lì all'interno, Brigit si divincolò inspirando profondamente.

Tuttavia, non parlò. Non mi avrebbe fermato, nemmeno emettendo un suono gutturale nella gola.

"Sa, Brigit, deve *provare*" – non mi rivolsi a lei con irritazione, quanto piuttosto con un'intonazione di paterno disorientamento, come se comprendessi il suo stratagemma infantile e non la incolpassi per questo; ma comunicandole che presto avrei potuto spazientirmi.

Gretel obiettò: "Dottore, penso che lei sia interessato a esaminare un'altra parte di Brigit – dove è ammalata e sofferente. La farà innervosire se insiste per farla parlare. È pieno di sciocchi che la rimproverano sempre, dicendole che le basterà provare a parlare..."

Non mi piacque che Gretel mi riprendesse, pure con quell'allusione agli *sciocchi*.

"Grazie, Gretel. Ma lei non è informata. È convinzione comune, infatti, che le 'sordomute' possano essere isteriche, e che una terapia adeguata possa indurle alla parola" – mi espressi con tono definitivo; ma, per quanto ne sapessi, non era una convinzione medica del tutto condivisa, soltanto un'ipotesi a mio parere plausibile, poiché l'*utero* è sede di numerose patologie.

A ogni modo, avevo il sospetto che la paziente albina non fosse del tutto sorda, ma che potesse udire un tono alto, o una voce che lei desiderava sentire; stava fissando in modo molto intenso le mie labbra, come se riuscisse a "leggerle".

Avevo sentito dire che alcune persone sorde acquisiscono la capacità di "leggere" le labbra degli altri mentre parlano; sembrava che la ragazza albina stesse facendo proprio questo, come per istinto.

"È sempre stata 'sorda'?" – la domanda era rivolta a Gretel, in modo che Brigit potesse vedere le mie labbra modellarla.

"La gente dice che a tre o quattro anni Brigit sia divenuta 'muta e sorda' la notte successiva alla morte della madre," rispose Gretel, "–perché la morte fu improvvisa, un incidente nel calderone bollente della lavanderia qui all'istituto, il viso e il corpo della madre furono mutilati. Fu un tale shock per la bambina che perse sia la capacità di parlare che di sentire. Io non so dirle: non ero ancora qui. Ma la gente dice un sacco di cose che non sono vere, specialmente qui all'istituto."

"È vero, Brigit? È diventata 'sorda e muta' per lo shock della morte di sua madre?"– domandai a Brigit con voce gentile, modellando le mie labbra con attenzione, perché non volevo innervosirla oltre.

Brigit non rispose. Non voleva riconoscere di aver sentito la mia domanda, e nemmeno di aver "letto" le mie labbra.

Uno spasmo di disgusto mi si propagò dentro. Di rabbia, addirittura.

*Sei soltanto un'orfanella che ha messo al mondo un bastardo. E sei sfigurata – deforme. Un escremento percolante, persino in questo esatto momento, mentre parliamo. A cosa si deve questa posa superba?*

Con voce neutrale, spiegai a Brigit che la sua condizione poteva avere rimedio. Se non era nata sorda e muta, non era sorda e muta per natura. Ma non volevo irritarla ulteriormente.

"In ogni caso, qualsiasi cosa le sia accaduta, o le è stata fatta, non è stata colpa sua, perché era solo una bambina. In realtà, è ancora poco più di una bambina."

Erano parole tranquillizzanti, che avrebbero sciolto il cuore di molte pazienti. Ciononostante, Brigit si rifiutò di sollevare i suoi occhi chiari nei miei. Forse si sentiva in colpa per aver indotto un altro uomo, presumibilmente più grande, al peccato carnale; e per aver dato alla luce un bastardo.

"Gesù ci perdona, sa. E Gesù perdonò soprattutto Maria Maddalena – una peccatrice da cui allontanò sette demoni."

Mi parve che questo gentile richiamo fosse riuscito ad ammorbidire lievemente la rigidità di Brigit. Non appena la parola di Dio si profuse nel mio essere, come l'impeto di un fuoco purificatore, ne percepii la meraviglia, perché riuscii con essa a sollevare il cuore dell'orfana irlandese, di certo una peccatrice, pur se innocente.

Mi sentivo euforico. Lo scotch mi aveva riscaldato la gola, il petto, persino le mani, che tendevano alla freddezza esangue.

Cogliendo il mio segnale, Gretel diede a Brigit istruzioni di stendersi sul tavolo – "Lascerai che il dottor Weir ti visiti, Brigit. Rischi di morire altrimenti."

Con la sua muta ostinazione, Britig acconsentì. Una sola lacrima le scese sulla guancia color avorio, scintillante come una perla.

*Mia bella!* – opponendomi comunque una forma di resistenza, come nei confronti di un uomo qualsiasi che avesse osato metterle le mani addosso, contro la sua volontà.

Ma Brigit Kinealy infine collaborò. E fu dunque quella la prima delle infinite visite pelviche che avrei eseguito sulla sordomuta orfana irlandese Brigit Kinealy, visite destinate a giocare un ruolo di primaria importanza nella storia medica americana.

Va detto che, nonostante avessi visitato numerose donne affette da *fistula*, e avessi eseguito altrettante escissioni nella zona dei genitali femminili, per disposizione dei loro tutori, come la maggior parte dei medici della mia epoca, avevo proceduto in modo "approssimativo"; non ero stato in grado di visitare approfonditamente quelle donne, non avendo a disposizione gli strumenti adeguati. Quanto alla *fistula*, per la quale non c'era cura nota alla scienza medica, ero ostacolato inoltre dalla convinzione che il tentativo fosse futile.

Visto che di solito l'intervento consisteva nell'*escissione* o *rimozione* dell'organo malato (femminile), non era richiesto avere grande precisione; ma, in caso di *fistula*, la vescica non poteva essere rimossa, così come non possono esserlo i reni o il fegato, dunque bisognava ricorrere a un'altra, più specifica procedura.

Con l'aiuto e i modi rassicuranti di Gretel, Brigit acconsentì a venire parzialmente svestita; stesa sulla schiena, sopra il tavolo da visita, le cosce bianche aperte. In quell'istante mi tornò alla mente il parto infernale dei mesi precedenti, dentro quella stessa stanza.

Mi avvolse un senso di vertigine. Per un orribile momento temetti di cadere svenuto sul pavimento.

"Dottore! Stia attento" – Gretel si azzardò a raddrizzarmi, perché le ginocchia mi cedevano.

Giacché la visita non stava procedendo bene, ma a scatti – (frugavo con gli occhi socchiusi e appannati) – Gretel suggerì un'altra strategia: Brigit sul tavolo, appoggiata sulle mani e sulle ginocchia, così che, da dietro, Gretel potesse "aprire" il più possibile la vagina della ragazza perché la potessi controllare.

Mi sembrò una posizione preferibile, visto che così non avrei dovuto guardare la paziente; pur essendo a suo modo ancor più ripugnante, e forse inutile.

Sospirai, accogliendo comunque la proposta della levatrice – non avevo altra scelta.

Sapendo ben poco, se non che c'era la Provvidenza a guidare la mia mano, persino in quel momento, persino in quel modo farraginoso, attraverso la ruvida figura della levatrice.

Inoltre, Medrick Weir mi aveva fatto capire che dovevo indagare la *fistula* e provare a trovare una terapia per prevenire ulteriori suicidi all'istituto e ulteriori scandali; tra tutte le pazienti affette da questa patologia, la giovane orfana albina era, ai miei occhi, quella più drammaticamente colpita.

Gretel, dunque, riposizionò la ragazza carponi sul tavolo e aprì le labbra della vagina, ricoperta da riccioli chiari simili a quelli di un agnello appena nato, che fissai incantato. C'era un'area molto infiammata – presumibilmente alla bocca del canale del parto, devastato dalla nascita di mesi prima – che doveva procurarle grande dolore. Com'era possibile che la ragazza non fosse già morta!

Adesso riuscivo a vedere con chiarezza come la piccola apertura della vagina, quasi una fessura, si fosse dilatata e lacerata nel corso del parto e fosse ora flaccida e infiammata; ma non riuscivo a vedere *all'interno*, dove si annidava la *fistula*.

Non riuscendo ad aprire ulteriormente la vagina usando soltanto le dita, Gretel corse via e fece ritorno portando non soltanto ago e filo per cucire, ma un oggetto così triviale che la guardai disorientato.

"Dottore? – vuole provarlo?"

"Buon Dio, Gretel! Che vuol fare?"

Un cucchiaio! Di un qualche scadente metallo ossidato, un cucchiaio comunissimo, forse preso nella cucina dell'istituto.

Idea bizzarra quella di usare un cucchiaio per aprire ed esaminare il corpo femminile, idea che avrei rigettato indignato se non che, in queste circostanze, avevo ben poca scelta.

Alquanto scettico, riuscii a inserire il cucchiaio nella vagina infiammata come Gretel mi indicava di fare, e lo feci roteare appena, provocando una reazione inattesa: un flusso di aria si infilò nell'utero, probabilmente raggrinzito e atrofizzato, facendo espandere all'istante le pareti dell'organo, con un lieve *sibilo* e rivelando ai miei occhi attoniti quella cavità orrendamente infetta.

"Dio mio! Cosa sto vedendo..."

Anche Gretel si chinò a guardare, restando a bocca aperta di fronte a quella vista.

*La cavità della donna* esposta alla luce del giorno, i suoi labirintici segreti svelati!

Invero, chinandomi oltre, allungando il collo e trattenendo il fiato, con l'aiuto di Gretel riuscii a individuare nitidamente la lacerazione alla base della vescica, che non poteva misurare più di un centimetro: la *fistula*.

Finora, un'ipotesi; adesso, un *fatto medico*.

Con eccitazione, Gretel infilò l'ago per me, usando un filo insolitamente sottile che le mie dita non sarebbero riuscite a gestire, e mi assistette nel passaggio successivo, più delicato.

"Deve rimanere ferma, Brigit" – provai a parlare con fermezza.

Durante tutto quel tempo, Brigit si era comportata con ammirevole stoicismo, benché il suo corpo stesse tremando come per un fortissimo senso di freddo; la sentivo ansimare, simile a una bestia, ma era determinata a non gridare mentre le ricucivo lo strappo nelle profondità del suo corpo tremante: la prima volta, nella storia medica del mondo, credo, che una *fistula* veniva ricucita in quel modo da un chirurgo.

Non esisteva nemmeno (ancora) un termine medico per la malattia – *fistula vescicovaginale*, si sarebbe chiamata.

Così come, un giorno, il brutale cucchiaio che avevo usato per visitare la vagina della paziente sarebbe evoluto nello *speculum*, destinato a essere adottato da tutti i medici che si occupano di pazienti femminili, indispensabile per ginecologi e ostetriche.

(Sfortunatamente, non mi venne in mente di brevettare lo strumento presso l'ufficio brevetti americano, altrimenti, oggi, sarebbe conosciuto come *speculum di Weir*; giacché, nell'esigenza del momento, desiderando curare una giovane donna in estrema sofferenza, non stavo volgarmente pensando al mio tornaconto economico, ma al *destino provvidenziale.*)

Quella sera, fino a tarda notte, in uno stato di eccitazione e speranza, scarabocchiai nel mio diario medico queste trionfanti parole:

*11 marzo, 1852*

Quando l'aria si è infilata nell'utero collassato, forzandolo a riassumere la sua originaria, giusta posizione – è avvenuto il MIRACOLO. In quell'istante, i miei occhi si sono spalancati. Potevo vedere ora, come nessun uomo mortale aveva mai visto prima, ciò che era protetto dal buio e dal mistero, la *vagina femminile in tutta la sua complessità.*

Come Colombo guardò stupefatto il *Nuovo Mondo*, come Copernico e Galileo osservarono l'alto dei *Cieli*, così io, Silas Aloysius Weir, dottore in medicina, in questa data, nel quarantesimo anno della mia vita, ho rivolto lo sguardo dentro all'oscuro mistero della femmina.

## Il miracolo. Post scriptum

Da *Cronaca della vita di un medico*,
di Silas Aloysius Weir, dottore in medicina

"Dottor Weir! – *è ancora 'cucita'.*"

Nei giorni successivi all'intervento, ogni mattina Gretel mi accoglieva all'ingresso dell'infermeria con queste eccitate parole, di grandissimo conforto: perché all'apparenza Brigit Kinealy non mostrava più sintomi di incontinenza, e dava prova di essere stata *guarita dalla sua malattia.*

Quattro, cinque, sei giorni – "*È ancora cucita.*"

Anche se avrei voluto visitare di nuovo Brigit nell'intimità della sala visite, utilizzando il mio inedito strumento, Gretel continuava a farmi da tramite; perché a Brigit non piaceva avventurarsi in questa area dell'istituto.

"Ma come mai, Gretel?" – non riuscivo a capacitarmene.

"Non ne ho idea, dottore. Come sa, Brigit non 'spiega'. Non ha le parole."

"Ma per quale ragione non dovrebbe voler vedere proprio *me*? Dopo che l'ho guarita da quella spregevole condizione..."

"Potrebbe non voler incontrare qualcun altro, dottore. Qualcuno del personale medico che non ha avuto nei suoi riguardi la sua stessa premura."

Non volli riconoscere e dare dignità a queste insinuanti affermazioni di Gretel; è sempre un errore incoraggiare i sottoposti a esprimersi con tanta schiettezza.

Tuttavia, mi insospettii: era forse possibile che il padre del bastardo di Brigit Kinealy fosse qualcuno che vedevo di consueto, qualcuno degli impiegati dell'istituto?

Pregavo con fervore che la cucitura alla vescica di Brigit riuscisse a tenere; perché non avevo osato sperare davvero in un successo, avendo seguito i suggerimenti di una levatrice e non di un collega medico.

"Dottor Weir! – per lei."

Un bellissimo disegno dal tratto infantile – sembravano onde accavallate l'una sull'altra, oppure crepe, falde nella terra o nella pietra – su cartoncino bianco, eseguito con una mina morbida; era un regalo per me, scoprii, di Brigit Kinealy, che non era in grado di ringraziarmi di persona.

"Ma cosa rappresenta, Gretel? Riesce a capirlo?"

"Una rosa, vista molto da vicino. Sono petali di rosa, sovrapposti tra loro."

"Ah, una rosa! Sì."

Mi parve di vederla: una rosa con tanti petali, ombre e pieghe profonde.

Il singolare piacere di ricevere quel dono innocente fu alquanto attutito dall'apprendere che Brigit aveva regalato a Gretel un disegno simile, come se la sua gratitudine per me, che ero il suo medico, non fosse maggiore della gratitudine nei confronti della levatrice.

"In ogni caso, voglio vedere Brigit al più presto. Voglio controllare quei punti."

Dopo otto giorni, mi sentivo piuttosto ottimista, in realtà; e avevo cominciato ad abbozzare un articolo dal titolo *Una "riparazione" efficace della fistula vescicovaginale in una giovane madre*, che avevo intenzione di spedire alle riviste più importanti nel campo della ricerca chirurgica. Né mi trattenni dal cercare il direttore dell'istituto per vantarmi del mio (evidente) successo, perché, più di tutti, il mio prozio Medrick Weir avrebbe senz'altro desiderato essere messo al corrente di quella buona notizia, che avrebbe avuto riflessi su di lui e sull'istituto.

"Dopo più di una settimana, la paziente è ancora 'cucita'. I punti hanno retto, la vescica è come nuova. Posso mostrarle l'articolo, una volta che sarà finito, zio? Di certo non lo inoltrerò senza la sua approvazione."

"Mmm! Molto bene, Silas."

Naturalmente, speravo che Medrick mi invitasse a unirmi al suo elitario *cerchio magico*, impegnato in sperimentazioni di natura quasi segreta, condotte a un piano più alto della Torre nord, a cui non ero ancora stato invitato; ma non fece ulteriori commenti e sembrò ascoltarmi solo in modo distratto. Persino mentre gli descrivevo l'originalissimo ricorso al cucchiaio, e tutto ciò che si era rivelato degli organi interni femminili, l'anziano dottor Weir stava scarabocchiando qualcosa su un piccolo taccuino; la mia descrizione della *cucitura della fistula* con ago e filo, per la prima volta (ne ero certo) nella storia medica, fu bruscamente interrotta dall'ingresso nel suo ufficio dell'assistente di Medrick, Pell, che a malapena bussò alla porta, portando un messaggio "urgente" che necessitava di una risposta immediata.

Fu una circostanza deludente e frustrante: mi ero immaginato infatti che tra me e mio zio intercorresse un *rapporto* speciale che escludeva Pell. Avevo ogni ragione di credere che Medrick Weir nutrisse una preferenza nei miei confronti tra tutti i giovani dottori che aveva assunto nella sua squadra; la scena nel suo ufficio mi fece venire in mente le distrazioni che avvenivano nella mia stessa casa, con così tanti bambini cui Theresa non riusciva a imprimere la giusta disciplina, cosa che mi portava spesso a uscire dall'angusta residenza al pianterreno dell'istituto per andare a lavorare nel mio ufficio, fino a notte fonda.

Sfortunatamente, sembrava che i nemici di mio zio che sedevano nell'assemblea di stato del New Jersey stessero reclamando una sorta di tribunale pubblico, per mettere in discussione i metodi adottati all'interno dell'istituto, essendo giunti alle autorità numerosi reclami dalle famiglie di pazienti che erano morte per propria mano, o in circostanze considerate sospette.

Provai a non prestare ascolto; perché sapevo che mio zio avrebbe condiviso questa notizia con me, se avesse voluto.

Mi misi così a osservare ammirato l'ufficio di mio zio, ampio e ben arredato, posizionato in una nuova ala dell'istituto che si affacciava su un giardino innevato sopra il fiume Delaware. Gradevolmente lontano dai reparti chiusi e chiassosi dell'istituto, l'ufficio del direttore era il rifugio di un gentiluomo, con raffinati dipinti a olio di paesaggi americani alle pareti; librerie stipate di classici rilegati in pelle, tra cui Aristotele, Tucidide, Galeno e Gibbon. Su un lucido tavolo di quercia, era poggiato un telescopio in ottone, posizionato verso il fiume; attaccato a una base girevole, il telescopio poteva essere diretto con facilità verso altre ali dell'istituto, o verso un comprensorio residenziale al di là di un piccolo parco, dove vivevano i membri privilegiati del personale medico assieme alle loro famiglie.

Immaginavo di dovermi congedare, per lasciare solo mio zio così che potesse conferire con il suo assistente; ma, svariate volte dal mio arrivo a Trenton, si era parlato di una cena con lui, a casa sua, una sera in mezzo alla settimana; e sembrava alquanto plausibile che potessimo cenare quella sera stessa, per festeggiare la bella notizia. Ma per colpa di quel ficcanaso di Pell, era possibile che dovessimo rinviare. (Nutrivo una forte antipatia per Pell, per i suoi modi derisori e altezzosi nei miei confronti, quanto per il suo comportamento prepotente verso i suoi subordinati; si diceva che Pell si approfittasse delle donne dell'istituto, sia impiegate che pazienti.)

Quella sera, Medrick Weir era particolarmente preoccupato dalle vicende politiche, non solo locali ma nazionali, visto che la tensione tra gli stati del Nord e quelli schiavisti del Sud cresceva ogni giorno di più. Poiché io desideravo concentrarmi sul mio lavoro e sugli avanzamenti della mia carriera, provavo a evitare discussioni di quel genere; avevo imparato a non discutere mai di qualsiasi tema lontanamente politico con i miei parenti acquisiti del South Jersey, che erano dei convinti antiabolizionisti e simpatizzavano con i sudisti. (Così come avevo imparato a evitare le questioni politiche con i miei stessi famigliari, che erano convinti abolizionisti, eppure con idee radicalmente diverse su come si dovesse imporre l'abolizionismo al Sud e su quale costo si potesse sostenere per liberare gli schiavi.)

"Certo, la schiavitù è atroce e deve essere abolita per legge, come ha fatto l'Inghilterra. È come un arto in cancrena che deve essere amputato. Tuttavia l'*insurrezione* è un'altra terribile cosa, e contro natura – la sollevazione dei neri contro i bianchi, di una razza inferiore contro una superiore."

Medrick Weir si esprimeva con veemenza tale che non potevo far altro che restare rispettosamente in ascolto. Riuscii a intuire che, se il tema immediato era una recente rivolta di schiavi in South Carolina, culminata nell'uccisione di cinque persone sgozzate, tra cui lo stesso proprietario della piantagione e tutta la sua famiglia, il riferimento più personale era all'assemblea del New Jersey, dove Medrick Weir contava nemici "senza scrupoli" – "velenosi" – determinati a rovinarlo, per evidente gelosia nei confronti della sua posizione di direttore del ben finanziato istituto di Trenton.

Nel 1852, proliferavano ribellioni e rivolte, e così pure cresceva la necessità di *sopprimere* queste insurrezioni. Il terrore del Sud era il terrore delle piantagioni: schiavi neri che si ribellavano ai padroni bianchi; le grandi magioni messe a ferro e fuoco. Sui giornali si riportavano osceni racconti di proprietari di schiavi che venivano sgozzati proprio dai neri che più avevano aiutato, dai loro stessi figli (non riconosciuti), procreati nella vergogna, nel buio. Donne bianche cristiane crudelmente stuprate dagli schiavi fuggiaschi, lasciate morire a terra o, peggio ancora, a vivere nella disgrazia di ciò che restava delle loro vite.

Non mi piaceva pensare al *mescolamento tra razze*, che mi appariva una cosa contro natura; e non molto probabile, giacché le razze sono inclini a preferirsi internamente e a rifuggire questo *mescolamento*. Essendo di principio abolizionista, non avevo bisogno di subire prediche, di essere istruito su quanto sbagliata, da un punto di vista morale, fosse la schiavitù; eppure, non vedevo ragione di credere che le razze possano dirsi *uguali*, esattamente come non lo sono i sessi.

Alla fine, una volta che Pell se ne fu andato, mio zio nella sua distrazione si accorse di me, mentre stavo scrutando nel telescopio d'ottone alcuni rigagnoli ghiacciati del fiume Delaware, cercando di rendermi il meno invadente possibile per non recare fastidio o disagio. Medrick mi chiese di ripetergli ciò che gli avevo raccontato; questa volta dimostrò maggiore entusiasmo, e disse che gli avrebbe fatto senz'altro piacere leggere il mio articolo sul trattamento della *fistula*, una volta redatto.

Mi chiese poi il nome della paziente che avevo operato in modo così efficace e gli dissi che non avevo operato una delle pazienti dell'istituto, ma un'impiegata dell'istituto, una giovane ragazza irlandese a contratto che aveva partorito il settembre passato, e a cui era stato tolto il bambino; proprio la giovane donna per la quale ero stato convocato la prima volta da Ho-Ho-Kus.

"Ah! – capisco."

Giacché Medrick non disse altro e non lasciava intendere grande entusiasmo, ebbi il timore di aver preso un abbaglio avendo trattato la *fistula* di una serva a contratto, e non di una delle pazienti registrate sotto la nostra tutela, di cui venivano registrate pubblicamente la vita e la morte.

Scusandomi, spiegai che la ragazza cui avevo ricucito la *fistula* rappresentava un esemplare estremamente raro – *un'albina, sordomuta, orfana, di origini irlandesi* – la cui madre, mi avevano raccontato, anche lei una serva a contratto irlandese, era morta nell'istituto, in un incidente nel locale della lavanderia.

Mi sembrò di capire, in quel momento, che era meglio non pronunciare il nome *Brigit Kinealy* ad alta voce, e dunque non lo feci.

All'improvviso poi, con un sospiro, Medrick si drizzò in piedi dietro la sua massiccia scrivania, come un uomo giunto a una decisione. Con voce grave mi spiegò che era molto dispiaciuto, ma non poteva invitarmi a cenare con lui quella sera poiché sua moglie, Agatha, si trovava a Providence, in visita da alcuni parenti, e lui, sfortunatamente, non era solito "intrattenere" relazioni sociali quando era solo.

"Ma se avesse piacere di bere un bicchiere con me, Silas, per celebrare la sua buona notizia, prima di tornare a casa di là dal parco, da sua moglie e i suoi figli – sarebbe un piacere."

Poiché Medrick stava già versando del scotch in due bicchieri, rivolgendomi un ghigno sorridente, sarebbe stato scortese mormorare una risposta diversa da *Certo! Grazie, signore.*

## La sventura

Da *Cronaca della vita di un medico*,
di Silas Aloysius Weir, dottore in medicina

"Dottore, questa mattina temo di doverle dare cattive notizie."

All'ingresso dell'infermeria, mi stava aspettando la levatrice. Persino prima che la donna parlasse, con il suo graffiante accento di Düsseldorf, colsi la delusione sulla sua faccia molle, e una sorta di vergogna condivisa. Non avevo mai subito un colpo tanto forte al mio orgoglio.

"Dopo dodici giorni, dottor Weir! Eravamo così ottimisti. La povera Brigit era così speranzosa... è una delusione tremenda per lei."

Per lei! Per *me*.

Devo essere rimasto lì con lo sguardo perso nel vuoto, sbigottito dalla notizia, mentre la mia mente si crogiolava nel calore luminoso dei ricordi, del mio incontro con Medrick Weir la sera precedente; come avevo fantasticato, con l'immaginazione fantasiosa di un bambino a Natale, su quali avrebbero potuto essere le mie prospettive all'istituto – una promozione; un aumento di salario, estremamente necessario; la libertà di *sperimentare*...

Gretel si affrettò a spiegare: dopo una serie di giorni di miracolosa continenza, durante i quali Brigit aveva dato segni di essere *tornata alla normalità*, abbandonandosi quasi al sollievo, quella mattina presto il vecchio tormento si era improvvisamente ripresentato, all'inizio in modo lieve, poi come in precedenza – "Quello che penso, dottor Weir, è che il filo non fosse abbastanza resistente, e si sia reciso."

Brigit era così sconvolta che si era rivolta a *lei* – disperata, in lacrime, e con rinnovato imbarazzo.

Dunque, Brigit sarebbe tornata a essere nuovamente una paria, come le sue compagne di malattia. Dopo tutti i miei sforzi! Dopo essermi *chinato* e aver *scrutato* in quel modo abietto nella parte più miserabile del corpo femminile.

Dopo essermene vantato con il direttore dell'istituto.

Assolutamente impossibile, dopo questa rivelazione sciocante, concentrarmi sul mio lavoro all'infermeria. Per l'animo non c'è nulla di più devastante del dover trattare una sequela di donne malate di mente, della cui vita o morte non interessa a nessuno (per essere onesti). Proprio quando ero a un passo da una scoperta per la medicina! Tanto acuta era la mia delusione che dissi a Gretel che non volevo visitare di nuovo Brigit Kinealy.

*Sì, è senza speranza. Come le altre. La morte sarà una grazia.*

Tuttavia, infinitamente mutabile è il cuore umano; uno o due giorni dopo, abbattuto com'ero, mi capitò di intravedere l'eterea, soprannaturale creatura dalla pelle candida che camminava sul marciapiede dietro all'edificio, come in passato; era un mite giorno di marzo, Brigit era a capo nudo, e i suoi capelli erano chiarissimi, simili a fili d'argento.

In quell'istante, la sua esangue bellezza mi trafisse. Mi bloccai lì dov'ero, perché le gambe mi vacillavano.

Vedendomi in quello stesso momento, Brigit si ritirò imbarazzata, i chiari occhi fantasmatici spalancati sul volto. Si voltò allontanandosi subito da me mentre la chiamavo: "Brigit! Aspetta..."

Ma non potevo inseguirla in un luogo quasi pubblico, dove chiunque avrebbe potuto vederci; incluso il direttore dell'istituto, se fosse stato seduto al suo telescopio d'ottone.

Questo rovesciamento del destino, mi riferì Gretel, le faceva temere che Brigit potesse togliersi la vita, come aveva fatto la sua giovane amica; perché, nel breve interregno di salute, Brigit aveva cominciato a immaginarsi una nuova vita, lontana dall'istituto che custodiva ricordi tanto infelici per lei.

Nel cogliere la mia espressione depressa, e cauta per la mia estrema suscettibilità, Gretel mi incoraggiò a non *disperare*.

Facendomi notare, con l'astuzia che le era propria, che, oggettivamente, l'intervento aveva prodotto risultati sorprendenti per dodici giorni; durante quel periodo, Brigit era stata più o meno "normale" – ciò che non si era dimostrato efficace era con tutta probabilità il filo, non la perizia del chirurgo.

"Un filo più resistente del cotone potrebbe tenere, dottore. Seta."

Con irritazione, risposi, "Oh! *Seta*. Non penso. Non ho tempo per la *seta*."

"Gliene compro un po', dottore? Un rocchetto di filo di seta–"

"No. No grazie. Gretel, può andare ora."

Le vene mi pulsavano nelle tempie dal nervosismo! Ero restio a credere che qualsiasi medico con un minimo rispetto di sé potesse tollerare impertinenze simili da parte delle infermiere dell'istituto, come facevo io, nel mio sforzo di mantenere con loro rapporti cordiali.

Tuttavia, appena una settimana dopo, durante la quale io e Gretel con determinazione non discutemmo del tema sensibile di Brigit Kinealy, la sorpresi presentandomi nell'infermeria proprio con un rocchetto di *filo di seta* – sottratto al materiale da cucito di mia moglie.

"Come mai, dottore, ha del filo di seta! Oh, è una vera – sorpresa! Vuole che le porti Brigit? Quando?" –come un raggio di sole che filtra su un paesaggio sbiadito, la semplice faccia onesta della levatrice si illuminò d'entusiasmo e ammirazione nei miei confronti.

E dunque, la paziente malata fu riconvocata un'altra volta; e un'altra volta, con riluttanza, acconsentì a venire parzialmente svestita e visitata; con l'aiuto di un cucchiaio, abilmente inserito, fui in grado di esaminare i suoi organi interni, che erano di nuovo molto infiammati, perché il filo di cotone si era effettivamente strappato, come Gretel aveva supposto. Anche se l'espressione sul mio volto doveva tradire il mio sgomento, Gretel mi rammentò che ero già riuscito una volta a riparare la *fistula*: "Se c'è riuscito una volta, dottore, ci riuscirà di nuovo – con risultati migliori."

Si dimostrò vero: maneggiando l'ago che Gretel aveva preparato per me con il filo di seta, riuscii nuovamente a ricucire il delicato strappo nella vescica – la *seta*, avevo scoperto, è davvero il filo più resistente, persino più resistente del filo per le suture.

Dopo il laborioso intervento, Brigit era visibilmente provata, esausta; la sua pallida pelle sottile sembrava più trasparente e fragile che mai. Il dolore che aveva dovuto sopportare mentre la operavo era stato, sfortunatamente, notevole, pur avendo ingerito una dose di mosto di San Giovanni e di laudano; temevo, infatti, che con un'eccessiva somministrazione di narcotici la ragazza potesse spirarmi tra le mani.

Tuttavia, la sofferenza che la ragazza albina tollerò per il mio bene, quanto per il suo, mi fece provare per lei una certa *tenerezza*, e un brivido di *eccitazione* – di certo una sensazione che non avevo mai avvertito verso le altre donne che avevo operato all'istituto.

*La mia Ofelia!* – dal nulla mi giunse quel singolare appellativo, mai occorso nella mia vita; perché non avevo nutrito pensieri tanto stravaganti quando incontrai per la prima volta la giovane, pia donna che sarebbe stata mia moglie; né, tempo addietro, in quella che ora mi sembrava un'altra, lontanissima vita, durante la mia immatura infatuazione per Tabitha Tyndale.

Dopo l'intervento, sentii il bisogno di ritirarmi nel mio bugigattolo di ufficio, e mandar giù un sorso o due del whiskey rimasto nella bottiglia.

*Dio Misericordioso, ti prego – non lasciare che la deluda, di nuovo.*

Due o tre giorni dopo, come in risposta alla mia disperata preghiera, Gretel venne da me per riferirmi che Brigit aveva compiuto un *recupero miracoloso*, e che era in piedi, e camminava solo con un lieve dolore. In grado, come le persone normali, di rilasciarsi a intervalli coscientemente determinati, e non come fanno i bambini, in modo incontrollato, e aveva perciò ripreso il suo lavoro nella latrina e in cucina, più produttiva che mai.

"Buone notizie, dottore!" – così Gretel mi informò; anche se io ero cauto nel rallegrarmi, perché la Provvidenza in passato mi aveva castigato per la mia vanità e arroganza. Un chirurgo deve tenere a mente – *La superbia precede la rovina.*

Troppo spesso, le pazienti dell'istituto che ero costretto a trattare nell'infermeria, come i miei pazienti all'Hermitage, non guarivano dai loro mali, anche se, di solito, non morivano neanche: le loro vite alienate perseveravano con la cieca, sorda ostinazione propria della vita, che arranca sempre in avanti, sebbene il percorso sia accidentato e non conduca da nessuna parte; ben oltre la perdita del senno, della parola e dell'udito, e la basilare capacità di accorgersi della presenza di qualcun altro. Tuttavia, ci era proibito ritenere queste pazienti *senza speranza.* La convinzione dei riformisti all'istituto di Trenton era che ci fosse *sempre speranza.* Perché il vecchio modo di curare i pazienti malati di mente venisse a mano a mano sostituito con nuovi trattamenti sperimentali che io non potevo perseguire, non ancora; quei progetti erano prerogativa ristretta di Medrick Weir e del suo "cerchio magico" – di cui io non ero (ancora) al corrente.

Devo ammettere che, non potendo portare avanti delle sperimentazioni su di loro, nutrivo uno scarsissimo interesse nei confronti delle pazienti psichiatriche. Perché la pazzia è per lo più monotona e scialba; per lo meno nei casi delle donne malate di mente che avevo incontrato. (C'erano, ovviamente, delle eccezioni nei casi delle più giovani e attraenti che la pazzia non aveva ancora agguantato con i suoi artigli, rendendole stridule e detestabili; ma si vociferava che questi preziosi esemplari venissero trattati esclusivamente dal "cerchio magico"; e non tutti tra noi avevano la possibilità di vederli.)

Dunque, nell'infermeria, così come in precedenza all'Hermitage, la mia libertà di manovra nel campo della sperimentazione era alquanto limitata, e cominciai a essere irritato da quelle restrizioni così grettamente conformiste e mediocri.

Il giorno seguente, riempiendomi di gioia, Brigit Kinealy venne a cercarmi per ringraziarmi come può fare una sordomuta, con un'espressione sorridente e grata, pure se le ripetevo che non ero stato *io*, ma Dio che, agendo attraverso di me, l'aveva "curata".

Per fortuna, Gretel era lì per fare da interprete della ragazza sordomuta, perché Brigit gesticolava, con il viso rischiarato dalla giovane bellezza e radiosità, per dirmi che aveva un altro regalo per me, come segno di gratitudine per *averle salvato la vita*: aveva realizzato una piccola, delicata incisione di una *tortorella* su un legno morbido, malleabile.

Quell'inedita emozione nella fanciulla albina mi sorprese e commosse; rimasi ammirato dalla piccola incisione, così minuta da pesarmi appena nel palmo della mano.

"Può dirle, Gretel – grazie! E che Dio la benedica."

*

*"Ma che cos'è questo, Silas," mi chiese la mia cara moglie Theresa, con una certa sorpresa, dopo aver scoperto la tortorella di legno in un cassetto del mio ufficio dove conservavo diversi miei oggetti personali, "una specie di giocattolo per bambini?"*

*"Sì! Credo di sì," risposi subito a Theresa, mentre osservava l'incisione con aria perplessa, "il regalo di un bambino che è stato mio paziente, anni fa a Ho-Ho-Kus."*

*"Ma perché lo tieni nascosto in questo cassetto, Silas?"*

*"Perché il bambino è morto subito dopo, e non mi piace rammentarlo."*

*Presi poi l'incisione dalle mani di mia moglie, e la rimisi dentro al cassetto, chiudendo il cassetto con decisione, con l'intenzione di spostare la tortorella al mattino, per conservarla in un posto più sicuro.*

## Il rovesciamento della fortuna, aprile 1852

Da *Cronaca della vita di un medico*,
di Silas Aloysius Weir, dottore in medicina

"Dottore, temo – temo di avere delle cattive notizie questa mattina..."

Oh, no di nuovo! Dio non può essere tanto crudele con me: è possibile?

Davanti ai miei occhi, la tozza figura della levatrice, come in un incubo fin troppo famigliare: non all'ingresso dell'infermeria, ma sul marciapiede che conduce alla mia residenza privata, sotto a una gelida pioggia affilata; sul viso un'espressione di totale assenza, come di fronte a uno shock troppo grande per essere compreso.

Mi sorprese alquanto che Gretel sapesse dove vivevo con la mia famiglia; e che si azzardasse a parlarmi lì, dove mia moglie e i miei figli avrebbero potuto osservare la scena da una finestra.

*È accaduto di nuovo? – un fallimento? Mio Dio, sono maledetto...*

Ma la notizia che Gretel doveva comunicarmi era di una magnitudo inimmaginabile: non un nuovo sviluppo nella storia medica di una paziente, ma una catastrofe che si era abbattuta sul mio benefattore e congiunto *Medrick Weir* – proprio colui che nel mio cuore aveva preso il posto di mio padre Percival.

*Faccio voto, signore – di essere ai suoi comandi.*

Queste parole echeggiarono nella mia mente durante il tumulto dei giorni successivi, in seguito alla sconvolgente notizia che Medrick Weir era morto, a sessantatré anni, per cause naturali, ma in circostanze misteriose che mai sarebbero state del tutto chiarite.

Di certo era stata una *morte prematura*, visto che il mio congiunto veniva ritenuto, sia dai suoi detrattori che dai suoi sostenitori, inusualmente in forma per un gentiluomo della sua età, robusto, in buona salute, vigoroso e "pronto a combattere" – "l'incarnazione perfetta della *controversia*" – uno che "non si tira mai indietro da un conflitto". Medrick Weir, infatti, era divenuto negli anni una delle personalità più in vista di Trenton, ritratto in modo caricaturale dal "Trenton Times-Herald" per le sue "radicali opinioni" riformiste nella cura della malattia mentale, e per la sua animata, eterna faida con l'assemblea di stato, che di recente aveva raccolto altri voti a lui contrari, in seguito alla crescita di suicidi nell'istituto durante l'anno trascorso.

Nel leggere quell'articolo, ebbi l'istinto di obiettare: in realtà i suicidi erano diminuiti tra le pazienti dell'istituto nei primi mesi del 1852; quantomeno, i suicidi registrati.

A peggiorare ulteriormente le cose: il giorno successivo alla morte di Medrick si venne a sapere che il suo assistente di lunga data, Pell, era scomparso – "svanito" – (più tardi si sarebbe scoperto che Pell aveva sottratto fondi dal budget dell'istituto ammontanti a circa 20.000 dollari); presto poi, svariati membri del cerchio magico del direttore si dimisero dai loro incarichi, lasciando l'infermeria a corto di personale ancor più del solito, con un sovrappiù di lavoro tutto sulle mie spalle.

Mia moglie era sconvolta e i miei figli in apprensione all'idea che l'istituto potesse venire chiuso e il mio incarico dissolversi da un giorno all'altro; avremmo perso l'alloggio in cui vivevamo e saremmo stati costretti a fare ritorno a Ho-Ho-Kus, dove avrei ripreso a lavorare alle dipendenze dei Rosencrantz, se ero fortunato.

Persino mentre il consiglio di supervisori dell'istituto si riuniva in sedute d'emergenza per designare un nuovo direttore *ad interim*, le voci si propagavano per Trenton come incendi: Medrick Weir non era morto di cause *naturali*, bensì *innaturali*, si diceva; era stato accoltellato a morte, o sgozzato; era stato eviscerato; era stato castrato; era morto per una frattura al cranio, dopo essere stato colpito alla testa con un telescopio d'ottone, un prezioso oggetto del direttore, un regalo di un facoltoso benefattore. Si diceva che nel suo ufficio ci fossero segni di colluttazione; che sembravano mancare all'appello alcuni documenti dai suoi faldoni, che erano stati aperti e rovistati.

Secondo il racconto più raccapricciante, uno dei custodi aveva rinvenuto il corpo senza vita di Medrick sul pavimento del suo ufficio molto presto al mattino, nudo e parzialmente bruciato; o forse nudo, con i genitali lordati nel più osceno dei modi; o forse ridotto a un mucchietto scomposto di ceneri, frammenti d'ossa e denti all'interno del camino, tutto ciò che restava del grande uomo.

Fu organizzato in fretta un funerale privato; circostanza sorprendente: in pochissimi tra i colleghi di Medrick presenziarono, ma girava voce che la salma non fosse stata vista prima e che la bara fosse *chiusa*.

Sì, mi sentii violentemente escluso; perché ero certo che mio zio avrebbe voluto che partecipassi al suo funerale e che ne piangessi la perdita.

I necrologi ufficiali sottolineavano che Medrick Weir era morto di cause naturali, forse di attacco di cuore, o per un ictus, perché non c'era stata nessuna autopsia, per richiesta della vedova. Ciononostante, fioccavano le congetture sulla vera causa della morte, ovvero *omicidio*, per mano di una delle pazienti che il direttore aveva curato di persona, nei suoi alloggi privati; oppure di uno degli impiegati, un rivale nell'amore per una donna, molto probabilmente una paziente; oppure, dell'assistente Pell, scomparso nel nulla in modo misterioso. (Io ero di certo convinto che fosse stato Pell a uccidere mio zio.)

Ancor più scandaloso, si diceva che Medrick fosse stato ammazzato dalla madre disgraziata di uno dei suoi figli illegittimi, straziata dal fatto che il neonato le fosse stato portato via alla nascita per essere dato in adozione, in cambio di soldi, a una coppia agiata.

Alla fine, questi pettegolezzi grotteschi persero d'interesse e si cominciò a fare supposizioni sul fatto che Medrick Weir avesse ingegnosamente organizzato la sua stessa morte per farla sembrare un omicidio; proteggendo così la sua reputazione postuma, e assicurandosi che la moglie (da cui era separato) e i figli (legittimi) avessero accesso all'assicurazione, come all'ingente somma di denaro in banconote rinvenuta nella sua cassaforte personale.

"Sarebbe proprio da lui, vecchia volpe, disorientare i nemici persino dalla tomba," rimarcò uno dei medici, con un ghigno sommesso di ammirazione. "All'inferno Medrick sta ridendo di noi."

"All'inferno Medrick sta sollevando un bicchiere del suo whiskey preferito per brindare a noi; e per invitarci a ridere con lui" – aggiunse un collega.

Quanto crudele e irrispettoso era dire cose di quel tenore su un uomo che era morto, e riderne pure!

Non mi piaceva sentire quel genere di commenti. Come quando sentivo spesso battute crudeli tra il personale medico, parole che non si possono ripetere in compagnia, mi girai e me ne andai, con la faccia avvampata.

In quanto nipote di Medrick Weir, ammetto di essere stato, per una certa parte, da lui avvantaggiato; ma non ingiustamente, visto che avevo lavorato il doppio dei miei colleghi, per una paga inferiore, senza lamentarmi. Certo, ciò aveva suscitato nelle menti più grette un certo risentimento; ora che Medrick era morto, in quanto suo famigliare, sentivo di doverne difendere il buon nome.

Nel mentre ero stato nominato capo dell'infermeria, responsabilità che avevo accolto, come d'abitudine, senza rimostranze; non c'era nessun altro disposto a vedersela con la disorganizzazione di un'ala dell'istituto molto trascurata, con circa ottanta letti, quando era a pieno regime.

Queste eroiche parole mi echeggiavano nelle mente: *Faccio voto, signore – di essere ai suoi comandi.*

All'inizio di aprile, mentre mi dirigevo all'infermeria, vidi per caso Brigit Kinealy camminare insieme ad altre due ragazze, in abiti da lavoro; nonostante la sordomuta non potesse parlare con le altre, mi sembrava che fossero in perfetta armonia, e che le altre la considerassero una di loro.

Com'era affascinante vedere Brigit comunicare con ragazze simili a lei per grado ed età, usando le mani per gesticolare, e fissando con intensità le loro labbra mentre parlavano.

Il cuore mi si serrò nel petto dal desiderio di chiamarla. Tuttavia, rimasi a distanza, per timore che la mia presenza potesse metterla a disagio.

Quanto *normale* sembrava Brigit Kinealy, nonostante la sua pelle albina e quei capelli così chiari, soprannaturali! Sentii un fremito di orgoglio per essere riuscito almeno in *ciò*; prima che la supervisione dell'infermeria divenisse la mia vita, e che ogni mia aspettativa relativa alla chirurgia sperimentale, con la riparazione della *fistula vescicovaginale* e altre possibili correzioni, dovesse venire messa da parte.

Tuttavia, era una soddisfazione un po' amara, perché Medrick Weir non sarebbe stato al corrente della durata del mio primo successo chirurgico con il filo di seta; il mio articolo *Una "riparazione" efficace della fistula vescicovaginale in una giovane madre* sarebbe apparso sul "New Jersey Journal of Medical Research" soltanto molti mesi dopo la sua morte. Quante volte avevo immaginato con quale ammirazione Medrick l'avrebbe letto, per poi scrivere a suo cugino, Percival Weir, a Concord, e congratularsi con lui di avere un figlio tanto capace!

Ma, poco dopo quest'incontro, come se la Provvidenza mi stesse invero preparando per un altro rovesciamento della fortuna, venne diffuso pubblicamente l'annuncio: il consiglio di supervisori dell'istituto aveva votato all'unanimità la commissione di una statua in rame di sette metri di *Medrick Weir, direttore e fondatore dell'Istituto del New Jersey per donne malate di mente*, da collocare davanti all'ingresso principale dell'istituto al piano terra; e che il nuovo direttore *ad interim* dell'istituto sarebbe stato – *Silas Weir, dottore in medicina*.

# 3. Il Pioniere riformatore

## La sacra ossessione

Da *Cronaca della vita di un medico*,
di Silas Aloysius Weir, dottore in medicina

Dopo essere stato designato direttore *ad interim* dell'istituto a Trenton, e a tempo *indeterminato* dodici mesi più tardi, nel settembre del 1853, confesso che una sorta di sacra ossessione si impadronì di me, quella di realizzare la missione cui la mia vita era destinata, la sperimentazione chirurgica sulle donne malate, che comprendevano quasi il cento per cento delle pazienti poste sotto la mia tutela.

Queste donne, gli "scarti e i detriti" di ogni pubblico ospedale, o di ogni istituzione di pubblica fondazione – erano per lo più persone senza nome. A Trenton erano centinaia, una popolazione oscillante che arrivava a circa mille pazienti al picco di ogni "stagione di follia" – a metà estate, o nel corso delle vacanze natalizie.

Cercavo in tutti i modi di non trascurare i miei doveri amministrativi, che erano di un certo peso, visto che, a quanto sembrava, il mio predecessore Medrick Weir aveva concentrato tutte le sue attenzioni sui *suoi* esperimenti particolari.

(Giacché questa non è la sede né il momento per esporre il precedente direttore dell'istituto a ulteriori calunnie, visto che il vecchio dottor Weir non ha la possibilità di illustrare o difendere i suoi metodi di ricerca, non troverete nella mia *Cronaca della vita di un medico* nessuna vergognosa lista degli esperimenti del mio predecessore, come quelle che elettrizzarono e scandalizzarono i lettori del "Trenton Journal" nei primi mesi del 1853; con l'eccezione di quegli esperimenti che, per puro caso, coincidevano con i miei stessi personali interessi, ovvero la *Sedia della calma*, il *Letto della calma*, la *Giacca della calma*, e alcuni aspetti di *idroterapia*, da discutere alla giusta occasione.)

Poiché non ero, e non sono, nella maniera più assoluta un ribelle sfrontato quanto il mio predecessore, ero determinato a mostrarmi più propenso di Medrick Weir a tenere in considerazione le aspettative del consiglio di supervisori dell'istituto e dell'assemblea statale del New Jersey; avendo come obiettivo quello di portare avanti le mie ricerche in totale libertà, sarebbe stato più pragmatico *conformarsi in ogni aspetto esteriore* a quelle aspettative, per dare prova che l'istituto operava secondo modalità che soddisfacevano le richieste di individui che non erano uomini di medicina, né tantomeno teorici.

Per questa ragione, chiesi al consiglio di supervisori e a numerosi consiglieri di stato, ben più potenti, se avessero suggerimenti per il mio personale amministrativo, così da assumere, appunto, persone da loro raccomandate, che fossero loro colleghi di comprovata capacità o famigliari coscienziosi su cui poter fare affidamento. Era una cosa naturale, a mio giudizio, offrire un contratto a selezionati uomini d'affari del posto, che avevano connessioni con il consiglio dei supervisori o con l'assemblea; perché la gestione di un ente così grande come l'istituto, che includeva oltre duecento acri di terreno e prevedeva l'edificazione di nuove aree, impegnava larga parte del budget annuale a disposizione. A differenza di Medrick Weir, che si proclamava un *riformatore radicale* e sembrava troppo spesso incline a concedersi ai quotidiani e alle riviste, io promisi di tenermi alla larga dai titoli in prima pagina e di concentrare i miei sforzi sul costruirmi una reputazione di serio ricercatore scientifico, pubblicando le mie scoperte esclusivamente sulla stampa professionale. Mi resi conto di quanto fosse cruciale non entrare in antagonismo con le personalità locali più influenti, ma *assoldarle* invece *a sostegno della mia causa.*

Al posto dell'altezzoso, irresponsabile e disonesto Pell, mi assicurai di nominare un assistente la cui serietà e integrità non potevano essere messe in dubbio, un giovane parente del presidente del consiglio di supervisori, con esperienza in finanza e amministrazione; potevo affidarmi con sicurezza a questa persona, Amos Heller, per le operazioni ordinarie e quotidiane dell'istituto, riservando quindi per me del tempo da dedicare ai miei esperimenti chirurgici. (La maggior parte degli interventi di routine in un ente come l'istituto di Trenton, simile a tanti altri in tutte le città di grandi dimensioni degli Stati Uniti, riguardava la *sterilizzazione* di soggetti di entrambi i sessi privi di capacità e moralità, come richiesto dall'assemblea di stato. Poiché queste operazioni non erano di alcun interesse scientifico per me, ero lieto di delegarne la conduzione al personale medico più giovane cui si poteva chiedere di raggiungere il numero mensile stabilito.)

Un'altra nomina fondamentale fu quella del genero del governatore del New Jersey, Horace Mackey, che si sarebbe dimostrato di grande aiuto, essendo esperto di questioni legali. Non era un segreto che fossero state intentate numerose cause contro l'istituto nel corso degli anni, come contro ogni ente che si occupava di questioni sanitarie della popolazione, e la presenza del genero del governatore sarebbe stata un deterrente per quelle fatue controversie.

Mi sembrò più pratico collocare il mio laboratorio privato nella stessa Torre nord dell'istituto in cui si erano svolti gli esperimenti di Medrick Weir, anche se molte delle strumentazioni di Medrick (vasche all'interno dei quali le donne isteriche venivano sottoposte a un'*idroterapia* quasi ustionante, ceppi e catene, "coperte di sabbia", eccetera) non mi servivano, e furono quindi riposte nel magazzino. Giacché tutti gli assistenti di ricerca del *cerchio magico* di Medrick si erano volatilizzati dall'istituto, approfittai di quei posti vacanti e scelsi di non rimpiazzarli con giovani medici curiosi e ambiziosi, ritenendo che affidarmi al personale femminile, guidato dall'indispensabile Gretel, mi avrebbe assicurato senz'altro maggiore riserbo, e lealtà pure – è noto che la femmina della nostra specie sia molto più *leale* del maschio, perché non è in competizione con lui, e occupa con naturalezza il proprio posto di *subordinata e aiutante.*

La mia cara moglie, Theresa, si lamentava che trascorressi così tante ore all'istituto, non solo nei giorni feriali, ma anche durante il fine settimana, dall'alba fino a quasi mezzanotte, e che i nostri (nove) figli conoscessero a stento il padre, specialmente i più piccoli; i più grandi, seppur lusingati dal fatto che loro padre fosse stato insignito della carica di direttore dell'istituto, e di abitare adesso in una casa in arenaria molto più comoda, con otto camere da letto, affacciata sul fiume Delaware, non stipati come in passato in alloggi più angusti, raccontavano con dispiacere di venire presi in giro a scuola, a Trenton, perché loro padre era il *dottore delle pazze*.

Quelle cattiverie mi ferivano, e mi infiammavano, come una rete gettata sulle ali larghe e muscolose di un'aquila il cui destino è ascendere al cielo, e invece è scioccamente e crudelmente costretta a terra dalle menti più ottuse!

Quanto erano superficiali le calunnie degli ignoranti e degli invidiosi: cominciò a venirmi riferito dai miei figli, soprattutto dal maggiore, Jonathan – colui che accusava l'offesa con maggiore intensità –, che del nostro congiunto Medrick Weir dicevano fosse "in combutta con Satana", e che "aveva portato al suicidio centinaia di donne malate di mente" in pochi anni.

Davo istruzioni ai miei figli di replicare a questi commenti ignoranti con il maggior controllo possibile: dicendo che loro padre era Silas Weir, che nulla aveva a che fare con il suo predecessore; e che *era un amico personale del governatore Horace Mackey*.

Raccomandai inoltre ai figli più grandi di spiegare che la *pazzia* è solo una *malattia*, e che loro padre, Silas Weir, era un "pioniere" delle riforme metodologiche sul trattamento della *malattia del cervello*, come avrebbero appreso un giorno.

Quanto alle accuse di Theresa di passare praticamente ogni ora di veglia all'istituto, le intimai di non azzardarsi a lagnarsene, e che la sua famiglia non facesse commenti beffardi sulla mia persona, come avevano fatto per quindici anni, visto che il mio stipendio era straordinariamente aumentato con la mia promozione a direttore; e la posizione di crescente visibilità che ricoprivo a Trenton, e più in generale nel settore medico, era segno che sarebbero giunte ulteriori fortune. Mi ero prefissato, dissi a Theresa, il più alto degli obiettivi: sedermi nel Partenone dei pionieri americani nel campo della scienza, accanto a nomi come Benjamin Rush, Benjamin Franklin, Samuel Thompson e David Rittenhouse; invero, un giorno la sua famiglia sarebbe stata fiera di me, e così mio padre.

"Dimentichi, mia moglie adorata, che è molto meglio per un dottore essere troppo impegnato che inattivo, come capita a numerosi, giovani medici; è molto meglio per un dottore avere troppo lavoro, che poco."

"Ma, Silas – non senti la nostra *mancanza*? – Theresa mi guardò quasi con tristezza, mentre mi preparavo a uscire di casa per una giornata piuttosto impegnativa.

Domanda a cui risposi in modo talmente mite che Theresa non poté protestare: "Ciò che la Provvidenza ha stabilito per me, la Provvidenza l'ha stabilito anche per te, e per i bambini. Dobbiamo tutti fare dei sacrifici, mia cara!"

Tuttavia era vero – come spesso dicevo scherzando, a beneficio degli astanti – che lasciavo il nido domestico molto presto al mattino preferendo la "relativa quiete del manicomio" – una battuta che non mancava mai di provocare una sonora risata tra gentiluomini, che, essendo dei capifamiglia, capivano bene cosa intendessi.

## Esther C_, novembre 1852

Da *Cronaca della vita di un medico*,
di Silas Aloysius Weir, dottore in medicina

Dopo essere riuscito a riparare la *fistula* di Brigit Kinealy, cominciai a seguire un'altra donna, che ne era ancor più gravemente affetta, una volta stabilitomi con il mio laboratorio di ricerca al terzo piano, il più alto, della Torre nord.

Tra la massa di scarti e detriti dell'istituto, Esther C_ si staglia come un preciso, sfortunato ricordo: una paziente molto ammalata, anemica e cagionevole, che si stimava avere circa trentacinque anni e che era stata consegnata all'istituto dalla sua famiglia, affermando fosse "sporca", "fuori controllo", "posseduta dai demoni". In seguito a un esorcismo fallito del prete della parrocchia, quando il soggetto aveva appena dodici anni, pare che Esther fosse caduta in uno stato letargico e che dovesse essere alimentata a forza; infine, consegnata all'istituto nella tarda adolescenza, fu assegnata a uno dei reparti chiusi, senza ricevere visite per anni.

Come era potuto accadere che questa misera donna, apparentemente non bella, dal pallore insalubre, piena di macchie, fosse stata inseminata attraverso il più infernale e deprecabile dei rapporti, non era noto; o, in ogni caso, non me ne venne fornita una spiegazione soddisfacente quando interrogai con fermezza le infermiere e i portantini responsabili della sua corsia.

Durante il parto in una sala operatoria di quell'ala dell'istituto, Esther subì un travaglio difficilissimo, di diciotto ore, culminato in un aborto; ciò le lasciò la parte inferiore del corpo devastata, come se fosse stata azzannata da bestie feroci. Secondo Gretel, che aveva assistito alla nascita, Esther sarebbe morta dissanguata se lei e un'altra infermiera non fossero riuscite a tamponare l'emorragia; ciononostante, Esther versava in una condizione alquanto precaria, poiché era stata colpita da un'infezione dilagante.

Per quanto fosse triste l'aborto, ci si concedeva comunque di ritenerlo *misericordioso*; perché i gemelli erano piccoli e deformi; la madre non avrebbe potuto desiderare tenerli, e nutrirli.

Come esito del laborioso travaglio, in Esther si produsse una *fistula* ancora più grave di quella di Brigit; le sue parti basse, infatti, rilasciavano una quantità persino maggiore di urina, quasi un flusso continuo. Essendoci poche speranze di recupero per la paziente, provai un senso di esaltazione nel pensare che, come medico professionista, avrei potuto darmi a sperimentazioni immaginative, facendo ricorso a una miscellanea di trattamenti; se fosse spirata, nessuno avrebbe avuto il coraggio di darne la colpa a *me*.

(Spesso, infatti, mi rimproveravo l'errore madornale compiuto a Chestnut Hill, quando avevo intrapreso la riparazione del cranio della neonata sfigurata, danneggiata alla nascita e condannata a morire tra le mie mani; una decisione stupida, sebbene la colpa *non fosse stata mia*. Ciononostante, in città erano circolati pettegolezzi crudeli che minacciavano di seguirmi fino in New Jersey; giurai che nulla del genere sarebbe accaduto di nuovo, rischiando di macchiare la mia reputazione.)

Va detto, inoltre, che Esther stessa, preda di un selvaggio stato febbrile, aveva abbandonato ogni speranza e, con voce alta e supplicante, pregava Dio di prenderla con sé e di dare sollievo alle sue sofferenze. Che un medico decidesse di visitarla con gentilezza e premura, che la facesse lavare e calmare e le desse dei medicinali per rilassare la mente, che la facesse spostare dal reparto chiassoso a un luogo più calmo e riparato in un'altra area dell'istituto, che lì ci fosse del personale con maggiore esperienza, che non fosse trattata come una spregevole donna "dissoluta" che aveva dato alla luce dei bambini fuori dal vincolo matrimoniale, che venisse considerata invece un *caso serio*, tutto ciò deve essere stato scioccante per lei, deve esserle parso un miracolo.

Senza contare Brigit Kinealy, che sarebbe rimasta un caso isolato, Esther C_ era il mio primo soggetto sperimentale all'istituto di Trenton; il primo di una serie *storica*, che all'epoca non potevo immaginare. Perché è così che agisce la Provvidenza, cogliendoci completamente di sorpresa, come la grazia.

La grazia è ciò che non meritiamo, e non possiamo chiedere, la grazia cade su di noi dal Cielo, se, come insegna John Calvin, siamo benedetti dal Signore.

"Mi prenderò cura di lei, Esther. Con l'aiuto di Dio, ci *proverò.*"

Straziata dalla vergogna, perché la perdita dalla *fistula* (invisibile) era tale che Esther doveva continuamente avvolgersi con stoffe assorbenti, simili a pannolini da neonati, non riuscì a far altro che mormorare con voce spezzata – "Grazie, dottore." I suoi occhi offuscati mi fissavano con una disperata speranza, come gli occhi di un animale intrappolato fissano il cacciatore, scongiurando pietà.

Il mio battito accelerò d'impazienza, perché questo soggetto sperimentale era completamente a mia disposizione, più di quanto lo fosse stata la neonata Brush; e nutriva vera fiducia in me, una fiducia che un bambino non può provare.

Avendo chiesto al mio assistente, Amos Heller, di recuperare la storia medica di Esther C_, rimasi stupefatto nel trovarmi di fronte a un unico foglio di carta accartocciato e ripiegato in cui c'erano scritti il nome e l'indirizzo della paziente a Trenton, il nome della persona che l'aveva consegnata all'istituto, probabilmente suo padre, e pochissime annotazioni relative alla *malattia mentale* e ai trattamenti, accanto alle date; le più recenti risalivano ad anni prima.

"Com'è possibile, è una cosa inutile! Imbarazzante! Dobbiamo aggiornare tutte le nostre cartelle, a partire da questa paziente."

"Sì, dottor Weir."

"Se ne occuperà *lei*, Amos. Scelga una squadra di persone per assisterla, e cominci subito."

"Sì, dottor Weir."

"Ci sono – quanti pazienti nell'istituto? – il numero attuale è ottocento o novecento? Potrebbe aver bisogno di una squadra numerosa."

"Ottocento o novecento sono delle stime, dottor Weir. Non sono sicuro del numero esatto in questo momento."

"Bene, veda di esserlo! La 'lacunosa compilazione delle cartelle cliniche' era una delle cose di cui veniva accusato il mio predecessore. Cambieremo completamente il modo in cui le cartelle vengono compilate e aggiornate."

"Sì, dottor Weir."

"A cominciare da questo caso, 'Esther C_'."

"*Sì*, dottor Weir."

La povera Esther C_ soffriva di così tante patologie che era difficile capire come procedere. Che la paziente soffrisse di un *malessere mentale* sembrava una circostanza meno urgente rispetto ai suoi malesseri fisici, ovvero le ripugnanti perdite di escrementi dalle zone lesionate. Inoltre, la donna non sembrava malata di mente, quanto più stoica e rassegnata, con occhi che mi fissavano supplichevoli, occhi che sarebbero potuti appartenere a chiunque.

All'inizio, ritenni di dover esaminare Esther internamente, per verificare che si trattasse a tutti gli effetti di una *fistula*; ma, se potevo evitarlo, preferivo non ricorrere al triviale cucchiaio, anche con l'assistenza di Gretel.

Avrei preferito di gran lunga partire dalla febbre della paziente, e provare a trattare quella; ma la febbre è causata da un'infezione, di cui la *fistula* poteva essere origine. Al contempo, bisognava intervenire sull'estrema debolezza della paziente, che poteva essere sia un effetto della febbre che una forma di anemia, oppure la manifestazione di un qualche altro squilibrio nel sangue. Ma la debolezza di Esther era con tutta probabilità conseguenza della malnutrizione, perché riusciva a stento a trattenere gli alimenti, e (forse) avrei dovuto iniziare da *là*; come sappiamo la mancanza di appetito è causata dalla febbre, e la febbre da un'infezione, dunque mi ritrovavo al punto di partenza – la maledetta *fistula*.

I colleghi medici potrebbero domandarsi: perché non eseguii un salasso alla paziente, seguendo la consueta procedura della *flebotomia*? – perché in effetti Esther era febbricitante, ed è noto che il sangue "riscaldato" provochi la febbre, come indicato da Benjamin Rush; e, dunque, alleviare la pressione del sangue avrebbe prodotto un effetto "rinfrescante", aiutando a placare la donna, facilmente eccitabile.

Ah, ma – nel Pantheon della Scienza, Silas Weir si sarebbe comportato da *ribelle*! Avrei proceduto sulla mia strada, aprendomi da solo il varco in quel sottobosco.

Un giorno avrebbero detto di me che Silas Weir era solito soppesare il singolo caso di ogni paziente, incluse le donne, così come i maschi (rari nella mia pratica, ma non sconosciuti), trattando i due sessi (quasi) alla stessa stregua; e che spesso giungevo a conclusioni inattese.

Poiché Esther era fiacca, pallida e piuttosto esile, sentii d'istinto che far sanguinare la povera creatura avrebbe avuto effetti deleteri su di lei; come troppo spesso avevamo osservato nell'ufficio del dottor Strether, quando il trattamento mirato a rinsaldare la salute del paziente si concludeva con la sua morte.

Alché il dottor Strether mormorava con balbettante dispiacere – *era il suo momento. Dio lo sa, abbiamo fatto tutto il possibile.*

All'epoca della febbre gialla a Philadelphia, nel 1793, l'illustre Benjamin Rush prescriveva fino a sette salassi al giorno, e purghe (dell'intestino) per i malati; questa tradizionale "medicina eroica", che era mia intenzione perseguire, sembrava più praticabile negli uomini – per via del loro sangue più "rosso" e arterioso – e meno nelle donne, dal sangue più "pallido".

Per tale ragione non praticai un *salasso* a Esther C_. Le sperimentazioni condotte su Esther furono invece d'altro tipo, scelte con attenzione. Considerato il bisogno di rivitalizzare l'appetito della paziente, le somministrai una serie di medicinali (composti di mia mano, giacché andavo orgoglioso delle mie capacità farmaceutiche): mosto di san Giovanni, belladonna, echinacea, gocce di chinino, gocce di cocaina, arsenico, caulofillo nero e uno o due altri farmaci, per mescolarne gli effetti sulla paziente, ciascuno a turno e simultaneamente.

Una sperimentazione di questo tipo richiede precisione, perché è probabile che la paziente rigetti alcune medicine, dunque il dottore che l'assiste non può sapere se il vomito è causato esclusivamente dai farmaci o da un malessere o una condizione soggiacente.

Inoltre, la cosa ideale è avere a disposizione due soggetti cui praticare la sperimentazione: uno a cui somministrare i farmaci e uno no. Entrambi i soggetti dovrebbero essere in relativa buona salute, circostanza rara tra le donne ricoverate all'istituto. Nella situazione dell'istituto, con soggetti tanto infermi e non collaborativi, i risultati potevano non avere valore assoluto. (Tuttavia, quando riportai l'esito della mia sperimentazione in un articolo sul "New Jersey Journal of Physicians & Surgeons", non enfatizzai questo aspetto, immaginando che, se l'avessi fatto, difficilmente i curatori ne avrebbero approvato la pubblicazione; e sospettavo inoltre che gli altri ricercatori, meno scrupolosi di me, in genere sarebbero stati più disonesti riguardo ai loro dati.)

Assistito dalle infermiere che tamponavano la fronte di Esther con stoffe fredde e bagnate e che trascorsero ore a farle aria con un ventaglio, riuscii infine (credetti) a contrastare la febbre, cosa che consentì alla paziente malnutrita di ingerire dei liquidi, con minori episodi di vomito. Questo ridusse anche l'aritmia della donna, sollecitata (forse) dal mosto di San Giovanni, o forse dalla piccola dose di caulofillo nero, o magari erano state le gocce di cocaina ad averla causata, oppure, al contrario, l'avevano affievolita. (A volte la belladonna ha un effetto sedativo, e a volte succede l'opposto! Ho riscontrato reazioni contrastanti nelle pazienti a cui ho somministrato questi farmaci, talvolta anche nella stessa paziente, perché molto dipende dal dosaggio, certamente; e molto dipende dalla condizione della paziente, che potrebbe fluttuare anche nella stessa giornata.)

"Esther, si sente meglio? Più in forze?" – chiesi alla donna sofferente, con più premura possibile; ed Esther mi rassicurò, *sì*, con un lieve cenno della testa.

Ritenendo la paziente in una certa misura stabilizzata, il giorno seguente decisi di intraprendere, con l'aiuto di Gretel, un trattamento delle aree visibilmente infette del corpo di Esther, perché una qualsiasi di queste infezioni si sarebbe potuta rivelare letale, con le sue rosse frecce avvelenate dirette al cuore; seguendo le orme di Medrick Weir, mi sembrava infatti piuttosto convincente l'ipotesi che la maggior parte delle malattie, se non tutte, sia causata dalle infezioni.

Nel caso di Esther C_, comunque, è possibile che io abbia scambiato foruncoli, cisti e gozzi per infezioni che mi impegnai a drenare dal pus incidendoli con un bisturi, sperando così di far "fuoriuscire" l'infezione e asciugarla dalle impurità, come (pensavo) ricordavo dal mio apprendistato con Strether; un tentativo che fece contorcere la paziente dal dolore, perché queste lesioni si trovavano su zone del corpo (il seno, la pancia, le labbra pubiche) particolarmente sensibili; e il mio bisturi non era, sfortunatamente, affilato come avrebbe dovuto essere, se Gretel si fosse rammentata di affilarlo. Tuttavia, ci fu un copioso riversamento di sangue, misto a un pus dall'odore feculento.

Drenare il pus fu un *una cosa positiva*; ma l'eccessiva perdita di sangue *no.*

Quando mi resi conto che la paziente non dava alcun segno di miglioramento e non era nemmeno in grado di restare sveglia per minuti prolungati, dopo alcuni giorni non vidi alternativa che intraprendere il ripugnante esame pelvico, anche mentre la paziente, distesa, sudava e ansimava come una bestia sfinita, preparandosi a un'altra violazione, determinata comunque a impressionare il direttore dell'istituto con il suo eroico atteggiamento.

Era sempre toccante constatare in quante, tra gli scarti e i detriti delle pazienti dell'istituto, fossero ansiose di assecondare i loro medici, pure al culmine della sofferenza; aderendo in ciò al genere femminile, educato a compiacere gli uomini, e a migliorarne così di molto la vita.

Tuttavia, nonostante le mani di Gretel tenessero con fermezza i fianchi della paziente, il solo inserimento del cucchiaio-speculum alla bocca della vagina provocò una fiammata di dolore che fece balzare via Esther come se si fosse ustionata, emettendo un grido gutturale.

"Donna! *Non vuoi* essere guarita? Vuoi *concludere i tuoi giorni nella morsa della sozzura?*" – urlai disgustato, trasgredendo il riserbo professionale che mi era di gran lunga più affine; ma mi sentii oltraggiato al di là del tollerabile.

Aiutata da Gretel, Esther C_ si rimise carponi sulle mani e le ginocchia, ansimando intensamente, e ripromettendosi di restare ferma, così che potessi visitarla in modo appropriato.

"Esther! – *ferma.*"

Il mio cuore si sarebbe lasciato muovere alla misericordia cristiana se non avessi saputo che erano le *mie azioni a essere misericordiose*, e che la paziente stessa vi era d'ostacolo, poiché continuava a opporre resistenza, malgrado i miei premurosissimi moniti.

E mi scervellavo per capire come procedere, perché non volevo *ammettere sconfitta*, anche se quella lunga giornata era stata massacrante, per la paziente e per il medico.

"Forse è il caso di attendere, dottore? E visitare Esther domani mattina? Sarà più in forze, domani; e noi avremo maggiore pazienza" – suggerì Gretel in modo pragmatico; era un consiglio di grande sensibilità, che comunque accolsi con fastidio per la sua impertinenza.

"La procrastinazione è la tentazione del Diavolo, Gretel," risposi, "–non risolviamo nulla se non agiamo nel presente."

Erano certamente parole di John Calvin, che avevo appreso quando ero ancora un ragazzo.

"Persevereremo, Gretel. Ma – *sedando* la paziente in preda all'ansia."

Fu un lampo di ispirazione, avevo usato questo stratagemma con la figlia dei Rosencrantz, Bettina.

Questa decisione, forse, fu poco accorta – (come il lettore attento avrà avuto modo di capire) –, perché avevo già somministrato a Esther una quantità considerevole di medicinali, che non erano ancora del tutto stati assorbiti, per quel che potevo sapere; alla metà del secolo, l'uso della sedazione non era così diffuso come ora, soprattutto il ricorso a una miscela di belladonna, mosto di san Giovanni, tintura di arsenico, eccetera, combinati a una massiccia dose di morfina. Troppo spesso il paziente anestetizzato in quella maniera non si risvegliava – e ciò costituiva una delle argomentazioni principali contro l'anestesia, una branca della medicina allora ai suoi primi stadi.

Ritenni comunque che avrei potuto ricorrere a una prudente quantità di morfina, per consentire al soggetto di rilassarsi e addormentarsi profondamente.

E dunque la paziente ingerì la morfina, in forma liquida; e dopo che Esther smise di dimenarsi e si distese impotente sul tavolo, Gretel si inginocchiò tra le sue gambe e riuscì a penetrare nell'organo ulcerato: una visione infernale, virulenta di infezioni, il cui odore e aspetto mi fecero sentire sul punto di svenire e rimettere. Ma, in questo modo, chinandomi e sporgendomi, riuscii a individuare la lacerazione nella vescica della paziente; notando che era almeno due volte più grande di quella nella vescica di Brigit, e che sarebbe stata un'impresa ricucirla con il filo di seta.

"Gretel? – per favore mi passi l'ago."

"L'–ago, dottore? Io – io non ho un ago–"

"*Non ha l'ago*? Dopo tutto questo sforzo?"

"Io – io non sapevo..."

Disgustato, mi tirai su, e buttai a terra il cucchiaio insudiciato.

Ormai esausto, allontanandomi barcollante dal tavolo e dai suoi odori nauseabondi, e liquidando con un gesto Gretel che mi fissava con aria pietosa, decretai per quel giorno concluse le mie fatiche.

"Buonanotte, Gretel! Continueremo al mattino, quando *si sarà ricordata di portare l'ago con il filo.*"

Mi ritirai poi nello spazioso ufficio del direttore, al pianterreno di un edificio più distante dell'istituto, per gettarmi nella poltrona di pelle appartenuta all'ultimo direttore e versarmi una piccola quantità di whiskey, preso dall'armadietto dell'ultimo direttore, generosamente rifornito di whiskey, bourbon e vini di cui io avevo poco bisogno, giacché d'abitudine non bevo alcolici.

Alla fine, quando i miei nervi si erano in qualche modo placati, feci ritorno alla residenza del direttore a pochi passi di distanza, dove mi sottrassi con gentilezza alle suppliche di mia moglie che mi chiedeva di mangiare un po' dell'arrosto tenuto in caldo per me dalla cena, poiché non avevo appetito; troppo demoralizzato persino per lavarmi in modo adeguato, e insistendo per dormire da solo in un letto in una zona tranquilla della casa.

E dunque, dopo essermi alzato prima dell'alba e aver fatto ritorno alla sala visite dove Esther C_ era rimasta, scoprii che la paziente giaceva ancora immobile sul tavolo, sotto un lenzuolo con cui Gretel l'aveva coperta: gli occhi foschi spalancati, la pelle pallida e macchiata divenuta grigia, l'agghiacciante, rigido sorriso sul volto un crudele rimprovero alla *speranza*.

"Esther! Cosa le è successo!"

Con somma frustrazione, la paziente non si muoveva e sembrava non respirare.

"Esther! Le ordino di *svegliarsi*."

Orripilato, toccai il collo della donna, cercando la pulsazione in un'arteria: assente.

Battito cardiaco: assente.

La pelle non ancora gelida come l'argilla, ma asciutta, fredda, come un minerale; e il più malinconico degli odori che le si sollevava da dosso, simile a un sepolcro.

## Sepoltura cristiana, 1852

Abraham Langhorne, becchino ufficiale,
Istituto per donne malate di mente a Trenton

Fu una sorpresa per me – becchino ufficiale dell'Istituto del New Jersey per donne malate di mente a Trenton, posizione che avevo ereditato da mio padre, Moses Langhorne, scomparso nel 1838 – che, con l'affidamento della direzione a Silas Aloysius Weir, si attuasse un cambiamento tanto sensibile nel protocollo riguardante le *morti delle pazienti dell'istituto*.

Prima dell'amministrazione di Silas Weir, le morti delle pazienti dell'istituto venivano correttamente riportate agli ufficiali sanitari del comune di Trenton, e i corpi delle decedute venivano sepolti nel cimitero dell'istituto, una porzione di terra alle spalle della Torre est, tranne per i rari casi in cui i parenti delle defunte desideravano seppellirle nei lotti di famiglia, a spese loro.

Con l'amministrazione Weir, e apparentemente per sua volontà, sopraggiunse una categoria di pazienti schedate come *nulle* – allo stesso modo in cui un matrimonio o un contratto può essere *annullato*. In questa categoria, la donna malata di mente, defunta, poteva smettere di *esistere* nei registri dell'istituto; veniva sepolta nel cimitero dell'istituto come prima, ma senza collegare alcun nome alla salma. Dunque, nessuna segnalazione della sua morte veniva inviata al comune di Trenton.

Questa categoria di pazienti, divenute *nulle*, avrebbe riguardato una quantità tutto sommato esigua di morti, rispetto al numero di *decessi* annui presso l'istituto che continuavano a venire registrati come prima. Ma, con la diminuzione nel numero dei decessi, inclusi tutti quelli considerati *innaturali/sospetti*, o probabili *suicidi*, l'isteria che serpeggiava tra i funzionari nella capitale di stato calò rapidamente. In modo forse inatteso, nessuno fece domande sulle cause di quel cambiamento.

In breve, al più giovane dottor Weir fu risparmiato l'ostile controllo riservato al più anziano dottor Weir durante gran parte del suo turbolento incarico all'istituto.

Questa alterazione del protocollo mi fu spiegata con premura dall'assistente del dottor Weir, Amos Heller, con il fatto che alcuni decessi avvenivano in "circostanze uniche", le quali, se rese pubbliche, sarebbero precipitate in "complicazioni legali", comportando una "probabile contrazione" del budget dell'istituto. Cioè, se i funzionari di Trenton avessero ripreso una vigilanza più stretta sull'istituto, ponendo domande su talune morti, la mia posizione di becchino sarebbe stata a rischio, a causa di un probabile taglio netto delle entrate.

Oltre a ciò, mi fu spiegato che Silas Aloysius Weir stava intraprendendo un protocollo del tutto inedito di *terapia morale* applicata ai soggetti malati di mente; in origine un'idea di Benjamin Rush che l'aveva perseguita senza successo, trattenuto dalle menti più conservatrici della sua epoca. Attenendosi ai vincoli della *terapia morale*, le pazienti psichiatriche non sarebbero più state definite *malate di mente*, ma solo *pazienti dell'istituto*; erano *malate*, e c'era una cura per la *malattia*, che comprendeva come trattamento primario la *partecipazione attiva* alle operazioni dell'istituto per tutte coloro che non erano confinate nei reparti chiusi.

Secondo questo nuovo programma, le pazienti non avrebbero trascorso le loro ore libere nelle stanze, o in gruppo, a leggere la Bibbia, a pregare, a mormorare tra sé e sé, a bisticciare con le altre o a fissare il vuoto; se Medrick Weir le aveva sottoposte a varie forme di *idroterapia*, che comportava la massiccia partecipazione di personale dell'istituto, adesso le pazienti fisicamente abili sarebbero state coinvolte nella *terapia morale*: all'interno della cucina dell'istituto, per aiutare a preparare e servire i pasti; nella lavanderia dell'istituto, per lavare e stirare; nella pulizia dei pavimenti; nella manutenzione dei terreni dell'istituto, spalando la neve in inverno ecc. Dovevano essere ripuliti numerosi acri di terreni circondanti l'istituto per costruire una piccola fattoria, dove le pazienti avrebbero aiutato a piantare, coltivare e raccogliere ortaggi sotto la guida di Amos Heller. I frutti di queste lavoratrici, non importa se pochi o intaccati dai vermi, sarebbero stati cucinati nella mensa, per aiutare a contenere i costi alimentari, tra le voci di spesa più alte dell'istituto; dunque, le pazienti di comprovata robustezza e nervi saldi avrebbero aiutato anche con le *defunte*, lavando e preparando le salme per la sepoltura, e, in alcuni casi, in condizioni appropriate, contribuendo anche alla vera e propria sepoltura, in cambio di modesti compensi.

"Avrà una sua piccola squadra di lavoro, signor Langhorne! Una squadra di donne *malate di mente* ai suoi comandi, che si assicureranno di sollevarla da una parte delle sue mansioni, senza farle perdere guadagni."

Con vergogna, devo ammettere che accolsi subito la proposta; perché mi resi conto che, se non l'avessi fatto, lo scaltro signor Heller avrebbe cercato un altro becchino in zona, più collaborativo.

Da quel momento in poi venni chiamato meno di frequente, perché parecchi decessi venivano catalogati come *nulli*, e gestiti in modo sommario, dentro all'istituto, con sepolture clandestine dentro tombe segnate in modo fumoso ed eseguite dal personale; i decessi che mi venivano assegnati erano probabilmente avvenuti per *cause naturali*, come arresto cardiaco, tubercolosi, ictus e demenza. Quasi da un giorno all'altro smisero di avvenire *suicidi*.

Se si verificava un caso *nullo* particolarmente sensibile, che solo io ero autorizzato a vedere, ricevevo una convocazione a casa, da parte di un messaggero.

*Signor Langhorne –*
*Per favore venga alla svelta e non lo dica a nessuno.*
*C'è urgente bisogno di una sepoltura cristiana qui all'istituto, entro ventiquattro ore.*
*Sarà pagato generosamente, glielo assicuro.*
A.H.

Per quel che riesco a ricordare, la prima di queste convocazioni avvenne un mattino presto nel novembre del 1852, e riguardò la sepoltura del cadavere di una donna caucasica molto emaciata, il cui volto, nella morte, si era congelato in un ghigno agghiacciante; un caso piuttosto pietoso, a quanto pare era morta su un tavolo operatorio insanguinato, nuda sotto a un lenzuolo sudicio, in un laboratorio della Torre nord.

*Nulla* significava una morte anonima, che non veniva riportata da nessuna parte.

Negli anni sarebbero giunte svariate richieste di questo genere, tutte scritte di suo pugno da Amos Heller, assistente di Silas Aloysius Weir.

A.H. era la sigla con cui venivano firmate queste convocazioni. Ma presto, *Macellaio Weir* fu il nome che si andò mormorando a Trenton.

La *Sedia della calma*
Dal diario della signora Thomas Peele (1853),
Trenton, New Jersey

*Tale fu la tenerezza con cui mi avvolse nelle lenzuola umide e calde che la forza della sua presa non mi apparve immediatamente evidente.*

*Mi misero un cappuccio sulla testa, di una stoffa leggera simile a mussola, attraverso cui riuscivo a percepire la luce, ma non le forme, una luminosità soffusa simile a quella che si riesce a "vedere" fissando il sole con gli occhi chiusi.*

*Mi arrotolarono una stoffa più spessa attorno alla testa e mi coprirono la bocca con una benda. Non stretta – ma lasciandomi intuire che stretta lo sarebbe potuta diventare se mi fossi approfittata di quella cortesia e avessi urlato cercando di attirare l'attenzione, come una bambina in castigo.*

*Tutte queste cose, anche le lenzuola calde e umide che mi bloccavano le braccia lungo i fianchi e le gambe mentre ero seduta sulla* Sedia della calma, *servivano a pacificare le mie emozioni più violente e la tendenza al pianto insensato che avevano causato a mio marito insofferenza, pena, rabbia e disperazione, tanto da costringerlo a portarmi all'istituto di Trenton, dove (si credeva) che un malessere del genere potesse essere curato.*

*Un malessere del genere, ai vecchi tempi, non sarebbe mai stato curato. Poiché veniva considerato "demoniaco" – eravamo donne possedute da Satana. Ma ci trovavamo in una nuova era adesso, un'era in cui si ricorreva, per la malattia mentale femminile, alla* terapia morale.

*Con* terapia morale *si intende un'azione diretta a contrastare la malattia, non i "demoni". Una campagna intrapresa sotto la guida del medico, per vincere la malattia attraverso metodi di buon senso.*

*La* Sedia della calma *è una sedia molto solida, di dimensioni più grandi del normale, e alta ben più dell'altezza media degli uomini.*

*La* Sedia della calma *è ben imbottita, la stoffa soffice e morbida sembra abbracciarti, circondarti. Toglierti il respiro.*

*La* Sedia della calma *è progettata per un riposo profondo, in "dormiveglia".*

*È vero, mi facevo del male. Mi strappavo i capelli e mi scorticavo la faccia e mi laceravo i vestiti.*

*È vero, facevo male alla mia "bellezza". Che la mia "bellezza" non fosse un bene a mia disposizione, un bene che potevo distruggere, bensì una proprietà di mio marito, era la lezione che dovevo apprendere.*

*"L'isteria" è causata da un utero sconnesso, da frammenti dell'utero che circolano nelle arterie, in modo ancor più virulento nel cervello. Così ci avevano insegnato gli illustri medici antichi, a partire da Aristotele; persino nella nostra epoca illuminata, nessun uomo di scienza era andato oltre questa convinzione.*

*Noi non eravamo poveri come la maggior parte delle pazienti all'istituto. Noi potevamo contare su ottime origini in entrambi i rami delle nostre famiglie e vivevamo in un quartiere alquanto distinto nella zona sud di Trenton. Anche mio marito era un medico, di medicina generale, e aveva sentito parlare delle idee "rivoluzionarie" del nuovo direttore dell'Istituto del New Jersey per donne malate di mente a Trenton, il dottor Silas, in merito alla cura della follia femminile.*

*Nutrivamo il desiderio (comune) di avere figli. Eredi.*

*Avevo pronunciato questa promessa a parole, sposando mio marito sull'altare della Prima chiesa presbiteriana di Trenton.*

*Amore, onore, e obbedienza. In salute come in malattia. Finché morte non ci separi.*

*Ma in me deflagrò un riso impazzito. Calci frenetici mi scappavano dalle gambe. Se il signor Peele mi si avvicinava gattonando in tenuta da notte come una bestia ansimante, io scalciavo, scalciavo e scalciavo, mordendomi il labbro inferiore fino a farlo sanguinare sulle lenzuola bianche del letto coniugale.*

*Furono presi accordi. Accordi tra uomini. Non esistono che accordi tra uomini.*

*Mio padre, pure. Desiderava moltissimo un nipote. Dei nipoti. Eredi.*

*La vita ha poco senso, senza eredi.*

*Ha poco senso accumulare ricchezze, se non per lasciarle agli eredi.*

*Dio ordina. Dio comanda* – Crescete e moltiplicatevi!

*Mio padre, e il signor Peele, e il dottor Weir. Presero degli accordi, per cui non c'era bisogno della mia presenza.*

*Cure private, a costi privati. Nell'istituto statale di Trenton ci sarebbe stato un reparto privato, al terzo piano della Torre nord, per pazienti bisognose di cure speciali sotto l'egida di Silas Weir. A nessuna di noi del reparto privato sarebbe stato chiesto di affrontare lo sciame di pazze nella sala mensa, a nessuna di noi sarebbe stato chiesto di partecipare alla terapia morale nella lavanderia, o in cucina, o nelle latrine, con mocio e secchio a strofinare pavimenti.*

*Noi non vedemmo mai. Noi non sentimmo mai le loro grida. Noi non sentimmo mai il loro olezzo. Noi entravamo e uscivamo dalla struttura passando per un ingresso speciale riservato alle pazienti private.*

*I nostri destini erano decisi dai nostri padri e mariti. I nostri destini erano decisi da strette di mano. Strette di mano tra uomini dietro una porta chiusa. Ma potete immaginare. La tua mano è troppo soffice, hai ossa da uccellino. Si ridurrebbe in frantumi stringendo la mano a un uomo. Meglio non rischiare.*

*Signora Peele! – deve stare stesa immobile.*

*Ammonendomi con la sua morbida voce nasale. Attraverso la mussola non riuscivo a vedergli il volto.*

*Non deve opporre* resistenza, *è dovere della donna* sottomettersi.

*Deve meditare come medita un fiore. Ciascuno dei petali, perfettamente immobile.*

*Il quadrante di un orologio le cui lancette si sono fermate. Perché nella* Sedia della calma, *il tempo cessa di esistere. Non pensi, non ricordi. Non richiami alla mente pagine stampate – libri. I suoi libri di scuola si sbagliavano. Una ragazzina non ha bisogno di libri. Una ragazzina di buona famiglia, una bellezza dai capelli dorati.*

*Versi in rima (alle volte) sono concessi. Accuratamente selezionati per le donne, versi che non rischiano di farle eccitare o innervosire.*

*Non permetta alle parole (senza rima) di penetrarle la coscienza. Non più di pietre lanciate in uno stagno nel bosco. Non più di carbone gettato su un'immacolata coltre di neve. Non più di un grido brutale gridato in chiesa.*

*Non pensi, pensare è innaturale per le donne. Non pensi, pensare è pericoloso per le donne.*

*Pensare troppo liberamente condusse Eva a cogliere la mela avvelenata dall'albero, e a passarla ad Adamo, suo marito, per macchiarlo col peccato della disobbedienza.*

*È stato stabilito che dalle otto alle dieci settimane, a seconda dei suoi progressi, siederà immobile nella* Sedia della calma *per tutto il giorno. Dormirà immobile nel* Letto della calma *per tutta la notte.*

*Per tutto il tempo, delle lenzuola calde e umide la terranno ferma. Avrà gli occhi chiusi, la bocca serrata. I suoi arti scalcianti non potranno liberarsi e presto sceglieranno la resa.*

*Il suo cuore non potrà battere all'impazzata e presto sceglierà la resa.*

*Se l'utero nervoso dovesse disgregarsi, rinviando le sue particelle malate a ogni parte del corpo femminile, più pericolosamente al cervello, aggiungeremo un trattamento più drastico: le* Acque della calma.

*Con estrema delicatezza, sarà circondata da onde calde e avvolgenti, mentre è bloccata sulla* Sedia della calma. *Dentro una vasca in rame di un metro e mezzo, tenuta a temperatura emolliente per la pelle. Con la presenza costante di un'assistente, per prevenire un'immersione accidentale.*

L'Idroterapia, *è così che si chiama, è una misura più rischiosa della* Calma, *pur rappresentandone l'estensione. Non è una punizione, benché possa farsi necessario placare l'utero riottoso.*

*No, non affogherà! È folle, sciocco, infantile, futile preoccuparsi di un destino simile – non accadrà, non sotto l'occhio attento di Silas Aloysius Weir.*

*Se fosse una malata di mente comune, strappata all'anonimato, potrebbe esserci ragione di temerlo – ma lei non è una persona comune, suo marito sta pagando una cospicua retta (privatamente) al dottor Weir.*

*Dunque, è protetta. Come non lo sono le pazienti comuni.*

*Sarà protetta dallo spirito della Calma, come i maschi della nostra specie sono protetti dallo spirito dell'Attività.*

*L'anima della femmina è passività e placidità; l'anima del maschio è attività e irrequietezza.*

*L'anima della femmina giunge al compimento nel riposo; l'anima del maschio giunge a compimento nel moto.*

*La sostanza della femmina, morbida, malleabile, piena, priva d'ossa; la sostanza del maschio, muscolosa, d'ossa forti, e veloce nei riflessi.*

*Come è innaturale per il maschio trarre gioia dall'immobilità, così è innaturale per la donna esprimersi nel movimento.*

*Nel letto, a letto, allettata; in marcia, in ascensione, a cavallo, a caccia.*

*Nella* Sedia della calma, *consumerà otto pasti al giorno. Avvolta nella tranquillità, non ci sarà fretta di ingerire il cibo, seguendo il metodo Weir, che indica di masticare cibo solido non meno di trentadue volte fino a farlo diventare liquido.*

*Non ingerirà mai alcuna particella "solida": ingerirà soltanto liquidi.*

*Le saranno serviti brodi nutrienti e zuppe cremose. Consumerà burro, latte, uova preparate in modo particolare, pani elaborati e dolci. Le verrà tolto il cappuccio, le verrà tolta la benda sulla bocca, sarà imboccata da un'assistente, non avrà bisogno di usare le sue mani.*

*Poiché si trova gravemente sottopeso, e a rischio di gravidanze, le è prescritto di prendere almeno diciotto chili.*

*Diverrà (di nuovo) una neonata nell'utero, nutrita e felice nell'assoluta immobilità mentre il suo corpo (femminile) le cresce attorno.*

*Le saranno dati dei farmaci, stabiliti appositamente per lei e preparati dallo stesso dottor Weir, a partire dalle sue scorte d'erbe officinali.*

*Nel trattamento dell'isteria, è raccomandato assumere più volte al giorno il calomelano.*

*Il calomelano (mercurio) sarà in formula granulare, cosparso sul pane e ricoperto da uno spesso strato di burro o miele.*

*Nel trattamento della frigidità femminile e della sterilità, sono raccomandati il mosto di san Giovanni, il caulofillo nero, l'olio di castoro e il latte di cardo da somministrare regolarmente in dosi precise.*

*Nel trattamento dell'agitazione spasmodica degli arti, per prevenire l'agitazione, una dose quotidiana di laudano, da aumentare nel caso in cui l'agitazione muscolare persista.*

*Non deve temere, le medicine che riceverà non avranno mai un sapore amaro. Tutti i farmaci che le verranno somministrati avranno una punta di dolcezza.*

*Lei è privilegiata. Lei è benedetta. La Provvidenza l'ha condotta da Silas Aloysius Weir.*

*Ripeta: non leggerò per un periodo che va dalle sei alle otto settimane. Non scriverò per un periodo che va dalle sei alle otto settimane. Non immaginerò lettere rivolte ai miei cugini, amici, a mia madre in cui li imploro di scagionarmi da questo orrore di fasce e soffocamento.*

*Non parlerò per un periodo che va dalle sei alle otto settimane. Non pregherò, urlerò, supplicherò misericordia o liberazione.*

*Non metterò in agitazione il mio cervello per un periodo che va dalle sei alle otto settimane.*

*Non avrò bisogno di "evacuare" – un'infermiera-cameriera se ne occuperà, svuotando la mia padella ogni volta che sarà necessario e occupandosi della mia igiene.*

*Sì, sono davvero, davvero molto dispiaciuta per essermi scorticata la faccia. Perché non è mia questa faccia da scorticare.*

*Sì, sono davvero, davvero molto dispiaciuta per aver urlato e riso e picchiato e scalciato in spasmi di follia nella santità del letto coniugale.*

*Nella Calma raggiungerò un luogo oltre le parole. Nella Calma gioirò.*

*Nella Calma guadagnerò quattordici chili di densa carne bianca accumulata dietro al mento, stipata nella pancia, appesa alle cosce e al seno dentro grandi mammelle.*

*Avrò qualcuno che si prenderà cura di me per tutto il tempo. Avrò un'infermiera-cameriera per corrispondere a tutte le mie necessità.*

*In qualsiasi momento, ripeta a se stessa: sono unica, sono nelle mani di Silas Aloysius Weir, un medico straordinario, il pioniere della Gino-Psichiatria.*

*Quando sarò guarita dal mio male, mi sarà permesso di fare ritorno da mio marito. Solo allora mi sarà permesso di fare ritorno da mio marito per concepire il nostro primo figlio ed erede.*

*Fino ad allora, avrò fede nella Provvidenza, e in Silas Aloysius Weir, dottore in medicina.*

*

Queste pagine provengono da un diario scoperto tra gli effetti personali della signora Thomas Peele, al 228 di Lakeview Drive, Trenton, nell'aprile del 1853, successivamente alla sua morte improvvisa, dopo essere stata dimessa dall'istituto di Trenton la settimana precedente.

Non è noto, a quanto pare, se la paziente fosse morta per conseguenze derivate dai ventidue chili accumulati durante il suo periodo di ospedalizzazione, che le gonfiavano il ventre, il torace, la parte superiore delle braccia e la zona sotto al mento, facendola assomigliare a un mostruoso gozzo, e causando enorme sofferenza agli organi già indeboliti da settimane di inattività; oppure se, attraverso qualche subdolo escamotage femminile, sfidando ogni valore cristiano, decoroso e retto, la donna infelice avesse architettato di *togliersi la vita.*

## Gli anni felici, 1853-1860

Da *Cronaca della vita di un medico*,
di Silas Aloysius Weir, dottore in medicina

In questi anni, ineguagliati nella storia della scienza medica americana, quante e quali visioni si riversarono in me!

Un roveto ardente di rivelazioni, e io, come Mosè, che ne osservavo rapito le fiamme talmente vivide da accecare i miei umili occhi mortali.

In occasione di discorsi ufficiali, per esempio di fronte all'assemblea di stato del New Jersey, ero solito affermare pubblicamente che mi sembrava alquanto appropriato fosse un americano il primo a scoprire una *cura per la pazzia*: ancor meglio, un abitante di Trenton, New Jersey.

I giornali locali, e alcuni non proprio locali (inclusi persino il "New York Times" e il "Philadelphia Sentinel") esaltavano queste affermazioni "ottimiste" e "rivolte al futuro" come esempi felici di una via "americana al fare", in contrapposizione al "tetro pessimismo" delle nazioni "più antiche e meno energiche", come quelle europee; sarebbe sfrontato da parte mia lasciar intendere che, nell'osservare mia moglie, i miei famigliari e persino i miei figli più grandi leggere quei titoli con un sorriso orgoglioso, io non provassi un fremito di gratificazione.

*Perché tutto ciò che ho compiuto, e tutto ciò che compirò, fluisce da me a Dio; in lui, Silas Weir non è altro che un fragile vascello.*

All'interno della comunità scientifica, era ampiamente riconosciuto e ammirato il fatto che Silas Aloysius Weir, direttore dell'Istituto del New Jersey per donne malate di mente a Trenton, stesse introducendo un'inedita e vigorosa applicazione della *terapia morale* alle sue pazienti; selezionando le forme di trattamento più concrete già esplorate dai suoi predecessori, e scartando quelle che si erano rivelate non valide.

Innanzitutto, la *Sedia della calma*, e il suo ausiliare, il *Letto della calma*, implementati nel mio laboratorio nella Torre nord, si dimostrarono enormemente efficaci dal principio, riducendo da subito il livello di agitazione nelle pazienti malate di mente, così come la probabilità che si auto-lesionassero, un rischio sempre elevato in una struttura psichiatrica.

In ausilio a questi strumenti, ne sviluppammo in laboratorio un altro ancor più efficace, noto come *camicia di Weir*: una giacca di materiale grezzo con le maniche che si incrociavano sul petto della paziente, tenute ferme da cinghie; talvolta utilizzato in combinazione all'*idroterapia*, se necessario. Se una paziente cominciava a divincolarsi, a delirare e contorcersi, aggredendo il personale, veniva prima costretta nella *camicia di Weir*, e, se l'agitazione persisteva, le veniva infilato sul capo un *elmetto di Weir*, con una spessa benda di cotone sulla bocca, per smorzare le grida. Per salvaguardare la salubrità, questa benda di cotone poteva essere rimossa facilmente e sostituita con un'altra pulita, quando si faceva troppo impregnata di saliva.

(Il lettore potrà sicuramente riconoscere che lo strumento adeguatamente concepito nella forma della *camicia di Weir* è stato mal prodotto e rivenduto a ospedali e istituti con il nome di *camicia di forza*: un'appropriazione indebita del mio progetto, conseguenza del fatto che non riuscii a depositare prontamente la *camicia di Weir* presso l'ufficio brevetti americano nel febbraio del 1853, quando l'avevo perfezionato per la prima volta. All'epoca ero talmente preso dai miei doveri di medico, chirurgo e direttore dell'istituto, da avere poco tempo a disposizione per pensare ai miei guadagni personali; e dunque, qualcuno della mia squadra di lavoro, che rimarrà anonimo, rubò l'idea, in tutti i suoi dettagli, e la replicò all'istituto di Boston per malati di mente, presso cui era andato a lavorare. Mi sembra dunque alquanto irriguardoso da parte dei miei colleghi medici e direttori ospedalieri, che ben sanno chi è l'inventore della loro "camicia di forza", non riconoscere correttamente l'origine della *camicia di Weir*, cui il loro personale fa così spesso ricorso.)

Sempre nell'ambito della *Calma*, un uso accorto e calibrato dell'*idroterapia*: non come prescritto da Medrick Weir, con bagni ustionanti, nei quali le pazienti venivano immerse a forza, urlando e contorcendosi, ma usando acqua tiepida, per dare sollievo, non per scottare e punire. Molto più di rado di quanto avrebbero affermato un giorno i miei detrattori, questa forma rielaborata di *idroterapia* comportava il rischio che la paziente, se lasciata da sola con le braccia e le gambe bloccate dalle strette lenzuola, annegasse; ma si trattava di un rischio minore, che andava ad affiancarsi alle possibilità migliorative della terapia.

Estremamente noti sono i miei esperimenti pionieristici nell'utilizzo di farmaci per il trattamento della malattia mentale, riportati in modo dettagliato su riviste come il "Journal of the American Association of Medical Research" e l'"Atlantic Journal of Medical Science". Per il lettore che possa esservi interessato, o per un medico apprendista, inserirò la mia bibliografia in appendice alla *Cronaca*.

A tempo debito, affronterò il tema delle mie innovazioni nella *correzione chirurgica della follia* – che si avventurano ben oltre l'intuizione di Medrick Weir di non farne risalire la causa a un fattore ereditario, ambientale o alla "possessione diabolica", quanto piuttosto a un'*infezione*.

## L'umiliato, 1853

Da *Cronaca della vita di un medico*,
di Silas Aloysius Weir, dottore in medicina

"Dottor Weir! Temo di avere delle cattive notizie."

Parole maledette! Ho paura che mi inseguiranno fino all'altro mondo.

Gretel mi sí rivolse con voce mortificata, un'altra volta; una mattina, molto presto, sulla soglia del laboratorio al terzo piano della Torre nord; solo Gretel, infatti, tra i miei collaboratori, aveva la chiave del laboratorio, per potere controllare se necessario le pazienti durante la notte, e prepararle per il mio arrivo.

Supponendo che queste "cattive notizie" avessero a che fare con uno o due dei miei *esperimenti chirurgici* della settimana precedente, che implicavano la rimozione di un utero particolarmente debosciato e malfunzionante in una donna di oltre quarant'anni, e la rimozione di una clitoride deforme in una ragazza tardo adolescente – (entrambe le pazienti dell'istituto erano state ricoverate da poco dalle loro famiglie) – mi preparai alla notizia peggiore cui un chirurgo può andare incontro: l'imprevisto decesso di un paziente.

Ma la sorpresa fu a suo modo persino più grande, e ancor più devastante, perché non aveva nulla a che fare con le pazienti del laboratorio, ma con Brigit Kinealy, che pensavo di aver guarito dalla *fistula*.

"Ha avuto una ricaduta, dottore. Il filo di seta deve essersi spezzato."

*Il filo di seta! Spezzato!* Per un attonito istante non riuscii a realizzare.

Da mesi, ormai, i progressi nel laboratorio erano stati costanti, con pochissime battute d'arresto; tranne che per la perdita di Esther C_, un soggetto moribondo che non ci si aspettava potesse sopravvivere comunque; e uno o due casi, vittime di sé, per una gravissima malnutrizione dovuta all'anoressia, che nemmeno l'alimentazione forzata della *Terapia della calma* aveva potuto salvare. Per di più, il mio articolo intitolato *Una "riparazione" efficace della fistula vescicovaginale in una giovane madre* era apparso di recente sull'"Atlantic Journal of Medical Science", acclamato dai medici che si interessavano in particolar modo alla ginecologia.

Mi ero trattenuto dal seguire troppo da vicino i progressi di Brigit Kinealy, che, essendosi ripresa dallo stigma della *fistula*, aveva ricevuto il permesso di formarsi come assistente infermiera, un'umile posizione all'interno del personale medico, ma in ogni caso un notevole avanzamento rispetto al lavoro nelle latrine; non volevo intromettermi nella vita della fanciulla, e speravo di accontentarmi di scorgerla a distanza, per caso.

"*Spezzato*? E, dunque, l'incontinenza è ripresa?"

"Sì, dottore. Temo di sì."

Nel vedere l'espressione sul mio volto, Gretel si fece indietro, per lasciarmi entrare nel laboratorio e avanzare, senza neanche uno sguardo alle cinque o sei pazienti allettate, fino al mio ufficio con le sue alte finestre, dove chiusi la porta e mi sedetti alla mia scrivania di mogano, sospirando. Lì, con il sollievo di una piccola dose di laudano assunta da un becher tenuto in un cassetto della scrivania, e un sorso di scotch dentro a un bicchiere, mi preparai a ricevere il quadro più dettagliato che Gretel mi avrebbe riferito e a incontrare di nuovo, con cuore cupo e al contempo speranzoso, l'albina sordomuta, senza sentimenti di trionfo, quanto di condivisa delusione.

"Mio Dio! Nelle tue potenti mani, sono come Giobbe – umile, umiliato, ma non ancora piegato."

Avendo promesso di raccontare con piena trasparenza la mia vita e la mia carriera in questa *Cronaca*, sono obbligato ora a essere franco rispetto alla mia vita domestica, dove sperimentavo un'altra forma di *umiliazione*.

Perché la fortuna non sempre sorrideva a Silas Aloysius Weir, persino nel bagliore residuo della mia promozione a direttore dell'istituto di Trenton; ancor meno nelle stanze imponenti della casa del direttore, che tanto spaziose erano parse alla mia famiglia quando vi ci trasferimmo.

C'era una difficoltà tra mia moglie e me riguardo alla natura dei miei obblighi nei confronti dell'istituto, perché Theresa sembrava accusare il fatto che stessi via per così tanto tempo, eppure, quando ero a casa, e cercavo di coinvolgerla in una conversazione concernente l'istituto, il suo sguardo presto si faceva opaco e fosco; le risultava piuttosto sgradevole, essendo una moglie per bene, immaginare il proprio marito, un medico, a stretto contatto con pazienti femminili, esaminandone i corpi parzialmente o completamente svestiti; figurarsi tutto ciò le procurava un vero fremito di biasimo e sgomento. (Nella nostra vita coniugale, io e Theresa ci comportavamo con impeccabile decoro: durante tutti i nostri anni di matrimonio, nessuno di noi aveva avuto occasione di veder l'altro spogliato; e lo spazio a disposizione nella casa di arenaria ci consentiva di usare un rispetto ancor maggiore nei confronti della reciproca privatezza.)

Se le raccontavo dei conflitti con i miei collaboratori, che si presentavano quasi ogni giorno, e che sono naturali nella gestione di una struttura tanto complessa come l'istituto, Theresa commentava, storcendo il naso altezzoso, "Ma tu sei il 'direttore', Silas – basta che dici ai tuoi sottoposti cosa devono fare."

Devo riconoscere che Theresa non fu mai del tutto soddisfatta della governante assegnata alla dimora del direttore, né delle quattro cameriere che vivevano a casa nostra, in modesti alloggi sul retro; inoltre, nutriva ancora del risentimento per il fatto che i miei principi abolizionisti le fossero costati il dono di uno schiavo bambino di proprietà della sua famiglia, a Vineland, in New Jersey, come previsto nella sua dote, e che ormai sarebbe stato grande.

Per questa ragione, Theresa e i Cleff erano inclini a riferirsi a me, persino quando ero nei paraggi, come a *Silas il più puro dei puri*. Nell'origliare quest'epiteto, non potevo che interpretarlo come una provocazione affettuosa, più che come un vero e proprio sfregio.

"Hai dei 'servi a contratto' all'istituto, Silas: in cosa sono diversi dagli schiavi? Ho la sensazione che tu li faccia lavorare fino alla morte, proprio come fanno i proprietari con i *loro* schiavi." Theresa rideva di questa esagerazione in modo esasperante; perché gran parte del suo fascino giovanile un tempo era consistito in questo spensierato suo modo di esagerare quando parlava, per intrattenere e scherzare.

Quando protestavo, affermando che tutti i lavoratori all'istituto venivano trattati in modo equo, Theresa mi interrompeva dicendo "Ma sono *pagati in modo equo*? Tu non paghi i tuoi servi a contratto, proprio come non vengono pagati gli schiavi. Li fai sgobbare e te ne liberi quando non ti servono più."

"Theresa, non è vero! Nessuno del personale viene frustato, o maltrattato. Quando un servo giunge al termine del suo contratto, gli viene data la sua 'liquidazione' e se ne va via, libero. Ritengo adesso esaurito l'argomento."

In effetti, il tema dei *servi a contratto* impiegati nell'istituto, assunti dal precedente direttore in qualità di intestatario del contratto, era ultimamente divenuto un argomento sensibile che non avevo alcuna intenzione di discutere con Theresa.

Né mi sentivo a mio agio nel confidarle le mie speranze di carriera dopo il New Jersey, una volta essermi assicurato una *reputazione a livello nazionale* come pioniere nella riformazione della cura della malattia mentale. Il mio modello era il dottor Francis Brickman, in precedenza decano dell'Harvard Medical School, nominato consigliere capo del presidente per la sanità, con un ufficio alla Casa Bianca, a Washington; si diceva che Medrick Weir fosse stato preso spesso in considerazione come possibile successore del dottor Brickman. Ma se fossi stato troppo incauto nel confidarle la speranza che un giorno i miei risultati potessero giungere all'attenzione della Casa Bianca, non potevo essere certo che Theresa non se ne sarebbe vantata con le sue sorelle e le loro famiglie; il che mi avrebbe poi mortificato, se quella chiamata del presidente non fosse mai arrivata.

Intensamente femminile per natura, e d'una classe e un retroterra in cui la femminilità coincideva con il riserbo, Theresa non poteva tollerare alcuna schietta discussione relativa ad *argomenti fisici*; vale a dire, relativa a qualsiasi cosa che pertiene all'*esistenza fisica*. Persino dopo nove gravidanze, attraverso le quali aveva maturato ampie proporzioni da matrona, gravando col peso sul suo lato del letto coniugale, Theresa arrossiva se venivano sollevati taluni temi, temi esecrati dalla buona società. I nervi di Theresa, come quelli di sua madre e di sua nonna, erano talmente fragili che non venni a conoscenza della prima gravidanza fino a quando non ne fui indirettamente informato da mio suocero, Myron Cleff, in modo burbero e derisorio, cogliendomi di sorpresa e in imbarazzo, perché all'epoca ero ancora un giovane marito.

"Cosa... signore, non sono certo di capire quello che mi sta dicendo..." annaspai, la faccia che avvampava; mentre il signor Cleff scopriva i denti in una specie di ghigno pietoso, ridendo e dicendo che non c'era bisogno di *capire*. La natura avrebbe fatto comunque il suo corso, in nove mesi.

*In nove mesi*. Ah! Tardivamente, stupidamente, capii.

Il signor Cleff rise di me, con fare amichevole. Ma non potevo fare a meno di sentire che, in cuor suo, come nel suo (rancoroso) conto in banca, non teneva in considerazione il marito di sua figlia quanto ci si potrebbe augurare.

In altre circostanze sarei stato curioso di sapere se, tra le tante sorelle e cugine della famiglia di Theresa, ci fossero casi di *fistula*; ma non osavo parlarne, perché le mie domande avrebbero incontrato solo uno stupefatto silenzio. Con tutta probabilità, Theresa non ne sarebbe stata al corrente, perché quella condizione sarebbe stata tenuta nascosta; la sgradevole parola *fistula* sconosciuta.

Una volta, quando mio suocero mi chiese che genere di *chirurgia* eseguissi all'istituto tanto da tenermi fuori casa fino a tarda notte, risposi nel più decoroso dei modi, alludendo a *malattie femminili*; al che il signor Cleff trasalì e disse, distogliendo lo sguardo, "Basta così, Silas. Grazie."

Circostanza ancor più umiliante, mio figlio maggiore, Jonathan, si stava rivelando una vera delusione. Sperando di suscitare in lui un interesse nei confronti della medicina clinica, perché Jonathan potesse un giorno unirsi a me all'istituto e succedermi in qualità di direttore dopo il mio pensionamento (di là da venire!), lo portai all'istituto svariate volte, e, in una memorabile occasione, al laboratorio nella Torre nord. Ma lì, con mia somma sorpresa e sgomento, Jonathan reagì in modo oltremodo infantile, balbettando una scusa mentre scappava via dal laboratorio con espressione orripilata, la faccia pallida, disgustata; spiegandomi poi che era bastato l'odore a farlo sentire male; e la vista delle pazienti trasandate e allettate, alcune di loro ammanettate ai montanti di ferro, lo aveva traumatizzato.

Jonathan aveva provato disagio anche per le sbarre alle finestre in tutti i reparti, e i lucchetti e le catene a molte porte, e i portantini alti e rauchi che brandivano manganelli, sebbene gli fosse stato spiegato che l'istituto era un *ospedale psichiatrico*, e *non un'area per picnic*.

"Come tratteresti *tu* una malata di mente in preda ai deliri, figliolo? Puoi escogitare un rimedio diverso?" – chiedevo al ragazzo, con pesante sarcasmo; ma Jonathan non ergeva alcuna difesa, si limitava a scuotere violentemente la testa – *No, no! No.*

"Sto solo seguendo i dettati della scienza," spiegavo a Jonathan, "determinando, attraverso rigorose sperimentazioni, come meglio recidere la 'follia' dall'anima della malata, aggredendo l'*infezione*. Avevo coltivato la speranza che tu, il mio primogenito, avresti nutrito qualche interesse per il lavoro a cui tuo padre sta dedicando la sua vita..."

Tuttavia, Jonathan non entrava in conflitto con me; evitava del tutto l'argomento, come se il semplice prenderlo in considerazione lo facesse stare male fisicamente.

Dopo questa débâcle, che avvenne quando il ragazzino viziato aveva diciotto anni, non potevo sollevare l'argomento della scuola di medicina senza che Jonathan si agitasse; affermava di non avere lo stomaco per la *chirurgia sperimentale*, o per trattare in qualche modo con le *malate di mente*.

Inoltre, con mia enorme delusione, Jonathan aveva deciso di non percorrere alcuno studio scientifico.

"Come posso contribuire al meglio alla società? – all'umanità? Ritengo – studiando legge. Ponendo fine alla schiavitù: *quella* è la grande sfida, che la vostra generazione non ha vinto."

Il ragazzino parlava con ardore, come se facesse da eco ai sermoni pomposi, moraleggianti dei miei parenti abolizionisti del New England che lui non aveva mai conosciuto; con le dita di entrambe le mani si strofinava dei ciuffi di capelli ribelli sulla fronte, in un gesto nervoso che trovavo molto irritante e irrispettoso nei miei confronti.

Ciononostante, Jonathan era disposto ad accettare, da me, un'istruzione presso la Lawrenceville School, aspettandosi che avrei pagato poi un ulteriore ciclo di istruzione nel vicino College del New Jersey – (questa istituzione poco appetibile, in precedenza un seminario teologico, sarebbe stata conosciuta presto come la Princeton University), sebbene entrambe le scuole fossero le prescelte dai figli dei più facoltosi schiavisti del Sud, e fossero luoghi di supponenza e privilegio, dove il movimento abolizionista non godeva di alcuna simpatia. (Addirittura, era tradizione del college destinato a diventare Princeton che i suoi allievi portassero al campus i loro schiavi personali, che andavano ad abitare negli alloggi vicini alle residenze degli studenti.)

L'ipocrisia della gioventù! – in particolare, della *gioventù liberale*. Eppure, Jonathan sembrava guardare al suo distinto padre con un certo sdegno e anche con una forma di pietà.

Sotto mia richiesta, Gretel portò Brigit da me una sera tardi di un giorno feriale, quando la maggior parte del personale medico aveva lasciato l'istituto ed era improbabile che qualcuno si avvicinasse al laboratorio.

In realtà, per vari giorni Gretel non fu in grado di portare Brigit, poiché la *paziente recidiva* era sconfortata e riluttante a tornare.

Ah, che aria malsana aveva Brigit! La sua candida pelle risplendeva appena d'una luce offuscata, come offuscata era la luce delle sue chiare iridi blu rispetto al nostro ultimo incontro, in cui mi aveva portato la colomba intagliata nel legno, rivolgendomi uno sguardo di *reverenza*.

Adesso Brigit non riusciva nemmeno ad alzare gli occhi su di me. Benché con l'aiuto di Gretel si fosse lavata abbondantemente le zone offensive del suo corpo, le rimaneva attaccato, come un miasma che esala da un acquitrino, un olezzo feculento, spregevole.

"La aiuti a svestirsi, Gretel."

"Sì, dottor Weir."

"Sul tavolo. Poggiata su mani e ginocchia. Come le altre volte."

"Sì, dottor Weir."

Da poco, i modi di Gretel si erano fatti più mansueti. Il suo sguardo pareva meno concentrato, le guance più scavate e meno vermiglie. Una donna attraente, con un volto carnoso e rotondo che aveva perduto, come Brigit, una certa *luminescenza* interiore.

Mi sorse nel cuore il timore che sarebbe accaduto qualcosa a Gretel! – l'unica donna del personale di cui potevo davvero fidarmi, incluse la responsabile delle infermiere all'istituto e altre che avevano competenze infermieristiche che Gretel non aveva; infatti, sembrava che la levatrice fosse stata istruita da altre levatrici più anziane, che non avevano alcuna preparazione infermieristica.

Amos Heller mi aveva informato che c'erano stati problemi con i numerosi servi a contratto dell'istituto. A quanto pare, infatti, per una qualche imposizione o coercizione di incerta natura, la precedente amministrazione dell'istituto aveva esteso i termini dei contratti di alcuni di questi lavoratori, persuadendoli a firmare dei subcontratti, che non avevano pienamente compreso al momento. (La maggior parte dei servi a contratto non erano istruiti; se parlavano inglese, lo facevano con un accento marcato.) Gretel era una di loro, e sembrava che lo fosse anche Brigit; con tutta probabilità, era stata la stessa madre ad averla venduta come serva, per avere in cambio dei soldi con cui comprare il gin. (Il gin era una delle piaghe del personale dell'istituto, e si diceva che fosse diffusissimo tra le classi inferiori di Trenton.) Mi era parso pratico che queste impiegate femminili dell'istituto avessero un contratto stipulato direttamente con me, in qualità di direttore; perché avrei protetto i loro interessi legali come nessun'altro. Se Gretel, con i suoi pochi mezzi, avesse cercato di lasciare l'istituto per andare a lavorare altrove, avrebbe presto patito la fame; era inconcepibile che Brigit potesse sopravvivere fuori dall'istituto, perché era tutto ciò che conosceva, sin dalla nascita. Chi, oltre a Silas Aloysius Weir, si sarebbe preoccupato di *lei*! – un'orfana albina sordomuta, orribilmente affetta da *fistula*.

Con la mano coperta da un guanto, e l'aiuto di Gretel, riuscii a introdurmi nella vagina infiammata della paziente usando il cucchiaio-speculum, che maneggiavo ora con maggiore perizia, se non con agio totale.

Che shock! – come Gretel aveva dedotto, il filo di seta era davvero marcito e spezzato; una parte sembrava essere stata assorbita dalla vescica stessa, che appariva gonfia e pallida.

Di conseguenza, la lacerazione era adesso notevolmente più larga.

Quella mattina mi era sopraggiunta un'idea radicalmente nuova, ovvero che avrei riparato la ferita nella vescica di Brigit non con altro filo di seta, ma saldando lo strappo con un forcipe rovente. Gretel espresse stupore di fronte a questo sviluppo, ma sapeva che era meglio non contestarmi o farmi domande e – benché riluttante – riscaldare invece con diligenza lo strumento di rame su una fiamma e portarmelo, così che potessi inserirne l'estremità rovente all'interno della paziente, che stava carponi e tremante sul tavolo.

"Deve rimanere ferma, Brigit. Potrebbe essere un po' *caldo*."

Sfortunatamente, mentre provai a posizionare il forcipe arroventato, Brigit non riuscì a sopprimere un urlo, un grido che sembrava dire *Oh Dio!* le uscì dalla gola, le prime parole che avevo mai sentito pronunciare dalla sordomuta; cosa che non mi sorprese, giacché ero convinto che Brigit non fosse né sorda né muta, ma affetta da una forma di isteria.

"Brigit! Non è una bambina. Si rimetta in posizione e la smetta di fare la stupida. Gliel'ho detto – è risaputo che l'interno della vagina è insensibile, come il canale del parto. Non ci sono terminazioni nervose in questi organi. Gretel, la tenga ferma."

Dopo aver atteso alcuni istanti che il forcipe rovente si freddasse un poco, ripresi l'intervento, con alcune difficoltà; perché, nonostante cercasse di essere impassibile e coraggioso, il soggetto tremava ormai moltissimo, e doveva essere tranquillizzato da Gretel.

Ciononostante, perseverando, riuscii a suturare la ferita con il forcipe arroventato; premurandomi poi di inserire, alla base della vescica, una piccola spugna per assorbire il sangue e l'urina. Era una misura temporanea, da rimuovere dopo quarantotto ore.

Temevo però che la paziente ipersensibile avesse mandato all'aria l'operazione, sobbalzando quando avevo inserito per la prima volta il forcipe. Se fosse stato *del tutto rovente*, come avevo pensato, l'intervento avrebbe avuto una maggiore probabilità di successo.

Ci volle un'intera ora per concludere l'intervento. Avevo collo e schiena molto affaticati, e gli occhi appannati da lacrime di concentrazione.

"Bene, Brigit! Ci siamo guadagnati entrambi una tregua, direi!"

Gretel aiutò Brigit ad alzarsi dal tavolo. Con sorpresa notai che il volto di Brigit era livido dalla sofferenza e gli occhi le luccicavano di lacrime.

Dopo che Gretel ebbe aiutato Brigit a pulirsi nella parte inferiore del corpo e a indossare degli abiti puliti, la ringraziai per la sua assistenza, e le augurai buonanotte; insistendo poi che Brigit mandasse giù una piccola dose di laudano, affinché, dopo quel supplizio, potesse dormire tranquilla tutta la notte. Con un gesto allegro benché muto, presi anche io come Brigit una piccolissima quantità di laudano, versandola in un bicchiere di scotch, per me.

"È stata molto coraggiosa, Brigit! Spero che, questa volta, la Provvidenza ci sorrida."

La povera Brigit era talmente esausta che non ebbe la forza di rispondermi, anche senza parole. Le palpebre le crollavano, la carne del viso si era fatta cadente.

Mi sembrò un gesto gentile offrire a Brigit un giaciglio per la notte, non nella maleodorante corsia dell'ospedale, ma in un angolo del mio ufficio, dove stesi a terra delle coperte dietro a una libreria di mogano; così che potesse farsi un piccolo nido lì, invece che nell'asfittico seminterrato dell'istituto, dove si riteneva vivesse.

Brigit accolse quest'offerta, forse per semplice sfinimento; troppo stanca per rifiutare o per esitare, accasciandosi sul pavimento ed emettendo un sussurro nel profondo della gola che solo io potevo sentire – *Sì grazie, dottor Weir.*

"Silas? Dove sei stato fino a quest'ora?" – mi domandò Theresa, preoccupata; perché era quasi mezzanotte, e la maggior parte della casa era ormai al buio, mentre salivo le scale fino al secondo piano con una candela accesa.

"'Dove sono stato fino a quest'ora?' In Paradiso – perché me lo chiedi, cosa t'aspettavi? All'inferno?" A dispetto della risposta scherzosa, ero stanchissimo. Il calvario con la sutura, il laudano e il whiskey mi avevano talmente intorpidito che riuscii a stento a oltrepassare la mia sposa accigliata, in piedi sulla soglia della camera, dentro la sua voluminosa camicia da notte. Mormorando delle scuse vaghe, mi ritirai nel mio angolo della stanza, tentando goffamente di spogliarmi; e da lì mi diressi al nostro letto a baldacchino, piombando con un sospiro nel sonno, come un neonato venuto al mondo tra le più tumultuose onde dell'Atlantico.

## Calunnia

Da *Cronaca della vita di un medico*,
di Silas Aloysius Weir, dottore in medicina

Persone dalla mente volgare sarebbero capaci di affermare, senza sapere nulla delle circostanze, che Brigit Kinealy, una serva a contratto dell'istituto statale del New Jersey per donne malate di mente, sia stata abusata da me, direttore dell'istituto; che questa minorenne, non solo orfana, ma anche un'albina di salute cagionevole, una sordomuta, con nessun parente a proteggerla, sia stata sfruttata senza alcuno scrupolo come *soggetto sperimentale*; che io l'abbia costretta a subire una decina di operazioni chirurgiche, negli anni attorno al 1850, per avvantaggiarmi nella mia carriera di pioniere della Gino-Psichiatria, curandomi poco delle sue sofferenze.

Ancor peggio, alcuni direbbero (in modo crudele, irragionevole) che io drogassi Brigit Kinealy, che la tenessi sequestrata in una zona dell'istituto riservata alle malate senza speranza, legata al letto, affamata o troppo nutrita, che abbia potuto cercare una relazione *illecita*, *clandestina*, *contronatura* con lei – un'accusa abominevole e del tutto erronea.

*Una serva a contratto, abbastanza giovane da essere mia figlia!*

In realtà, come Brigit Kinealy ha più volte affermato, lei mi deve la vita, sono stato il suo Salvatore; e mi era grata per la mia premura nei suoi confronti, l'unico fra tutti i medici a essersi interessato alla sua patologia, la più nauseabonda tra tutte, che l'avrebbe condannata altrimenti a morire nella miseria.

È vero che, di tanto in tanto, per placare i timori della paziente, così come i miei, prescrivevo per entrambi, al termine di un faticoso giorno nel laboratorio, una piccola dose di laudano – *dolce balsamo del Lete*, come lo chiamavo io; una minuscola quantità, inferiore a quella che i medici prescrivono alle loro pazienti della buona società.

È vero, pure, che posso aver detto al responsabile dell'area cucine di preparare dei pasti nutrienti per Brigit, o di lasciarla cucinare per sé, con privilegi non accordati agli altri lavoratori dell'istituto; perché la ragazza era di costituzione molto esile, e sottopeso, perciò a rischio di sviluppare la tubercolosi, come molte disgraziate pazienti dell'istituto.

Rispondere oltre a queste calunnianti accuse significa riconoscere loro dignità, cosa che mi rifiuto di fare.

Queste accuse certamente erano state (e sono) messe in circolazione dai miei antagonisti, allo stesso modo in cui simili oscenità venivano messe in circolazione sul conto del mio predecessore e consanguineo Medrick Weir, conducendo questo martire pionieristico della Gino-Psichiatria a una prematura morte.

Un'altra accusa che circolava comunemente tra i miei detrattori era che avessi un laboratorio chiuso a chiave all'interno dell'istituto, dove avvenivano esperimenti infernali, perpetrati su soggetti psichiatrici contro la loro volontà, e senza anestesia;

che questo laboratorio si trovasse in un posto remoto e isolato dell'istituto, precluso a tutti, se non a infermiere e assistenti accuratamente selezionati e che avevano giurato totale segretezza, alla mercé di Silas Aloysius Weir, loro Padrone; e che, qui le pazienti fossero ammanettate ai letti, costrette da lenzuoli bagnati, e ingabbiate come bestie; i corpi di quelle che non sopravvivevano venivano portati via di fretta, col favore delle tenebre, e le loro salme venivano seppellite nei terreni circostanti l'istituto, senza alcun segno a marcarne le tombe.

Calunnie vergognose! *Follia*.

Che assurdità di tal stregua siano state pronunciate, e siano riuscite a giungere fino alla stampa, è scandaloso, e perseguibile; ma, in quanto cristiano devoto, non sono una persona incline alla conflittualità, e non ho alcun desiderio di attrarre ulteriori commenti calunniatori, intentando una causa legale per diffamazione. Né desidero espormi ai capricci del giudice della contea di Mercer, che potrebbe pronunciarsi in mio sfavore, corrotto dal chiacchiericcio locale.

È vero, la maggior parte dei miei interventi chirurgici venivano eseguiti senza *anestesia*, per la ragione pratica che, nei primi anni della mia direzione, l'*anestesia* era ancora conosciuta molto poco. Inoltre, è scientificamente accertato, come ho spiegato a Brigit, che l'organo femminile ha minori terminazioni nervose delle altre parti del corpo, senza dubbio per rendere le asperità del parto meno dolorose.

Inoltre, sperimentavo sia il cloroformio e la tintura di oppio, di tanto in tanto, sulle mie pazienti dell'istituto, che non erano suscettibili di preoccuparsi, tantomeno d'accorgersi, di questa procedura. Poiché "sedare un paziente" è una pratica incerta, ero esitante a farne uso con le mie pazienti private, per timore che potessero non risvegliarsi.

Il profano di scienza non ha idea di quanto spesso persino i più capaci ed esperti ricercatori sperimentali *falliscano*, e quanto sia raro piuttosto che abbiano *successo*; quanto è frequente che un chirurgo sperimentale sia costretto a operare una persona anche una decina di volte, o di più, prima di registrare qualsiasi progresso; quanto devoto, resistente e *ostinato* debba essere il ricercatore, di fronte a tali circostanze! Che cento soggetti su cui viene effettuata una sperimentazione debbano morire affinché uno solo possa vivere, per far progredire la scienza medica: perché è un concetto tanto difficile da afferrare? Noi scienziati non *vessiamo* le persone sacrificabili, ma *utilizziamo* ciò che la Provvidenza ci fornisce, nella forma di individui dal valore discutibile, i pazzi, i galeotti e altri cittadini che vivono a carico dello stato.

Niente di tutto ciò, in un mondo giusto, dovrebbe fungere da base per la *calunnia*, quanto piuttosto per il plauso.

Perciò, lasciamo che i barbari si indignino: i miei esperimenti chirurgici su Brigit Kinealy hanno avuto come esito una *guarigione completa* della paziente per ciò che concerne la sua raccapricciante patologia; e, nondimeno, hanno rappresentato un *pieno successo* per me, in quanto suo medico, assicurandomi l'onore conferitomi allo zenith della mia carriera – *Padre della moderna Gino-Psichiatria*.

## Infermiera-assistente

Da *Cronaca della vita di un medico*,
di Silas Aloysius Weir, dottore in medicina

"Come si sente questa mattina, Brigit?" – le chiesi in modo calmo, a dispetto del battito accelerato del mio cuore, modellando con cura le parole con le labbra, come avevo imparato a fare teneramente in queste circostanze.

Abbassando lo sguardo, Brigit mi disse, con un movimento delle sue piccole labbra perfette – *penso – sto bene...*

"Ha detto, Brigit, che si sente – *bene*?"

Com'erano strani, simili a una carezza, gli occhi blu-trasparenti dell'albina fissi sulla mia bocca, come se *leggesse* le mie parole, parole che lei non poteva sentire.

*Sì* – annuì Brigit.

Quanto di rado sorrideva la fanciulla orfana, e quanto luminoso era quel sorriso!

"È dunque possibile che Dio ci abbia guardato con favore, Brigit. Pregheremo, e spereremo."

Dopo l'intervento della *sutura rovente*, il primo di quel genere (ne ero sicuro) in qualsiasi trattamento della *fistula*, chiesi alla paziente di darmi notizie ogni giorno, per visitarla in forma privata e verificare l'andamento della guarigione.

Avendo fallito in passato nei miei tentativi di "riparare" la *fistula*, devo confessare che nutrivo grandi speranze in questa nuova procedura; e ogni giorno che Brigit mi riferiva di essere in buona salute, e di non aver avuto ricadute, era una vittoria (provvisoria) per me, per la quale rendevo grazie a Dio, con un sospiro dal profondo del cuore.

Di lì a poco, mi riproposi di riportare i miei numerosi appunti in un articolo intitolato *Una "riparazione" efficace della fistula tramite la compressione con calore*; avrei incluso eventualmente le mie note cliniche (dei disegni a matita della *fistula*, della vescica lesionata ecc.), i dettagli del mio esperimento un giorno sarebbero stati di vitale importanza per altri uomini di scienza, così come lo sono oggi i disegni anatomici di Leonardo da Vinci.

(Mi sembrava, inoltre, che rientrasse nelle mie facoltà curare la supposta condizione di *mutezza* e *sordità* di Brigit Kinealy. Un altro tentativo pionieristico!)

È tradizione, negli studi clinici, considerare irrilevante l'identità del soggetto; perché il paziente non è altro che il materiale su cui si applica il medico-chirurgo, per far progredire la scienza medica. Si ritiene appropriato garantire solo al medico-chirurgo un'identità riconosciuta sulle pubblicazioni professionali, sia in qualità d'autore dell'articolo, che come sperimentatore che ha eseguito l'esperimento.

In ogni caso, tra lo sperimentatore e il suo soggetto, si creava una peculiare e indicibile forma di intimità, che non poteva essere descritta in termini scientifici né medici. Perché mi ero convinto d'essere giunto a conoscere Brigit Kinealy come non conoscevo nessun'altro al mondo – inclusi certamente Theresa e i miei figli.

(Ah, mi sembrava di conoscere Theresa sempre meno ogni anno! Per ogni parto dei nove che aveva avuto, era stata assistita da una levatrice, e da alcune parenti; mentre il futuro padre veniva tenuto a decorosa distanza, preparando i nervi a sostenere le urla attutite che giungevano dall'altra parte della casa. Quando infine il neonato veniva introdotto al padre, il tempo era ormai scaduto, e il padre veniva condotto sulla scena intima in ritardo, solo come un osservatore.)

*Dottore, ha salvato la mia vita. Dottore – io devo la mia vita a* LEI.

Era questo che Brigit Kinealy mi fece intendere, senza parole; con sorrisi accennati, e annuendo; un bagliore d'occhi adoranti, movenze affascinanti delle delicate mani che mi facevano desiderare d'afferrarle, portarmele alla bocca, baciarle... come mai avevo fatto in vita mia, né desiderato fare.

Ma – *non la toccai! Non in quel modo.*

Fu in quel periodo che nominai Brigit Kinealy infermiera-assistente del laboratorio, con l'obbligo di riferire direttamente a *me*. Sebbene i servi a contratto non ricevessero alcuno stipendio dall'istituto, e fosse fornito loro soltanto vitto e alloggio, feci capire a Brigit che, se si fosse distinta in qualità di mia assistente, avrei potuto riconoscerle una piccola paga settimanale, direttamente dalle risorse private del direttore.

Di fronte a questa mia generosità, Brigit batté le palpebre pallide, cercando di trattenere le lacrime.

*Dottore – grazie!*

"Ma deve guadagnarselo, lo sa, Brigit. 'L'operaio è degno del suo premio.'"

Anche le condizioni abitative di Brigit migliorarono in modo drastico, passò infatti da uno squallido seminterrato a una stanza privata con una brandina ospedaliera sul retro del laboratorio; per la prima volta nella sua vita, all'orfana fu assicurata un po' di privatezza, e il privilegio di una porta da poter chiudere. (Sebbene non potesse chiuderla a chiave, dall'interno.)

Cosa più preziosa di tutte per una giovane fanciulla facilmente impressionabile, le fu fornita un'uniforme da infermiera molto graziosa, con una lunga gonna grigio chiaro, un grembiule di cotone bianco e un elegante cappellino inamidato; calze di cotone bianco e pratiche scarpe scure, dissimili per qualità da qualsiasi cosa l'orfana irlandese avesse mai posseduto in precedenza.

Tutto ciò perché avevo capito che Brigit Kinealy era una giovane di spiccata intelligenza e rara sensibilità, d'*animo* purissimo; cosa difficile da trovare in qualsiasi altro membro del personale medico dell'istituto, di qualsiasi età.

Quando la responsabile delle infermiere, di cognome Furst, apprese della promozione di una semplice serva a contratto dell'istituto, vi si oppose con veemenza, dicendo che Brigit Kinealy non aveva alcuna formazione medica, neanche la più basilare formazione da infermiera; che la mia promozione non poteva essere giustificata, e non sarebbe stata giustificata da Furst; l'intera operazione, a suo dire, uno "spudorato stratagemma", più eclatante di quanto lo fosse stata l'altra promozione simile e immeritata avvenuta già nel corso di quell'anno, quella della mia assistente Gretel.

Furst si lamentava, inoltre, che le "infermiere rispettabili" assegnate al laboratorio del direttore erano state rimosse per motivazioni sommarie; e tra queste, infermiere che Furst conosceva di persona e teneva in alta considerazione.

"Dottor Weir, la avviso: in difesa della mia posizione amministrativa presso l'istituto, e per un senso di integrità nei confronti della professione infermieristica, sento di dover presentare un reclamo al consiglio dei supervisori dell'istituto; ed eventualmente, nel caso in cui a questo reclamo si facciano orecchie da mercante, anche una petizione presso l'assemblea di stato del New Jersey."

Questa minaccia mi colse di sorpresa. Poiché avevo pensato che promuovendo Furst al ruolo di responsabile, dopo le dimissioni della persona designata in precedenza da Medrick Weir, potessi contare su un'alleata potente e leale; adesso realizzavo che l'infida donna poteva essere stata una nemica di Medrick Weir, con un ruolo nella caduta del grande uomo.

Replicai con freddezza, "Essendo io il direttore dell'istituto, e lei, signora Furst, nient'altro che la responsabile delle infermiere, il suo giudizio non è comparabile al mio."

Mi sarei aspettato che la stupida donna rimanesse in silenzio di fronte a una replica del genere; ma la strega non si trattenne:

"Dottor Weir, in quanto responsabile delle infermiere, con credenziali che mi derivano dalla scuola di infermieristica dell'Università della Pennsylvania, direi che il mio giudizio sia più rilevante del suo, nella valutazione delle infermiere e nei nostri criteri di eccellenza soprattutto."

Al che risposi: "Furst, lei è congedata dal suo incarico. Si rivolga ad Amos Heller per la sua liquidazione. Poi potrà svuotare il suo ufficio e lasciare subito l'istituto. Questa è la *mia* valutazione."

Brigit Kinealy era così ansiosa di dimostrarsi molto più di una comune lavoratrice che iniziò ad assistermi nel laboratorio prima ancora di aver recuperato pienamente le forze. Io non incoraggiai la cosa, poiché ero terrorizzato che la *fistula* si riaprisse.

Ciononostante, mi accorsi velocemente che il mio giudizio era stato corretto: poche infermiere erano brave quanto Brigit, nessuna altrettanto leale nei *miei* confronti. E c'era una sorta di piacere nel silenzio di Brigit, che contrastava con i commenti spesso ignoranti delle infermiere.

Provavo un grande sollievo ogni mattina quando Brigit mi lasciava intendere, rivolgendomi un timido, accennato sorriso, che stava ancora *bene*; ovvero, *normale*. Ma continuavo a temere una ricomparsa della fistula, e pregavo ogni giorno che la sutura reggesse.

Mai avrei immaginato l'infermiera dalla bellezza eterea e i capelli chiarissimi che con occhi luminosi mi sussurrava – *Grazie dottore! Io la amo, dottore.*

Benché mute, queste parole mi trafiggevano il cuore con potenza inaudita.

Dunque, Brigit dava ogni segno di essere guarita; tuttavia, ogni sera le somministravo ancora una piccola dose di laudano, il *nostro dolce balsamo del Lete*, perché potesse dormire serenamente nel suo alloggio privato all'interno del laboratorio, sulla sua stretta brandina, dopo un giorno di eroiche fatiche al mio fianco.

## Il laboratorio: l'esperimento, 1853

Da *Cronaca della vita di un medico*,
di Silas Aloysius Weir, dottore in medicina

In tutto, più di settanta *soggetti sperimentali* furono ospitati nel laboratorio della Torre nord, nel corso degli anni; in condizioni di massima capienza, c'erano undici pazienti allettate nella corsia principale, e cinque o sei nelle stanze adiacenti, poiché queste plausibilmente necessitavano di vincoli e protezioni particolari (come la *cella Weir*, di mia invenzione, le cui pareti erano imbottite in modo ingegnoso, per impedire alle pazienti violente di farsi del male.)

All'inizio, il laboratorio era molto ben tenuto, i custodi dell'istituto lo pulivano e strofinavano ogni giorno, sfregando in modo rigoroso le padelle; col tempo, divenendo più grande il bisogno di riserbo per proteggermi dagli sguardi ostili, i custodi furono allontanati, e la pulizia ricadde sulle mie assistenti personali e su quelle pazienti abbastanza in salute da poter prendere parte alla *terapia morale* e aiutare a tenere in ordine i loro alloggi.

Un piccolo gruppo di giovani ricercatori selezionati tra i medici dell'istituto fu invitato a condurre i suoi esperimenti nel laboratorio, sotto la mia supervisione; fino a che tale consuetudine non divenne una fonte di distrazione e di mio eccessivo impegno nella supervisione da impedire di portare avanti questa pratica collegiale.

Riguardo ai numerosi interventi eseguiti da me nel laboratorio, i registri mostrano che l'83% dei casi ha avuto pieno esito positivo, mentre il 12% solo parziale; la rimanente piccola percentuale sta a indicare interventi *inconcludenti*, o considerati *nulli*.

Per necessità, su una singola paziente venivano eseguiti più interventi, di cui solo uno – (inevitabilmente, l'ultimo) – si rivelava *fatale*; cosa che non evidenzia a dovere il grado di successo degli interventi precedenti.

Dunque, malgrado le voci di corridoio, *in pratica tutte le mie pazienti sono guarite*; di queste, molte sono rientrate in una condizione di piena salute e sono state dimesse dall'ospedale per fare ritorno alle loro famiglie. (Vige una certa discordia su questi dati, sfortunatamente perduti dopo un'esplosione nel laboratorio che ha distrutto tutti i registri.)

Soprattutto, confrontando i registri dell'istituto di Trenton con altri di strutture affini, incluso l'Istituto del New Jersey per malati di mente a Newark, sembra che l'istituto di Trenton potesse vantare il maggior numero di guarigioni e dimissioni; va sottolineato inoltre che la *pazzia* è una condizione di gran lunga prevalente nelle donne che negli uomini, e molto più difficile da curare.

Sin dai miei primi giorni di giovane apprendista a Chestnut Hill, affidato a un medico anziano e retrogrado, è stata mia ferma convinzione che la *malattia mentale* sia una *malattia* – causata, ed esacerbata, da una *malattia fisica*. Con appena dieci anni di enorme dedizione, presso il laboratorio dell'istituto, sono stati compiuti (da noi) grandi avanzamenti nell'ampliamento del sapere riguardo alle patologie femminili, quali l'utero "retroverso", l'insufficienza di lattazione, il vaginismo/la vagina "isterica", la nevrastenia, l'infertilità, le ovaie atrofiche, il ciclo mestruale irregolare, il ciclo mestruale eccessivamente copioso, la prematura interruzione del ciclo mestruale, le febbri da menopausa, la malinconia persistente e la depressione, le forme maniacali, la frigidità, la ninfomania, i tumori pelvici e delle mammelle, di ogni genere e forma, eccetera – malattie disdegnate dalla gran parte dei medici, scrupolosamente esaminate e curate invece da Silas Aloysius Weir, poiché a tutte queste si può far risalire la *follia femminile*.

Era fondamentale, in ogni caso, che individui ignoranti e non informati non avessero accesso al mio laboratorio, facendosi portatori di concetti di *rettitudine morale* ormai datati che non possono applicarsi al campo della sperimentazione. Ho raccontato la reazione infantile di mio figlio Jonathan al cospetto del nostro piccolo reparto di pazienti "costrette"; un fallimento di visione per me fonte di grandissimo disappunto. Anche la mia *paziente speciale*, Brigit Kinealy, reagì in modo più o meno simile a mio figlio quando vide per la prima volta le pazienti "in restrizione", ammanettate alle brandine, o costrette da lenzuoli bagnati, oppure, le più pericolose, rinchiuse in una specie di gabbia di legno fatta di sbarre, a loro stessa tutela.

Quando accompagnai Brigit in questa zona del laboratorio, rimase stupefatta nel vedere quelle cinque o sei donne sciagurate, e nell'odorare il più repellente degli odori; le pazienti che non erano ridotte in stato vegetativo cominciarono a implorare, a piagnucolare e a maledirci, come se volessero strapparci un arto dopo l'altro.

Ero ormai avvezzo al *muto modo di parlare* di Brigit, per come lo interpretavo io; e riuscivo a sentire nitidamente la sua voce vellutata, dentro la mia mente, mentre mi domandava – *dottor Weir – perché sono dentro a delle gabbie?*

Così, con calma le risposi: "Non sono *gabbie* queste, Brigit; sono dei 'luoghi di restrizione'."

*Ma – perché?*

"Perché queste pazienti si sono dimostrate pericolose per gli altri, quanto per se stesse."

*Come – come si chiamano?*

"Come si *chiamano*?"

A questa domanda, non po=tei fare a meno di ridere: l'idea che queste streghe avessero dei *nomi* esprimeva un sentimento così compassionevole.

Quella più vicina a noi, dentro una delle gabbie-recinto, una creatura bestiale, a cui era stata diagnosticata la sifilide, rivolgeva a me e Brigit sguardi lascivi quasi minacciosi; mai questa creatura aveva espresso un pizzico di gratitudine per il fatto che avessi cercato di riparare la sua *fistula* e per aver estratto dalle sue gengive infiammate due fila di denti marci. Ma se avessi allontanato Brigit dalla gabbia, la pazza avrebbe sputato la sua disgustosa saliva avvelenata sulla giovane, ingenua fanciulla.

Spiegai a Brigit che le pazienti chiuse in questa zona del laboratorio erano dissestate e in stato confusionale e non avevano idea di come comportarsi all'interno dell'evoluto ambiente ospedaliero; le malate di mente affette dalle infezioni più acute erano consumate da una compulsione a *fuggire*.

"Se scappano dall'istituto, arriveranno di certo a farsi del male. Molte di loro sono determinate a gettarsi nel fiume Delaware, per esempio."

Immobile, con gli occhi sgranati, Brigit si guardò intorno nella stanza (priva di finestre), facendosi piccola in un modo che mi ricordò mio figlio Jonathan.

"La punizione per aver provato a scappare dall'istituto deve essere un confino forzato, Brigit," dissi, scegliendo accuratamente le mie parole, cosicché l'orfanella non fraintendesse, "– in caso contrario troppe di voi scapperebbero via, finendo dritte nella tomba."

*

Qui riportato, uno dei miei primi esperimenti in laboratorio, descritto con un lessico che non dovrebbe mettere in difficoltà il lettore profano.

TRATTAMENTO PER (SOSPETTA) FEBBRE BILIARE ELEVATA IN DUE PAZIENTI MALATE DI MENTE
(AUTUNNO 1853)

Soggetto #1 – "Beulah": anni 37; febbre alta, brividi; nausea; molto magra; tosse cronica; apatica; delirio e aggressività intermittenti.
Soggetto #2 – "Mary": anni 51; febbre alta; brividi; nausea; perdita di peso ma ancora "obesa"; stati umorali di quiete/rassegnazione alternati a eccitazione/delirio.

Data questa rara opportunità (ovvero, identico malessere in due pazienti quasi identiche) il ricercatore scientifico è nella posizione più pratica per condurre esperimenti farmacologici.

Farmaci sperimentati: pillole blu (mercurio); caulofillo nero; echinacea; foglie di ginkgo; gocce di chinino; impacco di senape; olio di finocchietto; belladonna.

Poiché in ambiente medico si cominciava a ritenere che il "chinino" in forma diluita contribuisse ad abbassare la febbre biliare, la mia metodologia consistette nel proporre alcune combinazioni di questi farmaci al soggetto #1, incluse le gocce di chinino, e al soggetto #2 tutti questi farmaci, escluse le gocce di chinino.

Notando come, in un periodo di tempo relativamente breve, nel soggetto #1 i sintomi più evidenti di febbre biliare cominciarono a venire meno, mentre nel soggetto #2 presero gradualmente a peggiorare.

Dopo due giorni, il soggetto #1 fu in grado di ingerire dei liquidi (acqua, brodo di pollo), avere una vista nitida e non sperimentare febbre né delirio; il soggetto #2 rimaneva gravemente ammalato, con febbre alta, nausea, delirio.

***

All'epoca, Brigit Kinealy aveva appena cominciato ad assistermi al laboratorio, rivestendo un ruolo di particolare importanza quando Gretel non poteva essere presente. (Perché erano avvenuti alcuni episodi in cui Gretel si era dimostrata meno competente e affidabile di prima, segnalando, a suo modo, una commistione di sfrontatezza e docilità, un'incapacità a impegnarsi con entusiasmo nelle mie avventure sperimentali.)

All'inizio, meravigliata dal mutamento delle sue circostanze, e intimidita dalle sue responsabilità nel collaborare alla supervisione di un piccolo reparto di pazienti, Brigit seguiva le mie indicazioni senza riserve – con gratitudine, addirittura. Negli occhi chiari della fanciulla albina risplendeva una limpida adorazione nei miei confronti, il suo Salvatore, uno sguardo simile a quello di un cane da compagnia, la cui fiducia nei confronti del suo padrone è incrollabile.

Ma poi, col passare dei giorni, gli occhi chiari dell'albina presero a sgranarsi, e a *vedere* – inoltre, l'infermiera-assistente cominciò a esitare nel seguire le mie istruzioni; in particolare quando le mie istruzioni indicavano una *disparità radicale* nel trattamento di questi due soggetti. Una comprensione del tutto ingenua, o una totale mancanza di comprensione, *di ciò su cui si fonda la sperimentazione.*

Poiché Brigit non aveva la facoltà di rivolgermisi come farebbe una persona normale, persino come una sottoposta del suo livello, utilizzò altri modi per comunicare: mi indicò un farmaco o l'altro nell'armamentario, e (con garbo, e timidezza), mi diede un colpetto sul braccio, per indicarmi che alla paziente avremmo dovuto somministrare *quella medicina* – un gesto così impudente da parte di una subordinata di così basso livello, che all'inizio rimasi troppo di stucco per rispondere.

Sempre più frustrata, Brigit cercò un pezzo di carta e una penna, per scrivervi faticosamente sopra, come una bambina piccola:

*Dia chin purr a Mary*

Cos'era quell'assurdità! Gettai esasperato il pezzo di carta a terra. I miei stessi figli avevano imparato prima e meglio a non cercare di catturare l'attenzione del padre con idee del genere; come se non avessi cose migliori o più importanti su cui scervellarmi di questi puerili indovinelli!

Se Gretel fosse stata lì, avrebbe impedito alla giovane irrispettosa assistente di perseverare; ma con cecità, Brigit insistette nel mostrarmi di nuovo il foglietto, mettendomelo davanti alla faccia con un gesto audace, a pochi centimetri dagli occhiali.

*Dia chin purr a Mary*

Visto che la fissavo con manifesta ostilità, Brigit osò modellare con le labbra l'ordine *Dia il chinino pure a Mary.*

"Dia il chinino pure a Mary – come osa dare ordini a *me*?"

Quest'impertinenza da parte di "un'infermiera" senza alcuna formazione, durante la prima settimana del suo nuovo impiego, avrebbe potuto divertirmi, ma non lo fece; se a offendermi fosse stato uno dei miei figli, sarebbe seguita immediata una punizione severa.

Sì, era il momento della *disciplina*: "Risparmia la verga e vizierai il bambino" era un monito dello stesso Gesù Cristo, in tutta la Sua saggezza, come aveva dichiarato John Calvin.

"Lasci che le ricordi, Brigit, che un dottore ha bisogno di un'infermiera leale, ai suoi comandi; non una che gli suggerisca, in tutta la sua totale ignoranza e ingenuità, quali dovrebbero essere questi comandi."

Brigit strabuzzò gli occhi. L'ingenua fanciulla si era forse sognata che ci fosse tra noi un qualche *rapporto* che le consentisse di rivolgersi a me, suo superiore in ogni senso, il Salvatore a cui doveva la sua vita, con tanta impertinente intimità?

Avendo infine compreso, Brigit corse via; sgattaiolò lontana, come un cane preso a calci; e si mise a lavare il pavimento del laboratorio, che, nei pressi dei letti delle pazienti affette dalla ripugnante *fistula*, era diventato incredibilmente sudicio.

In realtà, avevo pianificato di somministrare il chinino al soggetto #2 di lì a poco; intendevo sincronizzare la somministrazione con l'interruzione di ogni terapia farmacologica sul soggetto #1 e l'introduzione del mosto di san Giovanni, un medicinale a cui ricorrevo spesso e su cui avevo scritto vari articoli. (Io stesso assumevo piccole dosi di mosto di san Giovanni, assieme al mio consueto *balsamo notturno del Lete*, poiché sembravano coadiuvare la digestione, la chiarezza mentale, la virilità maschile e un generale benessere.)

Inoltre, l'esperimento consisteva nell'alternare i farmaci, dandone a un soggetto e smettendo di darne all'altro, in una complessa pianificazione con cui potevo isolare gli effetti delle medicazioni individuali sulle donne malate; perché una cosa è "curare" un paziente, ma ben altra è sapere esattamente *perché* il paziente è stato curato.

Tutta la scienza si basa sui fatti, non sulle fantasie. Una terapia medica che non può essere replicata è inutile.

Certo, il rischio all'interno del laboratorio era: le pazienti vivranno abbastanza a lungo da giungere alla fine delle mie sperimentazioni farmacologiche? Troppo spesso nell'istituto una paziente in apparenza malata, ma in forma lieve, peggiorava all'improvviso, senza ragione apparente; poiché le nostre pazienti avevano patologie articolate che perduravano per estesi periodi di tempo, il trattamento di una patologia poteva esacerbarne un'altra.

In questo caso, *la febbre biliare sarebbe durata a sufficienza da chiarire cosa l'avesse curata, se veniva infine effettivamente curata?*

Per principio, comunque, volendo sottolineare quanto fossi poco incline ad accogliere il consiglio della mia infermiera-assistente a discapito della mia migliore capacità di valutazione, decisi di togliere tutti i farmaci al soggetto #2, pur inframmezzando piccole dosi di mosto di san Giovanni con gocce di chinino nel soggetto #1.

Di conseguenza, il soggetto #2 continuò a peggiorare ed era ormai a malapena cosciente, con una pelle livida e "caldissima", mentre il soggetto #1 rimase stabile. Era mia intenzione introdurre vari medicamenti provvisori (gocce d'arsenico, aloe in polvere, calomelano) quando avrei fatto ritorno al laboratorio dopo una lunga giornata di incontri amministrativi; e, dopo aver visitato di nuovo entrambi i soggetti, avrei avviato un nuovo regime di dosi.

Durante la mia assenza, a Brigit fu permesso premere panni freddi e umidi sul viso di "Mary" (una donna più anziana, senza capelli, con la testa ammaccata e gli occhi affossati), e di farle aria, per raffreddare la pelle rovente; di certo, a Brigit fu espressamente vietato di *somministrare qualsiasi farmaco.*

Tuttavia, in qualche modo, al mio rientro sul finire della giornata, il soggetto #1 – "Beulah" – sembrava aver avuto un'improvvisa ricaduta, mentre il soggetto #2 – "Mary" – sembrava essersi moderatamente stabilizzato.

Non era quello che mi sarei aspettato, e dunque rividi velocemente il mio piano: sarei tornato al regime originario, gocce di chinino per "Beulah" e nessuna medicina per "Mary", con il risultato che "Mary" cominciò gradualmente a indebolirsi di nuovo con febbre, mentre "Beulah" sembrava sfebbrarsi, benché anche lei fiaccata.

Inoltre, quasi per farmi dispetto, "Beulah" cominciò ad avere le convulsioni, con gli occhi che le roteavano all'indietro.

Fu tutto incredibilmente inaspettato! (La malattia era stata febbre biliare? O era qualcos'altro? *Febbre gialla*?) Una situazione davvero sconcertante.

"Non mi sembra possibile, Brigit. Non è *plausibile*."

Brigit stava ferma in piedi, impassibile, sebbene il suo viso fosse più cereo del solito, per la stanchezza e la fatica. Chiaramente, la mia giovane nuova infermiera-assistente stava cercando di emanare una fanciullesca "innocenza" per dissimulare la colpa, come un bambino che si è comportato male in assenza dei genitori e spera di non essere scoperto.

Fu a quel punto che il pensiero mi trafisse: *Ecco perché, Brigit aveva somministrato i farmaci ai miei pazienti da sola! L'infermiera che gioca al dottore dentro al mio laboratorio.*

Naturalmente, Brigit rigettò l'accusa; e sembrava non aver alcuna difficoltà a sentire, dalle mie labbra.

Con calma, esaminai i rifornimenti di medicine per verificare se ne fosse stata sottratta una dose.

"Brigit, lo so cosa ha fatto. Certo che lo so: non sono uno stupido."

In realtà, stavo fingendo; non avevo la minima idea di quali farmaci Brigit potesse aver sottratto e somministrato ai soggetti dell'esperimento; e neppure se li avesse toccati.

Nel laboratorio, c'era un armamentario fornitissimo di medicazioni molto utili, con cui avevo intenzione di condurre degli esperimenti come parte di un progetto a lungo termine; una gamma abbacinante per l'occhio inesperto, come quello di Brigit.

Con docilità e palpebre tremanti, Brigit stava ferma davanti a me, né rinnegando né confermando la mia accusa; ma, nel vedere la ragazza a tal punto contrita, mollai un po' la presa, immaginandola innocente.

"Bene. D'ora in poi terrò d'occhio la sua insolenza," dissi con durezza, "ma capisce, deve stare al suo posto."

Esitante, Brigit alzò i suoi occhi chiari nei miei, come a supplicarmi. *Chi-nino. Lo darà a Mary?* Che cosa bizzarra, una parola come *chinino* dentro al cervello semianalfabeta di una serva irlandese a contratto!

L'ostinazione della ragazza mi impressionò, pur rimanendone contrariato. Era tutto estremamente inatteso. Realizzai che, da che si era trasferita nel laboratorio con una branda e una stanza tutta per sé, Brigit Kinealy sembrava *scimmiottare* il comportamento del personale medico, quando un tempo era stata di casa con i più umili impiegati dell'istituto. Il giorno precedente, l'avevo vista sfogliare una rivista professionale che avevo portato nel mio ufficio, aggrottando la fronte come una scolaretta – *era in grado di leggere materiale di quel genere?*

Non riuscivo a credere che qualcuno avesse insegnato all'orfana irlandese analfabeta a leggere, ancor meno a scrivere, né che avesse frequentato una scuola pubblica; è probabile che la sveglia e brillante ragazza si fosse formata quel sapere da sola, come una creatura disperata che annusa tutte le crepe intorno a sé, per apprendere quel che può.

"Darò a Mary del *chi-nino*? No, non lo farò."

Per quel che ricordavo, *avevo* ridato le gocce di chinino a Beulah, ma non (ancora) a Mary. Ma siccome gli incontri con il mio personale amministrativo a cui avevo partecipato quel pomeriggio mi avevano fiaccato e distratto, non ero sicuro dei miei ricordi; e sembrava che non mi fossi annotato nulla tra i miei appunti sull'esperimento, che erano copiosi e fitti di dettagli.

Poiché non volevo mostrarmi stordito o smemorato davanti a Brigit, mantenni un'espressione severa e non mi arresi. Sebbene negli ambienti medici cominciasse a circolare l'idea che il chinino fosse utile nel curare le febbri che coinvolgevano un "surriscaldamento del sangue", non mi piaceva comunque ricevere ordini da una ragazza che aveva l'età della maggiore delle mie figlie, Florence Nightingale. (Chiamata così, in un moto di divertita esuberanza, sperando, ormai non più, che questa figlia potesse desiderare studiare infermieristica per assistere un giorno suo padre.)

Con stupefacente arroganza e tenacia, Brigit si offrì di somministrare lei stessa le gocce di chinino alla paziente! – ma le risposi fermamente di *No*.

"Il mio esperimento segue un *piano* definito. Può vederlo – l'ho trascritto. Non devierò da quel *piano* per seguire dei consigli impulsivi."

Per un istante, Brigit apparve sul punto di protestare – poi serrò le labbra, senza mimare parola alcuna.

"Lei è nuova al laboratorio, imparerà presto: il direttore dell'istituto *non* devia dai suoi piani generali."

Il mattino seguente, quando giunsi al laboratorio, i soggetti #1 e #2 erano ora in condizioni quasi identiche, in un delirio febbrile che si avvicinava al coma; durante la notte ero stato colpito da una brillante idea radicalmente sperimentale: trattare la febbre biliare *estraendo i denti infetti*. Medrick Weir non mi aveva forse confidato che la *malattia mentale* è causata dall'*infezione*?

Sembrava la soluzione evidente. Avevo già curato numerose malate di mente facilmente eccitabili estraendo loro i denti colpiti da ascessi, denti che avrebbe dovuto essere estratti molto tempo prima, con risultati che erano parsi, nel complesso, promettenti.

Si cominciava a credere che varie malattie, come la gotta, l'isteria e altre varietà di febbri, fossero causate da infezioni alle gengive e alla mascella; queste infezioni, infatti, erano situate vicino al cervello, e la perdita di sangue successiva all'estrazione costitutiva una forma piuttosto pratica di salasso.

Dunque, mi venne in mente che, versando i soggetti #1 e #2 in condizioni quasi identiche, potevo estrarre i denti a uno dei due, ma non all'altro, per poter operare un utile confronto.

*Estrarre i denti, dottore? Adesso?* – Brigit sembrava implorarmi, con muta frustrazione.

"Sì. Vada a prendere le pinze."

Brigit obbedì, un po' frastornata; aiutandomi, in modo neanche minimamente comparabile a Gretel, ma almeno non opponendomi resistenza.

Con un certo sforzo, estrassi numerosi denti gialli e marci dalle gengive del soggetto #2, "Mary", e li abbandonai su un vassoio; era divertente vedere Brigit fissare quei denti dall'aspetto selvaggio, con le radici insanguinate e dall'odore pungente.

"Ecco, vede Brigit – questi sono denti da bestie della giungla. Se potessero, li affonderebbero nella *sua* carne."

L'estrazione causò un sanguinamento importante dalle gengive della paziente, e un suo generale indebolimento; mentre, nel letto accanto, il soggetto #1, "Beulah", ci stava osservando, con occhi sgranati dall'orrore.

"Brigit, per amore di Dio cosa ha fatto ora!" – mi infuriai all'improvviso, perché Brigit mi aveva così distratto con i suoi sussulti e le labbra serrate e le smorfie del viso che mi ammaliavano, da indurmi a compiere uno stupido errore: volendo estrarre i denti da Beulah, per mitigare le sue convulsioni, avevo finito invece per estrarre i denti a Mary, che non ne aveva (ancora).

"L'ha fatto apposta per umiliarmi!"

Brigit mi guardò con occhi così contriti che non ebbi il cuore di vessarla oltre.

E poi non avevo alcuna intenzione di spiegare alla mia assistente che avevo confuso le pazienti, tra loro così simili, come la maggior parte delle malate di mente di una certa età, esaurito il fascino della giovinezza, che a stento riuscivo a distinguerle.

Sulla paziente e sul letto e nel pavimento circostante si era ormai formata una pozza luccicante di sangue che avrebbe richiesto una pulizia vigorosa prima che Brigit potesse dar da mangiare alle altre pazienti del reparto e potesse fermarsi per riposare durante la notte; il suo compito più immediato era tamponare meglio che poteva le gengive sanguinanti di Mary con garze e bendaggi, e verificare che Beulah stesse comoda per la notte. Erano prescritti per entrambi i soggetti sperimentali dosi di belladonna, mercurio ed estratto di nicotina, che ritenni di poterne affidare a Brigit per la somministrazione. (Ma basta chinino! Per il momento.)

"Se la vedrà *lei* con loro, Brigit. Giacché *lei* ha insistito per essere coinvolta, usurpando il ruolo del dottore in medicina. Buonanotte!"

Mi sentii improvvisamente stanco, e affamato in previsione della cena; la nostra cuoca avrebbe preparato un arrosto per la famiglia con ogni genere di contorno, e ritenni, dopo le vicissitudini di quella lunga giornata, d'essermelo abbondantemente meritato.

Più tardi, quella sera, nel mio studio domestico, mentre sfogliavo un numero recente del "Journal of American Medical Research", scoprii che l'estrazione dei denti nelle donne era raccomandata per l'*isteria*, ma non per le *convulsioni.*

Che errore madornale! Soppesai questa rivelazione per alcuni minuti, scosso dal dubbio; per calmarmi i nervi, mi versai una piccola quantità di scotch in un bicchiere, da mandar giù in un sorso solo.

Presto poi, la Provvidenza accorse a consolarmi, con voce gentile: *Non disperare, Silas. L'isteria è infatti una specie di convulsione specifica delle donne.*

*

Sfortunatamente, nelle prime ore del mattino successivo, il soggetto #1 – "Beulah" – ebbe una gravissima convulsione e smise di respirare; il soggetto #2 – "Mary" – sembrava essersi stabilizzato ma poi, mentre le gengive molto gonfie producevano cisti infette, impedendole di ingerire il più sottile dei liquidi, cadde gradualmente in coma, e spirò dopo vari giorni.

Nondimeno, nell'elaborare le mie conclusioni, da pubblicare l'anno successivo sul "New England Journal of Medicine", mi parve chiaro che le gocce di chinino avessero *ridotto la febbre in modo significativo* in una paziente malata di mente, affetta da febbre biliare elevata; anche se l'estrazione dei denti in una donna similmente malata e sospetta d'avere gengive infette, senza somministrazione di chinino, aveva avuto un inferiore ma non trascurabile effetto nel ridurre la febbre. In entrambi i casi, il mosto di san Giovanni era raccomandato quanto il chinino, con moderazione.

Quest'articolo seminale, intitolato *Due casi di febbre biliare elevata in pazienti malate di mente: due terapie e i loro esiti*, col tempo si sarebbe rivelato una delle mie pubblicazioni più note, ristampato numerose volte sulle riviste mediche americane.

## Febbre

Da *Cronaca della vita di un medico*,
di Silas Aloysius Weir, dottore in medicina

"Che cosa! La piccola sordomuta si *dà già malata*?" – scherzai con Gretel, perché era quello il mio modo di fare con le sottoposte, per metterle a loro agio; ma, in realtà, mi si era *raggelato* il sangue per questo nuovo sviluppo e mi battevano i denti dalla paura.

Perché, a quanto pareva, Brigit Kinealy era stata colpita nel corso della notte da un improvviso malessere e aveva la febbre alta. Per fortuna Gretel era con lei quando arrivai nel piccolissimo ma riservato alloggio di Brigit.

Mi straziò il cuore vedere la mia *paziente speciale*, la cui guarigione era stata per me motivo di orgoglio, stesa immobile sulla sua brandina stretta, sotto a un lenzuolo leggero; in preda ai brividi, anche se la pelle le bruciava di febbre, pallida come un fantasma. Con nervosismo, dissi scherzando a Gretel che avevo visto *nell'obitorio cadaveri con un tono della pelle migliore di questo*. Ma Gretel colse a malapena la mia benintenzionata battuta, preoccupata com'era per la sofferenza della paziente.

Come qualsiasi brava infermiera, Gretel stava tamponando il viso e il petto di Brigit con panni bagnati, per arrestare la crescita della febbre; e anche per tenere lontane mosche e zanzare, una piaga del laboratorio e dell'istituto, insieme alle blatte e ai roditori.

Con estrema cautela, toccai con il dorso della mano la fronte di Brigit. Era per misurare il malessere della paziente, ma non reagì neppure, e le sue palpebre chiuse e arrossate sussultarono appena.

Febbre! Il mio primo pensiero andò alla *febbre biliare*. (Contratta dai miei recentissimi soggetti sperimentali, i cui corpi senza vita erano stati portati via solo poche ore prima dal laboratorio, passando per una scala sul retro, nella quiete della notte passata.)

In realtà, ciò che si intendeva per *febbre biliare* attorno a quegli anni alla metà del secolo non fu mai chiaro. Senza dubbio, un insieme di diverse febbri, tra cui *malaria*, *febbre gialla* e *dengue*. Tutto ciò che "biliare" significava era "bile". Non tutte queste febbri erano contagiose, e non tutte erano prevedibili. Alcune erano letali, e altre innocue; eppure i loro sintomi aurorali erano praticamente identici.

Giacché avevo (con tutta evidenza) guarito la *fistula* nella vescica di Brigit, non vidi ragione di controllare la sede di quell'intervento, per risparmiare alla mia paziente febbricitante il calvario di un esame pelvico, e a me stesso quello della visita. Ordinai che venissero date a Brigit, che pareva molto fragile, delle gocce di chinino; quanto al *salasso*, che la maggior parte dei miei colleghi medici avrebbe prescritto per la febbre, ero esitante. Brigit versava già in uno stato di estrema fiacchezza, e il color albino della pelle sembrava indicare in modo così lampante una forma di anemia che non mi pareva ragionevole far risalire la febbre a un eccesso di *sangue caldo*.

"Presto starà bene, Brigit! Il *chinino* è la cura – come abbiamo scoperto con il nostro esperimento."

Tuttavia, le ore passavano, un giorno e una notte, e la febbre di Brigit non diminuiva.

Al chinino aggiunsi un pizzico di mosto di san Giovanni, e di belladonna in polvere, per accelerare il (debole) battito cardiaco. Gretel, con disciplina, somministrò questi farmaci alla paziente.

Ma Brigit sembrava non migliorare.

Stesa immobile sotto il lenzuolo, respirava a fatica; gli occhi chiusi in modo così palpitante che immaginai di poter vedere attraverso le sue palpebre sottili solamente fissandola.

*La mia Ofelia! Ti prometto, non morirai.*

Era toccante il modo in cui – quando Gretel doveva correre altrove – le altre pazienti del laboratorio che erano sufficientemente in salute si offrivano di assistere Brigit. (Andrebbe menzionato il fatto che le pazienti del laboratorio, quando stavano abbastanza bene, si prendevano cura l'una dell'altra; una caratteristica propria, più in generale, delle donne ammalate, le quali, in situazioni critiche in cui erano coinvolte loro stesse, mettevano da parte il proprio malessere per assistere chi ne aveva maggiormente bisogno. I medici avevano dunque riconosciuto da tempo che le donne sono *infermiere*, *levatrici* e *badanti nate*; e molta parte di questa operosità è frutto di un puro istinto caritatevole, che non richiede una remunerazione economica.)

Una di queste pazienti era una nuova arrivata nel laboratorio che non avevo ancora avuto modo di visitare; si chiamava Nestra, e, nonostante fosse lei stessa dolorante, rimase accanto a Brigit per molte ore del giorno e della notte, tamponandole il viso con i panni bagnati quando Gretel non era disponibile.

Ero talmente distratto dalla malattia di Brigit che riuscivo a concentrarmi con fatica sul resto dei miei obblighi all'istituto; perché, in qualità di direttore, avevo una miriade di responsabilità, e non potevo attardarmi nel laboratorio quanto avrei voluto, come medico curante. Non volevo neanche coinvolgere uno dei miei medici più esperti – con competenze relative alla febbre di gran lunga più grandi delle mie – per fargliela visitare; perché non volevo che circolassero altre voci sul mio legame con la *serva sordomuta*, su cui, avevo ragione di credere, i colleghi dell'istituto già bisbigliassero.

Lingue biforcute! Decise a far cadere il nuovo direttore nello stesso modo in cui avevano rabbiosamente fatto cadere Medrick Weir!

Sulla scia della scandalosa fine del mio predecessore, avevo giurato di controllare la mia squadra in modo molto più assiduo rispetto a Medrick. Chiaramente, il mio consanguineo si era fidato di persone che non se lo meritavano, come il ripugnante Pell (che non era mai stato rintracciato dalle forze dell'ordine locali, ma si credeva si fosse spostato verso ovest con il bottino sottratto ai risparmi personali di Medrick Weir) e altri. Era noto che fossi molto esigente nei confronti dei miei subordinati, mi presentavo non annunciato nei reparti chiusi più problematici, dove le pazienti erano particolarmente esposte ai maltrattamenti del personale e venivano trascurate dai medici. Avevo pubblicamente affermato, quando nominato alla direzione, che intendevo votarmi totalmente all'istituto per fornire *cure individuali* alle pazienti, nessuna delle quali era condannata a essere considerata "senza speranza"; e a cercare e scoprire *una cura per la follia* che potesse sradicarla completamente, a beneficio delle future generazioni.

Distratto ora dalla mia preoccupazione per Brigit, non ero in grado di concentrarmi sulle chiacchiere del mio personale medico; fissavo le pazienti incupito, pregando – *Prendine tante tra loro, purché* lei *sopravviva.*

Tantomeno riuscivo a essere paziente con la mia famiglia, in particolare con Theresa, che sembrava meno contenta ora della sua vita, nella grande dimora del direttore, di quanto non lo fosse stata negli anni passati, dentro i più piccoli e squallidi alloggi di Ho-Ho-Kus; temeva, infatti, che tra le più alte fasce della buona società di Trenton, la moglie del *dottore delle pazze* non fosse tenuta in grande considerazione, nonostante il mio status elevato. I miei figli e le mie figlie pure mi sembravano remoti, come se fossero i figli di un estraneo; mi guardavano con imbarazzo, a leggera distanza, sapevo che anche loro erano infastiditi da quel modo di associare il loro padre con le *pazze.* (Che la mia professione pagasse le loro costose scuole private e gli altri privilegi della loro vita viziata non aveva nessuna importanza!) In particolare, dopo quella discussione infantile nel laboratorio, non mi sentivo a mio agio con mio figlio maggiore, Jonathan, né lui era a suo agio con me.

Sappiamo che la Morte è un luogo comune; i cimiteri sono affollati di lapidi, costantemente in espansione. Eppure, una singola morte ha un effetto catastrofico: l'avrebbe avuto, su di me, quella di Brigit Kinealy.

"Sta ancora molto male, dottore," si affrettò a riportarmi Gretel, nello scorgere l'espressione sul mio viso, "ma non sta peggio. I suoi occhi..."

Accorgendosi di me, la vista non del tutto a fuoco, Brigit provò pietosamente a sollevare il capo, per modellare qualche parola con le labbra ceree; ma era troppo debole. Le sue iridi non erano più blu, ma vicine al giallo – poteva trattarsi di *itterizia*?

Quanto sarebbe stata meno affascinante l'albina dalla pelle luminosa, soffusa di malessere, *con una sfumatura giallo urina su tutto il corpo.*

Con il dorso della mano, toccai attento la fronte di Brigit. Scottava, ma era stranamente umida.

(Sì, era alquanto inusuale per un medico *toccare la fronte di una paziente*, come farebbe un'infermiera; soprattutto nel caso in cui la paziente era un'attraente, giovane donna.)

Senza altre opzioni da tentare, continuai con la terapia di chinino, belladonna e mosto di san Giovanni, a cui aggiunsi una piccola dose ulteriore di nicotina, per accelerare il battito della paziente; benché non riuscissi a ricordare se, in circostanze precedenti, un'*accelerazione* del genere si fosse rivelata fatale in un paziente con febbre.

"Mandi giù questo, Brigit. Presto starà bene – glielo assicuro."

Ma per Brigit era difficile mandar giù qualsiasi cosa – strozzandosi con il liquido che le tornava su, facendola annaspare e soffocare.

Posizionandomi in modo che nessun altro potesse vedere, soprattutto Nestra dall'occhio felino, estrassi dalla tasca del cappotto un angolino della piccola colomba intagliata che Brigit mi aveva dato mesi prima; speravo che la paziente febbricitante potesse scorgerla, e alleviare almeno un poco il peso sul suo cuore, che potesse ricordare un tempo precedente a questa malattia, e intravederne un altro in cui sarebbe stata di nuovo bene.

"Lo vede, Brigit? Cos'ho?"

Ma no, i chiari occhi di Brigit sembravano non vedere.

Mi seccava che Nestra, una tipica pazza sciatta, indistinguibile dalle centinaia di altre come lei (ricoverate da molto tempo nell'istituto, abbandonate dalle loro famiglie), si fosse affezionata a Brigit, e che Gretel la tollerasse; anche se io stesso incoraggiavo le pazienti del laboratorio a occuparsi l'una dell'altra, così come a mantenere in ordine i loro alloggi e a fornirmi assistenza, quando ce n'era bisogno. Ciò rappresentava nient'altro che una logica estensione della *terapia morale*, che coinvolge il malato mentale nelle questioni pratiche in cui vive e non lo estranea dalla normale routine, e allo stesso modo, in altre aree dell'istituto e sotto la mia supervisione, le pazienti erano messe in condizione di occuparsi di molte faccende domestiche, dalla cucina alla pulizia della latrina, eccetera, riducendo così anche i costi della struttura.

Non solo Nestra, ma una o due delle pazienti del laboratorio avevano instaurato una specie di relazione amicale con Brigit, come con Gretel; accade spesso, in circostanze del genere, che le infermiere stabiliscano dei rapporti affettivi con le pazienti, e viceversa, in forme che i medici faticano a capire. Gli uomini guardano con disagio e perplessità al fatto che le donne riescano a creare questi legami, evidentemente privi di scopo, così come fanno con bambini che non sono figli loro.

Poiché Gretel non poteva essere costantemente al capezzale di Brigit, era utile che Nestra la sorvegliasse, offrendosi di dormire sul pavimento accanto alla sua branda, sopra una coperta presa dal suo stesso letto; presto venne raggiunta da un'altra malata di mente, più tozza e aggressiva, dall'improbabile nome di Bathsheba. Le due si alternavano nel dar da mangiare a Brigit, o nel tentare di farlo, e nel bagnarle le labbra con una spugna.

Che creature ripugnanti, queste pazze! – entrambe affette da *fistula*, scarmigliate nei loro (luridi) camici da ospedale, i capelli simili a nidi di topi, non lavati e pettinati da anni.

Nestra era misteriosamente sfigurata, l'occhio sinistro cieco e una spina dorsale storta; una donna di circa quarant'anni, con la fastidiosa abitudine di borbottare e ridere tra sé e sé, come se fosse molto divertita. In ogni caso, Bathsheba era ancor meno attraente, la gamba destra amputata dal ginocchio in giù; l'andatura barcollante e sbandante, con una perversa forma di folle energia e una clava usata a mo' di bastone. Entrambe le donne erano in lista per i miei interventi chirurgici sperimentali da lì alla fine del mese, un programma che non avevo intenzione di modificare.

Mi domandai se la tenera sollecitudine di queste donne nei confronti di Brigit Kinealy esprimesse una tensione materna; nei registri, infatti, era riportato che entrambe le donne avevano partorito all'interno dell'istituto dei neonati che erano stati loro tolti per darli in adozione, con una successiva *sterilizzazione terapeutica*.

Quelle adozioni all'epoca di Medrick Weir mi sembravano di dubbia moralità; ma il consiglio dei supervisori aveva sostenuto in modo piuttosto convincente che, a tutela del bambino, un neonato debba essere tolto alla madre malata di mente. Un istituto per pazze, dopotutto, non è un *asilo*.

Poi, se l'adozione presso una brava famiglia cristiana era una soluzione percorribile, era percorribile pure far pagare ai genitori adottivi una piccola somma per avere il bambino tanto desiderato. A ciò nessuno poteva obiettare.

Che nella madre malata a cui veniva forzatamente tolto il neonato maturasse del risentimento era un fatto che, purtroppo, non poteva evitarsi. Il personale dell'istituto faceva di tutto per prendersi cura di queste donne private a tal punto della compagnia altrui, in modo da prevenire l'instaurarsi di un'atmosfera luttuosa e ribelle.

Per principio, non approvavo queste *alleanze* tra pazienti, che sembravano allontanarle da me, che ero il loro dottore.

Nel laboratorio, non poteva che esserci un solo Padrone: una verità talmente ovvia che non aveva praticamente bisogno d'essere enunciata.

Eppure, avevo l'impressione che né Nestra né Bathsheba accordassero a me il rispetto dovuto a qualcuno nella mia posizione. Non in modo manifesto, ma con fare sottile e furtivo, come se questi individui dal cervello danneggiato credessero che io, dall'intelligenza immensamente più grande, non fossi consapevole della loro condotta!

Tra le due, era Bathsheba ad apparirmi più insolente. Un sorrisetto cattivo sulle labbra di quella donna forastica, labbra curiosamente sottili e tese sui grossi denti anteriori sbiaditi, gli unici denti rimasti nella sua mandibola dopo un'estrazione che aveva aiutato a ridurre l'isteria della paziente, ma che, com'era evidente, non l'aveva addomesticata. Ogni volta che mi presentavo in laboratorio, Bathsheba faceva in modo di zoppicare fino a mettersi in una posizione in cui il moncone scintillante della sua gamba mutilata spuntava dall'orlo consunto del camice, un'oscenità che tentavo di non guardare.

Come se *io* fossi stato responsabile del fatto che quella bestia avesse perso metà della gamba! La donna, molto problematica, era stata portata all'istituto parecchi anni prima, già sfigurata, e già delirante. La crudele amputazione, che sembrava essere stata eseguita con un'ascia, non aveva nulla a che fare con *me*.

In realtà, era raro, ora che la mia branca di specializzazione si era spostata sulle malattie mentali, che eseguissi amputazioni di arti, o dita, visto che mi stavo specializzando appunto *in chirurgia interna (femminile)* – isterectomie, ovariectomie e via dicendo.

Tuttavia, in modo singolare e inquietante, capitava talvolta che sentissi mormorare alle mie spalle, mentre percorrevo il reparto delle donne ammalate in attesa della mia assistenza, *Macellaio! Il Macellaio dalla mano rossa!* – ma, se mi voltavo, nessuna di quelle femmine pazze sembrava guardare nella mia direzione.

Prima della malattia di Brigit, avevo pensato di utilizzare Bathsheba per uno dei miei esperimenti nutrizionali, in cui il soggetto sarebbe stato alimentato seguendo una dieta estremamente ristretta, a base di verdure, cereali e di un solo bicchiere d'acqua al giorno per svariati mesi, subendo nel mentre frequenti salassi, per verificare se si riuscisse in tal modo a tenerne sotto controllo il sangue "impetuoso"; inoltre, avendo notato che Bathsheba dalla gamba sola aveva imparato a zoppicare in modo scaltro, usando un bastone, la mia curiosità di scienziato era solleticata dal chiedermi come il soggetto si sarebbe comportato se anche l'altra gamba le fosse stata rimossa fino al ginocchio.

(Non era inusuale vedere persone con una gamba sola; ma piuttosto raro vedere persone senza entrambe le gambe: avrebbero potuto forse imparare a oscillare in avanti, sospingendo il torace e usando le stampelle. Ricordavo numerose amputazioni della parte inferiore della gamba nello studio del dottor Strether, avvenute con adeguate sedazioni; erano state tutte eseguite su pazienti maschi, ma non avevo dubbi che fosse più facile staccare il femore dal ginocchio nelle donne piuttosto che negli uomini. In questo esperimento, avrei esplorato l'*adattamento dell'essere fisico* in condizioni alterate; la mia teoria era che l'adattamento sarebbe stato mentale, prima ancora che fisico. Infatti, i misteri della *neurologia*, o della *scienza del cervello*, mi intrigavano moltissimo, come corollario alla ricerca di una cura per la follia.)

Ma, per il momento, con mia grande frustrazione, questi esperimenti rivoluzionari erano sospesi; la mia unica speranza era che i miei ambiziosi rivali non mi superassero!

Era altresì irritante che la mia Gretel, di solito piuttosto leale, avesse negli ultimi tempi un comportamento così strano: sussultava di dolore come se le facessero male le articolazioni, spesso con il fiato corto; in ansia per le condizioni di Brigit, eppure molto rallentata e incupita nell'assisterla; negligente in modo inaspettato nei confronti delle pazienti ricoverate nel laboratorio e nelle stanze attigue, che non avevano modo di prendersi cura di sé, visto che erano ammanettate ai loro letti, o costrette nel *Letto della calma*, o ridotte in stato comatoso.

Mi infastidiva che Gretel avesse iniziato a chiedermi informazioni sul suo *status legale negli Stati Uniti*: perché non era altro che una serva a contratto, venduta a quella condizione dal padre tedesco molti anni prima, non una *cittadina*.

"Ma dottor Weir, lei ha il mio contratto? – c'è il mio nome sopra?"

"Certo, Gretel! Il suo contratto è con noi, al sicuro."

"Ma – come faranno a sapere che il nome sul contratto è il *mio*?"

"Cosa intende dire, Gretel? Tutti possono vedere che lei è *lei*." Mi rivolsi alla donna con tono scherzoso, anche se non apprezzavo che mi si avvicinasse tanto, perché emanava un odore di lievito, di carne femminile non lavata.

"Il mio contratto era di sette anni? Quanti anni rimangono? Prima che sia 'libera'?" – quasi con timidezza Gretel mi rivolse quella domanda sgarbata, non per la prima volta.

(*Sgarbata* perché lasciava intendere che la mia infermiera-assistente non fosse affatto contenta dello stato di cose, ma desiderava invece che fossero diverse.)

"Perché, Gretel, lei è 'libera' al momento. A differenza di Bathsheba, lei ha due gambe, e può andarsene dall'istituto quando desidera – per dormire e morire di fame nei bassifondi di Trenton, se qualche schiavo nero scappato dal Sud non le taglia prima la gola."

Gretel sorrise disorientata, incerta se interpretare il mio commento come una semplice battuta o un avvertimento.

"Ma se me ne andassi, dottor Weir, sarei una che è 'scappata'. Mi darebbero la caccia, come a un cane."

Quell'amarezza mi colse di sorpresa, e mi sembrò sgradevole da parte di qualcuno in cui avevo riposto la mia fiducia così a lungo; dovetti chiedermi se non fosse un sintomo di un suo imminente malessere mentale.

Era una mia nuova teoria che si stava formando: giacché la follia è causata dalle infezioni, e le infezioni sono contagiose, *la follia poteva essere contagiosa all'interno dell'istituto.*

"Ma cosa dice, non lascerei mai che nessuno le dia la caccia, Gretel – 'come a un cane'. Fintanto che è il *mio di cane*, la proteggerò."

Pronunciai queste parole con una risata ironica, per mettere la donna a suo agio e incoraggiarla a tornare ai suoi doveri nel laboratorio, dove c'era grande bisogno di lei.

Dopo questo scambio, Gretel parve tornare in sé e smise di porre domande insolenti. Con rinnovata diligenza, si dedicò alle malate e alle inferme nel laboratorio; rivolgendosi a Brigit come a una figliola adorata, preparandole tisane e lavandole il corpo sudato con delle spugne. Fu gratificante per me vedere come l'assistenza di Gretel avesse temporaneamente allontanato Nestra e Bathsheba.

Tisane? Era necessario che la paziente in preda alla febbre bevesse liquidi nutrienti, o sarebbe deperita e morta; tuttavia, non potevo fare a meno di domandarmi se le tisane di Gretel costituissero una sorta di medicamento non autorizzato, da me, il suo medico curante; infatti, senza che lo sapessi, la furba levatrice aveva coltivato un giardino d'erbe officinali nel retro della Torre nord, in una zona non battuta dai guardiani e in cui crescevano liberamente erba alta, cardi e rose selvatiche. Tra le erbe di Gretel c'erano salvia, camomilla, menta e cinorrodo – un vero raccolto da strega!

Ogni tanto, quando mi avvicinavo alla stanza grande come uno sgabuzzino dove Brigit stava distesa nella sua brandina, sentivo Gretel cantarle con tenerezza, come una madre che intona una ninnananna per una bambina malata; non riuscivo a sentire o a comprendere le parole, eppure sembravano evocare una strana forma di bellezza, si arrestavano non appena mi facevo più vicino; come l'ombra di una nuvola che cade su un paesaggio smagliante:

*Wollst endlich sonder Grämen*
*Aus dieser Welt uns nehmen*
*Durch einen sanften Tod!*

*Und, wenn du uns genommen,*
*Laß uns in Himmel kommen,*
*Du unser Herr und unser Gott!*

Mi chiesi se potesse essere una canzone pagana. Dolcemente seduttiva, ma demoniaca. Più cercavo di ascoltare, meno riuscivo a sentire.

A volte, mi sembrava di udire la voce della levatrice, fluttuante, nella quiete della notte, fin dentro al mio studio, al primo piano della dimora del direttore, sebbene ci fosse una certa distanza tra la mia residenza privata e la Torre nord, coperta da quel pezzo di terreno incolto. Spesso, di recente, trascorrevo tutta la notte in questa stanza, lavorando alla luce di una lampada, prendendo appunti sui miei esperimenti e programmandone altri per il futuro, come un generale seduto insonne nel cuore delle tenebre, intento a pianificare una campagna militare, mentre i suoi soldati, fuori dalla tenda, dormono incuranti un profondo sonno d'animale innocenza e oblio. Quando infine mi lasciavo vincere dalla stanchezza, mi addormentavo sul divano di pelle che il mio consanguineo Medrick Weir aveva acquistato nei giorni più lieti che avevano preceduto il suo martirio per mano dei nemici che l'avevano annientato.

Era questo un sonno rinfrancante, preferibile a salire le scale fino alla camera padronale per infilarmi nel letto a baldacchino accanto alla mia cara sposa, di cui non volevo turbare il torpore.

"Dottor Weir?" – mi fece Gretel, con voce intimidita, mentre ero fermo sulla soglia della camera di Brigit, "ci ha raggiunte presto oggi..."

"Sì, certamente – sono *qui*. Dove altro dovrei essere?"

Ero irritato dallo sguardo bovino della donna, e risposi con freddezza.

Imperturbabile, mi avvicinai alla branda di Brigit. Un medico alle volte ha paura del suo paziente; ma un medico non osa mai esibire debolezza.

*Non puoi deludermi morendo, cara Brigit! Dio non lo permetterà.*

*Se Dio lo permetterà, non esiste alcun Dio...*

Temevo che gli occhi chiari di Brigit si chiudessero per non riaprirsi mai più; mai più avrei rivisto l'anima di Brigit risplendervi dentro; mai più, l'adorazione della sordomuta per *me.*

Gretel stava languidamente lavando Brigit con la spugna per darle sollievo, ma adesso, nel vedermi, si sbrigò a coprire le spalle sottili e il seno della ragazza. Sebbene avessi subito distolto lo sguardo, l'immagine del pallido seno dai capezzoli scuri come mirtilli scintillò dietro le mie palpebre e mi sentii mancare. Perché la nudità di ogni donna, a eccezione della propria moglie, è naturalmente ripugnante agli occhi d'ogni rispettabile marito cristiano.

Persino la vista delle dita di Gretel sulla spugna mi risultò disturbante, poiché quella era una spugna nuova e pulita che avevo portato nel laboratorio io stesso, affinché Gretel potesse usarla con Brigit, ma adesso era macchiata quanto le altre più vecchie.

Perché questa scena fosse così *disturbante* per me non sapevo dirlo.

"Dottor Weir? Sto dando a Brigit le medicazioni che ha prescritto, e anche i liquidi. Ma – vede – c'è una piccola evoluzione nella paziente..."

*Piccola evoluzione!* Non era la notizia che speravo di ricevere; ma non fu così rovinosa come sarebbe potuta essere.

Con mio sgomento Gretel aggiunse poi, con un'impertinente forma di timidezza: "Ha fatto qualcosa a Brigit, dottor Weir? Con il forcipe rovente–"

"Gretel! Cosa diamine intende con 'Ho *fatto* qualcosa a Brigit' – ovviamente, in quanto chirurgo, ho *fatto qualcosa* alla mia paziente. Sarebbe molto strano il contrario."

Devo confessare che fui alquanto stupito da quest'ultima sfrontatezza di Gretel. Che una semplice levatrice infatti, nemmeno un'infermiera formata, interrogasse un medico con parole così sfacciate, che altri potevano origliare – era davvero una cosa inaudita.

Né mi piaceva il modo in cui Gretel mi guardava come se sapesse che l'avevo ascoltata cantare per Brigit, qui nel laboratorio; anche durante la notte: una canzone pagana, mentre pensieri selvaggi si rincorrevano nella mia mente come maestose nuvole livide in una notte di vento.

Con sarcasmo a malapena camuffato, spiegai a quella stupida femmina, come avevo spiegato già, che Brigit si era *ripresa completamente dall'ultima operazione.* "Ma ora, questa maledetta febbre biliare ha complicato la sua guarigione..."

All'improvviso realizzai: *la spugna! Mi ero dimenticato di rimuovere la spugna dalla vescica di Brigit.*

Un minuscolo frammento di spugna che avevo lasciato alla base della sutura nella vescica... doveva essere rimossa di lì entro quarantotto ore; eppure, in qualche modo, me ne ero completamente dimenticato, per quattordici giorni.

Fui così turbato da questa rivelazione, così mortificato,

che non mi fermai a riflettere su come poter preservare il mio orgoglio e confessai invece a Gretel ciò che avevo fatto: ciò che avevo dimenticato di fare; e che, molto plausibilmente, era stato quel corpo estraneo nel corpo di Brigit a causare l'infezione, non una febbre biliare!

Sul volto di Gretel un arrossimento simile a indignazione, sgomento.

Eppure (per mia vergogna, lo annoto) nessuna sorpresa.

"Una spugna! Sì! Dobbiamo agire subito, dottore! Prima che sia troppo tardi."

Immediatamente poi, con mano tremante e con l'aiuto di Gretel, visitai la paziente ormai prossima al coma con il cucchiaio-speculum, mettendola goffamente su mani e ginocchia, alla piena luce del sole, così che riuscii a vedere con occhi disgustati, che sì, la piccola spugna era ancora all'interno della paziente, alla base della vescica, scura, salmastra d'urina, lurida e marcescente...

Dio, perdonami! Sono arrivato vicino a uccidere la mia più preziosa paziente!

Rimossi il frammento di spugna impregnato d'urina con delle pinze, ma, nel farlo, devo aver reciso una piccola vena nello strato esterno della vescica, e il sangue cominciò a defluire da Brigit, dapprima un rivolo, poi più copioso.

Piuttosto inusuale per lei – inusuale per chiunque lavori in campo medico – emettere un piccolo grido soffocato simile a quello d'un pappagallo ferito, come fece Gretel, ordinandomi di ricucire la ferita, di tamponare velocemente il sangue, se ne ero in grado.

*Dare ordini a me*! Tuttavia, nell'esigenza del momento, non esitai a seguire le istruzioni di Gretel; ma quando le mie mani tremolanti si misero a rovistare lì dentro, Gretel mi strappò l'ago e ricucì lei stessa la piccola ferita.

Se una donna potesse essere un *chirurgo* sarebbe una cosa immensamente più misericordiosa per il paziente!

Davvero, se a una donna come Gretel fosse stato concesso di eseguire queste mansioni, con il suo occhio esperto e le mani leste! – ma non sarebbe mai potuto accadere che una donna maneggiasse un bisturi, figuriamoci una donna immigrata e analfabeta.

Infine, Brigit fu rimessa distesa a riposo, respirando in modo più regolare, mentre Gretel le faceva aria sul viso e la consolava con una delle sue ninnenanne, incomprensibile alle mie orecchie – *Wollst endlich sonder Grämen, Aus dieser Welt*...

Il sudicio pezzetto di spugna, l'esatto emblema della mia vergogna, lo misi in un contenitore per rifiuti contagiosi, e subito dopo mi lavai le mani con ferocia.

## Il giorno del trionfo, 28 aprile 1853

Da *Cronaca della vita di un medico*,
di Silas Aloysius Weir, dottore in medicina

Spiegai con calma a Gretel che avrei comunque presto rinvenuto la spugna – "giacché stavo pensando di controllare la sutura di Brigit".

A queste parole, Gretel reagì silenziosamente: *Sì, dottor Weir.*

Eravamo talmente grati che la nostra più preziosa paziente stesse cominciando infine a guarire, che la mia infermiera-assistente e io non volevamo infilarci in frivoli battibecchi.

Brigit avrebbe avuto bisogno di un po' di tempo per riprendersi dall'infezione quasi fatale, e recuperare il peso perduto; non riusciva nemmeno a dormire bene, tendendo a fare sogni disturbanti. Con sua grande vergogna, la vecchia patologia della *fistula* si era ripresentata, insieme a lente perdite dalle sue viscere, causandole sofferenza e mortificazione.

Per questa ragione, Brigit evitava il laboratorio, dove era stata felice d'essere promossa a infermiera-assistente del direttore dell'istituto; e fece ritorno al suo vecchio posto di lavoro, nel seminterrato. Per qualcuno ridotto a quel grado di infermità, a prescindere da quanto spesso e con quale accanimento si lavasse, non era possibile lavorare in un contesto medico.

Se la incontravo per caso fuori la Torre nord mi evitava. Scappando via, mossa dalla vecchia vergogna, una paria.

"Brigit?" – la chiamavo con voce supplicante, ma non mi prestava attenzione, svanendo come un fantasma nella luce del crepuscolo.

"Dottor Weir! La scorsa notte ho fatto un sogno sorprendente, Gesù mi è apparso davanti con una bianca tunica immacolata e nella Sua mano c'era un 'filo' indistruttibile e immarcescibile – il *fil di ferro*."

Gretel era ferma ad aspettarmi all'entrata del laboratorio, con le guance vermiglie e il suo largo sorriso svuotato dei denti mancanti. Per un momento non seppi come rispondere – una serva a contratto dell'istituto che osa sognarmi!

Nel vedere la mia espressione sgomenta, Gretel ripeté con misura le stesse parole, usando un tono meno esuberante.

*Fil di ferro*? Cosa stava dicendo quella donna? Cucire con – *il fil di ferro*?

"Se ciò che intendi è riparare una *fistula* con il fil di ferro, Gretel – sarebbe troppo spesso per una lacerazione così piccola. Non è possibile che un chirurgo riesca a 'cucire' con il fil di ferro usando un ago, per di più la vescica di una paziente, senza devastare l'organo.

"Un filo metallico molto sottile," insisteva Gretel – come l'argento. Ho sentito dire che gli orologiai usano *fili d'argento*."

"Sono certo che non si tratti di *fili d'argento*, Gretel. Sta sognando."

"Ma, dottor Weir..."

"No. *È ridicolo.*"

Tuttavia, si incuneò nella mia mente l'idea che potesse davvero esistere un fil di ferro estremamente sottile ma abbastanza resistente per rimpiazzare il filo utilizzato in ambito chirurgico. Chiesi informazioni a persone di mia conoscenza, che sembravano non escludere l'esistenza del *filo d'argento*, come avevo invece ritenuto io; in realtà, fu Theresa a consigliarmi di far visita a un rinomato orologiaio di Trenton che mi sarebbe potuto essere d'aiuto.

Ah, un orologiaio! Certo: gli orologi sono marchingegni talmente minuti.

Fu così che andai a trovare un certo Erasmus Tunney – che si diceva fosse l'orologiaio più importante del New Jersey – per chiedergli se potesse produrre per me un filo d'argento molto sottile: cosa che non si rivelò poi così ardua.

Il mattino successivo tornai al laboratorio, con una matassa di sottilissimo filo d'argento, straordinariamente fine – con cui in poco tempo suturai la piccola ferita alla base della vescica della mia paziente! – fu questa la *dodicesima* operazione eseguita su Brigit, per mia mano: quella che si sarebbe rivelata d'importanza storica.

Il lettore si renderà conto da sé quanto ignorante e crudele sia che i miei detrattori si concentrino sul numero di interventi che Brigit aveva subito: ciascuna di queste operazioni, infatti, rappresentava il tentativo sincero di curare la sofferente fanciulla, e solo dopo numerosi fallimenti fu possibile raggiungere il successo definitivo.

Non poteva sorprendere che, oramai, anche la stessa Brigit si fosse rassegnata a non guarire mai dalla *fistula*. Nonostante l'incoraggiamento mio e di Gretel, era straziante vedere quanto fosse malinconica la povera ragazza, come una creatura col viso rivolto al muro.

"Brigit! Deve avere fede. *Questo* intervento sarà l'ultimo."

Avrei ricordato per sempre come Gretel riuscì a infilare l'ago con il filo d'argento, non senza qualche difficoltà; come, tra le preghiere mormorate da me e Gretel, la Provvidenza guidò la mia mano. Una volta ancora, con il cucchiaio-speculum, riuscii ad addentrarmi nell'area infetta; una volta ancora, con l'aiuto di Gretel, riparai la minuscola lacerazione nella vescica – questa volta, la sutura sarebbe stata *permanente.*

Certo, non potevamo sapere in quel momento che il filo d'argento si sarebbe dimostrato essere *la* cura, dopo così tanti fallimenti; e che Silas Aloysius Weir si sarebbe assicurato un posto nel pantheon dei pionieri della medicina americana.

Così i giorni passarono, senza perdite dalla vescica, nemmeno una traccia di sangue nell'urina.

Trascorse una settimana, senza (evidenti) infezioni.

La sutura sembrava tenere! Ogni giorno era attanagliato dall'ansia, eppure – ogni giorno si dimostrava un trionfo.

Riportai moltissimi appunti nel mio diario. Pregai Dio di avere pietà di noi e di ricompensarci alla fine per il nostro zelo. Giurai umilmente che avrei dedicato la mia vita a salvare le donne colpite da quell'afflizione, così come quelle malate di mente. *Sarò un Salvatore della medicina, la Provvidenza dovrà continuare a guidare la mia mano.*

Dopo quattro settimane, fu chiaro che la paziente poteva considerarsi guarita in modo duraturo, poiché il processo naturale di escrezione era ripreso; e il soggetto era abbastanza in forze da tornare al laboratorio, come mia infermiera-assistente.

Un miracolo, dunque: una cura per la *fistula*, infine!

I cui risultati sarebbero stati pubblicati nell'articolo destinato a divenire il più acclamato della mia carriera: *Sulla riparazione della "fistula" vescicovaginale in una giovane madre irlandese*, pubblicato sul "Journal of American Medical Science" nel novembre del 1854.

## Il dono

Da *Una fanciulla smarrita, e ritrovata. La vera storia di un'orfana da lei raccontata*

*È vero, devo la mia vita a Silas Aloysius Weir.*

*È altresì vero che Silas Aloysius Weir si è comportato come un macellaio nei confronti di donne e ragazze.*

*È una contraddizione irrisolvibile.*

*È una contraddizione che devo accettare, come devo accettare la mia vita, essendo grata per la vita in sé, il dono divino che elude la comprensione.*

# 4. Il Macellaio dalla mano rossa

## Il prescelto di Dio, 1854-1861

Da *Cronaca della vita di un medico*,
di Silas Aloysius Weir, dottore in medicina

Adesso, la *sacra ossessione* prese a consumarmi davvero.

Negli anni che seguirono a questo primo trionfo, e fino alla primavera del fatale 1861, quando la Provvidenza mi riservò un colpo da cui mai mi sarei veramente ripreso, mi sembrò, come sembrò a tutti coloro che mi conoscevano bene, che Dio mi avesse benedetto, guidando la mia mano con la Sua, senza esitazioni.

*Silas, tu sei di certo uno dei Miei figli, in te mi sono compiaciuto.*

Mi sembrava solo naturale che la Provvidenza mi accordasse la libertà che deve essere accordata al genio, per sperimentare laddove volessi, con l'intento di far progredire la conoscenza umana e farne beneficiare il genere stesso.

Devo ammettere che è un mondo relativamente piccolo – quello della *ginecologia*. Non saprei neanche rammentare perché il fato mi avesse condotto lì!

Tuttavia, a ciascun uomo appartiene il *suo* fato.

È una specializzazione solitamente negletta e ripudiata – la *ginecologia*. A differenza della nobile attività medica che mio fratello Franklin scelse di coltivare nella sua roccaforte su Beacon

Street, tra i facoltosi abitanti di Boston; con il risultato che mio fratello Franklin sarebbe morto nell'oscurità, come un ricco dottore che in nulla aveva contribuito alla scienza medica in confronto a suo fratello minore Silas.

Molto presto poi, nel 1854, si diffuse la notizia che Silas Aloysius Weir, direttore dell'istituto statale del New Jersey per donne malate di mente a Trenton, aveva scoperto una *tecnica infallibile* per riparare le *fistula* nelle donne che ne erano affette; o, più in generale, per riparare minuscole lacerazioni in organi interni di pazienti d'entrambi i sessi.

Con articoli pubblicati sulle più rilevanti riviste mediche, avrei riportato i risultati ottenuti nella *riduzione della malattia mentale*, grazie a questo genere di riparazione nelle donne; durante i miei interventi nei congressi di medicina, a cui cominciarono a invitarmi, avrei avanzato l'ipotesi che la *malattia mentale* nelle donne americane si sarebbe potuta contrarre fino all'80 per cento, se questa pratica chirurgica si fosse diffusa nel paese – "poiché nessun medico-chirurgo può brevettare questa scoperta, come possono fare invece gli inventori dei più futili oggetti, lascio in dono a voi tutti la manna del filo d'argento, per salvare coloro che tra noi sono ammalati e sofferenti."

(Ero solito concludere così i miei discorsi, tra applausi scroscianti.)

Nel laboratorio, per alcuni mesi, sulla scia del mio successo con la "giovane madre irlandese", come Brigit Kinealy sarebbe stata identificata nella storia medica, continuai a sperimentare con il *filo d'argento*, riparando le *fistule* di varie donne malate di mente, mie assistite, visto che era divenuta una procedura che potevo eseguire con un certo grado di destrezza, purché Gretel mi aiutasse a mettere in posizione la paziente, e a mitigarne le paure. Dunque, cominciai presto a perdere interesse per la riparazione della *fistula*, essendo ora una procedura meccanica che qualsiasi bravo chirurgo sarebbe stato in grado di eseguire.

Persino allora, la mia tecnica incontrò qualche resistenza, poiché è attitudine comune tra i medici e i chirurghi essere inizialmente scettici e conservatori nei confronti degli sviluppi rivoluzionari; dunque, anche i miei successivi esperimenti, a prescindere da quanto si dimostrassero chiaramente efficaci, avrebbero riscontrato sacche di riluttanza, soprattutto tra l'"élite" dei miei colleghi, in luoghi come Boston, Philadelphia e New York, con tutto il loro sdegno nei confronti dei plebei di *Trenton, New Jersey*.

Da qui segue, per il profano interessato ai fondamenti della scienza, e all'evoluzione del sapere scientifico, una miscellanea scelta dei miei esperimenti più importanti, eseguiti presso il laboratorio di Trenton, per i quali Silas Aloysius Weir, dottore in medicina, è stato nominato membro della National Academy of Medicine e della American Association of Medical Practitioners, così come del National Institute of Science, oltre a essere candidato perpetuamente al ruolo di direttore del dipartimento di stato per la sanità e consigliere capo per la medicina del presidente degli Stati Uniti.

Va incluso inoltre, negli ultimi anni della sua vita, l'attestato di stima di mio padre Percival Weir, che molto a lungo mi aveva negato il riconoscimento dei miei traguardi, così come mi aveva negato il suo amore. *Mio caro figlio, sono infine orgoglioso di te. Anche se il presidente deve ancora sceglierti come suo consigliere capo per la medicina.*

## CASO DI STUDIO: RIPARAZIONE DEL LABBRO LEPORINO IN UNA DONNA DI TRENTASETTE ANNI MALATA DI MENTE (1854)

Mi aveva sempre intrigato il dubbio se deformità quali il labbro leporino, il piede equino, la palatoschisi, lo strabismo e simili – che si riteneva fossero causati alla nascita da levatrici poco accorte – fossero un segno di malattia mentale, o piuttosto una conseguenza; o se non ci fosse relazione alcuna.

E dunque, se queste deformità fossero state risolte, la malattia mentale si sarebbe attenuata, sarebbe regredita, o non si sarebbe verificato nessuno dei due casi?

Se il paziente non era soltanto malato di mente, ma anche un soggetto dall'intelligenza deficitaria, la riparazione avrebbe favorito lo sviluppo di un'intelligenza più elevata? Visto che il cervello del paziente non poteva che essere compromesso dalle deformità del cranio, se le ossa del cranio fossero state riallineate, il cervello si sarebbe espanso in modo più consueto? Domande che nessuno ha posto – se non Silas Aloysius Weir.

Dio stesso sembrava promettermi: *se hai riparato la fistula, figlio Mio, sarai certamente in grado di riparare un semplice labbro leporino!*

In questo genere di operazioni chirurgiche, che potremmo definire *cosmetiche*, essendo *superficiali*, mi sembrava sensato immaginare che un'efficace procedura correttiva dovesse avere un ritorno finanziario: poiché molti genitori, delusi dalla deformità, avrebbero pagato una somma ingente pur di avere una progenie *normalizzata*, schivando il destino di vivere una vita *come scherzo della natura*, causando imbarazzo a tutta la famiglia.

"Zenobia D_" mi parve un caso alquanto promettente, una donna malata di mente di trentasette anni che mostrava un difetto (minore) alla nascita al labbro superiore, cui era imputabile un disturbo al linguaggio, che si presentava confuso e incoerente. Sebbene non fosse possibile comprendere ciò che Zenobia diceva, sembrava comunque essere dotata di un'intelligenza media, anche se incline a un carattere ostinato e "difficile".

A quanto riportato, sin dai nove anni Zenobia aveva lavorato in un granaio di Trenton, per aiutare a sostentare la sua numerosa famiglia; con il risultato che i polmoni di Zenobia erano stati compromessi dalle particelle di grano sospese nell'aria, rendendole la respirazione rauca e difficoltosa. Era suscettibile a infezioni respiratorie e una zona pelvica infiammata sembrava suggerire svariate aggressioni e svariate gravidanze; un'infezione da sifilide diagnosticata, trattata in modo sporadico con la tintura di mercurio.

Dopo aver lavorato diligentemente nel granaio per gran parte della sua vita, Zenobia aveva avuto una sorta di collasso all'inizio dei trent'anni, in seguito a un incidente che le aveva maciullato la mano destra, e a una degenerazione generale dello stato di salute; a causa di accessi di pianto, riso e rabbia, Zenobia fu licenziata dal granaio e ricoverata presso l'istituto di Trenton dai suoi famigliari, ormai seccati ed esasperati da lei.

Poiché desideravo da tempo di poter sviluppare una tecnica chirurgica per correggere il labbro leporino – (così come lo strabismo, la palatoschisi, il piede equino e le deformità craniche) – l'arrivo di Zenobia nel laboratorio mi parve alquanto provvidenziale. Di recente avevo acquisito vari strumenti chirurgici appositi per il volto, posseduti in precedenza da un chirurgo di Philadelphia e che non vedevo l'ora di poter provare.

Al suo arrivo, Zenobia D_, come le altre donne nel laboratorio, versava in uno stato molto debole e demoralizzato, poiché, mi aveva riferito Gretel, tutti i suoi cinque o sei figli erano morti o le erano stati tolti; Zenobia, di conseguenza, era troppo provata per opporsi alla chirurgia, ed è persino possibile che, con la speranza di essere *curata*, avesse acconsentito a venire rinchiusa nell'istituto.

Come molte delle mie pazienti, Zenobia era d'umore non prevedibile: poteva apparire quasi lucida, per lasciarsi andare poi a scoppi di rabbia o disperazione, rendendo necessario bloccarla; di nuovo poteva mettersi a piangere e, in quel suo modo sconnesso, implorare il personale affinché *uno dei dottori* l'aiutasse, perché non le restava altrimenti alcuna speranza e non voleva più vivere. Naturalmente, quella donna infelice veniva sgridata per aver espresso pensieri tanto blasfemi; e le veniva promesso che Silas Weir, il direttore stesso dell'istituto, avrebbe *fatto ogni cosa in suo potere* per riportarla in qualche modo in salute e permetterle di fare ritorno al granaio di Trenton per guadagnarsi da vivere, non più a spese dei contribuenti.

Nel sentire queste parole, Zenobia rideva, con tristezza e malinconia, come se quella speranza fosse irragionevole, mentre contraeva il labbro superiore sfigurato.

Come ci si poteva aspettare, la mia giovane infermiera-assistente mostrava una forma di empatia nei confronti di Zenobia dal labbro leporino, come se il suo modo sconnesso di parlare la rendesse ai suoi occhi di sordomuta albina una sorta di sorella; spesso, nel reparto, vedevo Brigit ferma accanto alla branda di Zenobia, la testa china ad ascoltare le insensatezze della paziente, con una lusinghiera forma di comprensione. Quando chiesi a Gretel se Brigit fosse davvero in grado di capire ciò che Zenobia diceva, o se cercasse piuttosto di darle quell'impressione per rincuorare la donna leporina sul fatto che *non era sola*, Gretel rispose, "Dovrà chiederlo a Brigit, dottor Weir. Solo lei può rivelare ciò che le alberga nel cuore."

Mentre preparavamo l'intervento chirurgico al labbro leporino, facendo stendere la paziente spaventata su un tavolo a cui sarebbe stata legata per sua stessa tutela, notai che Brigit sembrava non essere a suo agio, come se volesse chiedermi qualcosa; e aspettai che mi si rivolgesse, senza intervenire.

Alla fine, girandosi e sollevando i suoi occhi chiari verso di me, con esitazione. *Dottore, penso...*

Nessun altro poteva sentire Brigit, poiché le parole mute di Brigit erano rivolte solo a me. Perciò Gretel, o qualsiasi altro spettatore, sarebbe rimasto sorpreso nel sentirmi rispondere: "Brigit, *no. Non pensi.* Non è quello il suo compito."

Mi ero rivolto a Brigit con tono lieve, perché mi divertiva, più che offendermi, che questa ragazzina, grande quanto mia figlia minore, avesse così spesso il coraggio di *offrire dei pareri medici a me*, cosa che Gretel non si sarebbe mai azzardata a fare.

"Pensare è il *mio di compito*, Brigit. Il *suo* è 'assistere'."

Senza dubbio era un'inevitabile conseguenza della prossimità tra medico e infermiera-assistente in spazi così ristretti, così come del trascorrere del tempo, oramai parecchi mesi, ad aver indotto Brigit a immaginare di potermisi rivolgere come s'era azzardata a fare; mimando la condizione respiratoria di Zenobia battendosi sul suo petto e tossendo; poi, muovendo entrambe le mani, per mimare l'infiammazione di Zenobia nella zona inferiore del corpo, che (forse) poteva indicare una *fistula* (non diagnosticata); comunicandomi in quel modo che, a suo avviso, tra le tante patologie di Zenobia, non era cruciale intervenire per prima cosa sul labbro leporino.

Ne fui doppiamente irritato: perché la correzione del labbro leporino mi sembrava più importante, essendo visibile a occhio nudo; e inoltre perché la prospettiva di visitare con il cucchiaio-speculum un'altra femmina plausibilmente affetta da una grave *fistula* non mi allettava. (Avrei potuto chiedere a Dio stesso di risparmiarmi per il momento qualsiasi altro *didietro* femminile; avevo faticato in quell'area per troppi anni, mi pareva. E Zenobia non era il tipo di femmina di cui si potrebbe desiderare scrutare le *zone posteriori.*)

Tuttavia, Brigit insisteva, indicandosi la bocca, e marcando esageratamente le parole con le labbra, come rivolgendosi a una persona sorda; quello che riuscii a carpire era che Zenobia aveva vissuto tutta la vita con un labbro leporino e poteva continuare in quel modo, poiché il labbro leporino non costituiva un pericolo per la sua salute, a differenza dei polmoni e della parte inferiore del suo corpo, le cui condizioni potevano rivelarsi fatali.

"Brigit, lei non sembra capire, perché è 'sorda', o afferma di essere 'sorda', che Zenobia parla in modo sconnesso, e ciò è fonte di grande sofferenza per lei, oltre che di fastidio per coloro che la circondano, costretti a sentirla balbettare come un babbuino."

Mi sembrò quasi che Brigit ridesse di me: Babbuino! *Ha mai sentito un babbuino, dottor Weir?*

"Sì! Ho sentito molti babbuini umani, mia cara ragazza. Cicalare e ciarlare."

*È possibile capire quello che dice Zenobia, dottore. Deve solo ascoltare.*

"È ridicolo! Solo un altro scherzo della natura può capire quello che dice questa donna."

*Se Zenobia può capire ciò che le viene detto, che differenza fa se non riesce a rispondere? Ha da dire poche cose che gli altri vorrebbero ascoltare. Ma se i suoi polmoni sono deboli, e il suo sangue avvelenato –*

"Il suo sangue è 'avvelenato', Brigit, è 'avvelenato' da moltissimo tempo. Se lo rimane per un altro po' non succede nulla."

*Ma, dottor Weir–*

"Basta così, Brigit! O rimane in silenzio, come Gretel, o sarà confinata – lo sa dove."

A queste parole Brigit mostrò un improvviso rimorso. La minaccia *lo sa dove* ebbe l'effetto immediato di smorzare l'impertinenza della fanciulla.

(Quando Brigit si comportava in modo infantile, sfidando le mie decisioni, rifiutandosi di aiutare Gretel come io volevo che facesse, dimenticandosi di stare *al suo posto*, veniva confinata in una delle stanze adibite a magazzino nel retro del laboratorio, chiamata dal personale la *stanza dei cadaveri*, dove erano rinchiusi rifiuti pestilenziali, inclusi a volte, per emergenza, i corpi delle pazienti decedute, in attesa dell'arrivo del becchino dell'istituto che li caricava in silenzio su un carretto e li portava via per la sepoltura. Mi sembrava una punizione adeguata per una serva a contratto con la paura dei cadaveri; più delle punizioni manuali, dei pugni o dei colpi di randello, oppure delle frustate, ritenute più adatte ai servi maschi dell'istituto, pratica che io, essendo un riformatore, stavo cercando di bandire dalla struttura.)

Una volta messe a tacere le insensate pantomime di Brigit,

ebbi finalmente modo di esaminare con attenzione il labbro superiore di Zenobia. L'intervento sarebbe stato delicato quanto una riparazione della *fistula*, ma, fortunatamente, poteva essere eseguito con maggiore facilità, e senza tutti gli aspetti più ripugnanti di quel genere di operazione; sebbene ci fosse un'altra forma di disagio nel lavorare a distanza così ravvicinata con la paziente, nel doverne inspirare il fiato, che aveva il cinereo retrogusto del panico, e nel dover resistere alla sua estrema *prossimità*, cosa che mi rendeva piuttosto inquieto.

Benché ormai, nel corso della mia lunga carriera, avessi ricucito numerose lacerazioni in varie parti del corpo umano, incluse ferite profonde infuse di sangue, in cui era esposto perfino l'osso, avevo poca esperienza con ciò che potremmo definire *chirurgia facciale*, e con i suoi specifici requisiti.

Poiché nessuno nella mia squadra aveva esperienza in quel campo, e non mi piaceva chiedere consulti ad altri chirurghi, stavo iniziando a considerare che si sarebbe potuto trattare per me di una inedita e sfidante specializzazione chirurgica. Riuscivo a vedere con chiarezza cosa era necessario fare: incidere la spaccatura che andava dal labbro superiore della paziente fino alla base del naso con il mio nuovo bisturi (appena comperato, affilato come un rasoio), che non vedevo l'ora di usare; riallineare in modo forzato (manualmente) i tessuti; ricucire la ferita con un filo (di seta) abbastanza robusto da tenerli serrati, ma non così ruvido da produrre una cicatrice.

La spaccatura era in realtà molto stretta, somigliava all'interno di una terza narice; ero certo che, una volta ricucita e guarita, sarebbe "cresciuta attaccata", lasciando a malapena un segno.

Già vedevo una rappresentazione grafica del labbro leporino

che avrei potuto disegnare io stesso, o chiedere a Brigit di disegnare per me, per accompagnare il mio articolo sul popolare "Harper's Weekly": *Prima di un intervento al labbro leporino/ Dopo un intervento al labbro leporino.*

Con l'aiuto di Gretel e Brigit, la paziente fu legata al tavolo; aveva già cominciato a sussultare e tremare, in attesa del bisturi. Rimproverai con durezza Zenobia, ricordandole che era stata lei a chiedere l'operazione per correggere la sua faccia sfigurata; e che le stavo facendo un favore, compiendo un gesto generoso che non mi portava alcun guadagno. Con il suo linguaggio ingarbugliato, Zenobia borbottò che *sarebbe stata immobile.*

"Le conviene, Zenobia! Se non lo fa, il bisturi potrebbe scivolare e potrebbe ritrovarsi non con un labbro leporino, ma con *due*."

Quest'ammonimento ebbe l'effetto di zittire tutte e tre le donne, in modo gradevolissimo.

In ogni caso, fu sconcertante notare come, scrutando sempre più da vicino il labbro sfigurato, l'oscena spaccatura fosse molto più di una lesione superficiale, perché sembrava continuare in modo grottesco *all'interno della bocca*. Non avevo esaminato attentamente la paziente fino a quel momento e rimasi sgomento nello scoprire un *vero e proprio buco* sul palato, grande quanto un chicco d'uva!

Se all'esterno la spaccatura appariva come una deformazione, oramai familiare, questo buco interno era orripilante a vedersi. Mi sentii mancare, le gambe si fecero fiacche, perché c'era qualcosa in quella visione infernale che mi ricordava le *parti basse* della femmina, che avevo evitato di visitare.

Temendo che tutte e due le mie assistenti, nel cogliere il

mio stupore e allarme, potessero accorgersi di questo inatteso sviluppo, mi aggrappai al bordo del tavolo per tenermi fermo, e non dissi una parola. Fui trafitto dal pensiero che spesso assumeva forma dentro me quando ero solo un giovane dottore – *Dio aiutami! Non ho idea di cosa fare. Eppure, devo farlo.*

Sarebbe sconveniente per un medico rivelare una simile incapacità davanti a delle sottoposte; potevo solo immaginare ciò che avrebbero borbottato alle mie spalle, per tutto l'istituto e in qualsiasi altro posto.

Quello che più d'ogni altra cosa offende e fa infuriare un medico sono le infondate calunnie e la denigrazione della sua integrità professionale.

Cogliendo dalle espressioni sui volti di Brigit e Gretel una sorta di sconcertata impassibilità, realizzai che entrambe le assistenti mi avrebbero voluto chiedere di somministrare un qualche antidolorifico alla paziente; ma poiché avevo espressamente proibito loro di dispensare dei consigli, non si azzardavano.

Un bluff – era così? Non avevo pensato che l'intervento al labbro potesse essere così serio da richiedere una sedazione, calcolando che sarebbe durato dieci o quindici minuti; mi chiesi adesso se delle gocce di morfina potessero essere un'ipotesi ragionevole, giacché non mi fidavo delle cinghie di pelle, né della promessa della paziente di restare stesa immobile, e di non scalciare e gridare come una pazza.

Con il bisturi che vibrava nella mia mano destra, sospeso sopra la faccia irrigidita di Zenobia, la paziente prese a piagnucolare e a tremare; cosa che mi irritava oltremodo, perché *non potevo tollerare di venire distratto.*

"L'ho avvisata, Zenobia: non si muova!"

Zenobia chiuse gli occhi e si preparò al bisturi; anche mentre, al suo fianco, Brigit stava ferma in una posizione tesa, guardandomi fisso come se avesse qualcosa d'urgente da dirmi, ma non lo diceva.

"Sì, Brigit: cosa c'è?" – mi voltai esasperato verso la ragazzina dalla pelle diafana, vedendo che teneva in mano un becher con – gocce di morfina?

"Brigit: cosa sta suggerendo?"

In modo docile e muto, Brigit sollevò il becher, non esattamente per offrirmelo, quanto più a identificarlo.

"Dunque, adesso, *lei* prescrive anche 'anestesie' – è così? *Lei*?" Ridendo irritato, mi rivolsi a Gretel: "E *lei*?"

Ma l'astuta Gretel rimase impassibile, neutrale. Il suo consenso era così imparziale che non riuscivo a coglierne il significato. (Tuttavia, quando ripercorsi la scena, più tardi quella stessa sera, mi resi conto che *ovviamente doveva essere stata Gretel a passare di nascosto il becher a Brigit*, immaginando che Brigit sarebbe stata ai miei occhi più persuasiva di lei.)

"Molto bene, allora! Non può farle male, immagino."

Emettendo un sonoro sospiro, a indicare che mi stavo soltanto prendendo gioco della stupidità femminile, afferrai bruscamente il becher dalle mani di Brigit, aprii a forza la bocca della paziente, e vi riversai una piccola quantità della morfina liquida; cosa che fece tossire e strozzare Zenobia, perché all'inizio esitò a mandarla giù. Le pazienti superstiziose dell'istituto pensavano infatti che quel genere di farmaci facesse cadere in un sonno profondo dal quale non c'era ritorno.

"Ecco qui! Ridicolo. Come se questo non fosse un intervento

di *minima complessità.*"

Aspettando che le gocce di morfina facessero effetto su Zenobia, lasciai il tavolo operatorio senza dare spiegazioni alle mie assistenti che mi seguivano con lo sguardo, per ritirarmi nel mio ufficio, dove, sebbene fosse ancora mattina presto, mandai giù svariati sorsi terapeutici di scotch, per rinsaldarmi i nervi; e per mormorare una preghiera a Dio Padre, il mio Benefattore; con umore irritato, perché avevo permesso alle mie infermiere-assistenti di costringermi a un tipo di comportamento che non potevo tollerare, ovvero *viziarle*.

Al mio ritorno, trovai entrambe le mie infermiere-assistenti con espressione imbarazzata, se non contrita. La paziente era crollata in un evidente stato di incoscienza, un'immagine sconvolgente, perché questa malata di mente era oscena alla vista, le palpebre appena socchiuse, la bocca spalancata in modo tale che, chinandomi per esaminare l'interno, riuscivo a vedere sul palato il buco grosso quanto un chicco d'uva. Come aveva fatto a vivere quella povera donna, sin da bambina, con una deformità del genere! Se fosse stata Theresa a metterla al mondo, e la bambina fosse stata gracile e più piccola del normale, non avrei dovuto fare un grande sforzo per mantenerla in vita, che Dio mi aiuti!

Alla scuola di medicina, guardavamo, sussultando per la repulsione, questi scherzi della natura disegnati sui nostri libri di testo, e ci concentravamo con una selvaggia forma di ilarità su questa cosa chiamata *palatoschisi*; aberrazioni di quella stregua dovevano portare il segno della dissolutezza delle classi inferiori, e di rado si riscontravano all'interno di famiglie di rispettabili origini. Non avrei mai pensato che un giorno sarei stato costretto a tentare di "riparare" un orrore simile, tra tutte le persone possibili, addirittura su una donna malata di mente e dall'aspetto trasandato, come trasandate erano le uniche testimoni di quel tentativo.

Con Brigit e Gretel che mi osservavano rapite, incominciai l'operazione: la prima incisione, nel labbro superiore della paziente, fu esitante; la seconda, più sicura.

Il sangue cominciò a zampillare subito, scorrendo ai lati della bocca della paziente come sfavillanti zanne rosse, cosa che non avrebbe dovuto sorprendermi, eppure lo fece; perché c'è qualcosa, in una bocca che sanguina, particolarmente scioccante a vedersi. Sentii rimestarmi dentro un'eco del vecchio malessere alla vista del sangue, anche se le mie infermiere-assistenti con perizia lo ripulirono con degli stracci, consentendomi di proseguire.

Ah, come mi tremava la mano! – solo un poco.

In preda al panico, per un istante mi sembrò che Zenobia fosse sul punto di svegliarsi improvvisamente, gridando di dolore e indignazione; ma in realtà si limitò a sussultare, tremando e ansimando rumorosa come una bestia; ma non opponendo alcun'altra resistenza.

Una terza incisione, una quarta. La mia mano si faceva più salda. Una voce consolatoria mi giunse alla mente – *Tu sei uno dei Miei figli, in te mi sono compiaciuto. Ogni tua azione, Silas, è un mio comando.*

Incidendo la spaccatura esterna più in profondità, arrivando ora alla gengiva superiore, ragionavo su come poter saldare le due parti (della spaccatura); mi era spesso parso che fosse la Provvidenza a guidare la mia mano chirurgica, e che il mio bisturi si muovesse dunque in modo *intuitivo*, *ispirato*. E dunque, ora, con le dita (insanguinate, viscide) di entrambe le mani, tentavo di riunire i due lembi di pelle, chiedendomi se avessi inciso troppo a fondo; Brigit mi venne abilmente in aiuto, tenendo ferma la sede della ferita mentre ricucivo con l'ago come meglio potevo, trattenendo il respiro per il fiato nauseabondo della paziente, sperando di completare l'operazione prima che si svegliasse.

No, non toccai il buco nel palato. Ritenni infatti che questa grottesca caratteristica avesse poco a che fare con la fenditura esterna, giacché non poteva essere vista; presumibilmente nessuno, tranne Zenobia, ne era a conoscenza.

Se Zenobia aveva vissuto tutta la vita con questa malformazione, perché intervenire adesso?

Non c'era fretta: Zenobia non si svegliò che molte ore dopo, a un certo punto della notte, a quanto pare mentre Brigit la sorvegliava accanto al letto, cambiando i bendaggi di garza quando si facevano troppo impregnati di sangue.

Il giorno seguente, al mio occhio esperto, i punti che avevo messo sul viso della paziente apparvero impeccabili; ed ero dunque stupido che né Brigit, né Gretel si fossero complimentate con me per l'intervento, ma andassero in giro con facce scure, evitando d'incrociare il mio sguardo.

Avevo impedito loro di esprimersi, il giorno precedente? Avevo ferito i loro sentimenti, *rimproverandole*? Che comportamento infantile mostravano adesso.

Giacché la *riparazione del labbro leporino* mi era sembrata piuttosto ben eseguita, con una minima emorragia e contusione, fu davvero una sorpresa constatare, dopo dodici giorni, quando Gretel rimosse i punti, che il labbro leporino non era esattamente guarito, ma che era stato rimpiazzato piuttosto da una singolare spaccatura nella carne: non una piccola fenditura come prima, ma una vera e propria escrescenza dai bordi irregolari d'un centimetro d'altezza, così che Zenobia assomigliava adesso non a una lepre, ma a una specie di cinghiale selvatico con una sola minuscola zanna su un lato della faccia!

Brigit, che per dodici giorni si era occupata diligentemente della ferita di Zenobia, inumidendola con l'unguento d'aloe e premendole panni freddi sul viso per ridurre il gonfiore, scacciando via sgradevoli mosche, zanzare e moscerini, ora mi guardava accigliata, con un'espressione d'impertinente e adolescenziale sarcasmo, come a dire – *dottor Weir! – Proprio ben fatto.*

Innervosito, risposi come se la ragazzina viziata avesse parlato ad alta voce "Sì, *proprio ben fatto.* Il chirurgo ha *fatto qualcosa*, invece che niente. È molto facile criticare quando si è ignoranti e poco informati."

Col suo muto e sfrontato modo d'esprimersi, la sordomuta mi disse – *Almeno adesso Zenobia non assomiglia più a una lepre.*

Non diedi segno di aver colto quest'aspro commento; perché una sordomuta arrogante viene ridotta al silenzio se il suo interlocutore si rifiuta d'ascoltare.

La paziente, che per dodici giorni aveva tastato compulsivamente i punti sulla ferita con dita interrogative, forse non era poi così sorpresa dell'esito; come se, con la malinconica rassegnazione che contraddistingue più di ogni altra emozione l'animo delle donne ricoverate presso l'istituto – più di una vera e propria follia –, non si fosse aspettata un risultato migliore di un'escrescenza sul volto simile a una zanna, che la sfigurava più del precedente labbro leporino.

Mentre stavo in piedi accanto al letto di Zenobia, incerto su quali parole usare, ma incline a rivolgermi a lei in modo giocondo, come si fa con i pazienti per metterli a loro agio, notai che gli occhi di Zenobia erano affossati e lividi, eppure intelligenti, vigili; anche se non volle sollevarli verso di me, per esprimere qualcosa di simile a gratitudine.

Decisi di ignorare questo comportamento, parlandole con brio, chiedendo alla paziente come si sentisse; e chinandomi per sentire meglio le sue frasi sconnesse e balbettanti – in alcun modo diverse rispetto a prima.

"È così, Zenobia! Ah, sono felice di sentirglielo dire."

Parlai a voce alta e con espressione impassibile, così che le altre nel reparto, e le mie stesse infermiere, potessero sentire.

"Riguardo alle sue altre problematiche mediche, Zenobia, non abbia fretta. Le affronteremo nel corso del tempo – io, o un altro nostro dottore. Glielo prometto!"

Avrei descritto nel dettaglio questo intervento pionieristico in un importante articolo *Correzione chirurgica del "labbro leporino" in una donna d'età matura*, pubblicato sul "Journal of the Association of American Physicians and Surgeons", nell'inverno del 1855, ristampato più volte.

## CASO DI STUDIO: MANIA, EPILESSIA, "VOCI", IN UNA DONNA MALATA DI MENTE IN ETÀ MATURA: TRATTAMENTO E CURA (1855)

Chiamiamola "Mahala H_": di pelle ruvida e scura, come nella bruta fisiologia di alcune razze dell'Europa meridionale, diverse dalle pallide popolazioni del Nord protestante; superati i trent'anni; corporatura robusta, corte gambe muscolose e caviglie gonfie; mascella prognata, occhi suini infossati; nervi "tesi"; tremori, oscillazioni, convulsioni (occasionali); regione pelvica dolorante/sospetta *fistula* (non diagnosticata); intervalli maniacali, isteria alternata a mutezza, catatonia; rifiuto di parlare se non per borbottii minacciosi e ringhi; cosce e schiena con un notevole numero di cicatrici, non del tutto rimarginate e parzialmente infette, possibile prova che il soggetto fosse stato *frustato*.

Per una rara coincidenza, Mahala era una serva a contratto che in precedenza aveva lavorato all'Hermitage, a Ho-Ho-Kus; dove sospetto che fosse stata frustata, molto probabilmente da uno dei brutali capisquadra che avevo conosciuto lì; dopo il suo allontanamento da quella comunità, era stata impiegata in un mulino a Trenton, anche qui con risultati disastrosi, perché, in risposta a un rimprovero o a uno scoppio d'ira di uno dei capisquadra, a quanto pare la donna era "uscita di testa" e gli aveva staccato con un morso parte dell'orecchio; per punizione, era stata picchiata, frustrata e cacciata dal posto di lavoro; dichiarata "priva di valore" – "inutile" – presa in custodia dalle forze dell'ordine e consegnata all'Istituto per donne malate di mente, ultima stazione prima del camposanto.

Una storia così sordida per una donna che non aveva ancora compiuto quarant'anni!

Poiché la responsabile delle infermiere che avevo da poco nominato metteva regolarmente da parte per me i possibili casi su cui potevo applicarmi nel laboratorio, non protestai per il trasferimento di Mahala sotto la mia tutela, ma mi preparai a visitare quel notevole esemplare femminile, che combinava in una sola persona così tanti aspetti di *interesse psichiatrico*! Perché, invero, come ben sapeva la responsabile Fussell, i miei piani per l'anno a venire erano straordinariamente ambiziosi.

"Un'altro scarto della terra, eh, Gretel?" feci alla mia assistente dalla faccia pastosa, per invitarla al sorriso, considerato che il suo destino, come mia serva a contratto e me come Padrone, in un contesto tanto civile, non poi così era sfortunato al confronto con quello di Mahala; al ché Gretel, abbassando gli occhi, replicò, "Sì, dottor Weir. Siamo tutte molto fortunate a stare qui, con lei."

Non fui felice, comunque, di scoprire che Brigit aveva fatto amicizia con questa nuova paziente del laboratorio, senza dubbio per compassione e per qualche ingenua presunzione d'affinità tra la sordomuta "senza lingua" e la donna dalla pelle scura, incapace di parlare se non tramite borbottii e ringhi.

Sì, era tipico di Brigit assumersi sempre maggiori responsabilità nel reparto, come a dimostrare a me, suo Padrone, che non mi ero sbagliato nel promuoverla; e dunque Brigit faticò strenuamente per lavare con la spugna il corpo massiccio, nodoso e scarificato di Mahala, con particolare premura per le ferite ulcerate che derivavano dalle frustate, sulla schiena e sulle grosse cosce, che non erano guarite e che s'offrivano come ideale terreno per vermi disgustosi.

Tuttavia, il giorno seguente, scambiando Brigit per qualcun altro, o in un'espressione di brutale gelosia o invidia per la giovane, affascinante fanciulla – (perché Brigit risplendeva di bellezza dopo la riparazione della vescica, ed aveva riacquisito pienamente la salute e l'energia della sua giovane età) – Mahala insultò Brigit, chiamandola "demonio inglese", e affondò i denti marci nella mano della ragazza, facendola quasi svenire e gridare di terrore.

Per fortuna, non assistetti a questa aggressione selvaggia, trovandomi in quel momento da un'altra parte, impegnato in un pranzo di lavoro con il sindaco di Trenton e i suoi collaboratori; ma l'episodio mi venne riferito in tutti i suoi osceni dettagli da Gretel e da altre che si trovavano nel reparto, con una forma di impudica scrupolosità. (Le malate di mente trovarono particolarmente divertente che Brigit fosse stata scambiata per un'inglese dalla bestiale Mahala.)

"Brigit, è stata molto sciocca. Un morso umano è molto più pericoloso del morso di un animale!" – sgridai la mia infermiera-assistente; era vero, infatti, come ogni medico sa, che i morsi umani comportano più rischi di quelli animali, e in questo caso era la mia *preziosa paziente* la vittima innocente.

Allora non si conosceva bene ciò che va sotto il nome di infezione o tetano – "avvelenamento del sangue" –, ma la procedura prescritta era un salasso nella zona della ferita, seguito dall'ingerimento di aglio, belladonna, calomelano e tintura d'arsenico.

"Vede, Brigit, deve usare maggiore cautela con queste pazze. Non sono *come lei*. In realtà sono convinto che non abbiano anima alcuna, simili alle mosche che ci girano intorno, o a queste luride spugne."

Dopo la sua aggressione a Brigit, la paziente cadde preda d'un furibondo delirio. Come un animale selvaggio, non tollerava di venire ammanettata al suo letto – sì, non c'era alternativa che chiamare i nostri robusti portantini e chiuderla nella *stanza di*

*Weir*, imbottita e priva di finestre.

Mi pareva improbabile che Mahala potesse sopravvivere a lungo, e mi aspettavo di poter effettuare un'autopsia e una dissezione del cervello, per determinare se potesse essere ravvisata una forma di *epilessia*, per come si conosceva allora; o se la causa del suo stato maniacale fosse magari la sifilide, piuttosto diffusa all'interno dell'istituto.

Non potevo sperare di visitare una creatura del genere, persino a distanza; al solo vedermi, Mahala diventava ancor più furiosa: i suoi feroci occhi suini rastrellavano la mia figura, mentre rilucevano i suoi denti animali.

Senza dubbio, a giudicare dalla sua cronica incontinenza, Mahala soffriva della patologia più comune tra le donne del reparto – una *fistula* della vescica; ma non vedevo ragione di operare quella paziente disgustosa, giacché la sua utilità risiedeva in altri sintomi, fitte di follia che sembravano precipitare in attacchi epilettici.

Dopo questi scoppi d'ira, Mahala era spesso più calma, e persino contrita. Sebbene non riuscisse a ricordare con chiarezza ciò che aveva fatto, solo che era "qualcosa di brutto" per cui sperava di venire "perdonata", chiedendo scusa a Brigit con il suo linguaggio incerto.

Quando si sforzava, sembrava che Mahala potesse parlare in modo quasi normale, e farsi capire. Se la prendeva con "le voci del diavolo nella mia testa", che insistevano chiassose perché "strappasse via" coi denti "la faccia del bianco dottore diavolo".

Alla scuola di medicina avevamo appreso che l'*isteria* è una patologia prettamente femminile, con una causa primaria: un utero "vagante" o malato. Credo che questa scoperta derivi dal grande filosofo greco Aristotele, e che sia stata corroborata dalla ricerca clinica nel corso dei secoli. Avevo l'impressione che nel caso di Mahala l'*isteria* fosse plausibilmente la causa dell'*epilessia*; a meno che l'*epilessia* non fosse la causa dell'*isteria*.

Sia il disturbo all'utero che quello al cervello potevano derivare forse da un disallineamento delle placche craniche; con, in aggiunta, lo stato patologico dovuto al "sangue surriscaldato". Era ancor più evidente la condizione marcescente e rovinata in cui versava la bocca della donna: le mancavano numerosi denti, e quelli rimasti nelle gengive avevano un malsano colore giallastro, un aspetto malconcio, con le gengive infiammate.

Mi sembrava chiaro che la paziente avesse bisogno di importanti *salassi*, per abbassarle la temperatura del sangue; affidai questa procedura di routine a Gretel, che era divenuta una capace flebotomista sotto la mia supervisione. Avremmo dovuto quindi estrarre anche i denti della paziente, per contenere l'infezione e la circolazione del sangue avvelenato, e – esito ancor più pratico –, per impedire alla pazza selvaggia di *strappare* a qualcuno la faccia a morsi.

Per eseguire tali procedure, dopo gli imprevisti con l'intervento al labbro leporino, avevo di recente progettato un ingegnoso strumento in legno, conosciuto come la *ruota di Weir*, che un falegname aveva costruito per me: una vera e propria ruota in cui veniva inserita la testa della paziente, e che poi si stringeva, come una morsa, per immobilizzarla, così che la paziente, agitandosi nel panico, non potesse ferirsi. (Per tutela ulteriore, venivano spesso usate anche le cinghie di pelle, in modo da tenere fermi gli arti.)

E dunque, con la testa di Mahala bloccata nella *ruota di*

*Weir*, e un'abbondante dose di laudano, grazie anche all'aiuto delle mie infermiere-assistenti, riuscii a estrarre i pochi denti marci che erano rimasti nella mascella di Mahala, usando un paio di normalissime pinze.

Incisi poi abilmente le gengive infiammate della paziente fino all'osso, così da drenare il pus e ripulirle con il flusso di sangue.

Dopo aver gettato gli orripilanti denti gialli in una padella imbrattata di sangue, dissi a Brigit, che sembrava sul punto di svenire, "Com'è fortunata, Brigit, che la sua nuova amica non abbia affondato ancor di più queste zanne nella sua mano! Avrebbe potuto strapparle via del tutto la sua delicata zampetta."

Quasi a volerla proteggere, Brigit teneva la mano fasciata lungo il fianco. Rispondendo alla mia leggera battuta, le labbra le si contorsero in un debole sorriso.

Dopo questo trattamento, le condizioni di Mahala migliorarono di molto. Con sollievo di tutti all'interno del laboratorio, gli attacchi maniacali si ridussero, e alla paziente venne meno la forza per le "convulsioni". Ero fermamente convinto che anche la sua epilessia fosse guarita, con la rimozione dei denti marci.

Tuttavia, Mahala mi confidò che le voci demoniache nella sua testa le dicevano ancora di far del male al *bianco dottore diavolo* – ma che *non l'avrebbe fatto*. Queste stesse voci le avevano detto di far del male alle sue sorelline, tempo fa; e "strangolare a mani nude" un uomo che affermava di essere suo marito; e a "strappare a morsi le orecchie" dei suoi supervisori all'Hermitage e al mulino di Trenton.

Chiesi a Mahala se in quel momento sentisse le "voci" nella

sua testa.

Inclinando la testa, Mahala sembrò mettersi attentamente in ascolto; rispondendo che *sì*, le voci non andavano mai via, giorno e notte.

A volte, le voci erano più silenziose di altre, le pareva; ma erano sempre lì, dentro la sua testa.

Quasi a volerle tirare fuori, Mahala si ficcò le dita in entrambe le orecchie, come una bambina. Mi venne da chiedermi – Queste voci potevano forse essere *pidocchi? Mosche? Zecche? Dentro la sua testa?*

Era un'idea inedita? – era mai venuto in mente a qualche medico prima d'allora che i suoni sentiti da un pazzo potessero essere *reali*?

*Le voci nella testa* erano una patologia niente affatto nuova, di solito attribuita alla "follia" – all'"insania"; eppure, se c'era una causa concreta dietro a quelle "voci", allora poteva esserci anche una cura concreta.

Essendomi guadagnato la fiducia della pazza, come si ottiene la fiducia di una grossa, imprevedibile bestia, procedetti a esaminare le orecchie di Mahala, mettendola alla luce del sole, e allargando il condotto uditivo (molto incrostato, scolorito) con un cucchiaino-speculum. Arruolai Gretel per questa strana impresa; entrambi ottenemmo lo stesso identico risultato, ovvero che, a prescindere da quanto cercassimo di scrutare dentro tutte e due le orecchie della paziente, non riuscimmo a individuare nulla di anormale.

Certo, si erano accumulati in entrambi i canali uditivi disgustosi grumi di cerume, ma ne avevo visti d'altrettanto estremi persino nei pazienti facoltosi che visitavo in forma privata, sia uomini che donne.

(Non essendo uno specialista dell'orecchio, non mi sentii obbligato a tentare di rimuovere quel cerume; ma suggerii a Gretel di provare lei, o di chiedere a un'altra giovane infermiera di aiutarla, in un secondo momento.)

Auscultai poi le orecchie della paziente con il mio stetoscopio, per vedere se riuscivo a individuare un fruscio o un mormorio che suggerisse la presenza di un animale infestante, o, addirittura, delle voci. All'inizio mi sembrò di non sentire nulla, a parte forse il pulsare del sangue nel cervello della paziente; poi, quando premetti più forte lo stetoscopio contro l'orecchio, mi parve di sentire qualcosa di strano, una specie di mormorio o di brontolio, che ricordava delle voci udite in lontananza.

Che cosa curiosa! Aspettandomi un frenetico brusio animale, ebbi l'impressione di sentire delle vere e proprie voci umane, benché ovattate e indecifrabili.

Poiché Brigit si trovava nel reparto, intenta a cambiare le lenzuola e a pulire i pavimenti sotto i letti delle pazienti, le dissi di raggiungermi per premere lo stetoscopio sulle sue orecchie, ma non riscontrò nulla di strano.

"Sto cercando di sentire le *voci*, Brigit!"

A queste parole Brigit mostrò sorpresa; ma non mi fece domande, perché stava imparando come si deve comportare un'assistente-infermiera, e cioè dire poco, e non tradire mai sorpresa.

Riprovai numerose volte: auscultai con il mio stetoscopio le orecchie di Mahala e poi quelle di Brigit e poi quelle di Gretel e persino quelle di Nestra – (Nestra spesso s'aggirava furtivamente per il laboratorio, troppo inquieta per restare a letto, ma non abbastanza irrequieta da giustificare l'utilizzo dei ceppi). In ogni caso, non riuscivo a sentire nulla, salvo il lieve pompare del sangue, che poteva anche essere la pulsazione nel timpano.

Passai poi a sentire il battito cardiaco di Mahala – un ribelle, duro *tum! tum! tum!* – niente affatto simile al più morbido e liquido battito del cuore di Brigit. Per curiosità, premetti lo stetoscopio sulla schiena di Mahala, ricoperta di orribili pomfi e croste; e fui sorpreso nel sentire di nuovo quelle che sembravano proprio delle voci, smorzate e indecifrabili, e un sottofondo di collera e litigi misto al *tonfo* del cuore.

Quando scrutai nuovamente all'interno delle orecchie di Mahala, come dentro a una lurida galleria, mi sembrò che i timpani fossero infiammati; quest'infiammazione poteva essere correlata a quella degli organi femminili della paziente; come osservato da Aristotele, un utero infetto si disintegra e vaga nel corpo femminile causando scompiglio.

Bisognava *cauterizzare i timpani malati*, così da purificarli delle voci maligne, o demoniache; non per ignorare l'ipotesi che ci fossero davvero degli animali infestanti, come i pidocchi, nel canale uditivo.

Quando feci quest'annuncio, Brigit mi fissò incredula. Riuscii quasi a sentire la sua insolente domanda – *dottor Weir – sta scherzando?*

"Non sto 'scherzando', Brigit! Userò dei ferri da maglia arroventati per curare i timpani infiammati."

A queste parole, Brigit si guardò intorno, cercando gli occhi di Gretel. Ma Gretel si era voltata allontanandosi, non si sarebbe alleata con lei.

Con timidezza, Brigit scosse la testa, a indicare che non le sembrava una buona idea; portandomi a chiederle, in un tono di marcato sarcasmo, se la proposta non fosse un'idea percorribile per noi, con i nostri limitati strumenti chirurgici, o se non fosse una *buona idea* in generale.

Brigit sussultava, premendosi i palmi di entrambe le mani sulle orecchie. Ora riuscivo a "sentirla" quasi perfettamente, sebbene le sue labbra fossero serrate.

*Non usi i ferri, dottore! Non dentro le sue orecchie!*

Interruppi bruscamente quelle assurdità: "Vede, Brigit: qui ci occupiamo di curare le malattie. Non è una frivola occupazione. La paziente *sente la voce del Diavolo* – che la istruisce a fare cose demoniache. Noi possiamo curarla, e lo faremo."

*Ma se i ferri le arrivano al cervello, Mahala morirà...*

A questa (muta) obiezione, replicai in modo da deviare l'argomento, particolarmente sgradevole, poiché gettava una luce poco lusinghiera sulle mie capacità di medico, "Suppongo che mi consiglierà di usare delle gocce di morfina, Brigit, prima dei ferri," e a questo suggerimento sarcastico, Brigit reagì con uno sguardo speranzoso: *Sì! Grazie, dottore.*

Tuttavia, quando mandai Brigit a setacciare il nostro armamentario, la provvista di morfina risultò esaurita; e non c'era abbastanza laudano a disposizione in quel momento da impegnare per quello scopo.

Poiché mi rendevo conto che inserire dei ferri da maglia infiammati nelle orecchie di una paziente potesse essere un *castigo insolito e crudele* persino nei confronti di una donna malata di mente, mi sovvenne che avrei potuto cogliere l'occasione per sperimentare una nuova anestesia di cui si dibatteva sulle riviste scientifiche: il *cloroformio*. Era un liquido dall'odore pungente i cui fumi erano sufficienti ad avere un effetto calmante, annebbiante e soporifero sul cervello umano, in modo più immediato nelle femmine che nei maschi. Avevo acquistato dallo stesso medico di Philadelphia che mi aveva venduto gli strumenti chirurgici un barattolo da una pinta di cloroformio; o, almeno, era così che mi venne presentato il liquido, *cloroformio.*

Costringere una paziente a inalare un anestetico, anziché a ingerirlo in pillole, era una grossa novità; veniva generalmente sconsigliato d'utilizzare il cloroformio perché ritenuto pericoloso, e si raccomandava di non farne uso sulla maggior parte dei pazienti fino a che non si fosse scoperto qualcosa in più sulle sue proprietà. (Fu questo in realtà il fattore scatenante del pensionamento del medico di Philadelphia, perché aveva causato la morte di numerosi pazienti per un eccessivo uso di cloroformio.)

Rammentai lo sfortunato caso di Esther C_, morta prematuramente per una dose troppo abbondante di morfina che, con tutte le buone intenzioni, le avevo somministrato; ma era accaduto ormai tempo addietro, e non si era trattato ovviamente di cloroformio, ma di morfina, ingerita per via orale.

"Questo è cloroformio Brigit! Mi assisterà *lei.*"

Come avrei raccontato nel mio articolo per il "Journal of American Medical Research", diedi istruzioni a Brigit di immergere dei panni nel cloroformio liquido, che emanava un odore molto forte e faceva lacrimare gli occhi; premetti poi con fermezza quei panni sul naso e la bocca della paziente terrorizzata, così che potesse inalarne i fumi e placare l'agitazione. Sebbene all'inizio opponesse resistenza, la paziente era bloccata e al sicuro dentro alla *ruota di Weir* e non poteva farsi del male né farlo ad altri, e presto si rilassò, piombando in un sonno bestiale, con un profondo sospiro di resa; a quel punto tolsi il panno, e la mia assistente riscaldò su una fiamma un ferro da maglia di rame di trenta centimetri, che, con estrema cautela, inserii nel canale uditivo (destro) della paziente; avendo calcolato quanto a fondo sarei dovuto andare prima di toccare esattamente il timpano, e quale grado di pressione esercitare, per perforarlo. (Perché sapevo bene, senza bisogno che le mie sottoposte me lo rimarcassero, che il cervello è situato appena dietro il timpano!)

Pur sapendo che la paziente era *sedata*, mi preparai a ululati angoscianti e a una reazione fisica – ma, emettendo solo un piccolo grido, fu Brigit ad andare nel panico, e osò scacciar via la mano con cui stavo reggendo il ferro arroventato.

"Che cosa! Che diamine sta facendo, Brigit?" – le gridai, molto vicino all'orecchio, così che potesse sentirmi, tanto ero disgustato dal comportamento delle infermiere nel laboratorio; non contava nulla che tutte le infermiere fossero state scelte una per una da me, e che mi sarebbero dovute essere fedeli fino alla morte.

Mimando la propria angoscia, Brigit indicò, gesticolando e facendosi piccola, che non le sembrava una buona idea inserire il ferro arroventato nell'orecchio della paziente; a quel punto le risposi che era libera di lasciare subito il laboratorio, e di recarsi *in quel posto*, dove meritava d'esser frustata. (Era infatti una vecchia abitudine all'istituto frustare o bastonare i servi a contratto se non eseguivano gli ordini; non era una pratica illegale, giacché i servi non erano cittadini americani e dunque non erano protetti dalla legge americana.)

Persino allora, la sordomuta irlandese protestò, senza parlare – e la interruppi: "Mi sono espresso. Basta con questo sciocco modo di gesticolare, di 'mimare.' Sono il suo Padrone. Sta infrangendo il suo contratto. *È confinata nella stanza dei cadaveri.*"

Immediatamente, come un gatto scalciato, Brigit si ritirò e scappò via dal laboratorio. Se la giovane ribelle non fosse stata dentro la *stanza dei cadaveri* quando sarei passato a controllare più tardi, se Brigit fosse svanita dall'istituto, l'avrei considerata una *liberazione*.

Perché ero stanco di essere indulgente verso la sordomuta albina, e avrei da tempo dovuto intraprendere delle punizioni corporali.

Furioso, con le mani tremanti, convocai Gretel, affinché prendesse il posto di Brigit. Questa levatrice di lunga esperienza non avrebbe disobbedito a un medico, sebbene l'espressione sul suo volto bovino lasciasse intuire lo sbigottimento di Gretel per quell'intervento – per il ferro da maglia arroventato o per il cloroformio, o per entrambe le cose.

Con irritazione, imbevetti un panno di altro cloroformio, e lo premetti sulla faccia impassibile della paziente; non volevo infatti che Mahala si svegliasse all'improvviso e si estraesse il ferro da maglia dall'orecchio per la seconda volta. *Che io sia dannato, se mi lascio prendere in giro dalle femmine.*

Questa volta, Mahala cadde in un sonno ancora più profondo, con la larga bocca sdentata spalancata. Il suo corpo aggrovigliato si fece molle, ricoperto d'uno strato di sudore freddo, sempre mentre aveva la testa bloccata con sicurezza dentro la *ruota di Weir*. Con calma, inserii il ferro di rame infiammato nel suo orecchio (destro), un'altra volta; incontrando una leggera resistenza quando il ferro trovò il timpano, e spingendo oltre, con molta precisione. Ripetei poi l'operazione sull'orecchio sinistro, questa volta notando la carne bruciata e sfrigolante, di cui speravo Gretel non s'accorgesse.

Non c'è nulla di più delicato del timpano umano, avevo letto in un libro di testo quella stessa mattina. È posizionato in un punto strategico dentro il canale uditivo, per funzionare, immaginavo, come una sorta di piccolo *tamburo*, amplificando i suoni per imprimerli nel cervello. Purtroppo, mancavano alcune pagine dal libro di testo, che avevano a che fare plausibilmente con l'orecchio, anche con "l'orecchio interno" – ricordavo solo con vaghezza d'aver sfogliato queste pagine per un esame alla scuola di medicina.

Valutando poi l'esito dell'intervento, non mi era chiaro se avessi inserito il ferro in entrambe le orecchie fino allo stesso punto. Avevo penetrato il timpano tutte e due le volte, ne ero certo; ma non sapevo con certezza quanto sottile o spesso fosse il timpano, e se il ferro fosse andato oltre.

Avevo il preoccupato sentore che Mahala non stesse respirando bene. Considerato com'è singolare e debole il respiro sotto sedazione, il suo appariva invece stanco e irregolare, e sembrava interrompersi completamente per lunghi secondi.

Mi chiedevo se le "voci" nella testa della paziente fossero scomparse – sia che dipendessero dagli animali infestanti o da altre cause. Con lo stetoscopio, provai ad auscultare entrambe le orecchie della paziente, ma sentii solamente il rapido battito del mio cuore.

"Mahala! Si può svegliare ora."

Come a sfidarmi, quello sciatto corpo, afflosciato sul tavolo operatorio, non produsse alcuna reazione.

*"Mahala! Si può svegliare. Ora."*

Nel notare la mia agitazione, Gretel mi raggiunse velocemente. Mentre me ne stavo lì impalato, incapace di muovermi, una zaffata di carne bruciata mi giunse alle narici; mi domandai se, assorbito dalla sollecitudine con cui avevo tentato di guarire la paziente dai suoi malanni, non avessi in fondo penetrato il cervello.

"Dottore, proviamo così" – Gretel faticò a liberare la testa di Mahala dalla morsa della *ruota di Weir*, e afferrò Mahala dalle spalle, scuotendola con forza – ordinandole di *Svegliarsi*! – anche mentre un rivolo di sangue le fuoriusciva dalle orecchie.

Provai con goffaggine a tenere ferma la paziente per non farla cadere a terra; ma la donna era molto pesante, e inerte, e sfuggì alla nostra presa, cadendo sul pavimento come un sacco di cemento.

"Mahala! Mahala!" – Gretel si accovacciò accanto alla donna priva di sensi, gridandole di svegliarsi, e schiaffeggiandola sulle guance; cosa che ebbe un qualche effetto sulla paziente, perché le fece battere le palpebre.

Fu un'idea di Gretel quella di afferrare le robuste gambe di Mahala e di sollevarle un poco da terra, così che il sangue potesse fluirle alla testa e in quel modo rivitalizzarla; comprendendone la logica, e guidato dalla disperazione, mi unii a Gretel nel tentativo di sollevare il corpo pesante; afferrandole le caviglie e le gambe e scuotendola con forza.

Mi tornò alla mente in quel momento un episodio nell'ufficio del dottor Strether: un uomo robusto, di mezza età, era stato colto da vertigini, e sembrava sul punto di svenire; Strether gli aveva consigliato di mettersi a sedere, e di portarsi la testa alle ginocchia, così che il sangue potesse arrivargli al cervello e ridargli energia – cosa che si rivelò un ottimo consiglio.

Ah! – dopo dieci, angoscianti minuti sembrò che Mahala avesse ripreso a respirare, debolmente ma con regolarità; ma quando tentammo di sollevarla da terra, e di metterla seduta, crollò nella condizione precedente, e smise di respirare.

"Maledetta! Ti sei ostinata a *morire*" – nel panico, le mie labbra pronunciarono quelle parole.

Gretel distese di nuovo Mahala a terra, in modo che la testa si trovasse più in basso rispetto al corpo; le strattonammo ancora le caviglie, grugnendo come prima per lo sforzo, e riuscimmo in qualche modo a sollevarla; dopo svariati, frenetici minuti, Mahala ricominciò nuovamente a respirare, e i suoi occhi si aprirono, senza vedere.

"Mahala! *Respira*" – le ordinò Gretel; ripetendole infinite volte "Gesù ti ama" –"Gesù vuole che tu viva, Mahala"; fino a quando Mahala sembrò riprendersi, mentre il sangue e una certa vividezza le refluivano al volto. Perplessa, Mahala si guardò intorno nella stanza, come se non avesse alcuna idea di dove si trovasse.

Fui pervaso dal sollievo. La creatura sarebbe sopravvissuta. Nel momento del bisogno, la Provvidenza non mi aveva tradito.

Presto poi, con l'aiuto di Gretel, la paziente sembrò *stabilizzata*, benché ancora stordita e confusa e con il sangue che le usciva da entrambe le orecchie. A quel punto mi sentivo ormai sereno nel lasciare Gretel a gestire la situazione; mi ero svuotato d'ogni energia nello sforzo di salvare la vita alla paziente, un travaglio gravosissimo, durato oltre un'ora.

Quella sera, si tenne una cena riservata a casa del presidente del consiglio dei supervisori, cui partecipammo sia io che la signora Weir; fu un onore per me essere messo a sedere alla destra della padrona di casa, mentre mia moglie era seduta alla destra dell'ospite.

Quando mi venne chiesto cosa stava accadendo all'istituto che potesse interessare agli astanti, risposi, con sobrio orgoglio: "Stiamo sperimentando una cura per l'epilessia, e per quel genere di follia che porta a sentire le 'voci' – è il primo passo di questo genere nella storia della medicina, credo; e viene perseguito qui, a Trenton, in New Jersey."

*

*Mania, epilessia, e "voci" in una donna malata di mente in età matura: trattamento e cura* sarebbe apparso sul "Journal of American Medical Research", nell'autunno del 1985, e sarebbe stato ristampato più volte.

Dopo l'intervento, la paziente non sarebbe più stata molestata dalle "voci" dentro la sua testa. Non avrebbe più ceduto a scoppi di rabbia, divenendo pienamente docile e affabile; i selvaggi occhi suini furono rimpiazzati da più teneri occhi bovini; una generale rigidità le ostacolava i movimenti, poiché l'artrite aveva preso il sopravvento sulle sue giunture. La cosa forse più terapeutica fu la quasi totale perdita dell'udito, contribuendo alla sua placidità, insieme a un'inedita vocazione cristiana; la sua unica anomalia era l'idea inscalfibile che non fosse stato il dottor Weir, ma Gesù a salvarle la vita – *resuscitandola, come Lazzaro.*

Mahala era divenuta tanto docile che, dopo essere tornata un po' in forze, fu assegnata al laboratorio come collaboratrice fidata; eseguiva le sue mansioni – svuotare le padelle, strofinare e sfregare e buttare via i rifiuti medici – con la zelante ubbidienza di una bestia ammaestrata.

## Wilhelmina S_: i gemelli

Da *Cronaca della vita di un medico*,
di Silas Aloysius Weir, dottore in medicina

*Lo giuro, Dio mi è testimone, rimedierò alla mia debolezza! – d'ora in poi.*

Mi ripromisi freddamente che la volta successiva che Brigit avesse disobbedito al suo Padrone, fornendomi validi motivi per darle una lezione, non avrei esitato ad agire secondo il mio giudizio.

*La frusta! Non devi comportarti da debole, devi essere all'altezza.*

Sembrava che Brigit, così come coloro con cui interagivo tra i tanti sottoposti dell'istituto, percepissero questa mia ferrea risoluzione. La responsabile delle infermiere, Fussell, mi ricordò che Medrick Weir, all'apice della sua carriera presso l'istituto, non aveva esitato a esercitare forme di disciplina quando si presentava la necessità, come per esempio, a volte, uno strattone al manganello di un portantino esitante, o uno schiaffo a un paziente insubordinato; il credo di Medrick Weir era infatti "Ti rispettano maggiormente quando ti comporti come il loro Padrone. Emuleranno dunque ciò che in te è espressione di questo *dominio*, e non della loro *follia*."

Giacché è vero quello che sostengono i fautori del nuovo campo della *psicologia*: il controllo, la discrezione e la risolutezza sono caratteristiche di una condizione di *sanità*; mentre la perdita di controllo, l'eccessiva emotività e la confusione dei propri convincimenti sono caratteristiche della *follia*.

I primi sono attributi *prettamente maschili*; gli ultimi, prettamente *femminili*.

Dopo il confino nella *stanza dei cadaveri*, dove fu obbligata a trascorrere la notte, Brigit si comportò con molta più cautela che nel recente passato. Non mise in discussione le mie opinioni, storcendo il naso o roteando gli occhi chiari; e, spesso, trascorrevano interi giorni senza che esprimesse alcuna insubordinata posizione che io potessi cogliere.

Più di frequente, annuiva come a dire – *Sì, dottore.*

O, forse era, osservando più da vicino – *Sì, Padrone.*

Tra i lettori di *Cronaca della vita di un medico*, immagino ci siano persone che, come lo stesso autore, non siano mai state a loro agio con l'idea della punizione fisica; eppure, siamo cresciuti in una società, o meglio nell'alveo di una religione – (protestante, inflessibilmente morale) – che riconosce la logica della disciplina. *Risparmia la verga e vizierai il bambino* – questo proverbio è profondamente radicato nell'eterogenea identità degli Stati Uniti, principio della stessa democrazia.

Provavo una particolare difficoltà nei confronti delle punizioni fisiche poiché mio padre, Percival Weir, non lesinava di dispensarne ai suoi figli; sebbene, in realtà, da bambino non tendessi a comportarmi a casa come un monello; i miei peccati, agli occhi di mio Padre, erano più d'omissione e inadeguatezza. I miei fratelli erano *esagitati*, ma mio padre ne andava orgoglioso, anche se li fustigava con la verga – "i ragazzi sono ragazzi" era il suo adagio.

Povero Silas! Mia Madre compativa il fatto che, pur non essendo il minore dei fratelli Weir, per modi e indole io fossi il più piccolo e il più prudente, se non proprio vigliacco, agli occhi severi di mio Padre.

Per queste ragioni esitavo a disporre delle punizioni fisiche su chiunque all'istituto; sebbene non le proibissi esplicitamente, scegliévo comunque, con l'assennato buonsenso dell'amministratore, di "girarmi dall'altra parte", se si presentava il problema.

Il mio consanguineo Medrick Weir mi aveva consigliato – *Non interferisca con i suoi subordinati, Silas: deve tenerseli vicini. Non vorrà certo che diventino i suoi antagonisti.*

La cosa più dolorosa era che fosse Brigit, tra tutti, a mettere in discussione le mie opinioni di fronte alle altre; quando, in precedenza, aveva lasciato ben intendere che mi considerasse il suo Salvatore, colui che le aveva (letteralmente) salvato la vita in svariate occasioni. Trovavo molto difficile capire e accettare questa contraddizione.

Con costernazione, venni a conoscenza di pettegolezzi che descrivevano Silas Weir come un dottore insicuro, che aveva favorito talune persone (femmine) tra i suoi sottoposti. *Se la prenderà con alcuni di noi – ma non con loro, le sue favorite.*

Riuscivo quasi a percepire i bisbigli. Anche quando gli sguardi maligni si posavano su me e Brigit, con intenzioni volgari.

La signora Weir cominciò inoltre a fare dei velati commenti a casa nostra, come se avesse udito le voci che giravano tra le altre mogli dell'istituto, con l'abitudine di ritrovarsi nelle reciproche dimore un po' troppo spesso, avendo parecchio tempo libero a disposizione. Peggio ancora, iniziai a percepire un generale senso di disapprovazione e sprezzo tra i miei parenti acquisiti, i Cleff, che non mancavano mai di riunirsi la domenica a casa nostra o nelle loro.

I Cleff mi fecero capire che sarei caduto in disgrazia ai loro occhi e che la mia reputazione a Trenton si sarebbe presto compromessa, se si fosse diffuso il sospetto che non fossi in grado di esercitare il controllo sulle serve a contratto dell'istituto; mio suocero, Myron, mi prese da parte per avvisarmi che, se non fossi stato capace di gestirle, presto non sarei stato capace di gestire nemmeno mia moglie e le mie figlie – "è così che comincia, Silas. Una volta che percepiscono la debolezza in un uomo, ti si insinuano dentro come un punteruolo nel cotone."

Quando ci ritrovammo da soli, chiesi a Theresa chi fosse a parlare di me in quel modo, e Theresa mi rispose acidamente che nessuno glielo aveva riferito in modo diretto, e che era ormai diceria diffusa a Trenton che il nuovo direttore dell'istituto *avesse la mano debole* quando si trattava di punire le sue sottoposte femminili.

"Se non prestassi il fianco a questi pettegolezzi, Silas," disse Theresa, con gli occhi gonfi di lacrime per la sofferenza e l'indignazione, "–questi pettegolezzi non circolerebbero."

*

La mia stimata collega Fussell, responsabile delle infermiere, che ben conosceva la mia curiosità per il campo della psicologia sperimentale, dirottò al laboratorio una paziente appena arrivata all'istituto, "Wilhelmina S_", a cui in effetti, nell'inverno del 1856, mi interessai moltissimo.

Wilhelmina S_ era una donna sui trent'anni, rozza e squadrata, con le gambe allampanate, abbandonata da una famiglia di contadini a Basking Ridge, in New Jersey, che non sapevano più come "controllarla"; "un'attaccabrighe", "facilmente incline alla violenza", "dal comportamento imprevedibile"; ritenuta d'intelligenza subnormale e priva di principi morali; dal ventre così rigonfio e grottesco per la gravidanza quando venne consegnata con la forza all'istituto, che si pensava fosse sul punto d'avere un parto gemellare, se non trigemellare – talmente aggressiva nei modi da temere che potesse far male ai neonati.

Fu sorprendente constatare, dunque, che Wilhelmina era in realtà una giovane donna attraente, con penetranti occhi nocciola e una fronte ampia; capelli aggrovigliati color terra d'ombra bruciata, e un modo di parlare che in principio non dava l'aria d'essere folle o delirante. Devo ammettere che all'inizio non rivolsi che uno sguardo alla nuova paziente del laboratorio, tanto ero preso allora da altri soggetti sperimentali (non così eccitanti come mi aspettavo); ma le mie infermiere-assistenti mi riferirono che Wilhelmina S_ soffriva di una miriade di malesseri, tra cui una gastrite normale in quello stadio avanzato della gravidanza, caviglie gonfie, mancanza di fiato e vertigini, e un senso prevalente di *turbamento* – una propensione per scoppi di pianto e tristezze profonde, alternati a forme d'escandescenza contro i parenti che l'avevano ricoverata, portandola a Trenton da Baskin Ridge sul retro di un carretto condotto da un cavallo, con i polsi e le caviglie legate e uno straccio ficcato in bocca, per impedirle di *rigurgitare oscenità*.

I sintomi del carattere da "attaccabrighe" si manifestarono presto quando Wilhelmina prese a sfidare il personale dell'istituto, insistendo nel dire che *non era pazza*; rifiutandosi di collaborare quando veniva visitata e lavata, e lottando con i portantini che non avevano scelta che metterle i ceppi, per impedirle di fare del male a se stessa o ad altri. In tutta quell'agitazione, la paziente affrontò un travaglio difficile, rimanendo distesa giorno e notte; con l'aiuto di Gretel e Brigit, e una considerevole perdita di sangue, Wilhelmina diede alla luce due gemelle identiche, di piccole dimensioni e piuttosto rugose, ma in apparenza normali, con fini capelli chiari come seta di mais e occhi nocciola uguali a quelli della madre; Wilhelmina chiese di poter allattare le neonate, ma le vennero tolte e tenute in un'altra zona del laboratorio.

La mia collega, la responsabile Fussell, aveva giustamente intuito che questa nascita fortuita rappresentava per me la circostanza ideale per un esperimento che avevo pianificato da tempo, e che prevedeva il coinvolgimento di due gemelli identici nati da un genitore *malato di mente*.

In questo esperimento, le gemelle sarebbero state subito separate l'una dall'altra; una sarebbe stata allattata e accudita in modo consueto dalla madre e dalle altre donne dell'ospedale, di certo liete all'idea di dedicarvisi; mentre l'altra neonata sarebbe stata tenuta all'interno di una culla in un ambiente oscurato, dentro a un magazzino del laboratorio privo di finestre, per dodici mesi, senza essere accudita dalla madre o da nessun'altro; le sarebbe stato impedito di percepire voce umana e sarebbe stata nutrita solamente con un biberon contenente latte scremato, da un portantino col volto coperto.

Mentre alla neonata #1 sarebbe stato concesso di essere allattata al seno della madre, e nutrita con quel genere di pappe morbide che vengono date ai bambini, la neonata #2 sarebbe stata alimentata secondo la *dieta Weir* a base di puree d'erbe, menta e mosto di san Giovanni; in questo modo, sarei stato in grado di valutare come la nutrizione influisce sullo sviluppo delle ossa, dei denti e dei crani dei neonati, e degli altri organi. Alla neonata #1 sarebbe stato concesso di "giocare", la neonata #2 sarebbe rimasta dentro la sua culla, inerme. Avrei avuto così la possibilità di fornire alla scienza dati di inestimabile valore riguardo agli effetti della *deprivazione sensoriale* in un neonato: questa bambina sarebbe stata in grado di vedere, quando condotta infine alla luce? O sarebbe rimasta cieca? Sarebbe stata in grado di acquisire delle normali competenze linguistiche quando messa infine nelle condizioni di sentir parlare? Questa bambina avrebbe avuto un cervello di dimensioni normali o più piccole? Avrebbe "riconosciuto" la sua gemella quando le sarebbe stato finalmente permesso di vederla? *Questa bambina sarebbe stata "umana", oppure più simile a un animale, incapace di camminare dritta, oppure costretta a latrare e strisciare su mani e ginocchia?*

Di fondamentale importanza, la neonata #1, allattata da una madre con problemi mentali, avrebbe cominciato a manifestarne i sintomi, nonostante tutta la "normalità" delle altre condizioni?

Quando delineai quest'esperimento nei suoi aspetti essenziali al consiglio dei supervisori, ripetendo costantemente che tali progressi pionieristici nel campo della Gino-Psichiatria sarebbero stati riconosciuti all'istituto di Trenton, da loro controllato, venne recepito con grande rispetto ed entusiasmo, se non proprio con totale comprensione; perché la comprensione della ricerca scientifica si scontra con i limiti di immaginazione del profano.

Quando fornii a Brigit le prime istruzioni, cioè togliere la neonata #2 alla madre e sistemarla in una culla all'interno del magazzino (oscurato), Brigit mi rispose con uno sguardo di totale perplessità: sembrava non avesse sentito i miei ordini e mi chiedesse di ripeterli.

Dopodiché Brigit mi fissò, trasferendomi senza parole tutta la sua inquietudine – *dottor Weir! Non dirà seriamente, non è così?*

"Invece è proprio così, Brigit. *Sono serissimo.*"

Brigit continuò soltanto a fissarmi, dalla sua altezza ridotta d'un metro e cinquanta; gli occhi dell'albina luccicavano di muta incredulità.

*Una neonata staccata dalla madre piangerà ininterrottamente – non farà che piangere. Se la madre non può allattarla, o abbracciarla, la neonata deperirà e morirà – non potrà sorprenderci!*

"Bene, Brigit. Questo sarà dunque il risultato dell'esperimento."

*Non potrà sorprenderci, dottore. La neonata* morirà.

"Non se la bambina viene tenuta in vita, cosa che sarà il suo compito, Brigit. Dopo dodici mesi – quando verrà condotta alla luce del giorno – la confronteremo con l'altra neonata, pesandola e misurandola, per valutare la crescita del cranio, e avremo modo di apprendere molto da tutto ciò. Sarà un esperimento di proporzioni storiche, sviluppato qui a Trenton: vedrà."

Ma in modo più che ostinato, Brigit non vedeva. Mostrandomi a gesti, con le labbra contratte, il naso arricciato, e i chiari occhi accesi, il modo in cui si opponeva al vedere.

*Non vorrà essere così crudele, dottore – non è vero? Portar via la bambina alla madre, per questo scopo?*

"Basta così, Brigit. Non mi provochi."

*È sbagliatissimo portare via un bambino alla madre...*

Nel vedere l'espressione sgomenta sul volto di Brigit, mi ricordai come le fosse stato portato via il suo bambino; un ricordo doloroso e ripugnante, per me.

*...non c'è cosa più crudele, Dio la vendicherà.*

"Ho detto, Brigit: *basta così*. Si sta facendo sopraffare dalle emozioni – un'infermiera dovrebbe saperle gestire. Vada in reparto, c'è bisogno di lei lì. Subito."

*Ma, dottore...*

"*Vada via*. Sto perdendo la pazienza nei confronti di queste idiozie 'sordomute'."

Sollevai il pugno tremante verso Brigit, per legittima indignazione; se la furba fanciulla non si fosse ritirata per istinto davanti a questa dimostrazione di forza, probabilmente l'avrei colpita, non in modo forte, ma abbastanza forte da coglierla di sorpresa, e toglierle quella smorfia d'insolenza irlandese dal volto.

Questo *gesto virile* e impulsivo mi meravigliò, e di certo meravigliò anche Brigit.

Avendone ormai abbastanza, Brigit scivolò via mortificata. E, cosa per lei ancor più vergognosa, altre nel reparto avevano sentito il nostro scambio.

Ben rende la misura del singolare e cieco orgoglio degli irlandesi che taluni di loro, benché immigrati e servi, per via della bellezza del volto o della figura, si immaginino superiori agli altri e ingenuamente dimentichino il loro status; come se questi individui non parlino – sempre se sono in grado di parlare – la più degenerata, ridicola e incomprensibile variante d'inglese e, altre volte ancora, non mostrino una forma di ostinazione scegliendo di non parlare affatto. Quando viene rammentata loro qual è la vera condizione in cui vivono, è come bucare un palloncino: tornano all'istante alle giuste proporzioni.

Confidando che Brigit avrebbe presto superato le sue insipide obiezioni morali e acconsentito quindi a prendersi cura della neonata #2, portai avanti i miei piani; sapevo infatti che Brigit avrebbe voluto far sopravvivere la neonata più a lungo possibile, essendo buona di natura. Senza di lei, la bambina sarebbe morta velocemente, e l'esperimento sarebbe naufragato.

È vero, avrei potuto assoldare Gretel per quest'esperimento, oppure un'altra delle infermiere più giovani che mi sorridevano ansiose di potermi aiutare, ma, ahimè! – l'albina irlandese rimaneva la mia assistente preferita.

(Stavo pensando infatti di mandare Brigit Kinealy alla scuola per infermiere di New Brunswick; dopo la quale sarebbe tornata a Trenton, per farmi da assistente.)

(Ma, nei miei più folli ragionamenti, non potevo rischiare che la ragazza si mettesse nei guai, lontana dal mio controllo; rievocando la prima volta in cui l'avevo vista, una scena infernale, con le gambe spalancate e insanguinate, e lo strazio infinito cui era sottoposto il suo fragile corpo *nel dare alla luce un figlio bastardo.*)

Anche Gretel avanzò qualche dubbio riguardo alla praticabilità dell'esperimento, giacché Wilhelmina versava in precarie condizioni di salute, conseguenza della difficile gravidanza; alcuni suoi organi erano molto affaticati, e perdeva sangue, anche a distanza di giorni. E la madre così tormentata piangeva per avere le sue bambine, convinta che si sarebbe salvata dal Demonio se le fosse stato concesso di allattarle secondo il volere di Dio.

Gretel sosteneva che, se a Wilhelmina fosse stato permesso di nutrire le sue bambine, ciò sarebbe stato di sollievo sia a lei che a loro; al che replicai: "Sa, Gretel – questo è un laboratorio, non un asilo nido."

Come molte donne della sua età, Gretel stava diventando una *presenza fastidiosa*. Il suo pesante accento tedesco, la sua tetra faccia pastosa e la sua indiscrezione quando non richiesta mi ricordavano la mia cara moglie e altre parenti, che avevano ormai dismesso gli abiti attraenti della loro gioventù, del loro fascino.

Sì, questo esperimento rivoluzionario, che avrebbe assicurato a Silas Aloysius Weir un posto nel pantheon della medicina moderna, oltre che per la scoperta di una cura per la *fistula*, venne sabotato prima ancora di cominciare: con mia grande sorpresa, in qualche modo Theresa ne venne a conoscenza, e mi disse che *non avrebbe tollerato qualsiasi "esperimento" condotto su dei bambini cristiani.*

Quando chiesi a mia moglie in che occasione ne avesse sentito parlare, mi rispose che le vicine e le amiche che vivevano presso l'istituto non facevano che discuterne: di quelle neonate angeliche dalla pelle chiara nate da una madre malata di mente di "razza mista", una situazione estrema cui si doveva porre rimedio, subito.

Presto, poi, quelle voci giunsero alle orecchie delle mogli del consiglio di supervisori, provocando un'ondata di commozione che finì per coinvolgere l'arcivescovo anglicano e lo stesso sindaco di Trenton; con il risultato che le neonate vennero prelevate dal laboratorio e date in affidamento a un'anziana coppia cristiana senza figli che viveva all'interno della prestigiosa comunità di Riverside, a Trenton, e che dimostrò la propria gratitudine donando una considerevole somma di denaro all'istituto, con un ringraziamento speciale a Silas Aloysius Weir.

"Risparmia la verga e vizierai il bambino..."
Da *Cronaca della vita di un medico*,
di Silas Aloysius Weir, dottore in medicina

Non vado orgoglioso di raccontare ciò che segue. Tuttavia, non me ne vergogno neppure, ho fatto ciò che andava fatto; senza intuire quanto crudelmente il fato mi avrebbe ripagato, attraverso il futuro tradimento del mio primogenito ed erede.

Perché infine si giunse a un punto di non ritorno nel laboratorio: con l'insubordinazione della sordomuta albina irlandese, e l'azione disciplinare necessaria per fronteggiarla.

Cominciò ad accadere sempre più spesso, mentre presero a diffondersi le notizie delle terapie miracolose, non solo della malattia mentale ma anche di altre patologie, presso l'istituto di Trenton, che persone in forma privata mi portassero dei famigliari infermi, per lo più donne; come a Ho-Ho-Kus, presto nell'area di Trenton e dintorni, Silas Weir si conquistò un'eccezionale reputazione come medico-chirurgo con *competenze ginecologiche*.

Perché era chiaro che la *malattia mentale* nelle donne è conseguenza dell'infezione, in particolar modo, dei genitali femminili; ciò vale per un ampio ventaglio di stati emotivi, tentativi di fuga, "voglie" e simili, così come per più serie manifestazioni di quella che viene comunemente ritenuta *follia.*

Ero invero l'unico chirurgo nel New Jersey capace di trattare il vaginismo, come richiesto dai mariti frustrati che mi portavano le loro mogli istericamente "frigide" per un delicato intervento chirurgico col fine di allargare l'ingresso della vagina e allo stesso tempo recidere le terminazioni nervose nel tessuto circostante, in modo da sopprimere la sensibilità; a ciò si combinava spesso una clitorectomia di cui la moglie non era a conoscenza, e, laddove raccomandato, un'ovariectomia. (Si consultino le mie *Note cliniche alla chirurgia correttiva vaginale*, pubblicate originariamente sull'"American Journal of Medical Sciences".)

Di tanto in tanto, un marito infelice poteva portarmi la moglie (che non sospettava nulla), probabilmente con più gravidanze alle spalle, per un intervento chirurgico di tipo opposto, in cui la vagina allargata e flaccida veniva ricontratta secondo i parametri richiesti dal marito. (Si consultino *Note cliniche ulteriori alla chirurgia correttiva vaginale.*)

In queste operazioni si faceva cautamente ricorso all'anestesia; perché una paziente della buona società non riusciva a sopportare un decimo del dolore tollerato dalle altre donne dell'istituto, e non avrei sottoposto loro o le loro famiglie a tali agonie.

Divenni a tal punto famoso che mi parve prudente aprire un secondo conto corrente bancario in cui depositare i guadagni privati, distinguendoli così dal mio stipendio di direttore dell'istituto; per questo conto usai uno pseudonimo, *dottor Adam Percival.*

Per poter affinare le mie doti chirurgiche, era necessario che mi applicassi su soggetti sperimentali nel laboratorio; aiutavo questi soggetti a ridurre l'impatto delle loro infezioni, e pertanto del loro malessere mentale, rimuovendo gli organi infetti.

Tuttavia, nelle pazienti più infette, persistevano noduli di follia, come tracce di sporco sotto le unghie di un operaio, anche quando (apparentemente) non c'era alcuna *infezione visibile*, si poteva inferirne una *imminente*.

*Se un organo non è malato, dottor Weir, perché mai lo si dovrebbe rimuovere?* – mi resi conto che era questa la domanda che mi stava ponendo Brigit Kinealy, arricciando il naso elegante e aggrottando con disapprovazione la fronte.

"Per evitare che si ammali, ovviamente! Che domanda ignorante."

Nel constatare che Wilhelmina provava un dolore costante nelle parti basse del corpo, e che versava in uno stato d'animo sconvolto dal lutto per la perdita delle sue bambine, mi sembrò necessario rimuovere interamente i suoi organi femminili nel corso di un'unica, lunga operazione chirurgica; con l'esito positivo che Wilhelmina divenne immediatamente meno problematica, e incline alla cristiana pietà e a un atteggiamento cooperativo.

Dunque, anche altre pazienti del laboratorio, cui venne offerta la possibilità di lasciare l'istituto guarite dalla loro malattia, erano ansiose di assecondare i miei esperimenti; che includevano anche sperimentazioni con il cloroformio e l'etere. Grazie a ciò, divenni un esperto nella rimozione dei seni cancerosi o precancerosi, uteri, ovaie e simili, con il risultato di un ulteriore aumento delle mie pazienti private. (Questi servizi venivano tenuti confidenziali, giacché l'idea che alcune donne potessero aver bisogno di interventi simili era sempre circondata dalla vergogna; la parola *cancro*, infatti, non poteva essere pronunciata in circostanze sociali.)

È vero, poche pazienti malate di cancro sopravvivevano; tuttavia, senza la rimozione degli organi cancerosi, nessuna di loro ce l'avrebbe fatta.

Forse non ero del tutto contento di avere solo pazienti *femminili*; non fu una scelta, ma ciò che la Provvidenza stabilì per la mia carriera. Non era una cosa che potevo spiegare a mio padre, o ad altre persone della famiglia, inclusi i miei parenti acquisiti, sempre invariabilmente tesi a sminuire i miei traguardi – *Ma Silas è un medico per donne! Un medico per donne pazze.*

Ciononostante, come risultato della mia crescente reputazione, e dei servizi forniti ad alcuni colleghi medici di chiara fama, alla fine dell'inverno del 1856 ricevetti l'invito a unirmi all'esclusiva New England Association of Physicians & Surgeons, a cui mio fratello maggiore, Franklin, pur con meriti minori, già apparteneva.

Tra i tesori di quegli anni ricordo un telegramma che, seppur coinciso nella forma, accolsi con grande gioia dopo anni di penuria sul fronte delle attenzioni paterne:

> Caro Figlio,
> congratulazioni per questo riconoscimento. Sono orgoglioso d'entrambi.
>
> Il vostro caro Padre,
>
> Percival

*

Dopo l'intervento, due dei miei soggetti al laboratorio svilupparono una forma particolarmente virulenta di *diarrea emorragica*, restando distese a letto con gli occhi dilatati e stupefatti, senza riuscire a parlare; non era pura combinazione, dedussi, che le brandine di queste pazienti fossero affiancate, e che il fiato infetto di Lucy fosse venuto a contatto con quello di Juel.

Ecco l'opportunità per un esperimento (non preventivato)! – sembrava volermi dire la Provvidenza.

Elaborai velocemente un programma: ogni soggetto sarebbe stato trattato secondo un regime completamente diverso, e i risultati quotidiani sarebbero stati registrati dalla mia infermiera-assistente, Brigit.

A una paziente venne somministrato un farmaco in particolare, mentre all'altra una combinazione alternata di medicine. A un soggetto sarebbe stato fatto un salasso ogni giorno, all'altro nessuno. A un soggetto sarebbero stati estratti i denti, e all'altro no. (In ogni caso, i denti infetti erano già stati estratti durante le precedenti operazioni, così come le vulve infette.) Un soggetto venne posizionato accanto a una finestra aperta, e l'altro spostato in una stanza senza finestre e senza luce. Un soggetto avrebbe seguito una dieta molto ristretta, ingerendo in pratica nessun liquido o solido, e l'altro sarebbe stato alimentato con il cibo preparato normalmente dalla cucina dell'istituto.

Era un'idea davvero semplice quella di curare la diarrea solamente riducendo i liquidi! – subito, la diarrea diminuì nel soggetto sottoposto a questa privazione; mentre continuò nell'altro.

Dopo alcuni giorni, la diarrea emorragica cessò completamente nel Soggetto #1 (Lucy), mentre la condizione rimase invariata nel Soggetto #2 (Juel), pur oscillando in modo imprevedibile di giorno in giorno.

Tanto varie erano le contingenze che risultava davvero difficile sapere se, per esempio, il mosto di san Giovanni fosse stato d'aiuto nel trattamento della diarrea, oppure controproducente; o se non avesse avuto effetto alcuno. Tra tutti i farmaci a disposizione, il laudano sembrava essere il più efficace nel limitare la diarrea; ma era noto che un uso protratto di questo farmaco portava a costipazione, demenza e morte. In modo simile, anche l'esposizione alla piena luce solare, tramite una finestra aperta, causava un innalzamento di temperatura nel soggetto e un'interruzione momentanea della diarrea; ma c'era anche la possibilità di un colpo di calore, con conseguente delirio e decesso. L'estrazione dei denti, pure, non poteva essere legata a specifiche alterazioni nel soggetto, sebbene non fosse possibile provare nemmeno che l'estrazione *avesse avuto* degli effetti.

Brigit osservava in silenzio tutto ciò, senza interferire; ma mi era chiaro, dalla rigida espressione sul viso dell'orfanella, che non approvava i miei metodi, e che seguiva le mie istruzioni solo perché non aveva alternativa.

Mi sembrava inoltre che *Brigit pregasse, in silenzio* – non osava muovere le labbra, ma capivo comunque quello che stava facendo. (La cosa più fastidiosa era che sicuramente era il Dio dei cattolici quello a cui si rivolgeva, e non dei protestanti!)

Infine, però, mentre Lucy sembrava farsi sempre più debole, e Juel più forte, Brigit protestò con espressione sofferente e un gesto irritato delle mani, affermando che Lucy sarebbe presto *morta di sete* se non le fosse stata data dell'acqua; e mi implorava di consentirle di farlo.

Ah, stavo proprio aspettando quel momento! Sapevo che Brigit si sarebbe opposta ai miei piani, al suo solito modo; anteponendo i sentimenti alla scienza, come una bambina cocciuta. Obiettai con fermezza: "Questo è un laboratorio pionieristico, abbiamo gli occhi del mondo addosso. Ci siamo presi l'impegno di far avanzare il sapere medico, non di viziare i pazienti infantili."

Brigit batté le palpebre; non riuscì comunque a trattenersi dal suggerire, muovendo le mani, afferrando una spugna, che le fosse concesso di portarla alle labbra di Lucy, perché potesse succhiare dell'acqua; rimbeccai, dicendo che avrebbe sabotato l'esperimento, che si prefiggeva appunto di verificare gli effetti dei liquidi, dell'alimentazione e della deprivazione sui soggetti.

Dai suoi occhi celesti cominciarono a sgorgare le lacrime. Che cosa ridicola!

*Ma, dottor Weir –*

"Non esiste 'ma', Brigit. 'Ma' è il biglietto per la *stanza dei cadaveri.*"

*– è disumano, dottor Weir. Lucy morirà di sete –*

"Mi ha sentito, Brigit? È davvero *sorda*, oltre che *ottusa*?"

Se avessi sollevato il mio pugno (non lo feci) – Brigit sarebbe scappata via come un cane bastardo e impaurito, e non mi avrebbe recato fastidio per svariati giorni.

Benché mi venisse segretamente da sorridere, come lo farebbe un padre, divertito e orgoglioso per il fatto che il suo bimbo piccolo aveva imparato a pronunciare una parola difficile, una parola che l'orfanella irlandese aveva tirato fuori da chissà dove, *disumano* – (credo sia di origine francese).

Dopo sei giorni di dieta rigorosa, il Soggetto #2 (Juel) soffriva ancora di diarrea, ma non più emorragica; mentre il

Soggetto #1 (Lucy) era completamente guarito, visto che non ebbe più attacchi per giorni.

Fu dunque uno dei miei esperimenti più importanti, pubblicato sull'"American Journal of Medical Sciences" (1857), con il titolo *Una cura per la diarrea cronica: note cliniche.*

Dopo quell'episodio, Brigit camminava imbronciata per il laboratorio, senza mai guardarmi negli occhi quando la salutavo al mattino.

Quando chiesi a Gretel, in un momento in cui Brigit poteva sentirmi, cosa c'era che non andasse, Gretel mi disse con voce neutrale: "Brigit è molto arrabbiata, dottore, perché lei ha lasciato morire Lucy."

"Che cosa! Io non ho 'lasciato morire Lucy'. L'esperimento doveva determinare come curare la diarrea, e sono piuttosto soddisfatto, giacché l'esperimento ha dato prova del metodo."

A ciò, Gretel non rispose nulla; ma Brigit, avendomi apparentemente letto le labbra, gesticolò verso di me con insolenza *Sì, lo ha fatto.* *LEI HA LASCIATO MORIRE LUCY.*

Fu offensivo e scioccante. Che Brigit osasse rivolgersi a me in quel modo, davanti a tutte le altre persone del reparto; anche se la sordomuta non parlava a voce alta, ciò che intendeva dire era dolorosamente chiaro.

Rimproverai Brigit con durezza, ma si rifiutò di scusarsi. Che Lucy fosse morta, come succede spesso con le pazienti, per un male o per un altro, non esclude il fatto che *Lucy fosse guarita dalla diarrea.*

Ora Brigit stava facendo finta, nella maniera più oltraggiosa, come una delle mie figlie più ostinate, di non riuscire a sentire, o di non riuscire a capirmi; persino mentre le altre pazienti del reparto ci guardavano con avidità, quelle attaccabrighe di Nestra e Bathsheba più di tutte.

"Questa volta si è spinta troppo oltre, Brigit. Verrai frustata!"

Brigit, incredibilmente, rise! Mimando chiaramente – *Mi frusti! Non ho paura.*

Nessuno mi si era mai opposto in quel modo in tutta la mia vita adulta. Sgomento, per un istante non riuscii a metabolizzare l'insulto.

Barcollai stupefatto uscendo dal laboratorio verso il corridoio e chiamai uno dei portantini dell'istituto, ordinandogli di prendere subito Brigit e di chiuderla nella *stanza dei cadaveri*, sul retro della Torre nord, vicino all'ingresso.

"Vuole che la frusti, signore?"

"No! Non voglio che la frusti."

"Vuole che la picchi con il mio manganello, signore?"

"No! Non voglio. Solo – la chiuda dentro."

"Vuole che le metta la *camicia di Weir*?"

"No! Non voglio che le metta la *camicia di Weir*. Faccia soltanto – quello che le ho detto."

La mia voce si alzò per l'esasperazione. Che tormento essere circondati da questi idioti!

Solo poche ore prima, il corpo senza vita di Lucy era stato deposto in questo spazio, avvolto accuratamente in una tela cerata, prima di venire prelevato per la sepoltura. Bastava questo, credevo, a riportare l'indisciplinata orfana irlandese a più miti consigli; ma quando più tardi, quel pomeriggio, affrontai Brigit nella *stanza dei cadaveri*, era ancora indocile, una figura ribelle nella sua bianca uniforme da infermiera, insudiciata e insanguinata.

"Mi chiederà scusa e si rammaricherà per l'accaduto, Brigit! Mi ha insultato, in modo gravissimo."

Mimai queste parole con gelida furia, gesticolando con mani e braccia.

In risposta, a malapena curandosi di muovere le labbra, così che potessi comprendere le sue mute parole: *Dottore, non lo farò. Non ho fatto nulla di sbagliato.*

"Vuole dunque essere frustata? È quello che sta dicendo?"

*Sto dicendo – che non ho fatto nulla di sbagliato.*

*Sto dicendo – che Lucy* NON AVREBBE DOVUTO MORIRE.

Mi sbigottì che potesse contrastarmi in quel modo! Anche mentre la ragazza tradiva d'aver pianto, perché aveva il volto ricoperto di lacrime.

Me ne andai nuovamente, sbattendo forte la porta dietro di me e chiudendola a chiave; andai a cercare una frusta da uno dei rozzi giovani portantini dell'istituto che mi guardò stupefatto, perché non aveva mai parlato con il direttore prima di quel momento.

"Una – frusta, signore? Mi sta chiedendo una – frusta?"

"Una frusta! Sì."

Feci poi ritorno, con la frusta in mano, alla *stanza dei cadaveri*, in cui, non appena si entrava, si veniva assaliti da un odore terribile e nauseante che mi fece vacillare. Fui stupito dal fatto che la frusta era più piccola di quanto mi aspettassi, non una frusta da bestiame, evidentemente, come quelle che si usavano sugli schiavi neri nelle piantagioni, ma lunga circa un metro.

Avevo ormai la testa annacquata, il colletto staccato dal collo, per respirare.

"Brigit, si scuserà? Si pentirà?"

*Io – non lo farò, dottore.*

"Lo vede che cos'ho in mano, Brigit? Questa è una frusta."

*Lo vedo, signore. Una frusta.*

Afferrai impetuosamente quella ragazza cocciuta per la parte superiore del braccio, e le diedi uno strattone, come si fa con i ragazzini scalmanati; e rimasi meravigliato da quanto fosse minuta, da quanto fosse esile l'osso del suo braccio, dentro la manica inamidata della sua uniforme. Nonostante la forza che Brigit spesso dimostrava quando in reparto aiutava a sollevare, o sollevava lei stessa, le pazienti più pesanti.

"Brigit, si spogli. Ora."

*Non lo farò.*

"Lo *farà* invece. Perché verrà frustata, sulla schiena."

*Non lo farò.*

"Lo *farà*."

Non riuscivo quasi a parlare; avevo la voce rauca e spezzata, perché si trattava di una circostanza così disonorevole per me, un gentiluomo, e non volevo che nessun'altro ci sentisse.

"Lei è una 'serva a contratto'. Io sono il suo Padrone."

*Lei non è il mio – Padrone...*

I pallidi occhi celesti luccicavano di quello che mi sembrava un irrequieto fervore di rivolta. Erano gli *irlandesi*, che sfidavano i loro Padroni *inglesi*.

Brigit osava forse dirmi che dovevo toglierle io di dosso quella prude uniforme? Che dovevo strapparle i vestiti? All'Hermitage, avevo involontariamente assistito più volte a brutali capisquadra che frustavano i loro sottoposti; la vittima era sempre in parte svestita, il torso nudo, così che la frusta potesse incidere nel profondo la carne. Tutti coloro che venivano frustati erano servi a contratto ma mai lo vidi accadere su una donna.

Come medico, ero ripugnato da quello spettacolo; perché, nel profondo del mio cuore, ero un pacifista. Eppure, come uomo, provavo una sorta di eccitazione e di brivido, quella riottosità doveva essere punita, e un uomo virile avrebbe saputo farlo brandendo una frusta, per assicurarsi che i suoi subordinati sapessero dove stare.

Con Brigit, la situazione era diversa, in modi difficili da spiegare. La mia infermiera-assistente mi stava quasi tentando, sfidandomi a colpirla, come (ricordavo) i miei figli maggiori facevano a volte, non tanto a parole ma con una certa insolenza nello sguardo e nelle smorfie della bocca; Jonathan era il più ostinato di tutti, viziatissimo, neanche minimamente interessato a seguire la nobile carriera di suo padre, e sempre insinuando d'essere pronto a *unirsi al movimento abolizionista.*

Mi venne in mente che, in quanto medico, avevo fatto voto di rispettare il giuramento di Ippocrate, di *non fare alcun male*; eppure, ragionai, questi limiti etici di certo non si applicavano ai sottoposti ma solo alle persone come me, appartenenti alle classi dominanti.

Mentre Brigit mi si faceva piccola innanzi, alzai la frusta, con mano tremante: "Mi ha portato lei a questo! *Lei* – che finge d'essere una figlia di Gesù – *ma è un demonio pagano della chiesa cattolica.*"

Divenni preda di una specie di delirio, come mai mi era accaduto nella vita. L'infermiera-assistente si rannicchiò, e crollò sulle ginocchia come se stesse pregando, eppure mostrandosi impenitente, esasperante a vedersi. Con cieca esasperazione sollevai la frusta ancora più in alto – eppure – non riuscivo ad abbatterla sulla schiena della ragazza, che era ancora coperta, e non svestita come sarebbe dovuta essere...

Le mie ginocchia si fecero deboli, quasi non riuscivo a vedere tanto avevo gli occhi appannati e una sgradevolissima sensazione all'inguine, normalmente intorpidito come un arto addormentato, e che adesso, furioso per l'indignazione e il senso di giustizia, pulsava e si gonfiava... ero talmente turbato che la frusta mi cadde di mano sbattendo a terra.

La cosa successiva che ricordo è che uscii barcollando dal retro della Torre nord, sbattendo gli occhi e annaspando nell'aria fresca, al crepuscolo; passando per un appezzamento di terra ricoperto da piante selvatiche e rovi, verso la casa del direttore, che si intravedeva appena.

Avevo disperatamente bisogno di rifugiarmi in un luogo privato, di buttarmi dell'acqua fredda in faccia, e di calmarmi. Il mio cuore mi batteva forte nel petto e avevo la pressione così alta che sapevo d'avere il volto arrossato e gli occhiali appannati dal vapore.

Poi vidi, come se fosse appena fuoriuscito dalle fiamme dell'Inferno, il mio figlio più grande che mi veniva incontro sulla via, con uno sguardo di sbigottimento, come se non avesse idea di chi fossi.

"Tu! – che cosa guardi eh?" – la voce mi si increspò per la furia, e le dita si contorsero, perché non stringevo più la frusta con cui avrei potuto lavar via quell'espressione immatura dal viso del giovane.

"Padre, sei tu? Cosa c'è che non va?"

"Cosa c'è che *non va*! Molte, molte cose!"

Lo sguardo di Jonathan scivolò ai miei piedi, e si risollevò, misurando il mio aspetto scompigliato e la pella arrossata, mentre lacrime di mortificazione mi scendevano sulle guance. Avendo fallito inconsolabilmente ai miei occhi, dovevo fronteggiare ora il fallimento negli occhi del mio primogenito, il cui rispetto desideravo con tanta disperazione.

Avevo desiderato che i miei figli – i miei figli più grandi, in particolare – fossero la prova, agli occhi di mio padre Percival, che io ero *un uomo tra gli uomini*; e, avendo procreato dei maschi, *un Weir tra i Weir*. Essendo io un erede nella nostra distinta famiglia, anche se uno degli eredi meno preziosi di mio padre, anche i miei figli sarebbero stati eredi dei Weir, e avrebbero contribuito alla loro reputazione.

Fu doloroso per me ricordare come, da giovane ingenuo padre, avevo guardato al volto del mio bambino, cercando un'eco di me in lui; senza mai avere la soddisfazione di trovarlo. Ora, nel vedere Jonathan a breve distanza, non riuscii a non provare una fitta d'orgoglio perché mio figlio era alto, più alto di me, con tratti forti e capelli fulvi, spessi e ondulati; i suoi occhi erano d'uno stupefacente e profondo blu cobalto, le iridi nere a certe gradazioni di luce, che gli davano un'aria circospetta, quasi ambigua.

Jonathan mi scrutava adesso, mentre con voce tremante gli ordinavo di recarsi immediatamente nel retro della Torre nord – e di entrare nella prima stanza che incontrava, con la porta socchiusa – questa stanza, conosciuta come *stanza dei cadaveri*, era anche un luogo di disciplina, dove il personale ribelle dell'istituto veniva mandato per essere punito.

"Vai lì, figliolo – non puoi sbagliarti! – e raccogli la frusta che ho lasciato cadere – e abbattila per *almeno dodici volte* sulla ragazza irlandese che sta lì rannicchiata; non fortissimo, ma forte abbastanza da procurarle dolore. Riconoscerai subito questa giovane: indossa un'uniforme da infermiera, insudiciata. È una delle nostre serve a contratto, e lo sta infrangendo. Possiamo frustarli, o possiamo liberarci di loro; ma non possiamo rispedirli nei loro paesi natali, per via del contratto. Se comincia a piagnucolare, o a singhiozzare, o a supplicare pietà – hai il permesso di interrompere; ma se persiste, come sono certo farà, nel mostrarsi sprezzante e ribelle, devi frustrarla fino a farle perdere i sensi."

"Padre? *Che cosa?*"

Jonathan mi fissava, giacché di certo mai prima aveva sentito un tale fiume di parole sgorgare da suo padre, il cui atteggiamento, a casa, tendeva piuttosto alla reticenza, se non all'introversione.

Con voce più calma ripetei ciò che avevo detto. Jonathan continuava a fissarmi sgomento.

Balbettando che lui *non voleva frustare nessuno* – certamente non una ragazza...

A quel punto gli intimai, senza mezzi termini, *di non azzardarsi a disobbedirmi.*

"Ma, Padre–"

"Farai *quello che ti ho detto.*"

Quasi con sguardo impaurito, Jonathan si allontanò d'un passo da me. Fui costretto a chiedermi che genere di follia mi lampeggiasse sul volto.

Senza dubbio, quel ragazzino si stava chiedendo se dovesse voltarsi e fuggire da me; non mi avrebbe sorpreso se fosse scappato a casa per appellarsi alla madre, giacché Theresa aveva viziato tutti i suoi figli, e li aveva rivoltati contro il padre.

Solo due o tre anni prima, avevo sperato di infondere in Jonathan l'idealismo del medico e dello scienziato; aveva rifiutato seccamente le mie proposte, cosa che non riuscivo a perdonargli.

"Jonathan: ti ho dato un ordine. Vai alla Torre nord – vedi quella porta che sto indicando. Non guardare me, guarda la porta. C'è la ragazza dentro, sta aspettando. Deve essere frustata. La frusta è sul pavimento. Mi ha sfidato – ha sfidato la mia autorità. Ha sfidato *l'intera razza cui apparteniamo.*"

"L''intera razza'?"

"Sì! *Tu* appartieni a quella razza, così credo, oppure no? Non guardarmi come uno zotico! Tu appartieni all'onorata stirpe inglese, i tuoi avi sono venuti in questa terra molto tempo prima che fosse la terra degli Stati Uniti! *Loro* sono come i pidocchi, arrivano sulle nostre spiagge per riprodursi e minare la nostra autorità. Sono in combutta con gli schiavi neri! Frustala non meno di dodici volte."

"*Do-Dodici–?*"

"Sei un pappagallo, Jonathan? Vai! *Vai!* Prima che sia troppo tardi e io scelga di diseredarti."

Da dove venisse questa folle minaccia non ne avevo idea; ero scompigliato, il colletto inamidato allentato sul collo; di certo avevo la faccia in fiamme, e grondavo sudore; forse mio figlio temette che suo padre avesse un ictus, poiché mai mi aveva visto, o sentito, in quello stato.

Quest'argomento sembrò convincere il giovane che deglutì a fatica e rispose, "Va bene, Padre. Se insisti."

"Sì! Mi hai sentito – *insisto.*"

A queste parole mi tuffai in avanti, superando Jonathan, perché avevo i nervi così a fior di pelle che non potevo sopportare la sua presenza neanche per un altro istante.

A casa, entrai dal retro senza fiato e in agitazione, ma non riuscii a evitare mia moglie, Theresa, che si trovava in cucina a parlare con la cuoca e si voltò ora a guardarmi come se fossi un pazzo.

"Silas! Che diamine succede? Il tuo colletto – cosa ti è accaduto?"

"Niente! Non è accaduto niente a *me*."

"Silas, cosa c'è? Stai male?"

"Non – *non toccarmi* Theresa! Ti avverto – *non farlo*."

Andai verso il mio studio, e mi chiusi la porta alle spalle; affondando seduto dietro alla scrivania, con le mani premute sulle orecchie; a stento riuscivo a realizzare dove fossi, come quando ci si sveglia da un incubo per ritrovarsi dentro a un altro.

Annaspai cercando di aprire un cassetto della scrivania in cui, tra le riviste di medicina, c'era una bottiglia di whiskey, alla quale mi attaccai con smania.

Per alcuni minuti rimasi seduto – il mio cervello un turbine, come foglie secche sollevate dal vento tempestoso.

Non volevo sentire quel brusio di voci ovattate fuori dalla mia porta, le voci di mia moglie e di qualcuno tra i miei figli. Erano un tormento! Theresa stava dicendo loro di parlare *a bassa voce*, in un modo che non potevo non sentire.

"Che Dio mi aiuti. Che Dio aiuti *lui* – a frustare sonoramente la ragazza."

Pronunciai quella preghiera piano, così che nessuno potesse sentirla, nessuno che stesse ascoltando fuori la porta.

Avevo sistemato la colomba intagliata che Brigit mi aveva donato in giorni più lieti ad altezza d'occhi, in un vano della scrivania; la stavo fissando ora, col cuore che mi batteva forte.

"E che Dio aiuti *lei* – a pentirsi."

Aggiunsi al whiskey un cucchiaino di laudano. Qualche minuto dopo, quando ormai avevo mandato giù svariati sorsi del caldo, calmante, whiskey color rame che mi accendeva una piccola fiamma viva nel petto gelato, mi sentii più rilassato e meno in preda alla disperazione: mi venne in mente che avrei generosamente pagato a Brigit le rette e il vitto necessari per la scuola infermieristica a New Brunswick, dopodiché avrebbe fatto ritorno al laboratorio, per lavorare a stretto contatto con me.

Poi, come mi aspettavo e temevo, qualcuno bussò cautamente alla porta.

"Signore?" – era Jonathan.

Misi via in fretta il whiskey, riponendolo dentro a uno dei cassetti della scrivania. Spinsi indietro nel vano la colomba intagliata, così che non fosse a vista.

In un altro punto della scrivania, tra vecchi libri contabili, tenevo un mucchietto di banconote americane con cui mi avevano pagato i miei pazienti privati; tra le tante distrazioni della mia vita, mi ero dimenticato di depositarle sul conto del *dottor Adam Percival*, di cui Theresa non sapeva nulla.

Tenevo sempre chiuso questo cassetto e avrebbe dovuto essere chiuso a chiave, ma sfortunatamente non aveva serratura.

Quando Jonathan bussò di nuovo, gli ordinai di entrare. Quanto era divenuto pallido, con uno sguardo sconvolto, gli occhi umidi e la bocca contratta! Nella mano, la frusta che gli avevo lasciato sul pavimento della *stanza dei cadaveri*, che ancora vibrava con l'oscura energia di un serpente; me la lanciò sulla scrivania con un gesto brusco, senza spiegazioni.

"Bene, figliolo – lo hai fatto? L'hai frustata?"

Era impressionante come questo robusto e vigoroso ragazzo fosse ridotto senza fiato, quasi avesse corso. Il fatto che non riuscisse a guardare negli occhi suo padre lasciava intendere quanto duramente l'avesse colpito quest'esperienza; perché mai quel figlio viziato aveva alzato la frusta su nessuno prima d'allora.

"Sì, Padre. L'ho frustata."

## La penitente

Da *Cronaca della vita di un medico*,
di Silas Aloysius Weir, dottore in medicina

*Dottor Weir – mi perdoni! La prego.*

Queste parole di pentimento, mimate nella muta voce di Brigit Kinealy, perseguitarono il mio sonno (travagliato, interrotto) nelle ore successive alla débâcle, e per larga parte del giorno seguente, come uno spettro perseguita un vivo; eppure, in verità, la prima volta che rividi l'insolente giovane irlandese, la mattina successiva, al suo solito posto nel laboratorio, evitò del tutto di entrare in comunicazione con me, e rimase a un po' di distanza, nella sua uniforme da infermiera – (che era stata, almeno, lavata e inamidata adeguatamente) – in attesa di ordini miei o di Gretel: né disobbediente, né del tutto obbediente, ma in procinto d'agire come è consono per una sottoposta, con espressione impassibile, in apparenza rigida e tesa, forse a causa di una sofferenza.

(Osservai di nascosto Brigit Kinealy: si muoveva *davvero* come se provasse dolore, come ci si muove con un ginocchio infortunato, o una schiena dolente; ma mi rifiutai di guardarla apertamente, e riuscii a figurarmi solo in modo vago come potesse apparire la sua *schiena nuda e frustata*, coperta di strisce infiammate; quella sola idea mi faceva cedere le ginocchia e affievolire i sensi.)

Eppure, avvampando d'indignazione, mi rifiutavo di parlare con Brigit o di considerarne la presenza; impartendo le mie istruzioni a Gretel, che sembrava, a suo modo, del tutto normale, senza alcuna cognizione di ciò che era accaduto tra me e Brigit il giorno prima.

(Ma tutto l'istituto ne stava parlando? Perché avevo compiuto un errore madornale, ne ero sicuro, chiedendo a un portantino di chiudere Brigit nella *stanza dei cadaveri* e di portarmi una frusta; tutto ciò, inoltre, senza intimargli di non farne parola con anima viva.)

Dunque, Brigit si dedicò alle sue mansioni in reparto, e io mi voltai, perché avevo degli impegni altrove. Avevo imposto al mio cuore di non perdonarla, nemmeno se mi avesse supplicato.

Per molta parte di quella settimana, fui costretto a stare lontano dal laboratorio, per questioni amministrative; e quando vi facevo ritorno, per visitare i miei soggetti sperimentali lì allettati e consultarmi con Gretel, ero attento a evitare Brigit, come Brigit era attenta a scivolare via silenziosamente in mia presenza, senza richiamare l'attenzione su di sé.

(E adesso sì, sembrava che Brigit si muovesse trasalendo; senza dubbio, la sua morbida schiena era coperta di piaghe.)

(Sentii l'impulso di controllarle la schiena – eppure, non osavo. Perché farlo avrebbe significato riconoscere che sentivo di averle provocato del male, mentre avrei dovuto sentire di non aver fatto altro che esigere giustizia; era quella giovane impudente la causa del suo stesso male.)

(*Avevo* controllato la frusta che Jonathan aveva lanciato sulla mia scrivania; sembrava più scura e ricoperta di un liquido dall'odore rancido che poteva essere sangue, la nascosi perché non potevo sopportare di vederla.)

(Mi domandai se Gretel avesse pulito e fasciato le ferite di Brigit; ma non potevo chiederglielo.)

(Pensavo di no: perché, se l'avesse fatto, Gretel non si sarebbe comportata in modo così ordinario con me, ma mi avrebbe scrutato con occhi sgomenti e critici, come se io non fossi il suo Padrone, bensì un mostro.)

(Ciò poteva significare, allora, che qualcun altro avesse curato le ferite di Brigit, visto che le pazienti del laboratorio spesso si prendevano cura l'una dell'altra. Ma non avevo modo di saperlo, né desideravo saperlo).

(Sarebbe stato oltremodo inappropriato, infatti, che il direttore dell'istituto facesse domande alle sue infermiere-assistenti di più basso grado!)

Dopo cinque giorni, mi sembrò che Brigit Kinealy si fosse completamente ripresa dalla punizione che le era stata impartita e avesse riacquisito a pieno il suo tipico zelo nel lavoro, ponendosi con le nostre pazienti in una maniera che poteva essere descritta soltanto come *tenera ed efficiente.* Invero, sembrava esserci una nuova esitazione nel suo incedere, a indicare unicamente una nuova maturità; come se sulla sua fronte fossero comparse lievissime rughe. Esprimeva una femminile forma di *penitenza*, in tutto, tranne che con le parole.

Giacché la mia statura era sotto ogni aspetto superiore alla sua, mi parve che la condotta più assennata per Silas Aloysius Weir, direttore dell'istituto di Trenton, fosse di comportarmi come se l'infermiera-assistente Brigit Kinealy mi avesse implorato perdono, e io gliel'avessi magnanimamente concesso: perché tale è la condotta cristiana.

*Ah! – se la Provvidenza mi avesse invece condotto a essere meno fiducioso, e a controllare la schiena nuda della giovane irlandese, le cose sarebbero andate in modo molto diverso, e avrei potuto evitare l'eccezionale catastrofe che si sarebbe abbattuta sulla mia vita.*

## La benedizione di Dio. L'ira di Dio

Da *Cronaca della vita di un medico*,
di Silas Aloysius Weir, dottore in medicina

Non avrei mai pensato che il mio trionfo avrebbe coinciso con la mia distruzione. Tra le pareti del mio laboratorio sperimentale, unico in tutto il Nord America, e in cui erano impiegate persone che ritenevo fossero leali verso di me più che verso chiunque altro, avevo involontariamente innestato il tradimento che mi avrebbe colpito, una serpe in seno.

Ironia ancor più grande, che gli storici della medicina americana non mancheranno di notare: come, nello stesso lasso di tempo, un pioniere della ricerca può assurgere al più alto rango della scoperta scientifica, e, tuttavia, soffrire l'umiliazione e la sofferenza fisica più abietta!

*La benedizione di Dio, e l'ira di Dio*: tragicamente congiunte.

Prima, il trionfo! La mia reputazione infatti cresceva costantemente, delineandomi come una delle figure più prominenti della ricerca medica nella nostra era, e portando con sé onori quali la mia elezione a membro della New England Association of Physicians & Surgeons, di cui ho già accennato; e l'onore ancor più prestigioso di un riconoscimento da parte del National

Institute of Science, per il mio lavoro pionieristico nel trattamento della *fistula*, quale forma di prevenzione della malattia mentale, affermando, in modo ancor più lusinghiero, che *Silas Aloysius Weir, dottore in medicina, è il Magellano dei genitali femminili.*

In quegli anni esaltanti, più orgoglioso che mai, mi buttai nel lavoro! La mia cara moglie, Theresa, che spesso si era lamentata di vedermi di rado, si placò infine grazie alla costante crescita delle nostre entrate, giacché il mio stipendio presso l'istituto, già generoso, veniva integrato dai miei guadagni privati. Crescendo e facendosi più maturi, i miei figli furono più capaci di misurare il valore dell'importante opera del padre in un contesto più ampio; le lamentele su come si vergognassero di stare tra i loro compagni facoltosi, perché loro padre era un *dottore della pazze*, vennero via via meno. Persino i Cleff dovevano ammettere che le mie fortune erano in espansione – dopo tutto, la loro amata Theresa non aveva compiuto un imperdonabile errore!

I medici e i chirurghi più anziani, che un tempo dubitavano dei miei metodi e avevano guardato con sprezzo al poco conosciuto campo della Gino-Psichiatria, erano obbligati ora a prestarmi la dovuta attenzione; e persino a chiedermi di assistere mentre esercitavo, come apprendisti alla presenza di un maestro.

Con ogni intervento chirurgico di riparazione della *fistula*, la mia esperienza e la mia perizia crescevano. Se all'inizio faticavo anche soltanto a eseguire un esame pelvico della paziente, ora, con l'utilizzo dello *speculum di Weir*, la cavità oscura della vagina poteva essere rivelata alla luce; grazie al filo d'argento, erano possibili suture negli organi interni del corpo che erano state impossibili fino ad allora. Inoltre, la mia chirurgia sperimentale per il trattamento della pazzia, o, come veniva sempre più comunemente chiamata, della malattia mentale, inclusa la rimozione di parti infette del corpo femminile, cominciò a venire emulata dai più importanti chirurghi dell'epoca, negli ospedali di maggior rilievo.

Venni invitato a operare a Boston, New York City, Baltimore e Cleveland; a Chicago, Philadelphia, Buffalo e Cambridge; durante un viaggio a sud, operai a Montgomery, Atlanta, Charleston, Richmond e New Orleans, viaggiando ovunque a bordo delle più lussuose carrozze ferroviarie, e soggiornando negli alberghi più esclusivi. I proprietari delle più grandi piantagioni di cotone del Sud richiedevano i miei servizi, perché le loro schiave nere erano quasi tutte affette da *fistula* – una condizione che di solito ne condannava molte a una morte prematura per inedia, giacché i proprietari di schiavi non vedevano ragione di tenere in vita una lavoratrice inutile.

Perciò, negli stati del Sud, i medici che lavoravano nelle piantagioni erano ansiosi di apprendere la tecnica di riparazione della *fistula* con il filo d'argento, insistendo che venisse loro concesso d'osservarmi all'opera quando eseguivo dimostrazioni della mia metodologia presso le scuole di medicina.

Ah, come mi mancava avere Gretel al mio fianco, in quelle circostanze! Ma dovevo avvalermi delle infermiere e degli aiuti che trovavo in sede, che si dimostrarono nel complesso piuttosto soddisfacenti.

Dopo un intervento di successo presso un ospedale molto rinomato, non era inusuale che la paziente pervasa dalla gratitudine mi baciasse le mani e si riferisse a me usando i più nobili termini, definendomi il suo *Salvatore* – mentre altri dottori, tra cui anche nomi importanti, avevano respinto le loro suppliche, dichiarando la loro condizione senza speranza.

E qui si palesò la più deliziosa e ironica delle circostanze: mio suocero, solitamente alquanto distaccato, Myron Cleff, fu costretto a portarmi la moglie sofferente, per la riparazione d'un prolasso uterino, intervento che eseguii presso il Trenton General Hospital, ricorrendo a una calibrata dose di cloroformio, con grande successo.

Nulla di più gratificante di un suocero costretto a umiliarsi, e a mormorare *Grazie, Silas!*

Con grande sollievo di mia moglie, nostra figlia maggiore, Florence, si fidanzò alla tarda età di ventun anni, con un rispettabile venditore di cotone, con un ufficio a Baltimore. Il secondogenito, Solomon, studiava economia all'Università del Delaware. Il maggiore, Jonathan, era riuscito a concludere gli studi presso il College del New Jersey, ottenendo un'inutile laurea in filosofia e storia, con l'ambizioso programma di studiare legge a Yale per un altro anno o due; nel mentre, Jonathan stava lavorando a Philadelphia come socio junior in uno studio legale, ma riceveva una paga modesta.

Tra di noi, un imbarazzo palpabile come la foschia che cala sulla città di Trenton, quando il vento dall'Est porta con sé i fumi delle fattorie sul fiume Delaware – avevo addirittura il sospetto che Jonathan tentasse d'evitarmi, quando ne aveva occasione.

Cercando una qualche forma d'indipendenza, Jonathan viveva da solo in una pensione a poca distanza dallo studio legale di Philadelphia; tuttavia, come scoprii poi, Jonathan faceva spesso ritorno a casa, per coincidenza proprio quando io ero via.

Nessuno dei suoi genitori, all'epoca, comprendeva fino in fondo *come mai* Jonathan tornasse così di frequente a Trenton.

"Jonathan sente la nostra mancanza," sottolineava Theresa con espressione malinconica, "–è ancora così *giovane*. Vorrei che non fossi così duro con lui, Silas."

"'Duro'! Non sono duro con Jonathan," rispondevo stupito, "–è Jonathan a essere duro con me."

Ricordando come Jonathan aveva lanciato la frusta sulla mia scrivania, che sembrava portare l'odore della carne percossa della fanciulla irlandese; con un'espressione che mi sembrò, a posteriori, rammaricata e sprezzante.

Ciò era la misura della mia ingenuità nei confronti del nostro primogenito; non avevo idea che avesse mantenuto una relazione clandestina con Brigit Kinealy, e che, durante le sue visite a casa, trovasse il modo d'incontrarla, senza che Theresa ne fosse a conoscenza; tutto questo, sarebbe emerso con grande scandalo più avanti.

Altra cosa che mai avrei potuto sospettare: come un'atmosfera rancida e buia favorisce lo sviluppo di muffe tossiche, le mie frequenti assenze dall'istituto stavano creando le condizioni perché crescesse un'atmosfera d'anarchia e scontento nel laboratorio; la fiducia che nutrivo nel fatto che le mie infermiere-assistenti, Gretel e Brigit, supervisionassero l'ospedale mentre erano via, si sarebbe rivelata crudelmente mal riposta.

Fu così che, in un mite giorno del marzo 1861, l'*ira di Dio*, dal nulla, si abbatté come una tromba d'aria.

Sulla scia del successo della *fistula*, stavo pianificando di impegnarmi successivamente in una campagna di promozione della rimozione degli organi femminili infetti, per il trattamento della malattia mentale, su cui da anni stavo portando avanti le mie ricerche nel laboratorio. Come un'epidemia, l'*isteria* si stava diffondendo sempre più tra le donne bianche dell'alta società degli Stati Uniti, plausibilmente in relazione alle crescenti tensioni tra Nord e Sud, che riempivano i titoli dei giornali, nel caso in cui si escludessero altre problematiche. La mia conoscenza della regione genitale femminile non aveva eguali; come, soprattutto, la mia conoscenza dell'anatomia e della fisiologia femminili, rivelando la cruciale connessione, nella donna, tra genitali, organi riproduttivi, e cervello. Come avevano evidenziato studi recenti, la ricerca di una cosiddetta educazione "superiore" tra le donne bianche influenza il livello di afflusso di sangue dall'utero al cervello, aumentandolo fino a dieci volte, con la conseguenza che questa attività porta a disidratare le ovaie della donna e le impedisce di adempiere alle proprie funzioni materne; in queste circostanze, si rendono estremamente necessari rigorosi esperimenti in quest'area della fisiologia.

Era mia intenzione seguire una programma metodico per rimuovere chirurgicamente gli organi femminili – ovaie, utero, clitoride, vulva e altri componenti minori della vagina – uno per uno, in una serie di soggetti all'interno del mio laboratorio; per verificare quale, eventualmente, poteva essere responsabile dell'isteria; o se l'isteria fosse invece più diffusa nell'area genitale della donna; o se ancora, come Aristotele e Galeno avevano teorizzato, l'utero disgregato vagasse all'interno del corpo femminile, muovendosi verso il torso, per esempio, con gravi conseguenze quando veniva a contatto con i polmoni o il cuore.

Dunque, nel Soggetto #1 avrei rimosso le ovaie; nel Soggetto #2 avrei rimosso l'utero; nel Soggetto #3 avrei rimosso la clitoride, e così via. (Nel caso di un soggetto incinta, avrei effettuato iniezioni di belladonna, ammoniaca e mercurio nel canale del parto e nell'utero: per verificare se fosse possibile indurre ciò che viene definito *aborto.*) In uno o due soggetti, a seconda del grado di loquacità, avrei potuto rimuovere la lingua, giacché da molto tempo si ipotizzava che la malattia mentale si esprimesse primariamente attraverso il linguaggio; se un soggetto veniva privato della lingua, e non poteva inveire e delirare, la sua malattia sarebbe stata arginata? – o magari, *curata*?

Non c'è bisogno di dire che questi interventi sarebbero stati eseguiti nel corso di attenti intervalli di tempo, così che potessi seguire da vicino il decorso delle pazienti: valutando fino a che punto l'*isteria* diminuisse, o peggiorasse, o ancora, apparisse invariata.

Intendevo inoltre associare ad alcune operazioni chirurgiche degli esperimenti pratici con la morfina, il cloroformio e l'etere; persino dopo anni di pratica *anestetica*, non ero soddisfatto della mia perizia in merito al miglior impiego possibile di questi composti chimici, i cui effetti, secondo la mia esperienza, sembravano spesso randomici e imprevedibili.

Poiché i soggetti femminili nel mio laboratorio erano, per la maggior parte, dei campioni di corporatura solida, insensibili al dolore che avrebbe paralizzato donne di classi più raffinate, e la loro subnormale intelligenza le rendeva inoltre meno curiose, potevo godere delle circostanze ideali per tale sperimentazione; in tutte le questioni che riguardano la *ginecologia*, infatti, se non per casi eccezionali, i genitali delle donne di ogni classe sembrano essere *identici.*

Avevo intenzione di cominciare da Bathsheba, la cui facile irascibilità e gli infidi modi erano chiari sintomi di isteria; diedi quindi istruzioni a Gretel, alla vigilia dell'intervento, di mischiare al cibo di Bathsheba una forte dose di morfina, così che potesse dormire profondamente nel corso della notte e non svegliarsi al mattino, rimanendo dunque priva di sensi, incapace di opporre resistenza. Inoltre, dopo che Bathsheba fosse crollata in un sonno profondo, quella notte Gretel e Brigit avrebbero dovuto portarla silenziosamente dal reparto dell'ospedale alla sala operatoria, senza che lei lo sapesse; temevo infatti una strenua opposizione di Bathsheba se avesse saputo d'essere stata scelta per uno dei miei interventi.

A giudicare dalla sua espressione preoccupata, che mi sembrava al contempo comica e irritante, Brigit voleva chiedermi: *Cos'ha Bathsheba che non va?*

"Bathsheba ha bisogno d'essere operata urgentemente, avendo mostrato sintomi di *prolasso uterino*" – risposi così, con la solerzia con cui avrei risposto a un collega medico.

(Questa condizione patologica, il collasso dell'utero all'interno del canale del parto, tramite il quale fuoriusciva dal corpo femminile, passando per la vagina, era la patologia particolarmente ripugnante di cui soffriva la moglie del dottor Cleff e che io avevo corretto con successo.)

Quelle semplici parole – *prolasso uterino* – erano invero così gravi che, se la piccola sordomuta mi avesse letto le labbra, non mi avrebbe posto ulteriori domande.

Diedi precise istruzioni a Gretel e Brigit: "Non appena portate Bathsheba nella sala operatoria, legatela al tavolo con le cinghie di pelle. Assicuratevi che siano *strette*. Sebbene non mi aspetti un suo prematuro risveglio, meglio prendere precauzioni."

Entrambe le mie assistenti rimasero in silenzio. Evidentemente la piccola sordomuta non aveva bisogno di fare ulteriori domande. Con la sua tetra espressione bovina Gretel mormorò, *Sì, dottore.*

Non avevo certo ragione di sospettare un imminente ammutinamento!

*Né la Provvidenza mi preparò, come l'accordo tra il Creatore e me sembrava avermi promesso.*

Vigilia del 13 marzo, 1861. Attorno alle nove di sera. Attraverso una finestra socchiusa del mio studio domestico, nella residenza del direttore, intento a consultare alcuni testi di medicina alla luce d'una lampada, sentii, o credetti di sentire, una voce che mi supplicava – *Dottor Weir! Oh, dottor Weir! C'è urgente bisogno di lei nel laboratorio...* All'inizio, non fui certo di aver sentito bene, e sollevai la testa per ascoltare con più attenzione – *Dottor Weir! Per favore, venga, c'è urgente bisogno...*

Era la (muta, melodica) voce della ragazza irlandese, trasportata sino alle mie orecchie da una brezza d'inizio primavera! Questo richiamo al mio sangue mi fece sobbalzare il cuore, giacché versavo già in uno stato umorale d'esaltazione e attesa, preparandomi per l'intervento chirurgico del mattino.

Quella sera, avevamo avuto come ospiti a cena molti dei miei parenti acquisiti, incluse le sorelle di Theresa assieme ai loro bambini, e dunque, dopo quel pasto luculliano, mi ritirai nel mio ufficio con la scusa di dovermi preparare per una sveglia molto presto al mattino, mentre il resto della compagnia si riuniva in salotto, parlando e ridendo allegramente, in un modo che di solito mi avrebbe distratto e profondamente irritato; ma mi parve una serata eccezionale, visto che, nel loro cicaleccio, nessuno aveva udito il canto di sirena di Brigit che si rivolgeva al *dottor Weir.*

Subito, nel sentirlo, saltai in piedi, perché non volevo che nessuno dei nostri domestici intervenisse e bussasse alla porta. Accesi freneticamente una lanterna da portare fuori e afferrai la mia valigetta, in uno stato d'eccitazione.

*Dottor Weir – si sbrighi!*

Uscendo dal retro, scoprii con mio stupore che entrambe le mie infermiere-assistenti, Gretel e Brigit, mi stavano aspettando nell'oscurità, dentro le loro prudi uniformi, i bianchi cappellini inamidati in testa; ciascuna sorreggeva una candela accesa che baluginava ammiccante nel vento. Gretel aveva la solita faccia tetra e pastosa, mentre quella di Brigit era luminosa per il riflesso della candela, gli occhi chiari che scintillavano come quelli di un gatto.

Con il suo accento marcato, appesantito dall'agitazione, Gretel mi disse che uno dei miei soggetti sperimentali aveva urgentemente bisogno d'aiuto. "Lei sta perdendo molto sangue, dottor Weir!"

"*Lei*? Chi, Gretel?"

"Juel."

*Juel!* Che me ne importava di *Juel*! Pensavo che si trattasse di Bathsheba, con la seccatura di dover posticipare l'intervento.

Juel era la più tormentata delle mie pazienti, sopravvissuta a numerose operazioni, attaccata con ostinazione alla sua miserabile vita, come a farmi dispetto; così delirante, così malnutrita, così rinsecchita e sempre più simile a un pipistrello che a una persona, non era ragionevolmente più di nessuna utilità come soggetto per ulteriori esperimenti; e non faceva che sfidarmi, perché nessuna rimozione degli organi infetti aveva avuto l'esito di curare la sua follia, per quel che potevo rendermi conto. Ciononostante, come medico e cristiano, non potevo tradire indifferenza. Inoltre, era una regola del mio laboratorio che nessun medico, in caso di emergenza, dovesse venire chiamato a eccezione di me, perché non volevo che nessun'altro dei dottori mettesse piede nel mio spazio riservato, e ficcasse il naso nelle mie ricerche private.

Emisi un profondo sospiro, a segnalare a Gretel e Brigit che la loro allerta mi stava arrecando fastidio; in ogni caso, essendo un medico responsabile, le avrei assecondate.

Mentre mi conducevano verso l'imponente struttura della Torre nord, lungo un percorso costellato di erba alta e rovi, mi sembrò che due voci mi si rivolgessero, non solo quella di Gretel –

*È successo così all'improvviso, dottor Weir –*

*– così tanto sangue –*

*– e-em-or –*

*– emorragia –*

*Si sbrighi, dottor Weir! Solo lei può salvarla.*

Il mio cuore batteva veloce, per l'attesa. Sebbene mostrassi alle mie infermiere-assistenti un'espressione irritata per essere stato interrotto a casa mia, in verità ero eccitato d'essere diretto in quel modo, inaspettatamente, mentre a casa regnava quella seccante ilarità, dalla quale ero esiliato.

Alte raffiche di vento soffiavano strane nuvole scolpite nel cielo, enormi golette e galeoni, navi che vantavano molti alberi e vele, illuminate da una luna scintillante, per poi rituffarsi nell'ombra, e poi ancora tornare alla luce. Era raro che mi dirigessi verso la Torre nord dopo il crepuscolo, così come avveniva ora, sollevando la lanterna davanti a me per non cadere sulla scala, mentre le infermiere-assistenti mi si affrettavano innanzi, sollevando le loro candele e raccomandandomi di *sbrigarmi*!

Di notte, l'interno dell'edificio di mattoni rossi emanava un'aura funerea. Gli odori naturali del manicomio – canfora, cibo rancido, aria chiusa, disperazione e rabbia – erano più densi adesso che durante il giorno. La scala sembrava molto più ripida del solito, mentre salivamo al terzo e ultimo piano. I corridoi conducevano in varie direzioni, giacché, come l'architetto aveva stabilito, è desiderabile avere quante più finestre possibili in un ospedale psichiatrico, per soffondere l'anima afflitta di luce.

Ma, di notte, le finestre non lasciano trapelare alcuna luce e riflettono piuttosto il luccichio degli interni, distorti dalla luce delle candele.

Quanto era diverso, di notte, il mio laboratorio – quel reparto d'ospedale tanto famigliare durante il giorno, pressoché sconosciuto nel buio! Quando entrai, quasi con esitazione, riuscii a stento a riconoscere le scure figure delle pazienti.

Alcune erano a letto, troppo deboli per alzarsi; altre, per qualche strana ragione, stavano in piedi accanto alle loro brande, le logore camicie da notte che arrivavano loro fino alle caviglie. Sembravano tutte sollevare delle candele accese, aspettando il mio arrivo, oppure come a celebrare qualcosa; sparpagliate per la stanza emettevano una fantasmatica luminescenza.

Quanto erano silenziose, mentre, di giorno, queste pazze non facevano che produrre uno sgradevole baccano nel reparto, parlando in continuazione, a se stesse o alle altre, imprecando, ragliando, piangendo, pregando. E che cosa singolare che dieci o più pazienti, dai volti a me famigliari durante il giorno, fossero, di notte, a malapena riconoscibili. Erano – Mahala? Zenobia? Nestra? Altre, che avrei giurato di non aver mai visto prima. Mi osservavano in silenzio, gli occhi, come schegge di vetro che riflettevano piatti una luce fulva, risplendevano sui loro volti scavati, mescolando ombre come maschere africane.

*– di qua, dottor Weir –*

*– Juel è qui –*

*Si sbrighi!*

Ricordai allora che dopo l'intervento avevo ordinato di spostare la difficile Juel dal reparto e di sistemarla, *in costrizione*, in una stanza adiacente, per impedire che si facesse del male o lo facesse alle altre. Ricordai come la creatura simile a un pipistrello avesse tentato di mordermi, ma con quei pochissimi denti che le erano rimasti nella mascella.

*– è qui, dottor Weir –*

*– Juel, qui c'è il dottor Weir! –*

*– ti salverà...*

Se il laboratorio era soffocante e irrespirabile, con la sua doppia fila di brande e la commistione di odori di tanti corpi femminili, la parte anteriore del laboratorio, il corridoio delle *stanze di restrizione*, era ancor più nauseante. Qui erano tenute solo le più sciagurate, i casi senza speranza di infermità mentale, di follia omicida, d'osceni costumi. Qui, non erano solo le *menti* a essere malate, ma i *cervelli.* I soggetti sperimentali che non avevano più utilità, ma che continuavano a vivere, venivano sistemati qui, per necessità; perché nella condizione alterata postoperatoria non potevano essere trasferite nuovamente ai reparti originari dell'istituto senza sollevare domande tra le infermiere, domande per cui non potevano esserci risposte.

Naturalmente, in questa parte del laboratorio il tasso di mortalità era alto. Nessuna paziente che vi entrava aveva qualche probabilità d'uscirne viva.

Queste malate di mente, registrate come *nulle*. In modo che non potessero minare le statistiche rilasciate ogni anno dall'istituto.

Al momento, c'erano tre di queste creature dentro celle separate, due delle quali ci stavano guardando con occhi omicidi, occhi di gufo; la terza, la rinsecchita Juel, giaceva a terra nella sua cella, su un giaciglio fatto di lurida paglia, attorcigliata su se stessa come un serpente, così da non mostrare la faccia.

*Juel! Il dottor Weir è arrivato, ti aiuterà lui.*

Era Brigit a parlare così distintamente? Nel buio, non riuscivo a veder le sue labbra delicate muoversi, ma ero certo che questa voce tintinnante, tanto diversa dalla voce di Gretel, era quella della ragazza irlandese.

"Juel? È lei? Ecco, cosa c'è che non va?" – domandai alla paziente, con tutta la cortesia di cui ero capace.

Tutto ciò, mentre premevo la lanterna contro le sbarre della cella, all'altezza delle spalle; ma senza riuscire a vedere bene all'interno nemmeno se la paziente stesse collaborando, voltando verso di me la sua faccia rinsecchita da pipistrello. La paglia sotto alla figura rannicchiata era davvero macchiata di qualcosa di scuro, se sangue o altri liquidi disgustosi non riuscivo a capirlo.

Poiché non avevo scelta che aprire la porta, con una chiave che tenevo in un pesante portachiavi nella mia valigetta, le mie infermiere-assistenti si fecero avanti per aiutarmi.

*Dottor Weir? – lasci che le prenda la lanterna.* Sembrava fosse stata Brigit a parlare.

*Dottor Weir? – lasci che le prenda la chiave.* Sembrava fosse stata Gretel a parlare.

Non era inusuale che un'assistente aprisse la porta di una cella come quella, e che eseguisse i primi passaggi, in attesa dell'arrivo di un medico; ebbi il tempo di meravigliarmi che qui, invece, era stato fatto pochissimo di quel lavoro preliminare, come per esempio spazzare la paglia vecchia e insudiciata, e rimpiazzarla con altra fresca, prima che il medico curante vi entrasse.

In quell'istante di stupore, avvertii il suono di un respiro corto. Molti respiri. Un rumore di passi dietro di me, più pesante di come mi sarei aspettato. Altri passi, pesanti. Altri ancora.

"Che cosa succede? Che cosa–"

Nella confusione, mi voltai e vidi facce-maschere che mi guardavano in modo lascivo, e occhi che risplendevano fulvi, oltre i visi famigliari delle mie infermiere-assistenti; e ancora altri, che si affollavano sull'ingresso; anche quando qualcosa mi colpì sul lato della testa, con la potenza devastante d'una mazza, facendomi cadere immediatamente sul pavimento lurido, sgomento e incapace di comprendere, come un manzo destinato al macello.

Mentre la mia anima si ritirava a un graffio di coscienza, fragile come una fiamma, da ogni lato si sollevavano urla, grida omicide di uccelli predatori che si gettavano su di me –

*Il Macellaio! Il Macellaio! Il Macellaio dalla mano rossa!*

## Una fanciulla smarrita, e ritrovata.
## La vera storia di un'orfana da lei raccontata, 1868
Di Brigit Agnes Kinealy

*1.*

...avevamo appena cominciato ad ammazzare il Macellaio dalla mano rossa che già era finita. Caduto all'istante sul pavimento lurido come una stupida bestia colpita dalla mano di Dio che scivola e striscia nel suo stesso sangue. Un bambino frustato che piagnucola ormai senza speranza né vergogna, con i vestiti squarciati e strappati di dosso, nudo com'era, i genitali spappolati che gli sanguinavano tra le vecchie cosce giallognole, le nostre risate come grida nel vederlo così. Alleluia! – l'urlo dell'iracondo Dio Geova degli israeliti che persiste in quella gioia furiosa simile a un'alluvione che esonda dagli argini del fiume, le più audaci tra noi curve nell'ammazzamento, nella gioia dell'ammazzamento, i nostri coltelli che avevano fame del petto molle del Macellaio dalla mano rossa che ci aveva segregate, del cuore del Macellaio dalla mano rossa che ci aveva torturate, della pancia del Macellaio dalla mano rossa che ci aveva sodomizzate, persino mentre le più sagge tra noi strillavano – *No! No, non dobbiamo farlo! – sarà la nostra condanna, se ammazziamo il dottore Macellaio.*

Mi nascosi gli occhi perché non potevo guardare quello che avevamo fatto.

2.

...ogni sera preparava per me soltanto uno sciroppo simile a melassa bianca, *il dolce balsamo del Lete*, lo chiamava, per sé, il dottore, e per me, la *sua* infermiera, giacché le sue mani da medico tremavano per l'esaltazione del bisturi che tagliava la carne della femmina, eruttando un sangue scintillante come uno stridulo grido, per l'esaltazione del bisturi che penetrava l'ostinata carne della femmina di cui già aveva dimenticato il nome, né avrebbe potuto ricordarlo, perché i *nomi* delle *pazze* che operava non rimanevano impressi a chi brandiva la lama; eppure, conosceva il mio nome, la sua bassa voce eccitata che mormorava *Brigit! – è talmente bella, si guardi! – talmente bella, non come le altre così brutte, abomini agli occhi del Signore.* E io avrei voluto resistere, ma non ci riuscivo. Avrei voluto far scivolare rapido e silenzioso un rasoio sulla gola del Macellaio, ma non ci riuscivo. Venivo colta invece da una piacevole forma di incoscienza, che Dio mi perdoni. Che la memoria di mia madre mi perdoni. Per tutto il male che ho aiutato a compiere, che le mie sorelle mi perdonino. Grata nel dolore per quell'incoscienza che mi germogliava dentro, *dolce balsamo del Lete.*

Non c'è nulla di più delizioso dell'incoscienza per qualcuno tanto afflitto e infelice quanto lo ero io, vergognandomi fin dentro alla carne, mentre il dolore bollente che sentivo tra le gambe si affievoliva e giungeva misericordiosa l'oscurità in cui mi lasciavo affondare, migliaia e migliaia di ragnatele così soffici al tocco. Tutto ciò che in me vibrava timoroso e vigliacco, tutto ciò che in me disperava, veniva cancellato – il modo in cui mi era stata strappata mia madre tanto tempo fa, dissero che era *morta in un terribile incidente, ustionata a morte per colpa della sua stessa ubriachezza che Dio la perdoni.* È passato così tanto tempo, non ritrovo il suo volto, se non in quei sogni di una tenerezza tale che le lacrime prendono a corrermi per le guance e benché dorma (lo so) *riesco a sentire la mia pelle bagnata*, e nei sogni riesco a parlare, non sento più la gola strozzata ma aperta, riesco a respirare libera, riesco a parlare, ma solo nei sogni. Perché da sveglia, non riesco a farlo. Le loro turpi parole, non riesco a sentirle. Sono al riparo da loro, perché sono *sorda e stupida.* Ai loro occhi, un'idiota. Danneggiata nel cervello. I miei avi, irlandesi, per loro, inglesi o scozzesi, sono solo spazzatura. La loro crudeltà ci ha seguiti fino al Nuovo Mondo. La loro crudeltà, di cui mi hanno raccontato, in frammenti di storie. Noi non siamo schiavi, ma servi, ci spiegano. Noi non siamo *schiavi di proprietà*, ma servi a contratto. Noi non siamo neri come gli africani sequestrati e ridotti in schiavitù, siamo *bianchi*, eppure siamo *spazzatura.*

Perché non riesco a parlare, ho il terrore di parlare. Ho il terrore di urlare al Macellaio dalla mano rossa di non toccarmi. Perché lui è il mio Padrone, lui ha il diritto di toccarmi. Ha il diritto di frustarmi. Ha il diritto di costringermi, lui ha il predominio sul mio corpo. Non posso gridare ad alta voce il modo in cui mi è stato tolto mio figlio, strappato al mio corpo squarciato mentre gemeva di dolore, con un coltello che mi apriva il ventre per liberare il bambino dalla testa grande e la fronte alta e le sopracciglia di suo padre, mentre urlava di riportarmi il mio bambino, ma *loro non l'avrebbero permesso*, dicevano che *non ero in grado di allattarlo*. Perché ero troppo giovane, il seno troppo piccolo. Perché avevo la pelle troppo bianca, uno scherzo della natura e adesso ero anche *sorda e stupida*. E là, dove ero lacerata, dentro, c'era un buco, uno squarcio, una perdita di escrementi che scivolavano giù per le mie gambe, che mi scioglievano la carne dalle ossa. E dopo, in un tormento di vergogna per aver subito quelle cose e per non aver saputo dire di no; e a più d'uno tra loro, tra i portantini, i dottori e il direttore, a nessuno seppi dire *No*. Perché sono una serva, la più umile delle serve, a contratto. Perché il mio contratto può essere esteso. Se rischio di *infrangerlo*, può essere esteso. Se sono inferma, se non sono in grado di lavorare, può essere esteso. Perché sono cattolica spazzatura irlandese. Il mio bambino aveva un valore, perché suo padre aveva un valore, e mi è stato tolto per darlo in adozione a una ricca coppia protestante inglese che il padre del bambino conosceva, lui mi mentì ovviamente, mi disse *Il tuo bambino è morto, Brigit. È una benedizione*. Ma se il mio bambino fosse morto sarebbe stato per la vergogna di quel padre, senza un nome. *Medrick Weir* – mai avrebbe visto il suo stesso figlio, mai avrebbe voluto vedere quella creatura del demonio. Penosi ricordi di Medrick Weir che adulava la mia bellezza quand'ero solo una ragazzina, raccogliendomi il volto tra le mani per scrutarmi negli occhi, fin dentro l'anima che desiderava ardentemente d'essere amata, apprezzata, protetta dopo la morte di mia madre, tutti loro mi vezzeggiavano, mi coccolavano, uomini e donne, che cosa pietosa che la bambina sia un'orfana, che cosa pietosa che sua madre non avesse un marito, che cosa pietosa che sia morta in quel modo, una lavandaia fino all'ultimo, la pelle che le si staccava dalle ossa in scintillanti grumi di carne ustionata. Esclamando di fronte ai miei capelli chiari, alla mia pelle chiara, ai miei occhi del celeste più chiaro pari a vetro, esclamando quanto assomigliassi a un angelo, ma poi respingendomi come davanti a un demonio, un piccolo demonio pagano, non appena la mia pancia cominciò a gonfiarsi. Respingendomi per la vergogna della nascita, e per l'olezzo del mio corpo dopo il parto. Perché la bellezza di un viso non può compensare l'olezzo del corpo di donna che è stato strappato in due. Esiliandomi persino dalla lavanderia, dal crudo calore di quel locale, disgustata dal mio stesso odore, per cui non potevo far nulla. Esiliandomi dal mondo di sopra, spedendomi nel mondo di sotto per lavorare nelle latrine.

Perché era una maledizione di Dio il modo in cui il mio corpo perdeva oscenità. Non potevo negare che fosse una maledizione. Non potevo nemmeno parlare, per la vergogna di quella maledizione.

Provavo invidia per le mie sorelle che si erano tuffate nel fiume largo e vorticoso – nell'oscura melma sulla riva del fiume – sprofondate per raggiungere la morte nella densa nera melma della palude accanto al fiume. Se avessi avuto il coraggio. Se avessi avuto la forza. Correre da qui, fin dentro la nera melma della palude e respirare l'acqua rancida e marcia fin dentro i polmoni per cancellarmi la vita in cui *non riuscivo a trovare la forza di fare*. Non più di quanto avrei potuto sapere, chiedendo a mia madre, *Chi è mio padre? – è uno dei Padroni?* Era questo l'orgoglio, un trofeo da sollevare sugli altri. Fosse solo per abbatterlo a terra con crudeltà, sarebbe stato sollevato almeno una volta sugli altri, soffuso di falsa speranza.

Il ghiacciolo che si scioglie non rende meno reale la sua bellezza, che consiste nello sciogliersi ed estinguersi.

Eppure era noto che il direttore fosse particolarmente interessato a me, falsamente interessato a me, perché ero un'orfana. Un'orfana inutile, senza famiglia, una madre morta per colpa dell'alcol (così dicevano), senza un padre (un padre che si fosse dichiarato tale). Quella donna non era stata nemmeno una *brava cattolica*, era una *cattolica corrotta*, condannata all'inferno.

Ma un'orfana non può domandare *Chi è mio padre?* – perché la risposta è la frusta. Un'orfana non può domandare *È lei mio padre?* – perché la risposta è la frusta. Un'orfana non può domandare *Perché Gesù non accorre a salvarmi?* – perché la risposta è la frusta. Un'orfana senza istruzione, non avevo nessuno a cui importasse abbastanza di me da mandarmi a scuola, le ragazze irlandesi sono serve nate, sono lavandaie, sono fatte per le latrine, non possono neanche lavorare come infermiere, è già troppo per loro aspirare a fare le aiutanti delle infermiere, e pure così saranno tenute in sprezzo. Non c'è bisogno di sperperare per le scuole quando si tratta di irlandesi! Impara a leggere da te, se tanto ci tieni – così mi deridevano. Pochi di loro sanno leggere. Pochi di loro sanno che i Vangeli portano la buona novella del nostro Salvatore Gesù. Il povero, l'emarginato, il debole. Come cani, i bambini orfani venivano condotti a *lui*, il Padrone. Uno schiocco di dita, e l'orfanella veniva condotta nella residenza del direttore. C'era un passaggio segreto, un ingresso sul retro. Tutta la servitù ne era a conoscenza, e alcuni tra questi sono irlandesi, bravissimi a tenere a freno la lingua.

Se sentivano urla, grida. Se ne vedevano le prove, sulle lenzuola al mattino. Tenevano a freno la lingua, non sono cittadini, non hanno i diritti della classe dominante.

Toglievano le lenzuola insudiciate, le immergevano nei lavatoi bollenti, eppure restavano macchie leggere, non c'era nulla che potesse rimuoverle.

*Il tuo bambino è morto, Brigit. Come ha voluto il Signore.*

*Il tuo bambino*, non il suo. Non il nostro. E questo bambino non era morto. Lo sapevo bene. Ma mi era stato strappato perché io sono spazzatura, io sono incapace.

*3.*

Nessun luogo in cui andare, nessun luogo in cui nascondersi, fuggendo disperata per i terreni dell'istituto fino alla palude accanto al fiume. Un'orfana di undici anni, quasi dodici, giunta a un'età pericolosa perché su di lei cominciano a spostarsi gli occhi degli uomini, su di lei si sono posati i *suoi*, in un modo che lei non conosceva.

Annaspando senza fiato mentre i suoi piedi (nudi, insanguinati) affondano nella melma nera, mentre la melma nera le risucchia i piedi, le caviglie, ingoiandola in un vortice come farebbe un pesce enorme con tutto il suo corpo, per misericordia. Sciami impazziti di zanzare le si attaccavano addosso, bramosi di succhiarle il sangue, correndo in un acquitrino che non ha fine finché il cuore della ragazza non scoppia e lei crolla in un punto stagnante che luccica di insetti iridescenti, libellule, api, uccelli dalle piume sgargianti e uccelli neri che mangiano carcasse, nessun posto in cui nascondersi se non addentrandosi a fondo nel pantano, dove i suoi capelli chiarissimi si trasformano nelle radici d'alberi palustri, le dita delle mani e dei piedi si trasformano nelle intrecciate radici degli alberi palustri, dove serpenti viscidi e scintillanti, grossi come avambracci d'uomini, nuotano pigramente in un'insalubre acqua scura in cui la sua anima di ragazza non è che una piccola nocciola tenace, da cui crescerà un piccolo albero tenace, da cui crescerà un piccolo albero tenace e invincibile che non emanerà luce, ma la risucchierà, un'anima più bella di qualsiasi luce, ma nulla di ciò è destinato ad accadere perché ruvide mani la scopriranno di lì a poche ore, i portantini la rintracceranno a un miglio dall'istituto, le afferreranno i capelli, brusche dita si stringeranno attorno alla sua cassa toracica con il potere di spezzarle le ossa, sollevandola senza compiere uno sforzo maggiore di quello che richiederebbe una bambina piccola, e non una ragazzina di dodici anni.

*Ci ha mandato Medrick Weir – trovatela, la piccola puttanella irlandese.*

*Riportatemela indietro viva.*

*4.*

*Dolce balsamo del Lete* che rende tollerabile l'intollerabile. Ma il prezzo è tutto ciò che ci viene tolto, coloro che sopportano il giogo della servitù hanno dovuto dimenticare, per riuscire a vivere.

*5.*

Poi venne quello più giovane, un parente – *Silas Weir.*

Più gentile di Medrick Weir, la faccia tramortita per il panico e il disgusto nel vedermi, dentro la sala parto.

Una femmina che annaspava, un corpo squartato sanguinante che si inarcava per dare alla luce, grida stridule insopportabili per l'orecchio (maschile), eppure, se avesse voluto andarsene, non lo fece, se avesse voluto lasciare che la giovane orfana morisse nell'agonia del parto, non lo fece; rimase insieme a lei, e alla levatrice Gretel, afferrando per il manico il coltello insanguinato per squarciarmi l'addome e salvare la vita a me e al mio bambino; perché, altrimenti, saremmo entrambi morti.

E poi, per sua libera scelta, mi cercò. Perché si ricordava di me, e vide ora in quale sciagurato stato versavo, una madre che aveva perduto suo figlio, una femmina il cui corpo era stato spaccato in due, lacerato, ridotto a uno stato ripugnante, e si impietosì per me. Perché allora non era (ancora) il Macellaio, era un giovane congiunto del direttore, dicevano: non (ancora) il diavolo che sarebbe divenuto poi.

Cominciò in quel periodo la sequela di visite, di interventi. Aprendomi il corpo serrato con un cucchiaio! – un dolore straziante, non riuscivo a prendere abbastanza fiato da urlare.

Nessun altro dottore dell'istituto avrebbe voluto toccarmi. Venirmi vicino. Perché io non ero una paziente, ma una giovane serva a contratto, in una condizione senza valore. Un fardello da sfamare, un'offesa per gli occhi. Ma: *Quella ragazza – Brigit? Lo giuro, troverò un modo per aiutarla. Ho figlie della sua stessa età. La aiuterò, e aiuterò altre che soffrono come lei, per la fistula.*

*Questa è la mia promessa che la Provvidenza ha voluto, questo il mio destino.*

Mi vergogno ora di quanto fossi grata d'essere stata scelta da Silas Weir.

Quanto vile fu la mia obbedienza verso di lui, che sarebbe divenuto il mio Padrone. Per gratitudine, siamo pronti a strisciare come bestie. Non sapendo se ti sarà concesso di *vivere*, e se sarà così, sarà la più miserabile *vita* che tu possa desiderare. A nessuno al mondo, tranne che a Silas Weir, importava di me abbastanza da curarmi.

In ciò, Silas Weir non venne meno. Fu fedele alla parola data, nel tempo. Una decina di interventi, e infine il successo.

Per troppo a lungo ho chiuso gli occhi davanti al male che stava procurando alle altre. Come si chiudono gli occhi di fronte a una luce accecante. Ti *rifiuti di vedere* ciò che ti sta abbagliando gli occhi.

Non accadde molto tempo fa, ero ancora molto giovane allora. Ero una ragazza – una ragazza costretta a generare la vita, e costretta a perdere il suo bambino; una ragazza orfana, un'albina ragazza irlandese, sordomuta, l'ultima tra gli ultimi.

Allora riuscivo a malapena a leggere, e non sapevo scrivere. Non sono più quella persona adesso, la persona che sono mentre scrivo questo diario. Ma vorrei essere onesta nel raccontare ciò che ricordo del laboratorio di Silas Weir nella Torre nord, negli anni attorno al 1850.

*Questo è il suo alloggio, Brigit! Questa stanza, questa branda. Nessuno possiede la chiave di questa porta, Brigit. Tranne me.*

Un magazzino nel laboratorio, vicino al reparto. Senza finestre. Accanto alle stanze di costrizione dove le donne malate di mente venivano tenute legate dentro celle con sbarre e ogni notte si lamentavano, gemevano, piangevano disperate.

Eppure, era il *mio posto*, privato e segreto. Non avevo avuto nulla di simile prima d'allora.

Come Gretel mi aveva raccomandato – *Sei un'orfana, una serva a contratto, non hai una famiglia a proteggerti, prendi da loro ciò che puoi, salvati. Come facciamo tutte.*

E così, i pasti che mi venivano serviti nella mensa dell'istituto non erano quelli serviti alla maggior parte delle altre persone, ma piatti preparati per le pazienti private, sotto le cure di Silas Weir.

Niente a che vedere col cibo misero, insipido e spesso rancido che gli altri non avevano scelta che mangiare, ma pietanze nutrienti, preparate con ingredienti freschi – porridge, budini, pane di mais e segale, maiale, manzo, pollo – patate, verdure e polenta, persino torte – mirtilli, ciliegie, rabarbaro!

Dava piacere al direttore premiarmi a quel modo. La sua infermiera-assistente.

Dava piacere al direttore, essendo io sorda e stupida e incapace di parlargli, potermi parlare, ogni parola che gli usciva di bocca era altezzosa, esaltante – *È il nostro segreto, Brigit. Nessuno deve saperlo!*

Gli piaceva parlarmi dell'idea di mandarmi in una scuola per infermiere a New Brunswick, dove sarei stata istruita sulle competenze utili alla Gino-Psichiatria, e sarei tornata poi a Trenton, per lavorare a stretto contatto con lui per il resto della mia vita.

Un segreto da tenere nascosto a chiunque altro. Ma ovviamente, loro sapevano.

In una successione simile a un fiume turbolento, ogni settimana nuove *malate di mente* venivano ricoverate presso l'istituto e alcune tra queste venivano portate nel laboratorio di Silas Weir all'interno della Torre nord, augurandosi (all'inizio) che la *chirurgia sperimentale* del dottor Weir le avrebbe guarite dal loro male, e liberate; con il tempo, rimasero sempre meno pazienti a conoscere le mie origini – la morte di mia madre, la gravidanza a cui ero stata condotta con la violenza, il fatto che fossi l'*orfana irlandese sorda e stupida* da dover compatire.

Nel sentire che avevo avuto un bambino e che il bambino mi era stato portato via, le più arroganti tra queste pazienti chiedevano se Silas Weir fosse il padre; e se il Macellaio dalla mano rossa (perché era così che avevano cominciato a chiamare il dottor Weir) avesse fatto nascere il suo stesso figlio, e se, vedendo che era sfigurato o deforme, ne fosse rimasto disgustato, e l'avesse gettato via, senza pietà.

*No! – no! Non era – non Silas Weir...*

Protestando a gesti, con smorfie del viso e muovendo le mani; eppure, c'erano alcune nel laboratorio che non volevano credere ad altro, e che non si fidavano di me, a prescindere da quanto Brigit Kinealy fosse gentile con loro, a prescindere da quanto teneramente lei le accudisse, perché io ero l'*infermiera-assistente* preferita del Macellaio dalla mano rossa, e perciò dovevo essere disprezzata.

6.

Dentro al mio nascondiglio nel cuore della notte, con solo un mozzicone di candela e una fiamma tremolante accanto cui *leggere*.

Modellando le labbra per seguire le parole stampate che dalla pagina mi balzavano agli occhi. Che gioia, che scroscio di gioia, giacché ogni genere di materiale stampato era proibito ai servi a contratto, come lo era ogni tentativo di *leggere*, perché le ore di veglia dei servi non appartengono ai servi, bensì al Padrone.

Si diceva che i poveri schiavi neri del Sud venissero frustati a morte se rubavano qualcosa di stampato per cercare di *leggere*; e persino i bianchi venivano puniti severamente se insegnavano a uno schiavo a *leggere*.

Bisogna proibire di leggere perché è così che i disgraziati continuano a non avere potere né speranza.

La nostra vita da schiavi a contratto era crudele al Nord, eppure, per i neri schiavi africani del Sud, era di gran lunga peggiore.

Essendo *bianca*, sapevo di non essere condannata del tutto. Se fossi riuscita a fuggire da lì, avrei potuto spacciarmi per una libera cittadina. (Anche se, in quanto irlandese, ero il più vicina possibile a essere condannata, agli occhi degli inglesi.)

*Lui* non sapeva, non sembrava importargli che facessi scorta di ogni sorta di materiale scritto – vecchi giornali, riviste, un libro di medicina che aveva buttato, e che mai si sarebbe accorto mancare.

Come un genitore a cui non interessa se il figlio, che non sa ancora *leggere*, gioca a far finta di farlo; che male può arrecare la *lettura*, se è pura simulazione?

Ma: che emozione tenere un libro tra le mani.

Che emozione voltarne le pagine.

E, piano piano, mi pareva che le parole mi saltassero agli occhi, parole che riuscivo a riconoscere.

Ero affascinata dal vecchio e consunto libro di medicina, alcune pagine erano ricoperte di macchie.

Disegni delle cosiddette *anatomie*. Interni del corpo umano, gli *organi* esposti.

Era stato un suggerimento semi serio del dottor Weir quello di studiare i disegni anatomici per meglio assisterlo durante le sue operazioni chirurgiche.

Fu una gioia per me. Tra tanto dolore e tanta umiliazione, questa – felicità!

Mia madre era analfabeta, si riteneva che tutta la sua famiglia a Limerick, in Irlanda, lo fosse. La maggioranza di coloro che lavoravano all'istituto era analfabeta.

O forse i loro cervelli erano al tal punto trivellati che le *parole* vi passavano in mezzo come in un setaccio.

Il dottor Weir non ci faceva caso, perché il dottor Weir non *vedeva* molta parte di ciò che lo circondava. Si accorgeva a stento della curiosità della sua infermiera-assistente per i pamphlet, i libri, recuperando dalla spazzatura ciò che gli altri con trascuratezza gettavano.

Il dottor Weir era come gli altri – uomini come lui – aveva il dovere di deridere le ragazze e le donne che tentavano di *leggere*, di *pensare*. Le sue stesse figlie non avevano interesse a ricevere un'istruzione ulteriore alla terza media, credeva lui – *Non farà che mettere alla prova le loro menti. Succhierà via il sangue dai loro cervelli. Sarà l'istinto femminile a portarle a essere mogli e madri, non di certo le idee contenute nei libri!*

Mi ammaliavano i disegni contenuti nel testo di medicina. L'interno del corpo umano: *il cuore, i polmoni, l'esofago, il fegato, la milza, i reni, il pancreas, la cistifellea, lo stomaco, l'intestino tenue, il colon, la vescica, l'utero.*

Li ricopiavo con foglio e matita.

Che eccitazione! – osare ricopiare ciò che era stato stampato e apparteneva a uomini come il dottor Weir.

Ecco un disegno della testa umana (di un uomo bianco) sezionata in due, così da poter vedere le piccole aree dentro al cranio dove sono collocate le varie propensioni: *sincerità, frugalità, intuito, ragionamento, forza d'animo, coraggio, carità, previsione, filantropia, culto, rispetto, empatia, giustizia, integrità, speranza (per il futuro), speranza (per il presente), tenacia, mendacia.*

(Che stranezza! – avevo infatti visto tante volte le teste sfondate degli animali, sanguinolenti e grasse e carnose, tutto era mischiato assieme, ed ero certa che i cervelli umani fossero uguali, e non simili invece ai disegni della *Scienza della frenologia.*)

Ancor più strani erano i disegni degli organi femminili: *utero, canale del parto, vulva, vagina.* Ecco un bambino dentro a un utero, pronto alla nascita, con il forcipe già aggrappato al cranio – che cosa terribile! Ti induceva a pensare che il bambino non potesse nascere a meno che la mano (maschile) non afferrasse il forcipe per estrarlo.

Un altro disegno orribile ritraeva una sorta di magro cucciolo di coniglio con una piccola escrescenza simile a una pinna di pesce e un buco nero al centro – *la vagina.*

Mi sembrava di riconoscerla. Non potevo leggere la parola – *vagina* – ma ne intuivo la logica.

Perché solo un uomo potrebbe disegnare qualcosa di tanto brutto! – non riuscivo a smettere di ridere, era davvero molto divertente.

Guardandomi con severità, il dottor Weir mi tolse il libro, accigliandosi alla vista di ciò che stavo leggendo, mentre un rossore violento gli affluiva al volto.

Dicendomi che sperava non avrei confidato a nessuno che mi aveva lasciato guardare i suoi libri di medicina.

Gesticolando veloce risposi, *No dottore.*

"Perché è sconsigliato che i servi a contratto si dedichino all'apprendimento della lettura. Questo costituirebbe un brutto precedente, capisce."

*Sì dottore.*

"Non può 'leggere' sul serio, Brigit, non è così? Sta solo facendo finta – sta giocando."

Era più un'affermazione che una domanda, ma sapevo di dover mormorare devota, *Sì dottore.*

Celando ai suoi occhi che mi guardavano da dietro gli occhiali luccicanti tutto ciò che volevo celargli, tutto ciò che mi era proibito, e che mi avrebbe salvato la vita.

*7.*

...una notte, risvegliandomi dal *balsamo del Lete*, mi ritrovai nuda, la pelle rovente e sudata, stesa sulla schiena, impotente. Gli arti drenati da ogni volontà, a stento sveglia. L'aria era soffocante nel nascondiglio, in quella stanza di cui non potevo chiudere la porta, la stanza di cui solo *lui* possedeva le chiavi. Distesa supina, senza riuscire a muovermi. Le ombre sfarfallanti della candela, e, sopra di me, grugnendo e gemendo, quella faccia famigliare e atrocemente aliena. Ruvide dita che mi penetravano e frugavano dentro, dove in precedenza le dita del chirurgo e i suoi strumenti avevano operato, trafitta da un dolore lancinante. Ora grugniva e gemeva. Giacché non era previsto che il *balsamo del Lete* potesse allentare la presa su di me. Giacché non era previsto che mi sarei svegliata e avrei visto quella faccia gigante come la luna. E, dentro i pantaloni aperti, una tozza protuberanza di carne che spuntava simile una piccola creatura senza pelle, mentre gridavo sgomenta *Dottor Weir? Che cosa sta facendo?*

*Ma non ero io, Brigit. Lo sa.*

*Sì, dottor Weir. Voglio dire – no.*

*Stava sognando, un sogno indotto dal laudano. Sono sogni che tutte le donne fanno, per cui viene prescritto il laudano. Quando la donna si trova in uno stato di vulnerabilità, questi luridi sogni s'affacciano.*

*Sì, dottor Weir.*

*Queste persone che crede di vedere – non sono reali. Noi non le conosciamo.*

*Sì, dottor Weir. "Noi non le conosciamo."*

*8.*

Le braccia e le gambe allargate, i polsi e le caviglie legati stretti. Era questo il *Letto della calma*, che il dottor Weir stava sperimentando in laboratorio.

Lenzuola bagnate con cui venivo avvolta, e che venivano lasciate asciugare e avvilupparmisi attorno. Si arriva a tanto così dal soffocare, un rischio che va corso perché il medico riesca a spezzare *la perversa volontà della donna*.

Che giorno fosse non lo sapevo. Il tempo si era infranto, come uno specchio. Il *balsamo del Lete* offerto alle mie labbra intorpidite con un cucchiaio. Ma non sarebbe bastato ad anestetizzare quel dolore straziante.

Ma questo è il giorno. Mezzogiorno. Il sole che filtrava dalla finestra, così che il chirurgo riuscisse a vedere quello che facevano i suoi strumenti.

Mesi, anni. Determinato a curare la *fistula*.

*Resti ferma, Brigit! Non le farà male se resta ferma, finirà molto prima che se l'aspetti, chiuda gli occhi.*

*La riparerò, Brigit – è il mio giuramento. La curerò, sono stato mandato dalla Provvidenza per curarla, e per entrare nel pantheon della medicina americana, questa è la promessa che è stata fatta a entrambi.*

9.

Quando ebbe inizio la *macelleria*?

È difficile rammentarlo. Non potendo consultare calendari, avevamo poca coscienza del tempo.

Nell'istituto ci sono orologi, e agli orologi bisogna rigorosamente ubbidire. Ma non ci sono calendari. Nell'istituto, galleggiavamo libere dal tempo come su un fiume senza fine.

Quando cominciò la *macelleria*, all'inizio fu con buone intenzioni. Per *aiutare*, per *salvare*.

Lui avrebbe curato la *follia*, era determinato a farlo. Avrebbe liberato il corpo femminile dall'*infezione*, dalla *malattia*.

Nel farlo, stava compiendo il volere di Dio, credeva. Di Gesù Cristo il Salvatore. Di John Calvin, il Suo emissario.

Riparando *fistule*, estraendo denti. Rimuovendo organi. Drenando sangue.

Grida pure fino a scorticarti la gola, nessuno sentirà chi non vuole sentire.

I medici dell'istituto alle dipendenze di Silas Weir. Loro non sentivano ciò che non volevano sentire, soltanto poche infermiere, forse, si rifiutarono di andare avanti e lasciarono l'istituto, di loro non si seppe più nulla.

Ma era vero che aveva salvato alcune di noi. Di certo, aveva salvato *me*.

Tuttavia, il bisturi infliggeva sempre atroce sofferenza, angoscia, terrore a coloro di cui incideva la carne.

Perché lui non la *provava*. Lui vedeva, sentiva, capiva; ma non *provava* la sofferenza di un'altra persona.

Mi ordinava, *Le metta uno straccio in bocca, per zittirla.*

*Si assicuri che sia legata – stretta.*

*Che cosa ridicola!* Non *sente dolore, glielo assicuro.*

Contorcendosi agonizzante, gocce di sudore che le colavano dai pori della fronte, gli occhi che roteavano all'indietro, bianchi, come quelli dentro alle orbite abissali dei cavalli.

Pulendo poi il sangue, l'urina e le feci. Aiutando a riportare la paziente stordita in reparto, assicurandola alla sua branda.

La faccia tetra di Gretel che abbassa lo sguardo. Perché Gretel aveva scommesso su di *lui*, come l'avevo fatto io. Che ci avrebbe salvate.

Pregando tutta la notte che la paziente non morisse.

Niente laudano per lei. Troppo costoso per sprecarlo con quelle già spacciate.

Attraversando giorni e notti lunghissime, prendendosi cura della paziente ridotta all'incoscienza dopo l'*isterectomia*. Perché il chirurgo ha bisogno di fare pratica, le sue capacità si affinano solo attraverso la pratica. Deve essere preparato a operare sulle sue pazienti private.

Con abilità, Gretel cambiava le fasciature che presto si facevano impregnate di sangue. Senza bisogno di parlarmi, ma gesticolando impaziente verso di me perché l'aiutassi, vedendo che i rozzi punti che il dottor Weir aveva frettolosamente messo cominciavano ad allentarsi e la carne sanguinante sgusciava dalla vagina devastata. Premendo panni bagnati sul volto della paziente che gemeva di dolore in preda alla febbre, e infine, misericordiosamente, scivolava in un coma in cui respirava appena.

Scacciando via le mosche che ronzavano da ogni lato.

Al mattino presto, dovevamo preparare il corpo (rigido) per il becchino, mandato a chiamare; perché portasse via il cadavere sul suo carretto trainato da un mulo, verso quella parte del cimitero dove le lapidi non erano altro che esili croci di legno bianco.

*10.*

*È mio compito pensare, Brigit. Il suo è assistere.*

*Nel disegno del mio fato, lei ha un ruolo da ricoprire.*

*11.*

...nella soffocante calura di fine estate in New Jersey. Apparve il primo degli scarabei volanti. Spuntati fuori dal nulla. E poi furono ovunque, non c'era modo di sfuggire loro.

Minuscoli occhi scintillanti e ali trasparenti che ci si gettavano sulle facce sudate, mentre urlavamo e li scacciavamo via, ma ci tormentavano comunque, e alcune (di noi) riuscivano a sentire le loro piccole grida che erano le grida del Demonio – *Ammazzatelo! Azzannatelo! Strappate la faccia al Macellaio!*

Eri molto spaventata. Ridendo, ti colpivi la bocca con le nocche.

Premendo lo stetoscopio contro le orecchie di Mahala, il dottore Macellaio non udì le voci del Diavolo perché non erano rivolte a *lui*. Premette il suo stetoscopio contro le orecchie ceree, delicatamente avviluppate, di Brigit, ma non udì le voci del Diavolo, perché non erano rivolte a *lui*.

Ordinando a Brigit, la cui volontà aveva piegato, il cui spirito aveva corrotto, di riscaldare un ferro da maglia su una fiamma, così da penetrare nelle orecchie di Mahala e scacciar via da lei le voci del Diavolo che lui doveva (ancora) sentire, mentre ipotizzava persino che non si trattasse affatto di *voci*, ma di pidocchi, mosche, zecche o altri animali infestanti che le si erano infilati dentro la testa.

Assicurando la testa di Mahala dentro quello strumento di legno che si vantava di chiamare la *ruota di Weir*.

Mentre Mahala si irrigidiva e tentava di resistere, gli occhi che roteavano nel panico.

Cloroformio? Un panno imbevuto, da premere contro la bocca ansiosa, il naso.

Riscaldando il ferro da maglia su una fiamma accesa. È possibile che il dottore Macellaio voglia davvero perforare i timpani di Mahala...

La (piccola) mano dell'infermiera-assistente che osò toccare la (grande) mano del dottore Macellaio! – come Dio le aveva ordinato di fare, nonostante il rischio.

La sorpresa, la furia del dottore Macellaio. Come *aveva osato*, la sua infermiera-assistente!

Confinata poi, *sapete dove*, per la notte.

Gli odori della *stanza dei cadaveri*, che Brigit non avrebbe mai smesso di sentire. Gli odori di morte, di agonia, e della decomposizione dei corpi delle sue sorelle recluse, che lei aveva tradito.

Così tante, nel corso degli anni. Che possano perdonarla!

Nel laboratorio si eseguivano infinite operazioni che non venivano annotate sul diario del chirurgo. Né nei registri dell'istituto. Morti infinite, cadaveri portati via nottetempo verso tombe senza nome.

Assieme a ciascuna di loro, gli scarabei volanti dai minuscoli occhi scintillanti e le ali trasparenti che ci appestavano. *Lui* non vide mai, non ne aveva idea.

Piccole grida che solo noi potevamo sentire – *Ammazzatelo! Azzannatelo! Strappate la faccia al Macellaio!*

*12.*

*Chi è il suo Padrone, ragazza?*

*Lei, dottor Weir. È lei il mio Padrone.*

*Non sembra molto convinta, Brigit. Si prende gioco di me, Brigit?*

*Padrone, mi perdoni: non mi prendo gioco di lei.*

*Mi sta contraddicendo, Brigit: dicendomi che* non si sta prendendo gioco di me?

*Padrone, Io – io non...*

*Non sia così insolente, Brigit. In questo luogo miserabile, a cui lei appartiene.*

*Mi dispiace molto, Padrone...*

*Certo che le dispiace, ora che si trova* lo sa dove. *Nel nostro posto segreto dove nessuno vedrà e nessuno sentirà.*

*...non era mia intenzione, Padrone – essere "insolente"...*

*Pensa di potersi comportare, con me, come una delle mie figlie? Con i suoi sorrisetti, quel modo di alzare gli occhi al cielo. Ha il coraggio di fare l'impertinente con* me?

*Io non ho intenzione di "fare l'impertinente con lei", Padrone.*

*Preferirebbe che le amputassi una gamba, o un braccio...*

*Io – io n-non...*

*Come, com'è che si chiama – "Nester" – che se la cava benissimo con una gamba sola e un moncone – senza denti...*

*Quella non è Nestra, Padrone. Quella è –*

*Che cosa ridicola! Queste disgraziate non hanno nome, se non quello che è stato dato loro.*

*Sì, Padrone...*

*Non ha risposto, Brigit: una gamba, o un braccio?*

*Io – io – Io... io non vorrei perdere un braccio o una gamba, Padrone.*

*Ma glielo sto chiedendo, Brigit: cosa preferirebbe perdere?*

*Un – un braccio, Padrone.*

*Così non potrebbe farmi da assistente! Con un braccio solo, sarebbe inservibile, una fannullona, non avrebbe alcuna utilità nel laboratorio.*

*Io – io proverei...*

*Dovrei rimandarla nelle latrine. Una sordomuta irlandese, con un braccio solo! Che assurdità.*

*N-no, Padrone...*

*Se le amputassi la lingua, non avrebbe la tentazione di fare l'impertinente con me, poi.*

*Io – io non faccio l'impertinente con lei – Padrone...*

*Eccome se lo fa, Brigit! Lei fa l'impertinente con me ogni giorno, se non a parole – con i pensieri.*

*N-no, Padrone...*

*In questo preciso momento, mentre fa finta di essere* muta. *Glielo vedo negli occhi, è completamente trasparente per me. Certo che ha il coraggio di fare l'impertinente con il suo Salvatore, ma si illude se pensa che io non me ne renda conto.*

*Padrone, no.*

*Ha osato contraddire il mio piano di amputare le lingue?*

*Sarebbe molto crudele, Padrone. Lei non è crudele...*

*Gliel'ho detto, Brigit! – nella sperimentazione scientifica, non esiste crudeltà, così come non esiste gentilezza. L'oggetto dell'esperimento consisterà nel determinare se un soggetto può imparare a "parlare" senza lingua – un qualche tipo di linguaggio, anche incoerente. Tutto ciò che serve è asportare la lingua a varie persone che già si esprimono in modo insensato.*

*S-sì, Padrone...*

*Tuttavia, le cose insensate che dicono, che sento, hanno un "senso" per loro – per lei; senza lingua, la mia teoria è che inventereste un vostro modo di parlare un linguaggio insensato, e vi capireste – in molte tra voi.*

*Io – io non so, Padrone. Per favore non amputi la mia lingua...*

*Ma le lingue delle altre, posso amputarle?*

*Padrone, no – la prego.*

*"La prego" – cosa?*

*Non – non so, Padrone. Ho molta paura...*

*Ma non di me, vero Brigit? Perché io sono il suo Padrone gentile, sono il Padrone che le ha salvato la vita.*

*Sì, Padrone.*

*Che le ha salvato la vita più di una volta, e che è determinato a guarirla, per tramite di Dio.*

*Sì, Padrone.*

*Non ha paura di me, dunque?*

*N-No...*

*Lei non deve mai avere paura di* me, *Brigit.*

*S-sì, Padrone...*

*Perché è vero. Io sono un uomo buono – sono il direttore dell'istituto che lo ha* riformato, *dopo le indecenze del mio predecessore.*

*Tutti lo sanno, godo di una grande reputazione a Trenton. Godo di una grande reputazione in tutto il New Jersey, e a Manhattan e a Philadelphia. Avendo io un statura così elevata, lei, che è l'ultima degli ultimi, ne partecipa: la mia infermiera-assistente.*

*Poiché Dio mi ha mandato da lei, l'unica tra quelli della sua razza. Innalzata sopra la sua insidiosa razza.*

*Poiché questo è il volere della Provvidenza, io la renderò di nuovo integra – io la guarirò – guarirò quel minuscolo difetto, in lei. Io la innalzerò rispetto alla sua condizione. Io innalzerò entrambi. Vedrà.*

*Un giorno, quando lo deciderà la Provvidenza. Ma non subito, per il momento ancora no.*

*Concludiamo adesso questa lunga giornata con il* balsamo del Lete, *Brigit, ce lo meritiamo entrambi. Perché abbiamo lavorato duramente a servizio del Signore.*

Mentre le mie palpebre si facevano pesanti, e una sonnolente debolezza mi si diffondeva nel corpo. Lontano dagli occhi delle altre, nella segretezza del mio alloggio. Era tardi, quasi il crepuscolo.

Col suo umore allegro che in pochi avevano occasione di vedere, a eccezione di me, il dottor Weir mi costrinse ad aprire la mascella per afferrarmi la lingua con le dita. Per scherzo, perché il dottor Weir faceva quelle cose scherzando, eppure quando mi venne da strozzarmi e provai a distogliermi dalla sua presa, mi trattenne a forza, con la testa bloccata nell'incavo del suo braccio.

Vuole che usi la *ruota di Weir*, se continua a fare resistenza?

Vuole che imbeva un panno di cloroformio, per consegnarla al più profondo e mansueto dei sonni?

Mentre il *balsamo del Lete* si diffondeva attraversandomi il corpo, persi ogni capacità di resistenza.

Com'era strano, e spaventoso, il modo in cui il dottor Weir giocava con la mia lingua tra le sue dita. La forza che mi colava dagli arti come acqua e sembrava fluire verso il medico, per infondergli una virilità che non gli era consueta e il respiro affannato della lascivitä. Provai a divincolarmi da lui, senza offenderlo, perché mai dobbiamo offendere i nostri oppressori, o ci puniranno severamente. Con quel respiro affannato, il Macellaio mi teneva immobile, i miei capelli chiari che si riversavano come una cascata dritta e piatta sulla sua spalla, in un abbraccio infernale di ingannevole intimità.

Presto, poi, mollai ogni resistenza. Le palpebre così pesanti che non riuscivo ad aprirle.

Che sollievo affondare nel sonno, un sonno caldo e acquoso, un sonno ininterrotto fino al cinguettio degli uccelli che mi risvegliò ore dopo, all'alba; che gratitudine quel risveglio solitario sulla spigolosa brandina e tra le lenzuola macchiate, nello sgabuzzino senza finestre, con il sapore delle dita del Macellaio nella bocca e un ricordo più simile a un sogno di – non sapevo cosa.

*Perché io sono il suo Padrone gentile, sono il Padrone che le ha salvato la vita, Brigit.*

## *13.*

*Lucy non doveva morire.*

Finalmente! Dissi con arroganza al dottor Weir, modellando le labbra senza possibilità di fraintendimento, accusandolo in modo che non potesse evitare di ascoltarmi.

Privata d'acqua e cibo, Lucy morì una morte tremenda, tra febbre e convulsioni durate dodici giorni. Perché il Macellaio le aveva negato di assumere qualsiasi liquido, come previsto dal suo esperimento. Glielo avevo detto, era un *esperimento disumano.*

Fissandomi sgomento, una semplice infermiera-assistente simile a un cane seduto sulle zampe posteriori che protesta usando le parole. *Disumano! Cosa sta dicendo! Questa è* scienza, *non* sentimento.

(In realtà, avevo dato di nascosto dell'acqua a Lucy, una spugna immersa nell'acqua fredda, perché la succhiasse quando era ormai troppo debole per deglutire; ma Lucy aveva perso così tanto peso per gli attacchi di diarrea che fu troppo poco e troppo tardi per lei.)

*Si è spinta oltre questa volta, Brigit. Sarà frustata.*

*"Frustata!" Io non ho paura.*

Perché, all'improvviso, non avevo paura; come Lucy aveva superato la paura, così l'avevo fatto io.

Non avevo paura nemmeno della lurida e disgustosa *stanza dei cadaveri*, nella quale venni rinchiusa, e dove il dottor Weir mi seguì ansimando e balbettando, con una frusta in mano.

Una frusta! Il direttore dell'istituto aveva preso una *frusta* da uno dei portantini.

*Si spogli, Brigit, è un ordine.*

*Non lo farò.*

*Mi sta disubbidendo, Brigit?*

Scuotendomi la testa, con sicurezza. Il Macellaio avrebbe dovuto spogliarmi con le sue mani, perché io *non l'avrei fatto.*

Avevo la sensazione che dentro mi si sollevasse una fiamma irlandese di pura ostinazione e ribellione.

Durante gli anni trascorsi all'istituto non ero stata frustata nemmeno una volta, perché Medrick Weir, il mio Padrone, aveva una predilezione per me; e altri del personale mi avevano favorita, o avevano avuto compassione di me, per le mie disabilità e per il mio *volto angelico*; e per la trasparenza della mia pelle, attraverso cui si riescono a vedere le vene blu, come in una bambola di porcellana particolarmente delicata.

Ma con terrore avevo visto frustare e picchiare e prendere a calci e a pugni molte persone, perché i portantini dominavano le *malate di mente* con le loro fruste e i loro bastoni e ogni altro strumento che avevano a disposizione, per placare i moti riottosi.

Ero convinta che Silas Weir non fosse capace di eseguire un atto disciplinare di quel genere, come lo erano invece i suoi portantini. La sua barbarie era d'altro tenore, era la barbarie del bisturi e della curette, della *terapia*; non riusciva a essere brutale senza indossare quella maschera, la postura di un gentiluomo che deve tenere una così alta considerazione di sé, da consentirgli quel genere di crudeltà.

Così, con mano tremante, il dottor Weir sollevò la frusta verso di me, non una frusta da bestiame, come quella che adoperavano i portantini più efferati, ma una più corta, che si potrebbe utilizzare su un cavallo o su un asino; minacciando di colpirmi, accusandomi di essere un *demonio irlandese*; anche mentre restavo in piedi, dritta davanti a lui, determinata a non indietreggiare.

Per un istante, mi parve che, per l'estrema umiliazione, il dottor Weir potesse abbattere la frusta su di me, non sulla mia schiena (perché ero in piedi, decisa, fronteggiandolo) ma sulla testa e le spalle; per riuscirci, chiuse gli occhi e contrasse il viso.

Ma poi, con un grido disarticolato, gettò la frusta sul pavimento della *stanza dei cadaveri*, e si avviò fuori barcollando, come qualcuno che ha disperatamente bisogno d'aria fresca.

Che cosa ridicola a vedersi, il medico-gentiluomo che *scagliava a terra* la frusta come se fosse ustionante al tocco – una scena che, di certo, nessuna serva irlandese aveva mai visto prima.

*Grazie, Gesù!* – quelle parole mi raggiunsero in silenzio, mentre mi inginocchiavo sul pavimento lurido, percorsa dai brividi.

Mi nascosi il viso tra le mani. Per reazione a quanto vicino ero stata al venire frustata, mi sentivo adesso stordita, la testa vuota. Ma ero in ansia: perché sapevo che il Macellaio non mi avrebbe risparmiata, e che il mio castigo doveva ancora arrivare.

Non credevo realmente in Gesù con la convinzione con cui lo facevano in tanti, senza nutrire alcun dubbio, perché – anche se Gesù mi aveva aiutata in quel momento, non aveva aiutato le mie sorelle. Aveva permesso che Lucy morisse in modo orribile, e non aveva protetto le donne su cui il dottor Weir aveva condotto i suoi esperimenti per anni.

Gesù aveva fatto davvero poco per i miti e gli ultimi – per noi che, com'era promesso, avremmo ereditato la Terra e saremmo potuti giungere alle porte del Paradiso. Gesù non aveva fatto nulla per gli schiavi neri africani – *questa* era una certezza. Tuttavia, potevamo ancora sperare che, rendendo profusamente grazie a Lui e a Dio Padre, Creatore del Cielo e della Terra, e lusingandoli entrambi per la loro misericordia e bontà, alla fine ci avrebbero concesso qualcosa di buono, sempre se non ci arrendevamo e non li maledivamo prima.

*Il dottore Macellaio può andare all'inferno*, rideva Nestra. *Gesù gli schiaccerà il collo e lo ridurrà in polvere.*

Quando avevamo la possibilità di farlo, ridevamo. Anche quelle tra noi che erano rinchiuse nelle celle o ammanettate ai letti.

Ululati di ilarità, spasmi di tosse e rantoli.

"Sei – la 'ragazza irlandese'?"

Scostandomi le mani dal viso per vedere stupefatta, sulla soglia della *stanza dei cadaveri*, un estraneo, della mia età o forse poco più grande, non un portantino (com'era evidente), perché non indossava un'uniforme – un giovane uomo dall'espressione sgomenta e il volto famigliare, ma che ero sicura di non aver mai visto prima.

Mi disse, con la faccia avvampata, mentre gli fissavo con concentrazione le labbra: *Sono Jonathan Weir, suo figlio. Ma – non sono* – suo.

14.

Fu così che entrò nella mia vita.

Fu così, alternandone il corso, come si altera il corso di un fiume per un intervento apparentemente fortuito, che potrebbe rivelarsi invero provvidenziale, deciso dal principio dei Tempi.

Jonathan Weir! – il figlio maggiore di Silas Weir.

Anche se padre e figlio non si somigliavano – molto.

Turbata a tal punto che non riuscii a comprendere granché di ciò che Jonathan disse. Facendogli segno, con una mano a coppa sul mio orecchio, e con smorfie e gesti infantili, che non potevo *sentirlo*.

Jonathan mi fissava disorientato. Pronunciando qualcosa, senza dubbio delle scuse, che non riuscii a capire.

Con titubanza, Jonathan rimaneva lì sulla soglia della *stanza dei cadaveri*. Il naso contratto per l'odore, si guardava intorno nervosamente, osservando il pavimento macchiato, i muri. Non aveva idea di che stanza fosse quella, lo sapevo. Nessun'idea di chi fosse suo padre.

Era bello, i capelli fulvi che gli si sollevavano dalla fronte come una fiamma chiara.

Occhi così intelligenti, sensibili, intensi – incollati nei miei, indeciso.

Come a chiedersi – *Dovrei restare, o dovrei andarmene?*

Con gentilezza poi, mettendosi accovacciato. Giacché io ero a terra, le gambe senza forza. Non voleva incombere su di me, non voleva intimidirmi.

Vidi la frusta, a terra, lì vicino. Capii, l'aveva mandato il padre – a frustarmi?

Il figlio del Macellaio. Qual era il suo nome – *Jonathan.*

Era un giovane uomo di circa ventidue anni. Dalle gambe slanciate, più alto di suo padre. Non aveva i modi cupi del padre, anche se la fronte gli si era corrucciata, come un impasto percorso dai segni di una forchetta. Nei suoi occhi un dolore lancinante, non sapevo (ancora) che era il preciso dolore della vergogna di un figlio.

Ci guardavamo a distanza di alcuni metri come animali furtivi, entrambi attendendo la mossa dell'altro.

Ma *lui* era il figlio del direttore. *Lui* aveva ricevuto un ordine.

Cosa dire? Come dirlo? Quale discorso? Quali parole? In mano, la frusta corta e smussata.

Che gli pesava sul palmo con il peso del dovere. *Vergogna, mortificazione.*

Modellando le labbra, in modo che potessi capire ogni parola – *Mi ha mandato a frustarti. Ha detto che hai insultato l'intera razza inglese.*

Cosa che lo fece ridere. Ridemmo entrambi, senza fiato.

Dicendomi, che *lui non avrebbe frustato nessuno.* Non credeva che nessuno *avesse il diritto di frustare qualcun altro.*

Ma *avrebbe frustato qualcuno*, disse, che *avesse osato frustare* lui. O che avesse osato frustare *me.*

Tutto ciò, con qualche difficoltà, riuscì a dirmi Jonathan Weir.

Eppure, stranamente, non fu poi così difficile. Dal principio, Jonathan Weir riuscì a comprendermi, così come io riuscii a comprendere lui, o quasi.

Scandendo lentamente le parole mi chiese se fossi ferita – se suo padre mi avesse fatto del male. E io scossi la testa, *No.*

Domandandomi se fossi malata, se fossi una delle pazienti di suo padre, una delle donne del laboratorio, e scossi la testa, *No*.

*Sono una di quelle che si prendono cura delle malate. Delle donne che tuo padre ha ferito.*

Mi fissava il volto con avidità. Le labbra. Le mani che si muovevano a gesti.

Mi chiese se avessi fame – sete? Volevo dire di *No* ma non ci riuscii.

Perché mai qualcuno del suo mondo mi si era rivolto in quel modo. Senza paternalismi, senza pietà. Con tenerezza, piuttosto. Una sollecitudine fraterna. E dunque, mi era difficile rispondergli, non volevo tradire me stessa, scoppiando a piangere.

Se ne andò, e tornò con un bicchiere e una brocca d'acqua e un piatto coperto di cibo, pensai che provenissero da casa sua, perché sapevo che la residenza del direttore non era distante.

Quanto fu immediato nel fare tutto, quanto diretto e assertivo era Jonathan Weir, una volta che si risolveva ad agire!

Mantenendo comunque, al contempo, un'aria di cortesia, o di timidezza. Accovacciandosi appena oltre la soglia, e mantenendo una certa distanza tra noi.

Ero molto assetata e disperatamente affamata. Gli occhi mi si inondarono di lacrime, non riuscivo a ricordare l'ultima volta che avessi mangiato. Non riuscivo a ricordare quella lunga giornata, che sembrava aver avuto inizio con la morte di Lucy.

Come un animale, mangiavo. Le lacrime mi rigavano le guance. Rimuginando – *Adesso mi compatirà. Adesso mi disprezzerà.*

Ma Jonathan Weir stava pensando a qualcosa che lo fece ridere.

Dicendomi, con un sorriso – *Sei una ragazzina potente per esser riuscita a insultare l'intera razza inglese.*

Mi chiesi se glielo avesse riferito il dottor Weir. Sì, faceva ridere!

All'improvviso, ci ritrovammo a ridere insieme. *Noi*, contro di *lui*.

Quella sensazione di follia che ci pervade quando qualcosa è stato deciso, qualcosa di cui non sapevamo nulla, fino a un attimo prima.

Andò via, ma io lo sapevo – *Tornerò a trovarti, Brigit.*

Raccogliendo l'oscena, piccola frusta e abbattendola sul pavimento.

Scoprendo i denti, un ghigno furioso.

*Un giorno frusterò lui – tutti loro.*

*15.*

*Le menzogne che ci vengono raccontate, come quelle che vengono raccontate ai bambini, noi non siamo voi, e voi non siete noi. Questa è la menzogna, Brigit. Che coloro che sono "benedetti dal Signore" meritano ogni cosa, e i poveri, quelli che non posseggono nulla, gli infermi o i disabili, meritano invece il destino che è toccato loro e non sono degni della nostra empatia.*

*Mio padre sa che questa è una menzogna perché è un dottore, lui sa che, sotto la pelle, tutti gli esseri umani sono fratelli e sorelle.*

*Agli occhi di Dio, non esistono Padroni e servi. Non esistono Padroni e schiavi. I conquistatori inglesi non sono superiori agli irlandesi.*

*È questo ciò in cui credo, e non tradirò le mie convinzioni.*

*Sappi che ti voglio bene, Brigit, come a una sorella. E giuro, ti libererò dall'istituto. Ti libererò dalla servitù. Combatterò i padri.*

*16.*

Settimane e mesi come un fiume in piena le cui spume leggere nascondono rocce e macigni sotto la superficie, quante volte Jonathan Weir si era organizzato per incontrarmi lì, dove i terreni dell'istituto finiscono tra rovi e rose selvatiche; spesso in silenzio, sorridendo e guardandoci, toccandoci – con timidezza, con levità.

*Sei così bella, Brigit.*

La tua anima risplende nei tuoi occhi. Una bellezza straordinaria.

Incorniciandomi il viso con le mani. Mani forti, eppure gentili.

Mentre le mani di suo padre erano deboli, e si facevano forti solo con il potere e il terrore della lama.

*Questa delicata vena blu sulla tua tempia, Brigit! Che meraviglia.*

Che dono per me, una rivelazione. Il figlio del Macellaio. Ai *suoi occhi*, non ero ripugnante, non ero spregevole spazzatura irlandese.

Toccandomi la gola, mentre provavo a parlare. Ascoltando, come se tentassi d'assegnare un *suono* alle parole – una questione di respiro, un modo di sospingere il respiro.

*...sì, così, Brigit. Sì!*

Mi avrebbe insegnato a parlare (di nuovo). Riuscivo già a sentire (di nuovo) – *le sue parole.*

È dove cresce la fiducia che riusciamo a parlare. Riusciamo a sentire.

*Forse posso estinguere io il tuo contratto. Liberarti – da lui.*

E mi avrebbe insegnato a leggere, gli occhi che gli si accendevano in una promessa di piacere e ribellione, come se insieme fossimo due bambini piccoli, fratello e sorella.

Durante la primavera, il glicine che cresceva selvatico ci stordiva con il suo odore, una vertigine alla testa. Prendendo il coraggio per toccarci, accarezzarci.

Mi portava libri per bambini presi a casa sua. Riuscivo a leggerli – per la maggior parte.

Fogli di carta e matite colorate con cui potevo copiare A B C D E F G H I J K L M N O P Q R S T U V W X Y Z in lettere di qualche centimetro come in una successione onirica, memorizzandole nel sonno e nel torpore esausto del lavoro (che avevo ripreso) in laboratorio. (Dove il Macellaio era lieto di fingere che nulla fosse cambiato tra noi: la sua carità cristiana si esprimeva nell'essere riuscito a perdonare *me*.)

Jonathan era meravigliato, Jonathan era incantato e rideva d'ammirazione perché io, che neanche un giorno avevo messo piede in una scuola, riuscivo a tratteggiare con le matite colorate prodigi del linguaggio come:

ESOFAGO, FEGATO, MILZA, RENI, PANCREAS, CISTIFELLEA, STOMACO, INTESTINO TENUE, COLON, VESCICA, UTERO, VAGINA, COLONNA VERTEBRALE, VERTEBRE, CERVELLO

– non avendo la minima idea di ciò che queste parole significavano, né di come pronunciarle.

Parole più comuni che scrivevo con colori accesi –

– ci facevano ridere moltissimo, non sapevamo perché.

Il mio amico mi leggeva poesie alla luce morbida della lanterna. Ogni parola pronunciata come ciottoli nella corrente. Parole lenitive tenere sibilanti, parole simili a carezze mischiate ai versi di insetti e uccelli notturni, succiacapre, gufi tra le chiome più alte e tra le gronde degli edifici dell'istituto.

Per lenti, graduali passaggi in me si riattivò l'*udito*. Poiché sapevo che *sentire* non mi avrebbe ferita, *sentire* non mi avrebbe spaventata, riuscivo ad accettare di *sentire* nuovamente.

Da quando era morta mia madre, l'*udito* era svanito. Il mattino successivo alla sua morte si era fatto ovattato. E quando provavo a parlare, la gola mi si serrava.

La parola è un enigma, è quello il suo potere. Il poter della maggior parte della poesia. Elusiva come falene attratte dalla luce che sbattono morbidamente le loro bellissime ali incipriate contro il vetro della lanterna.

La poesia è la parola dell'anima. Che accende la speranza nel mio cuore e scoppia nella fiamma del desiderio che un giorno, quando sarò guarita, potrò prendere carta e penna, e *scrivere*. Non solo per tratteggiare parole come una bambina, ma per *scrivere* – come fanno gli adulti.

Con la voce ardente di Jonathan:

*Sereni e quieti scivolano gli istanti in comunione*
*Possa la musa esser musa d'ogni nuova canzone!*
*Con la delicata grazia del tuo contemplare*
*le miti ali della pace possano l'anima tua abbracciare*

Le parole in rima mi affascinavano. Anche se non ero sicura del loro significato.

Questa poetessa, Phillis Wheatley. Nata in Africa, condotta in America come schiava, nel secolo scorso. Aveva avuto la fortuna di essere stata comprata da un colto abitante di Boston e da sua moglie, raccontava Jonathan, non da un proprietario di piantagioni del Sud che l'avrebbe costretta a fare figli e a lavorare fino alla morte; lei aveva avuto la fortuna d'essere apprezzata per la sua intelligenza, non punita. I suoi proprietari non solo le avevano insegnato a leggere e scrivere, ma avevano trovato un editore per le sue poesie, e l'avevano emancipata all'età di vent'anni.

*Libera!* Una schiava nera, eppure libera? Mi chiedevo come fosse stato possibile. Circolavano così tanti tremendi racconti sulle cose orribili che venivano fatte agli africani nel Sud, frustati a morte, gettati nelle paludi in pasto agli alligatori. Fatti a pezzi dai cani da caccia.

Queste voci arrivavano fino alle orecchie dei servi a contratto. Per tenerci tranquilli – *Voi siete bianchi, a voi sono risparmiati questi castighi. Rendete gloria a Dio, siate felici del vostro destino.*

Jonathan mi spiegò che Phillis Wheatley era una poetessa molto famosa, aveva un dono. La sua esperienza fu radicalmente diversa da quella della maggior parte degli schiavi africani.

Perché venne portata al Nord, e non al Sud. Il Sud era un vero e proprio inferno per gli schiavi.

Il mio cuore quasi si fermò nel sentir parlare di certe cose in modo così diretto.

All'istituto, nessuno parlava di quello che succedeva fuori dall'istituto. Sapevamo a malapena del Nord, del Sud. Solo pochi di noi avevano intravisto facce africane, a Trenton.

Non riuscii a seguire tutto ciò che Jonathan mi raccontò della poetessa africana. Sebbene gli fissassi le labbra e riuscissi a "sentire" la maggior parte delle sue parole, non sempre le comprendevo. Perché le parole fluiscono veloci e la comprensione resta qualche passo indietro.

Qualcosa in me si tirava indietro, qualcosa che non volevo sentire. *Emancipazione!* Era incredibile pensare che potesse esistere anche per me una possibilità del genere...

Ma Jonathan non parlava a cuor leggero di quegli argomenti. Di nulla che avesse a che fare con i servi a contratto, la schiavitù, la costrizione, la "emancipazione".

(Era una parola che conoscevo – *emancipazione.*)

I miei occhi si fecero colmi di lacrime, non so dire perché. Per il semplice pensiero di una ragazza nera di nome Phillis Wheatley che aveva scritto poesie, ora lette da bianchi come Jonathan, che le leggeva a me. E al coraggio che il suo esempio dava a me, che avevo avuto una vita molto più semplice della sua.

Jonathan mi prese la mano – non per attirarmi a lui (come avevo temuto per un momento) ma per darmi conforto.

*Presto, Brigit. Sorgerà il tuo giorno.*

## *17.*

...*Sorgerà il tuo giorno* come il fievole cinguettio degli uccelli all'alba, sulle querce sopra la Torre nord, era un dono che ora mi veniva restituito dopo anni di silenzio, un dono da ascoltare.

## 18.

Quando non hai nulla, bramosamente metti via tutto ciò che ti arriva tra le mani. Non importa se sono i rifiuti d'altri, gettati e abbandonati.

In tutte le strutture come l'istituto, gli effetti di coloro che muoiono vengono con avidità cercati e conservati dai vivi.

Vivendo come vivevamo noi, i più umili tra coloro che vi lavoravano. Non lasciavamo scivolarci tra le dita ciò che ci capitava di stringere.

Non rubavamo ma custodivamo. I nostri tesori segreti.

Il dottore Macellaio mi aveva promesso che avrebbe cominciato a pagarmi, una miseria magari, ma mi avrebbe pagato, me l'aveva promesso. Perché io ero la sua infermiera-assistente preferita. Visto che ero alle sue dipendenze senza fine, potevo essere convocata in ogni momento. A ogni ora. Perché lui era il mio Padrone, era un fatto determinato dalla legge.

Perché io non avevo chiavi per chiudere la porta del mio cubicolo, e ripararmi da lui.

Passavano le settimane, i mesi e non disse più nulla. Mi guardava con freddezza, o crudeltà. Mi guardava con occhi umidi e un ghigno tetro. Al *balsamo del Lete* non osavo oppormi.

È disonorevole per me confessare che non osavo parlarne al dottore Macellaio, per paura di suscitare la sua collera; né ne parlai a Jonathan, perché c'erano dei segreti tra noi che non potevo rivelare.

(Che avevo avuto un bambino, e che mi era stato portato via. Che avevo avuto delle *relazioni*, come si dice, con Medrick Weir, e con altri che con la forza mi si erano imposti negli anni.)

(Se l'avesse saputo, sarebbe stato disgustato da me. Perché sapeva quanto giovane ero allora – non ancora tredici anni compiuti. Lui era il figlio del dottore-gentiluomo, come avrebbe potuto tollerarlo? – conoscere il modo in cui il mio corpo era stato devastato e macchiato oltre ogni possibilità di redenzione.)

Quando eravamo insieme, era Jonathan a parlare per la maggior parte del tempo.

Jonathan Weir, che un giorno sarebbe stato un avvocato, che sapeva maneggiare le parole come se fossero semplici sassi tra le sue mani.

Il mio compito era ascoltare, sforzarmi di *sentire*.

E le sue dita sulla mia gola, dove la mia "voce" vibrava, che gioia gli procurava percepirla (diceva) con la punta delle dita.

Mi insegnava in quel modo a parlare, come ero stata capace di fare una volta. Insegnandomi con l'esempio, senza mai obbligarmi.

Quante cose riuscivo a trovare tra i rifiuti dell'istituto. Come limo setacciato in uno specchio d'acqua, per accumulare in fondo il fango. Ognuna di noi, nella Torre nord, aveva il suo piccolo misero tesoro. Persino quelle tra noi chiuse nelle celle e nelle gabbie da conigli (tanto basse che non potevano star dritte, ma dovevano accovacciarsi come bestie sulla paglia sporca) riuscivano a creare dei piccoli cunicoli tra il foraggio, in cui nascondere le loro cose preziose.

Quelle a me più care non erano vestiti, calze, accessori per capelli e pettini come per le altre, ma riviste, libercoli, giornali e calendari. Mi impossessavo di questi tesori gettati via nei cestini, portati dal vento sui sentieri che percorrevano i terreni incolti dietro la Torre nord.

Una vecchia logora Bibbia che sembrava essere sopravvissuta al diluvio di Noè era uno dei miei beni più preziosi, Jonathan rise con tristezza nel vederla – *Oh Brigit!* – se solo l'avesse saputo, mi avrebbe portato una Bibbia sua.

Se avessi promesso di non dirlo a nessuno, me l'avrebbe portata. E io avidamente risposi, *Sì, lo prometto.*

Perché nessuno poteva sapere, mi disse Jonathan, che lui veniva a trovarmi, che eravamo *amici.*

Suo padre si sarebbe adirato moltissimo e ci avrebbe separati. E sarebbe potuto accadermi qualcosa di male che Jonathan non poteva impedire.

Non poteva impedire *ancora.* Ma un giorno, presto.

Jonathan poteva accettare la rabbia di suo padre contro di lui, ma non quella di suo padre contro di me.

"Non ti farà mai più del male, Brigit. Te lo prometto."

Jonathan mi portò non la Sacra Bibbia, ma il Nuovo Testamento, con una morbida copertina nera e illustrazioni pensate per dei ragazzi, e da questo suo dono Jonathan mi lesse i miracoli di Gesù con voce così ardente da indurmi a chiedermi – *Lui crede? In Gesù? Nei miracoli?*

Io non avevo fiducia nel Gesù cristiano, ma speravo che, se era vero che Gesù esisteva, e se Gesù sapeva di me, allora Gesù avrebbe avuto pietà di *me.*

Con affettuosa pazienza, Jonathan seguiva con un dito le parole stampate, così che potessi seguirle a mia volta, con i miei stessi occhi. Ripetendo il gesto, per lasciare che imparassi.

Come se fossi davvero una bambina. Immacolata da ogni peccato, nuova nella mia anima di fanciulla, grata per tutto ciò che Jonathan aveva portato nella mia vita.

Piano piano, reimparai a parlare, così come stavo imparando a leggere.

Con la mia rauca voce di ragazza, che riuscivo a stento ad alzare sopra a un sospiro, e solo in presenza del mio amico adorato.

Perché, anche se con Jonathan riuscivo a *sentire* e riuscivo a *parlare*, per quanto sommariamente, non ero ancora pronta a farlo in presenza d'altri.

Pronunciando con lentezza queste parole mentre Jonathan correva con il dito sotto di loro.

*Beati i poveri in spirito, perché di essi è il regno dei cieli.*

*Beati gli afflitti, perché saranno consolati.*

*Beati i miti, perché erediteranno la terra.*

*Beati quelli che hanno fame e sete...*

Balbettavo e farfugliavo. Jonathan mi offriva le parole, come andavano dette. Mai fu impaziente con me. Né mi canzonava quando mi scoraggiavo.

"Leggere è un esercizio, Brigit. Impariamo a leggere senza sapere che stiamo leggendo."

Non era vero, o forse sì? Alcuni giorni, dimenticavo tutto ciò che avevo imparato. Le parole apprese mi scivolavano via, come uccellini che hanno appena messo le piume e cadono dal nido prima del tempo.

Ma, altre volte, quando tornavo a leggere ciò che Jonathan mi aveva insegnato, le parole mi balzavano sulle labbra, riuscivo a "pronunciarle" ad alta voce senza alcuna esitazione!

Con straordinaria pazienza, Jonathan mi insegnò anche l'aritmetica. Conoscevo già tante cose, non avevo bisogno che mi venissero dette, eppure era consolante che mi venissero dette. Ricopiavo i numeri con attenzione 1 2 3 4 5 6 7 8 9 10 11 12.

Facevo addizioni, sottrazioni. Non chiederti cosa *siano* i numeri, pensa ai numeri come se fossero cose, monete, scarpe, alberi.

Se un problema mi confondeva, il mio istinto era di tirare a indovinare, come se chiudessi gli occhi e cadessi nel buio, ma Jonathan mi rassicurava – *No, no! Prenditi del tempo, Brigit.*

*C'era sempre abbastanza tempo.*

Mi insegnava a usare carta e penna. A non spazientirmi con me stessa. Non ci sono trucchi nella matematica, c'è solo una risposta giusta.

Solo una soluzione a ogni problema.

Solo una soluzione all'ingiustizia nel mondo, che rende così tante persone prigioniere di così poche. Serve, schiave.

Nella Bibbia, c'era il *Paradiso*. Nel nostro mondo terreno, c'era la *Libertà*.

Jonathan parlava con ancora maggior eccitazione della *nostra fuga*. Avrebbe trovato una certa quantità di denaro, avrebbe *riscattato il mio contratto*.

Se suo padre si fosse rifiutato di collaborare, saremmo scappati via insieme.

Non rivelai molta parte del mio cuore a Jonathan. Non avevo mai rivelato molto anche alle altre persone che mi volevano bene, come Gretel, poiché mi era mancato il linguaggio allora, e il desiderio di confidarmi adesso.

Mentre Jonathan mi parlava con così tanta energia, io ero molto silenziosa. Perché era fondamentale per me che il figlio del dottore Macellaio *mi fosse amico*, e non mi percepisse mai come qualcuno che potesse pensare a sé, separatamente da lui.

Non mi interessava se Jonathan mi compativa per le circostanze della mia vita: se la *pietà* poteva essere un modo per *scappare*, allora la *pietà* era una cosa buona.

Che Jonathan potesse pensarsi *mio amico* non significava che io lo fossi. Era una cosa che sentivo istintivamente.

Per lui, ero come una bambina, in realtà, *ero* una bambina. Anche se non molto più piccola di lui, ma più piccola di statura, e non sapevo così tante cose che invece lui conosceva bene, del mondo fuori dall'istituto, e della saggezza, e della conoscenza, e della scuola, e dei libri e delle *vite normali delle persone* a me così aliene, come se appartenessero a un'altra specie. Ed ero così silenziosa in sua presenza, per meraviglia e adorazione, e diffidenza.

Ciò che in me era più vulnerabile, Jonathan sentiva il bisogno di proteggerlo. I suoi occhi erano occhi bellissimi, infusi di tenerezza per i suoi stessi sentimenti. Il modo in cui stringeva la mia (gelida) mano nella sua (calda, forte), per darmi conforto e sicurezza.

Lo pervadeva un oscuro senso di colpa, perché lui era il figlio del direttore dell'istituto, il nostro Padrone e oppressore. Jonathan non aveva mai conosciuto la miseria, non aveva mai strisciato sul ventre per disperazione, non aveva mai vissuto nella sporcizia, e non era mai stato grato persino per la sporcizia, per il respiro della vita che in lui resisteva, almeno per qualche ora, ancora.

Non era mai stato così affamato da divorare cibo che conteneva vermi. Mai così assetato da bere acqua grigiastra che sapeva di fognatura.

La colpa del padre ricadeva sul figlio, ed era divenuta una sorta di eccezionale ferita, quasi piacevole. Perché *lui* non era il Padrone malvagio. *Lui* non sarebbe stato il Padrone malvagio.

Eppure, era il figlio del Padrone, e aveva tratto vantaggi dalla posizione del Padrone. Non aveva mai patito la fame, non aveva mai dovuto fare a meno dei vestiti o di un'istruzione; la sua mente era affilata e scattante, perché era stato ben nutrito, era uno di coloro che fiorivano, mentre altri accanto cadevano, e perivano.

Jonathan sapeva tutto questo. Era consapevole di sapere e, in un certo senso, era ironico in questa sua consapevolezza. Perché era eccitante per lui parlare criticamente di suo padre, e dei suoi parenti; mostrarmi che era diverso da loro. Sebbene non fosse così diverso da loro, a un occhio distratto, *eppure non era come loro, nel suo cuore.*

Eccitante per Jonathan poter incontrare me, l'orfana irlandese, in segreto. Persino mentre suo padre, Silas Weir, non era così lontano, a una distanza effettiva. Persino mentre (Jonathan mi raccontava) lui e suo padre si parlavano appena, e mai parlavano di *Brigit Kinealy.*

Eccitante per Jonathan poter affermare che mi pensava così tanto spesso che era come se fossi divenuta la sua *anima gemella.*

Quell'affermazione mi fece ridere, per stupore e incredulità. Mi si arroventarono le guance, mi portai le mani alla faccia per nascondere un'improvvisa timidezza.

E allo stesso modo, fui ridotta al silenzio quando Jonathan osò chiedermi delle operazioni di suo padre su di me, di cui (diceva) aveva sentito parlare. Addolorato di dover alludere a qualcosa che riguardasse *questioni femminili.* Tra di noi, si spalancò un abisso.

Io non volevo davvero parlare di quelle questioni, con nessuno. Ciò che era accaduto, ciò che era stato perpetrato su di me, apparteneva al passato adesso, era dimenticato.

Ciò che il mio corpo aveva sopportato, l'*aveva* sopportato. E aveva superato ormai quei ricordi.

Jonathan ammise che suo padre l'aveva portato una volta nella Torre nord, al laboratorio. Di fronte a quella scena, era quasi svenuto ed era dovuto scappare via.

Mi disse, con voce bassa, che aveva sentito che suo padre aveva fatto degli "esperimenti" su di me, come sulle altre del laboratorio.

Scossi subito la testa, *No*. Non volevo parlarne. *No*.

Aveva sentito – *Che vengono fatte cose orribili, a persone impotenti.*

Non riuscivo a udire quelle parole. Un ronzio nelle orecchie, mi girai di lato. *No*.

*Mio padre ha affinato le sue capacità sulle donne più povere, per prepararsi a operare le pazienti private, facoltose.*

*Un giorno dovrà renderne conto! In qualche modo.*

Non sentii nulla di tutto questo.

Era vero: il dottore Macellaio aveva "sperimentato" su una sequela infinita di malate di mente, le teneva segregate nel suo laboratorio. Mi chiedeva di assisterlo in questi esperimenti, giacché ero la sua infermiera-assistente preferita.

Ma il dottor Weir non aveva mai fatto "esperimenti" su di *me*. Tutto ciò che aveva fatto con me era stato guarirmi dalla *fistula*.

Perché io ero speciale per lui, per il dottore Macellaio. Ne andavo miseramente, perversamente orgogliosa.

Non dissi nulla di tutto ciò a Jonathan Weir, certo. Non avrei condiviso la mia vergogna con qualcuno che aveva una buona opinione di me.

Rivolgendogli un orecchio sordo quando mi parlava di quelle cose. Come in passato, *non sentire* era il mio conforto.

## 19.

*Non deve sapere. Non saprà – mai.*

Presto poi, non riuscii a pensare più a niente o a nessuno, se non a Jonathan Weir.

Divenne un bisogno disperato, tenere segreto tutto ciò che mi era accaduto prima che Jonathan arrivasse nella mia vita, sconvolgendola completamente.

Diceva d'amarmi, come una sorella. Ma non riuscivo a credere che avrebbe continuato a sentire nulla di simile, se avesse saputo che essere devastato sono.

Aveva finito i suoi studi al college del New Jersey – aveva imparato dai suoi professori tutto ciò che avevano da insegnargli; adesso, avrebbe intrapreso la sua *vita* – avrebbe lavorato part time presso l'Associazione abolizionista di Philadelphia, a Rittenhouse Square, e avrebbe seguito i corsi di legge all'università.

Non aveva informato i suoi genitori di questa scelta – non ancora.

In questa nuova vita indipendente, Jonathan sperava di guadagnarsi un salario dignitoso. Avrebbe avuto poche spese, e avrebbe risparmiato ogni penny che poteva, nella speranza di poter acquistare un giorno ciò che rimaneva del mio contratto all'istituto.

Jonathan mi parlò con così tanta calma di questa decisione che quasi non riuscii a credere a ciò che stavo sentendo.

Perché *sentire*, per me, era una condizione fragilissima; se non riuscivo a fidarmi di chi parlava, non riuscivo a *sentire*.

Jonathan mi spiegò che aveva fatto delle ricerche sul contratto che mi legava all'istituto, fingendosi un soggetto "disinteressato", preoccupato per le condizioni di salute della progenie degli immigrati irlandesi; ma non aveva voluto pressare troppo nelle domande, per paura di attrarre eccessive attenzioni su di sé e allertare il padre, che si sarebbe mostrato ostile ai suoi tentativi, peggiorando la mia condizione.

Secondo la legge, ai servi a contratto erano concessi dei "diritti di libertà" allo scadere dei loro contratti – a volte, un acro o due di terra pure. Molto dipendeva dalla buona volontà dei giudici locali, che potevano anche pronunciarsi a favore del Padrone, estendendo il contratto per "valide ragioni".

Avrebbe difeso i miei diritti, Jonathan diceva. Non avrebbe permesso a nessuno di sfruttarmi. Il suo campo di specializzazione legale sarebbe stato relativo all'*emancipazione.*

Quando sarei stata libera, avremmo viaggiato insieme, sperava – *Come marito e moglie.*

*Moglie!* Quella parola volteggiò nell'aria tra noi come una bellissima falena colpita nel corso del suo volo.

Mi aveva profondamente commosso che Jonathan avesse parlato di me come di una *sorella.* Anche se non potevo credergli, veramente.

Ma ora – *moglie*!

Mi aveva portato un anello, come pegno. Un delicato anello d'argento, con un piccolo opale – l'aveva chiamato così Jonathan, non avevo idea di cosa fosse. Sperava che avrei tenuto questa pietra, una *pietra semipreziosa*, vicina, magari su una catenina attorno al collo; perché sapeva che non avrei potuto indossarla in modo visibile.

La piccola pietra non era sgargiante, possedeva una bellezza sottile – sfumature cangianti di celeste, verde iridescente, oro chiarissimo.

Naturalmente, non avrei condiviso quest'anello con nessuno. Non l'avrei mostrato a nessuno, nemmeno a Gretel.

Avrei nascosto quest'anello con grande segretezza, nel più sicuro dei nascondigli, come farebbe un topo, non fidandosi della sua stessa specie.

Non fui in grado di ringraziare Jonathan – il figlio del Macellaio – come avrei dovuto. Non c'erano parole. Tutto quello che riuscii a fare fu nascondere agli occhi interrogativi del mio amico adorato il mio volto percorso da una selvaggia speranza.

Una parte di me desiderava credere che fosse possibile essere una *moglie*, la moglie di Jonathan Weir; ma un'altra parte dubitava che Jonathan avesse un'idea chiara di ciò che stava dicendo.

*Sta sfidando il padre Macellaio. Tutto questo ha poco a che fare con te.*

Erano quelle le voci che mi giungevano, nella notte. A sgridare le mie più sciocche speranze, e, tuttavia, a consolarmi.

*20.*

*È troppo tardi per Lucy e per le altre. Dobbiamo salvare Bathsheba.*

*Stanotte. Perché domani sarà troppo tardi.*

Ridendo, col fiato che sapeva di gin. Inciampando tra le mie braccia, Gretel ansimava calda nel mio orecchio "Nessuno lo sa! Nessuno l'ha mai saputo."

*Mai saputo – cosa?*

"Chi lo ha ucciso – nel suo letto. Colui che è venuto prima di questo."

*Ucciso – chi?*

"Medrick Weir" – pronunciandone il nome con il pesante accento tedesco, come se nulla potesse essere più divertente.

Come riderebbe un cavallo, una risata volgare e chiassosa. Le labbra tese a scoprire i grossi e macchiati denti equini, un po' cadenti, un po' fermi.

Guardavo Gretel, sgomenta. Nell'osservare le sue labbra modellare incuranti queste parole, poteva aver pensato che non riuscissi a *sentirla.*

"Sì! Sono stata io. Per *te* – per ciò che ti aveva fatto."

Asciugandosi la bocca che luccicava di saliva. Ridendo e tremando.

Sapevo che Medrick Weir aveva fatto violenza anche ad altre. Senza dubbio, quando era stata più giovane, a Gretel.

"L'ho sgozzato, come il maiale che era. Nel suo lurido letto."

Cullandomi tra le sue braccia, mentre i nostri battiti del cuore acceleravano insieme.

Era la vigilia dell'intervento di Bathsheba. Dovevamo mischiarle la morfina nel cibo e portarla nella sala operatoria e legarla al tavolo, preparandola a ciò che aveva pianificato il dottore Macellaio, il Macellaio dalla mano rossa, per il mattino seguente.

*Bathsheba ha urgente bisogno di essere operata, avendo mostrato dei sintomi di* prolasso uterino – aveva proclamato il Macellaio, con espressione ripugnata.

Perché andò in quel modo, con Gretel che mi abbracciava, perché io non la respinsi per lo stupore, non lo so, non si saprà mai. Ma sappiate questo: *Brigit non era ubriaca di gin.*

Stavamo ridendo insieme, come ragazzine che ridono facendosi il solletico. I seni pesanti di Gretel sciolti dentro la sua tunica da infermiera, il calore del suo respiro affannato, le iridi larghe roteanti.

Ridendo, provando a parlare. Afferrando la mando di Gretel irruvidita da anni di servitù e premendo le sue dita alla mia gola così che potesse sentire il fremito vibrante delle parole che combattevano per uscire.

*Ci rifiuteremo – di tradire Bathsheba.*

*Non drogheremo Bathsheba. Non porteremo Bathsheba nella sala operatoria, e non la legheremo al tavolo.*

*Non prepareremo Bathsheba per essere sacrificata al Macellaio.*

*Non lo faremo, non lo faremo! Non lo faremo, mai.*

*È troppo tardi per Lucy, e per tutte coloro che sono morte sotto al suo bisturi.*

*Ma è giunta l'ora che il Macellaio dalla mano rossa muoia.*

## *21. Testimonianza*

*D'ora in avanti riporto queste parole non come parole di Brigit Kinealy, ma attraverso la mano e la penna di Brigit Kinealy.*

*Benché fosse un'orfana di una razza disprezzata, nel tentativo di salvare se stessa, aveva acquisito un privilegio negato alle sue sorelle, intrappolate nell'istituto come pazze. E tra queste, pochissime sapevano leggere e scrivere oltre un livello estremamente infantile.*

*Poiché lei era la preferita del dottore Macellaio, come ho rivelato in questo racconto. E fu amica del figlio del dottore Macellaio.*

*È vero, Brigit Kinealy venne "salvata" dal dottore Macellaio – ciò non si può negare.*

*E per questo, prova gratitudine. Ma lei è legata alle sue sorelle, è con le sue sorelle che deve allearsi.*

*Come dichiara Gretel. Quando il dado è tratto, stiamo con le nostre sorelle fino alla morte.*

## 22. *Insurrezione. 13 marzo 1861*

*Alleluia!* – gridano trionfanti le pazze mentre si sollevano le fiamme, dall'ultimo piano della Torre nord, il covo del Macellaio dalla mano rossa.

*Alleluia!* – le fiamme che si propagano rapide per il laboratorio, e giù, per i piani inferiori, fino agli edifici adiacenti, deflagrando come combustibile a illuminare il cielo notturno su Trenton, in New Jersey.

Desiderando che *tutta Trenton* bruci tra le fiamme purificatorie! *Tutti coloro che ci hanno imprigionato chiamandoci pazze, e che sono prosperati sulla nostra miseria, finiscano all'inferno.*

Tra di noi una discussione accesa se lasciar lì disteso il Macellaio dalla mano rossa, nel sudiciume dove era caduto massacrato, oppure trascinarne il corpo insanguinato giù dall'ultimo piano della Torre nord, per mostrare al mondo la sua mutilazione.

Non c'è tempo per l'incertezza! Prima che arrivino i pompieri, dovremo fuggire travestite da uomini lungo le banchine del Delaware, fino al ponte che ci condurrà in Pennsylvania. Alcune di noi destinate a venir catturate entro un giorno o due, tra le terre selvagge della contea di Bucks, altre per sempre disperse – *svanite*!

*Come se la Terra si fosse aperta, per inghiottirci.*

In eterno libere dalla prigione del Macellaio dalla mano rossa. Anche se rimarremo tutte marchiate a vita.

Anni trascorsi rinchiuse nel laboratorio del Macellaio dalla mano rossa. Nessuno verrà mai a conoscenza del nostro dolore e degli orrori commessi nei nostri confronti, se una di noi, scrivendo queste parole, non ci renderà testimonianza.

Una di noi, salva per miracolo. A pochissime è stata accordata una vita, e il privilegio di *leggere e scrivere*, per esserci testimone.

Tutte noi, abbandonate dalle nostre famiglie. Insultate e ferite e ammanettate ai letti. Rinchiuse nelle celle, e alcune, le *più turbolente*, tenute dentro a gabbie grandi a malapena per contenere conigli, troppo piccole per starci sedute dentro, tantomeno per stare in piedi. Avrebbe potuto essere un *esperimento* per osservare il modo in cui le ossa cedono a una postura forzata, il modo in cui una dieta le rende friabili, piegandole come archi. Paglia lurida su cui dormire, sognare. Nei nostri corpi piaghe aperte ribollenti di vermi.

*Gesù aiutami! Gesù aiutami!* – nelle notti, le nostre grida si confondevano con i versi desolati degli uccelli notturni, venivano trasportate dal vento, senza essere udite.

Una per una venivamo condotte a lui. Ci visitava osservandoci attraverso i suoi occhiali metallici. Uno strumento brutale per *aprirci* allo sguardo del Macellaio dalla mano rossa.

Dentro un altero abito scuro, camicia bianca inamidata, colletto bianco inamidato e cravatta, sotto a un camice bianco da chirurgo che presto si faceva lercio e imbrattato del nostro sangue.

Ci legava a un tavolo macchiato di nero dall'angoscia delle nostre sorelle. Affondava il suo bisturi nella nostra carne, ci grattava con la sua curette, recideva le nostre vite con le forbici, smorzando di rado il dolore con la morfina, il cloroformio. Perché l'*anestesia* era una pratica costosa, riservata soltanto alle pazienti private.

Amputazioni di dita, piedi, gambe – per prevenire la diffusione della *cancrena*, che ritardava di sua volontà fino a che non era troppo tardi.

L'intento di amputare le lingue – per vedere se riuscissimo a imparare a parlare senza.

Parole sconclusionate di *donne malate di mente*, chi può comprenderle? – parole senza nessun valore, nessuno.

Affermando con arroganza che il trucco non è *amputare*, ma *mantenere il paziente in vita, poi*.

Legando vene e arterie, cauterizzando i monconi. Trattamenti per lo "shock". Perché il tasso di mortalità per lo "shock" è alto quanto per le emorragie.

*La fase post-operatoria. La cura della paziente*. Sappiamo pochissime cose, affermava il dottore Macellaio. Un'intera branca della scienza, la sua, ancora da esplorare.

Ancora da conquistare, per innalzarlo alle più alte vette della fama.

Con estrema crudeltà, il Macellaio faceva assistere alcune di noi alle sue operazioni chirurgiche. Sapendo che presto anche noi saremmo state legate, con in bocca degli stracci per tamponare le urla d'agonia.

A meno che non volessimo venire frustate, o *messe in costrizione*.

*La Sedia della calma, il Letto della calma. La stanza di Weir, la ruota di Weir. La morte di Weir.*

Solo con le sue preferite il dottore Macellaio si mostrava misericordioso. Ma non sempre.

*Gretel*, e poi la più giovane, la sordomuta albina *Brigit*. La prima dal viso impassibile e rubicondo, affidabile come una mucca da latte; la seconda, con una pelle albina inquietantemente bianca, gli occhi celesti e vitrei, un'*anima demoniaca* dietro un *volto angelico*.

In questa notte del marzo del 1861, eravamo *Nestra*, *Bathsheba*, *Wilhelmina*, *Zenobia*, *Mahala*, *Juel*.

L'ira di Dio e il suo giubilo che illuminavano il cielo sopra la città maledetta.

*Il Macellaio dalla mano rossa non vi lascerà mai andare, non vi libererà mai di sua spontanea volontà. Dovete insorgere contro di lui. Dovete afferrare da voi la vostra libertà.*

I colleghi del Macellaio dalla mano rossa conoscevano la sua crudeltà, e per anni chiusero gli occhi e le orecchie, così che le loro di crudeltà e perfidie passassero inosservate.

Infermiere, aiutanti di infermiere e portantini, personale amministrativo, impiegati, supervisori – tutti sapevano, o avrebbero dovuto sapere.

Le famiglie del personale medico che vivevano nelle pertinenze dell'istituto avevano ragione di sapere. Di certo avevano udito le nostre grida dall'ultimo piano della Torre nord, e avevano fiutato il nostro terrore. Sulla facciata in mattoni della Torre nord venivano lasciate crescere fitte siepi di rose selvatiche e glicine dall'odore dolciastro, rampicanti d'edera inglese, per coprire l'odore della *stanza dei cadaveri*.

Morivamo giovani. Perché eravamo tutte più giovani di quanto i nostri volti deturpati dessero a vedere.

Sotto i panni intinti con noncuranza di cloroformio, premuti contro le nostre bocche e i nostri nasi. Morte per emorragia, mentre il Macellaio dalla mano rossa ci rimuoveva *un organo infetto*, lasciandolo cadere trionfante in un secchio di brodaglia.

Il Macellaio dalla mano rossa si vantava di non possedere schiavi e di non credere nella schiavitù, bensì nella dottrina abolizionista. Anche se il suo potere consisteva nell'obbligare le più umili tra noi a lavorare fino alla morte, e a venire frustate e percosse se osavamo disubbidire.

Costringendo le più umili tra noi a venire condotte tra le grida nella sala operatoria, a venire legate al tavolo operatorio, le teste bloccate nella *ruota di Weir*.

Quando morivamo, ci portavano via nel cuore della notte, seppellendoci nell'angolo più remoto dei terreni dell'istituto, con solo una piccola croce di legno a marcare una fossa comune, così che nessuno si accorgesse di noi e potesse piangere la nostra perdita.

Dicevano che nella *stanza dei cadaveri* il becchino Langhorne non osasse guardare troppo da vicino i nostri corpi mutilati e spezzati, che era suo dovere portare via e seppellire. Perché altrimenti dagli occhi gli sarebbero sgorgate lacrime di pietà. Nel corso di una vita, un becchino vede così tante cose da rendergli intollerabile il genere umano e costringerlo a mettere in dubbio la stessa misericordia di Dio, eppure, Abraham Langhorne inorridiva perché mai aveva visto una tale quantità di *deliberati atti di macelleria* come quelli che era costretto a portare via dall'ingresso sul retro della Torre nord.

Benché il Macellaio dalla mano rossa fosse un uomo molto pulito e schizzinoso, mosche, blatte e altri animali infestanti si riproducevano liberamente tra le corsie chiuse dell'istituto, dove pochi visitatori si avventuravano; e all'ultimo piano della Torre nord, dove a nessuno era consentito l'ingresso.

Era risaputo che gli spazi pubblici dell'istituto, nell'edificio principale, inclusa un'area di accettazione, una sala visite, delle sale mense riservate, e persino una piccola sala da ballo affacciata su un giardino, erano arredati con eleganza e tenuti in perfetto ordine; allo stesso modo, lo erano i reparti e le stanze private che ospitavano le pazienti con minori *problemi mentali*, giacché qui i visitatori venivano con maggior frequenza, ed erano sempre accolti con gentilezza e dovizia di informazioni dal personale medico.

Era risaputo che il Macellaio dalla mano rossa tenesse moltissimo alla cura di questi spazi aperti al pubblico, così da non indurre a sospettare un tale stato di negligenza nel resto dell'istituto.

Col passare degli anni, si diceva che il Macellaio dalla mano rossa avesse sviluppato una dipendenza sempre maggiore dal suo notturno *balsamo del Lete* – laudano, scotch, gocce di cocaina.

Col passare degli anni, facendosi sempre più incauto e selvaggio nelle sue voglie.

La vanità del Macellaio dalla mano rossa era la sua debolezza, come lo era stata del suo congiunto Medrick Weir: voleva immaginare che le sue pazienti lo venerassero come il loro Salvatore, e guardassero a lui, un medico-chirurgo di chiara fama, con adorazione e referenza.

Medrick Weir: la cui morte era avvolta nel mistero, come la sua vita, perché nessuno doveva sapere che un individuo di quella natura era morto nel suo letto come un maiale, la gola tagliata come quella di un porco, impregnando un materasso intero con il suo sangue, mentre una miriade di rivoli si riversavano sul pavimento della camera da letto padronale.

*Fu eccitante sapere che una di noi gli aveva tagliato la gola, lasciando cadere sdegnosa, sul grasso torso nudo del maiale, il coltello da macellaio.*

Una vanità così grande che mai avrebbero potuto immaginare il nostro disprezzo e il desiderio segreto di ribellarci, come (ci raccontò Gretel, che conosceva quelle questioni) uno schiavo nero di nome Nat Turner aveva guidato una rivolta contro gli oppressori bianchi in Virginia, uccidendone più di cinquanta in una sola notte.

Strabuzzavamo gli occhi nell'ascoltare quei racconti. Perché Gretel sapeva leggere, e perlustrava attentamente i giornali buttati via dai medici.

Il brivido di gole (bianche) sgozzate, per mano di schiavi (neri).

Ci meravigliò soprattutto il racconto di come il giovane Nat Turner, simile a un Angelo della Distruzione, avesse persino ammazzato delle donne bianche che erano state gentili con lui e gli avevano insegnato a leggere. Addirittura dei bambini bianchi, che non gli avevano fatto alcun male, se non quello d'essere nati disgraziatamente – *bianchi*.

Ma l'insurrezione non era finita bene, ci disse Gretel. Perché Nat Turner non riuscì a convincere altri schiavi a unirsi a lui.

Con la giustizia al suo fianco, e Dio certamente a spronarlo, l'errore di Nat Turner era stato uccidere i suoi oppressori in modo selvaggio, invece che semplicemente *mettersi in fuga e condurre la sua gente verso la libertà.*

Gretel ci ammoniva in quel modo, NON DOVETE UCCIDERE. NESSUNA GOLA SGOZZATA.

Ma noi provavamo il desiderio selvaggio di farlo. Fino a quel momento non avevamo capito quanto desiderassimo uccidere non solo il Macellaio dalla mano rossa, ma anche coloro che l'avevano aiutato, i suoi colleghi dottori, gli amministratori, i brutali portantini e persino alcune tra le infermiere, che non mostravano alcuna empatia per noi. Volevamo ardentemente sgozzare tutta la famiglia Weir, perché sapevamo dove viveva il direttore, e quanto fosse grande e imponente la sua dimora. Alcune di noi avevano intravisto i suoi figli, non avevamo idea di come si chiamassero né di quanti vivessero ancora a casa, avremmo voluto ucciderli tutti, persino le bambine, persino le innocenti bambine che portavano il nome di Weir come una maledizione, mentre il Macellaio dalla mano rossa e sua moglie sarebbero stati costretti a guardare inorriditi, prima di tagliare anche a loro la gola e di sventrarli come maiali! – appesi a testa in giù, gli intestini strappati dal ventre con i nostri stessi artigli.

Sentendo l'eccitazione nella nostra voce Gretel si allarmò – *No.*

L'impassibile Gretel con i suoi caldi e bovini occhi marroni che si facevano sgranati per l'agitazione – *No!*

Rimproverandoci e rammentando che la *fuga* è il mezzo, la *emancipazione* il punto d'arrivo.

Dovevamo soltanto scappare dal laboratorio, per arrivare in Pennsylvania, cercare rifugio nelle campagne. Dichiararci non più *malate di mente*, sotto tutela dello stato del New Jersey.

Sarebbe stato un grave errore fare quello che aveva fatto Nat Turner: uccidere.

Perché l'assassinio genera assassinio. È un'arma a doppio taglio.

Questo fu l'ammonimento della levatrice. Gretel era l'infermiera più anziana della Torre nord, dove erano rimaste poche infermiere più grandi di quarant'anni.

Il Macellaio dalla mano rossa, accecato dalla sua vanità, non aveva la più pallida idea che era stata proprio la sua infermiera-assistente di lungo corso, Gretel, colei di cui si fidava più d'ogni altra, a parlare per prima di *rivolta*, *insurrezione*.

Il Macellaio dalla mano rossa non aveva la più pallida idea, ma noi sì, che era stata Gretel a capire anni prima che Medrick Weir doveva essere fermato, nel suo stesso letto.

Perché nessun'altro li fermerà, i rapaci medici-chirurghi che ci danno la caccia, che ci succhiano il midollo dalle ossa e ci gettano via una volta che non serviamo loro più a nulla.

*Così tante di noi, e lui solo* – ci sussurrava Gretel, nella nostra prigione.

Fino a quando Gretel non ebbe pronunciato quelle parole, noi non avevamo realizzato. Perché eravamo per la maggior parte malate, deboli, percosse e piegate. I nostri corpi perdevano sangue, oscenità femminili. I nostri corpi erano semplici sacchi di carne, alla mercé di altri. Ci veniva drenato il sangue, ci venivano rimossi gli organi come possibili sedi di *infezioni*. Inadatte al mondo dei *sani* e dunque scartate e lasciate morire nell'inferno dell'ospedale del Macellaio dalla mano rossa.

Come una finestra sporca e sbarrata che è stata rotta, per lasciar entrare raffiche d'aria fresca, il pensiero preciso della *rivolta*, *dell'insurrezione* stava crescendo dentro di noi. Bandiere d'indipendenza che sventolavano larghe e libere, i nostri cuori che balzavano in piedi per omaggiarle.

La visione di *gole sgozzate*, *incendi appiccati* ci pervadeva con scoppi vigorosi.

Si manifestò velocemente, come un contagio di febbre gialla, questa febbre di rivolta. Persino quelle di noi che erano tenute in gabbia, costrette, persino le moribonde Juel e Mahala, che avevano perso il loro animo più battagliero dopo svariati interventi chirurgici, cominciarono a sentire il brivido acuminato dell'insurrezione, desiderando ora con forza vivere e vendicarsi dell'oppressore.

Come lanciare un fiammifero acceso tra sterpaglia secca dopo la siccità dell'estate. Presto, i sogni di *rivolta* presero a rimestarci nel sonno.

Anche se Gretel ci raccomandava – *Ci prenderemo tutto il tempo. Non agiremo con troppa fretta. Dobbiamo avere un piano.*

Gretel era in contatto con alcune persone a Morrisville, in Pennsylvania, tramite la sua parrocchia, persone che ci avrebbero aiutato nella nostra fuga e che potevano fornirci delle *case sicure*, come accadeva con gli schiavi neri, nel tentativo di emanciparsi; ma noi non dobbiamo agire in modo precipitoso, e non dobbiamo fare del male a nessuno, per quanto colpevoli possano essere, perché, se lo faremo, saremo punite severamente.

Fu Gretel a ricordarci che nessun'altra paziente dell'istituto doveva venire a conoscenza dei nostri piani. Nemmeno le nostre sorelle nei reparti chiusi, che vivevano e morivano nel sudiciume come noi. Perché, se l'avessero saputo, l'eccitazione avrebbe avuto la meglio sulla cautela, e presto saremmo state scoperte e avremmo subito durissime pene.

Né potete fidarvi delle aiutanti delle infermiere e dei portantini – persino dei più umili tra loro. Perché non si uniranno a voi, vi denunceranno, per guadagnarsi i favori del Padrone.

Gretel aveva saggiamente coinvolto una delle sue più vecchie amiche dell'istituto, che avrebbe mantenuto il nostro segreto in nome di un odio viscerale per i Padroni che affondava nei decenni trascorsi, una levatrice, una sorella, che aveva avuto accesso ai magazzini degli abiti da civili e poteva fornirci in particolare vestiti da uomo.

Ci maschereremo non soltanto da *persone sane*, ma da *maschi*. Se capiscono che siamo *donne*, ci arresteranno subito.

Dirigendoci verso la Pennsylvania, lontano dalle aree urbane. Se siamo fortunate, *svaniremo nel nulla*.

Per tutto il tempo, Gretel rimase ferma nella sua convinzione di non tagliare la gola a nessuno: nemmeno al Macellaio dalla mano rossa.

Il piano di Gretel era questo: il Macellaio sarebbe stato assalito, gli avremmo sottratto le chiavi per liberare quelle di noi che erano chiuse in gabbia e saremmo scappate tutte dal laboratorio; ma era cruciale che il Macellaio non venisse ferito o, quantomeno, non in modo grave.

Perché non c'era alcuno scopo pratico in ciò – nel ferirlo gravemente o nell'ammazzarlo.

Molto più pratico legarlo come il Macellaio aveva legato noi, e infilargli uno straccio in bocca come aveva infilato lui uno straccio in bocca a noi; guadagnando così varie ore della notte per scappare dall'istituto, prendendo ciascuna una strada (diversa).

*Non la vendetta, ma la fuga. Rivolta, e fuga. Verso la libertà.*

Non c'è bisogno di appiccare un incendio. Ricordatevi – niente fuoco!

Non c'è bisogno di andare a casa di Weir. Gretel insisteva.

Ma *no*. C'erano infatti alcune di noi, quelle più compromesse, che con brama proponevano di fare irruzione nella casa in arenaria del direttore e sgozzare la gola a tutti, sorprendendoli nei loro letti e appiccando un incendio – niente di meno! Perché ci sembrava di star sognando quel momento di giustizia da tutta la vita.

Ma Gretel si faceva ancora più ferma nel rimprovero, come se, essendo lei una levatrice, una serva a contratto dell'istituto da lunghissimo tempo, in effetti una delle *infermiere-assistenti* più fidate del Macellaio dalla mano rossa, fosse in qualche modo superiore a noi altre, che eravamo soltanto delle semplici pazienti *malate di mente* dell'istituto; era offensivo per noi; dopo aver gettato il fiammifero, dopo aver acceso la fiamma, Gretel non aveva alcun diritto (pensavamo) di negarci la vendetta e la sanguinosa libidine che meritavamo, e non ci piaceva che l'*infermiera-assistente* del Macellaio ci desse istruzioni, come se fosse una dei medici o una capo infermiera, su ciò che avremmo o non avremmo dovuto fare.

Adesso, anche la piccola albina irlandese sordomuta cominciò a dissentire, a smorfie e a gesti, a stento in grado di parlare, dicendo, con un sussurro gutturale di voce appena udibile, *Non dovremmo fare del male a nessuno. Specialmente alla famiglia Weir, non hanno colpa dei suoi crimini.*

A quanto pare, a casa vivevano ancora delle figlie. E la moglie, ovviamente.

Che non sapevano nulla di noi, e non ci avevano fatto nulla di male.

Ma sono *le sue figlie*, Bathsheba rimarcò. E quella donna è *sua* moglie.

Anche secondo Juel dovevamo tagliare la gola al Macellaio, come gli israeliti avevano fatto con i loro oppressori per annientarli, e fare lo stesso con chiunque altro della sua famiglia su cui potessimo mettere le mani. Avremmo dovuto dare alle fiamme la Torre nord, e la casa del direttore – fino a ridurle in cenere, e lasciare morire tra le fiamme chiunque fosse così sfortunato da esserci intrappolato dentro.

Questo era infatti il volere della Provvidenza: le prigioniere devono ribellarsi contro i loro aguzzini e bruciare l'ospedale, dove così tante (di noi) avevano sofferto e trovato la morte.

A questo coro di voci ci unimmo tutte con veemenza, tranne Gretel e Brigit, che richiamavano alla calma e alla cautela, come provando a spegnere un incendio con le loro stesse mani – troppo tardi.

Gretel ci ripeteva, dobbiamo giurare di non agire in preda alla furia e di non far male a nessuno se non è necessario, perché in quel caso i suoi amici della chiesa aldilà del fiume, a Morrisville, non ci avrebbero aiutato e saremmo state punite severamente.

*Ci daranno la caccia e ci riporteranno indietro in manette. Saremo di nuovo internate, come pazze e omicide. La storia della nostra insurrezione ci verrà rivoltata contro, ogni forma di sostegno alla nostra condizione verrà sabotato, finiremo peggio di come stiamo ora, e tutte le "malate di mente" saranno marchiate dalle nostre azioni, come "potenziali assassine".*

In ogni caso, se il piano di Gretel avesse avuto successo, quelle di noi che sarebbero riuscite a scappare dall'istituto sarebbero state delle semplici evase di un ospedale psichiatrico, e non delle criminali da condannare; il Macellaio Weir, le cui ingiustizie sarebbero state rese pubbliche, magari sui giornali di Trenton, avrebbe suscitato ben poca empatia. In realtà, tutti coloro che erano a conoscenza del regno di terrore che il Macellaio aveva creato presso l'istituto sarebbero stati sollevati di potersi liberare di lui.

Deve essergli concesso di vivere, nella vergogna e nell'infamia. Il suo corpo nudo esposto agli occhi di tutti.

Se andrà così, sarà costretto a lasciare il suo incarico. Non ci saranno minacce nei confronti di nessuna paziente dell'istituto, mai più.

Ma soprattutto, *non deve esserci un incendio. Perché, in caso di incendio, potrebbero morire delle persone innocenti.*

Concordammo (con riluttanza) con questo discorso logico. Capivamo che Gretel aveva ragione. Se fossimo state delle semplici evase, non avremmo avuto alcun rilievo, nessuno si sarebbe dato troppo la pena di catturarci, non sarebbe stata emessa alcuna taglia su di noi.

*Nessuna vendetta, sorelle! – insurrezione, libertà e fuga.*

*Dottor Weir! Dottor Weir! C'è bisogno di lei...*

Alla vigilia dell'intervento di Bathsheba, nell'oscurità che segue al crepuscolo di questo giorno di marzo, l'invocazione supplichevole della piccola sordomuta irlandese sembrò fluttuare all'orecchio del Macellaio dalla mano rossa, fin dentro al suo studio sfarzosamente arredato, nella casa in arenaria.

Il Macellaio dalla mano rossa aveva forse sentito, o immaginato di sentire, la voce tremula della ragazza irlandese che volteggiava come una piuma (scura, luccicante) nell'aria ferma?

Come poteva il Macellaio resistere a quel canto di sirena? Certo, *gli stupidi idioti come Silas Aloysius Weir, dottore in medicina, non potevano.*

Seduto alla massiccia scrivania in mogano del suo ufficio, sorseggiando nella penombra laudano e scotch. Il chirurgo Macellaio aveva intenzione di prendere appunti sull'*isterectomia* che avrebbe eseguito al mattino sulla pazza dalla gamba sola, com'è che si chiamava, gli occhi sgranati, brutta in modo quasi offensivo, con un lucido moncone osceno a vedersi.

L'*isterectomia* sarebbe stata eseguita senza anestetici, senza nemmeno gocce di morfina, quella piccolissima operazione non avrebbe causato particolare dolore, non a qualcuno così privo di sensibilità, a una vera e propria bestia dalla lingua malvagia, *il chirurgo infatti potrebbe rimuoverle persino la lingua (infetta)* se le circostanze lo richiedessero.

Immerso in quei pensieri, la mente alla deriva, carezzando lascivamente la piccola colomba intagliata che Brigit Kinealy gli aveva donato anni prima, con umile gratitudine.

Questa piccola orfana irlandese era più cara a Silas Weir delle sue stesse figlie, che conosceva appena. O della sua stessa moglie, la cui corpulenza lo opprimeva. La brava moglie cristiana! – più di una volta, Silas Weir si era ritrovato a pregare di poter vivere qualche anno più a lungo di Theresa, così che la sua piccola infermiera-assistente irlandese potesse venire a vivere a casa sua.

L'orgoglio non riusciva a tollerare che il suo desiderio per l'orfanella irlandese si fosse fatto a tal punto profondo, accumulandosi nella sua anima come una sostanza tossica, simile a quella che produce una palude stagnante. Un gentiluomo della sua statura poteva rivolgersi a una persona di così umile livello solo come un Padrone in cui la crudeltà deve sempre precedere la tenerezza.

Mentre la notte avanzava, il desiderio cresceva nel Macellaio dalla mano rossa come una coltre di nebbia, squarciata improvvisamente dal grido: *Dottor Weir! Dottor Weir!*

Poggiando la mano a conchetta all'orecchio per sentir meglio, in avido ascolto.

Sollevando la lanterna con le dita impacciate dall'ansia per portarla fuori con sé.

Prendendo la valigetta, che conteneva le preziose chiavi. Le chiavi del laboratorio, e delle altre stanze private.

Domandando con voce burbera – *Sì? Cosa volete da me ora?*

Fuori, nel buio, le due *infermiere-assistenti* di Silas Weir. Nelle loro uniformi inamidate, gli eleganti cappellini bianchi sulla testa. Ah, le sue fidate schiave! La levatrice e la piccola irlandese, che gli aveva rubato il cuore appassito.

*Una delle sue pazienti, dottor Weir. Sta perdendo molto sangue.*

Alla luce tremula della candela, un volto dalla bellezza tale da togliere a un uomo il fiato. E, accanto a lei, la faccia tetra di Gretel, a cui da tanto tempo si affidava per il suo buon senso, il pragmatismo e un'ininterrotta premura nei confronti del dottore. E dunque, senza esitazione, il Macellaio dalla mano rossa seguì inconsapevolmente le sue *infermiere-assistenti*, tenendo con una mano davanti a sé la lanterna, e nell'altra la sua valigetta.

Nella dolcezza dell'illusione, ignaro del volto alto della luna che, al di sopra del sottile strato di nuvole lanose trasportate dal vento, rifulgeva disorientata da ciò che era accaduto, stava accadendo e presto sarebbe accaduto a Trenton, in New Jersey.

Condotto dalle due donne, alla luce delle loro candele, lungo il percorso fino all'ingresso sul retro della Torre nord, e poi oltre quella soglia così famigliare; su, per l'angusta scala, senza fiato; fino al laboratorio al terzo e ultimo piano dell'edificio, dove le pazienti malate di mente stavano accanto alle loro brande come se fossero sull'attenti, sorreggendo delle candele mentre il Macellaio dalla mano rossa passava loro accanto; e poi infine giungendo alla corsia delle *celle*, dove il direttore di rado metteva piede, perché le pazienti assegnate a questa zona del laboratorio erano probabilmente destinate a divenire di lì a poco *nulle*.

Lì, dentro a celle troppo piccole per consentire loro di stare in piedi, erano confinate tre disgraziate. Il Macellaio dalla mano rossa non ricordava nulla di queste pazze tranne che una si chiamava *Juel*, ed era quella per cui l'avevano convocato le sue *infermiere-assistenti*: Juel era svenuta, Juel aveva cominciato a perdere sangue, per favore, può visitare Juel? – perché nessun'altro può salvarla, se non Silas Weir!

Per agevolarlo, la più giovane delle sue *infermiere-assistenti* s'era offerta di prendergli la lanterna dalle mani, per rendergli il suo compito meno gravoso, la più anziana delle sue *infermiere-assistenti* s'era offerta di prendergli l'anello con le chiavi dalle mani e aprire lei stessa la gabbia; e, in quell'istante, alla stregua d'un lampo che squarcia il cielo, come un'orda ansimante ci precipitammo alle sue spalle e gli balzammo addosso, accecate da una febbre di vendetta a cui avevamo giurato di resistere, come ci aveva implorato di fare Gretel; ma i nostri corpi pulsavano in quel momento così tesi e roventi, come uccelli predatori bramosi a cui era stata negata la preda per lungo tempo, che gli fummo addosso prima ancora che potesse prendere fiato per opporsi, prima ancora che potesse prendere fiato per chiedere aiuto, squarciandolo con i nostri artigli, percuotendolo, colpendolo con pugni che parevano ferro, accanendoci su di lui come su di una capra tremante sopra a un altare sacrificale. Fu eccitante, dopo tanta privazione, vedere la prima scintilla del sangue del Macellaio che mai avevamo visto prima, anche se, migliaia di volte, lui aveva visto il nostro; eccitante inalarne per la prima volta l'odore, che in noi sobillò una libidine mai provata in vita. Con brama, le nostre dita gli strappavano i capelli, che si erano fatti grigi e radi, color peltro; le nostre unghie infierivano sul suo scalpo sottile, sui lobi delle orecchie troppo grandi; gli afferrammo il colletto inamidato, squarciandolo, e con grande gioia gli strappammo gli eleganti pantaloni scuri fino alle pallide caviglie ossute, rivelando la nudità dell'uomo nel suo floscio pallore; in una furia di derisione e scherno, affondammo gli artigli nei suoi molli, tremuli genitali e sulle natiche ceree e cadenti, mentre il Macellaio implorava di risparmiargli la vita come un mendicante, mugolando a carponi, sgomento e piagnucolante, provando a strisciare per mettersi in salvo, simile a un serpente percosso; con quale ruggito ridemmo di lui, di quel povero idiota che immaginava esistesse un modo per mettersi *in salvo* dentro quel luogo infernale che aveva concepito per noi.

Con gioia, allegria, gli infilammo in bocca luridi stracci, pugni di immonda paglia incrostata, mentre ridicolo nella sua nudità il Macellaio chiedeva pietà, coprendosi la faccia sanguinante con le dita che con le nostre allontanavamo, in un delirio di piacere, mentre il Macellaio supplicava, piangeva, pregava Gesù il suo Salvatore, Dio Padre di risparmiarlo, mentre ciascuna di noi brandiva uno strumento preso dal laboratorio con cui lo "minacciavamo" – bisturi, curette, cucchiaio-speculum, forcipe, catetere, aghi ipodermici, pinze per estrarre i denti, bisturi per i salassi, sega per le amputazioni, *écraseur*, con quel suo ingegnoso cerchio d'acciaio con cui gli serrammo il pene e i testicoli che tremavano terrorizzati, stringendo gradualmente fino a strizzarglieli, fino a che la carne morbida non si fece poltiglia liquida e insanguinata in una pozza che si raccoglieva sotto le scarne cosce dell'uomo bianco, stupefatto dal dolore, arreso a un'agonia che andava oltre ogni misura.

*Alleluia!* – avevamo ormai liberato quelle di noi che erano state rinchiuse nelle celle e nelle gabbie, e queste cominciarono a risvegliarsi dal loro stato letargico, per la prima volta da mesi potevano stare dritte, riuscendo con la forza dell'euforia a sollevare la testa; ecco Juel, che assomigliava a un pipistrello rugoso e non pesava più di trenta chili, e, tuttavia, feroce, prese ad affondare le unghie lunghe e affilate come quelle di un roditore nel petto pallido e molle del Macellaio per artigliargli il cuore; ecco Zenobia, con il suo labbro superiore maciullato, frastagliato come setole di maiale, che arrivò latrando, sbuffando, graffiandogli il ventre; ecco Bathsheba, che zoppicava sulla gamba sola, luminosa e fiera con la sega in mano per amputare le dita (infette) del piede del Macellaio, e Nestra, che reggeva il cucchiaio-speculum per allargare l'ano serrato del Macellaio e infilarci dentro un ago ipodermico con cui iniettargli una miscela di caulofillo, ammoniaca, peperoncino, belladonna e mercurio; ecco poi Wilhelmina, dal cui corpo disgraziato il Macellaio aveva un tempo estratto le sue gemelline, usando lo stesso forcipe che ora lei brandiva per afferrargli il ventre ferito e strappare, così come si eviscera un pollo; e l'angelo della vendetta di Lucy, tornata da noi con un coltello affilato per recidere vene e arterie e un rotolo di garza bianca da usare alla stregua di un opprimente laccio emostatico, e poi, lasciandoci sgomente nella nostra furia, una ragazza dai capelli rossi e il volto pallido e lentigginoso che mai avevamo visto prima e che prese a lacerargli l'inguine con un rasoio affilato – *Si è dimenticato di me, dottore? Sono Bettina, che ha maciullato a Ho-Ho-Kus*, e tutte quelle a cui il Macellaio aveva estratto i denti senza anestesia afferrarono ora le pinze, strappandogli, tra scoppi di risa, i denti orribilmente macchiati dalle gengive scavate e sanguinanti mentre la bocca del Macellaio si riempiva di sangue, e la gola del Macellaio si riempiva di sangue, e lui affogava nel suo stesso sangue, e non aveva la forza di invocare ancora pietà, perché ormai persino le sue fidate *infermiere-assistenti* l'avevano abbandonato, avevano smesso di tentare invano di non confondersi con le nostre mani selvagge, perché adesso, infatti, sia Gretel che Brigit, dentro alle loro uniformi da infermiere, come iene si erano unite a noi nell'esultanza della tortura, leccando con la lingua il sangue rimasto del Macellaio dalla mano rossa, mentre il suo corpo esamine giaceva sul più lurido dei pavimenti, perché non poteva più esserci alcuna misericordia, più alcuna indulgenza, non più di quanta ne esprima l'acida e ustionante lava che erompe da uno squarcio nella Terra e che corre innanzi a sé, distruggendo ogni cosa sul suo cammino.

# 6. Epilogo: l'aldilà

## La promessa
Testimonianza di Jonathan Weir

*C'è stato un incendio, tuo padre è gravemente ferito. Torna subito a casa!*

Ricevetti questo telegramma, il primo della mia vita, nel mio alloggio a Philadelphia, il mattino del 14 marzo 1861, e, senza esitazione, feci immediatamente ritorno a Trenton in treno.

Che ci fosse stata una sorta di *insurrezione* tra le pazienti dell'istituto e un "incendio catastrofico" in cui alcune di loro erano morte fu un fatto che mi lasciò sgomento, e lasciò sgomenti coloro che stavano apprendendo l'angosciante notizia.

Il mio timore più grande era che mio Padre morisse per le ferite riportate. Che, quando sarei arrivato a casa, l'avrei trovato già morto. Avevo paura per le conseguenze sulle pazienti rivoltose, e suo mio Padre stesso.

Stavo pensando a Brigit Kinealy: anche lei era rimasta ferita nell'incendio? Era stata *uccisa*?

Ero sbigottito al pensiero che qualcosa potesse essere accaduto alla mia amata Brigit, che non avevo potuto proteggere.

Mi trafiggeva come una spina nel cuore non aver più visto Brigit da tempo. L'ultima volta che ci eravamo incontrati, avevo dovuto rivelarle che mi stavo per trasferire a Philadelphia, perché non potevo più risiedere sotto il tetto paterno e accettare la carità di mio padre, come avevo fatto per tutta la mia vita fino ad allora; le promisi di scriverle, e che avrei fatto ritorno per vederla quando avrei potuto, e sul viso di Brigit balenò allora un'espressione di sorpresa e ferita, il cui ricordo mi muove alle lacrime...

Scrissi a Brigit come promesso, avendo solamente l'istituto come suo indirizzo, ma non ebbi sue notizie; né avevo alcuna certezza che avesse ricevuto la mia lettera.

Le scrissi altre tre volte, presso l'istituto, e, con mia costernazione, non ricevetti alcuna risposta.

Ma continuavo a confidare nel piano che mi ero prefisso: avrei fatto ritorno a Trenton con fondi sufficienti per comprare il contratto di Brigit e, con esso, la sua libertà. Avrei parlato a mio Padre con schiettezza e senza paura. Non gli avrei permesso di minacciarmi o di spaventarmi con la prospettiva di venire *diseredato*.

Avrei chiarito definitivamente *che non mi importava di alcun patrimonio*. Avrei tracciato da me la mia strada. Non mi sarei piegato ad alcun compromesso con i miei parenti più anziani per avvantaggiarmi nella mia carriera.

Avrei chiesto a Brigit Kinealy d'essermi compagna di vita – *sorella*, o *moglie*. A dispetto delle grida di disapprovazione della mia famiglia.

Se Brigit mi avesse risposto di sì, l'avrei portata con me a Philadelphia, e mi sarei assicurato che continuasse gli studi. Avrei assoldato Brigit nella causa abolizionista.

Ci saremmo trasferiti a Boston, poiché ero affascinato dalle energiche pubblicazioni dell'Associazione abolizionista di

William Lloyd Garrison, dove le donne lavoravano pari grado accanto agli uomini, per promuovere la lotta contro la schiavitù. La presenza di una *serva a contratto irlandese, emancipata dopo essere stata duramente maltrattata dal suo Padrone*, sarebbe stata accolta con favore in quei circoli.

Ma adesso – questa notizia scioccante! Il fratello maggiore di mia madre aveva spedito il telegramma, un messaggio sintetico che non dava molte informazioni; come la maggior parte dei messaggi spediti dai parenti di mia madre, che non approvavano le mie convinzioni politiche o il mio trasferimento a Philadelphia, in un "alveare" di attivisti del movimento abolizionista.

Sulla strada per Trenton, lessi sul "Philadelphia Inquirer" dell'incendio all'Istituto del New Jersey per donne malate di mente: un numero imprecisato di pazienti bloccate nei reparti chiusi erano morte per le fiamme o per l'inalazione di fumo. Alcune pazienti rivoltose erano responsabili dell'incendio, innescato da stracci a cui era stato dato fuoco all'interno di un "laboratorio di ricerca".

Il direttore dell'istituto, Silas Aloysius Weir, era stato ritrovato privo di sensi fuori la Torre nord, "non era nota" l'entità delle ferite che aveva riportato.

L'aria era elettrica in quell'inizio di primavera del 1861 – circolava ogni genere di minaccia o di diceria riguardo a *sollevazioni di schiavi* nel Sud, e si respirava molto nervosismo tra gli oppressori. In pratica, ogni giorno spuntava l'osceno racconto di una rivolta di schiavi *soppressa* nel sangue. Eppure, quelle storie continuavano a circolare, come fiamme che si sollevano da un materiale a lenta combustione.

Non mi avrebbe sorpreso granché che le disgraziate pazienti tenute segregate nell'istituto fossero state ispirate ad agire dallo spirito insurrezionalista degli schiavi africani, per ribellarsi contro i loro persecutori.

Dunque, a quanto pareva, le pazienti tenute in prigionia da Silas Weir all'interno della Torre nord gli si erano rivoltate, riuscendo a ferirlo; eppure, non riuscivo a immaginare che quella rivolta si fosse conclusa in modo tragico, e temevo di venire a sapere di un arresto di Brigit, o peggio.

"Dio, risparmia entrambi – Brigit e mio Padre!" – pregai tra me e me.

Perché, sebbene non credessi nel rigido Dio calvinista di mio padre, Silas Weir, credevo in un Dio più benigno – un Dio fondato sulla giustizia, la misericordia e il perdono.

All'inizio non si sapeva se le "malate di mente" rivoltose (come venivano definite sulla stampa) fossero riuscite a sfuggire al fuoco che avevano appiccato con le loro stesse mani; o se, invece, l'incendio fosse cominciato in modo accidentale, e tutte fossero morte nel fuoco propagatosi nella Torre nord e in altri due edifici lì accanto.

Fu un sollievo per me venire a sapere che la residenza del direttore non era rimasta coinvolta nell'incendio, e che tutti, inclusi mia madre e i miei (sei) fratelli e sorelle che ancora vivevano lì, erano illesi; e che si trovavano ora temporaneamente nella casa della famiglia di mia madre a Vineland.

Essendo le pazienti di mio padre classificate per lo più come gravemente malate, sia a livello fisico che mentale, le autorità ritenevano improbabile che fossero sopravvissute a quella catastrofe, perendo invece nell'incendio assieme alle altre.

Di lì a pochi giorni, il mistero venne in parte chiarito: molte donne in condizioni trasandate e sconvolte, una di loro con una gamba sola e un moncone, e tutte prive di denti, furono arrestate ad alcune miglia di distanza nella contea rurale di Bucks, vestite con logori abiti da uomo, mentre vagavano disorientate; la donna con la gamba sola si esprimeva in modo delirante, come un profeta del Vecchio Testamento, e diceva che *Dio aveva appiccato un incendio sulla testa del Macellaio* e le aveva invitate a fuggire per mettersi in salvo; un'altra, una creatura simile a un pipistrello rugoso che riusciva a parlare solamente per rauchi sussurri, affermava che era stato *il Macellaio Weir ad appiccare l'incendio, per rimorso dei propri peccati.*

Altre, che a quanto pare mancavano all'appello, sarebbero state considerate *svanite nell'aria.*

Con i diari (privati) di mio Padre andati perduti nell'incendio, come avrebbe affermato lui stesso, e mio Padre non in condizioni di poter parlare con le autorità, non si sapeva, e mai si sarebbe saputo, quali fossero state esattamente le circostanze che avevano preceduto l'incendio; e nemmeno chi vi era rimasto precisamente coinvolto, in qualità di responsabili o di vittime sfortunate.

Tutto ciò che era chiaro era che *c'erano delle donne disperse, vive o morte.*

Provai di nuovo a informarmi riguardo alla condizione di Brigit Kinealy, che si diceva fosse legata all'istituto da un contratto, ma fui ancora respinto da un assistente dell'ufficio amministrativo; quando insistetti per parlare con la responsabile delle infermiere, mi venne detto su due piedi che nessuno con quel nome aveva mai fatto parte del personale infermieristico dell'istituto.

"Ma non è possibile," protestai, "–Brigit Kinealy era assegnata al laboratorio del dottor Weir, ne sono certo."

"Bene, io *sono certa* di no."

La responsabile Fussell mi respinse così, serrando in modo talmente furioso la mascella che sembrava accusarmi di voler ferire ulteriormente il suo protettore, Silas Weir.

In famiglia, tutta l'attenzione era focalizzata su mio Padre, il quale, pur essendo riuscito a sopravvivere alle ferite più gravi, appariva a tutti coloro che lo conoscevano *gravemente trasformato nel corpo e nello spirito.*

Provai un tale sollievo nello scoprire che mio Padre non era morto da farmi rendere conto che sì, io provavo – *dovevo provare* – amore per quell'uomo: disapprovandolo al contempo con tutto me stesso.

E rimuginavo sull'opportunità di chiedere perdono a mio Padre, per il mio irrispettoso comportamento passato; per l'inganno riguardo ai miei rapporti con "la ragazza irlandese" che mi aveva mandato a frustare; e per il figlio difficile che ero stato per un certo tempo, mentre vivevo sotto il suo tetto.

Decidendo con cautela, per il momento, che sarebbe stato più premuroso attendere che mio Padre si rimettesse in salute.

Era stato mio fratello Solomon che, accorrendo verso l'incendio, mentre arrivavano i pompieri, aveva scoperto il corpo inerme di nostro padre sul terreno che separava la Torre nord e la nostra residenza di famiglia.

All'inizio, chinandosi sul corpo nudo e sfigurato, Solomon credette che nostro Padre fosse morto: non riusciva a rintracciare il battito, né il respiro. Lo chiamava, gli chiedeva di svegliarsi; lo supplicava di non arrendersi. Un occhio era gonfio e nero e l'altro era aperto, fisso sullo spazio innanzi a sé senza vedere. Il naso era rotto, perdeva sangue. Gli erano rimasti pochi capelli, come se fossero stati strappati via a manciate. Sembrava che dalla mandibola sanguinante mancassero svariati denti. Le dita di entrambe le mani erano state maciullate.

Soprattutto, nostro Padre era ricoperto di lacerazioni e sanguinava da decine di ferite superficiali. Le lesioni più gravi erano all'inguine, dove restava poco dei suoi organi genitali, se non monconi raggrinziti e schiacciati di tessuto sanguinante, quasi non più riconoscibili come parti del pene o dei testicoli; come se fossero stati stritolati, l'interno colato fuori, gelatinoso. Le natiche rinsecchite apparivano striate di graffi, tagli e abrasioni, come se fosse stato aggredito da una bestia selvaggia; l'ano era infiammato e scorticato e perdeva sangue e materiale intestinale. Eppure, cosa singolare, c'erano poche ustioni sul suo corpo e pochi capelli tra quelli rimasti apparivano bruciacchiati.

Non riuscendo a rianimare nostro Padre, Solomon corse disperatamente a cercare aiuto.

Secondo il racconto di Solomon, a quanto pareva nostro Padre si era precipitato alla Torre nord per aiutare le pazienti a mettersi in salvo dalle fiamme, ma era stato costretto a ritirarsi; caduto, feritosi e trascinatosi da solo per terra, aveva perso coscienza mentre cercava di scappare.

In breve, nostro Padre si era comportato in modo eroico, fino a che non era stato sopraffatto dal fuoco e dal fumo, svenendo nell'erba.

Questa sarebbe stata la narrazione abbracciata dalla famiglia Weir e dai parenti, successivamente riportata sui giornali, ovvero che, scoprendo che un incendio si era propagato nel suo laboratorio di ricerca dopo il tramonto, Silas Weir era accorso con temerarietà alla Torre nord per mettere in salvo le sue pazienti; ma era stato abbattuto dalle fiamme e dal fumo, ed era a malapena riuscito a mettersi in salvo lui.

Questo resoconto sulle eroica gesta di Silas Weir nella notte del 13 marzo 1861 sarebbe stato invero il racconto ufficiale offerto ai commentatori locali, alle fonti giornalistiche e agli storici; anche se nel mentre presero a circolare pettegolezzi che dicevano fosse stato lo stesso Silas Weir ad appiccare il fuoco alla Torre nord per soddisfare qualche suo *folle scopo di vendetta* che riguardava una *bellissima ragazza malata di mente* che l'aveva respinto.

L'idea che mi ero fatto io era che qualcuno avesse trascinato fuori mio Padre per salvarlo – volendo esplicitamente evitare che morisse. Aveva numerose ferite, alcune inflitte con grande crudeltà; eppure, nessuna si era rivelata mortale.

Avendo punito il venerato medico nel più brutale dei modi, e avendolo *evirato* completamente, coloro che l'avevano torturato si erano premurati *che non morisse.*

In quel modo – (ipotizzavo io) – il dottor Weir avrebbe potuto contemplare le sue lesioni, e chi ne era stato responsabile, per il resto della sua vita; cosa ancor più importante, chiunque fosse stato ad aggredirlo (ancora non identificato), non sarebbe stato colpevole di un crimine capitale, e non sarebbe stato ricercato in modo indefesso dalle autorità.

Non c'è bisogno di dire che tenni questa osservazione per me. I Weir e i Cleff possono pure ritenermi un irresponsabile, un inaffidabile e un impertinente, ma nessuno mi darebbe dello *stupido*, ne sono certo.

Né c'era uno solo tra i miei famigliari o parenti a cui mi sentissi sufficientemente vicino da potermi confidare; tra i miei amici e compagni abolizionisti, non mi facevo problemi a rivelare segreti di famiglia.

In quel periodo, mentre mio padre era isolato in convalescenza, in una delle camere del piano superiore della residenza del direttore, assistito dalle infermiere dell'istituto, tutti gli Stati Uniti erano in ebollizione, tra cospirazioni e sogni di rivolta, di ammutinamento. Ogni giorno, i quotidiani riportavano le richieste di secessione da parte degli stati schiavisti; ogni giorno, il movimento abolizionista chiedeva che la diffusione della schiavitù negli stati di confine venisse ridotta. Erano trascorsi trent'anni dalla sciagurata insurrezione di Nat Turner – (molto tempo prima della mia nascita!) – tuttavia il suo spirito era ancora vivo, e perseguitava il sonno dei proprietari di schiavi. Erano passati meno di due anni dal più audace tentativo di rivolta, a opera del martire cristiano John Brown, ad Harpers Ferry, in West Virginia; una sconfitta che aveva lasciato nella sua scia un acre odore di rimorso, come polvere da sparo nelle narici.

Tra tutte le insurrezioni, questa mi era parsa la più ingegnosa: gli oppressi avevano sopraffatto il loro oppressore, punendolo nel modo più disonorevole possibile, eppure trattenendosi dall'ucciderlo, così da costringerlo a sopportare il loro sprezzo per il resto della vita; camuffando la loro rivolta con un grave incendio, in modo da non poter stabilire quale era stato il loro ruolo, se fossero sopravvissuti.

Non avevo dubbi che sia Brigit che Gretel fossero state in qualche modo coinvolte in questa sollevazione, essendo le infermiere-assistenti più fidate di mio Padre. Ma non riuscivo a credere che nessuna di loro, che tanto dipendevano da mio padre per il loro sostentamento, e a cui lui così tanto si affidava, avessero veramente voluto fargli del male, nel corpo.

"Non Brigit. Non il mio amato angelo" – mi appariva una certezza questa, dalla quale difficilmente avrei arretrato.

*

Da qui in avanti segue ciò che possiamo definire solamente *L'aldilà di Silas Aloysius Weir, dottore in medicina.*

Mio padre continuò a vivere per altri ventisette anni, fino alla sua morte, a settantasette anni, nel novembre del 1888; durante tutto questo tempo, rimase direttore dell'Istituto del New Jersey per donne malate di mente a Trenton, ma venendo gradualmente meno alle sue responsabilità amministrative, mentre il suo più giovane assistente Amos Heller assurgeva al ruolo di direttore operativo; va sottolineato che l'originale ricerca medica di mio Padre venne nettamente ridotta dopo la distruzione della Torre nord e del (famigerato) laboratorio.

Fu durante questo periodo di tempo, meno attivo sul piano pratico, che l'acclamazione professionale lo raggiunse, all'inizio con riluttanza, poi con un'ondata di entusiasmo; la prestigiosa American Association of Physicians & Surgeons lo elesse a proprio membro, per il suo "genio pionieristico ai confini della ricerca medica"; e l'ancor più prestigiosa National Society of Medical Science lo designò quale *Padre della moderna Gino-*

*Psichiatria* – la prima persona nella storia della scienza medica a meritare quell'onore.

Dopo la sua morte a Trenton, in New Jersey, apparvero necrologi su numerose e varie pubblicazioni, tra cui, le più eccessive, sulle prime pagine dei quotidiani di Trenton, Newark e New Brunswick, così come sulle riviste professionali; persino i Cleff furono impressionati dal necrologio di due colonne apparso sul "New York Times", e che celebrava Silas Aloysius Weir, dottore in medicina, come *un riformatore-pionieristico, un veggente temerario, e un filantropo.*

Poco tempo dopo, una statua in sua memoria venne eretta accanto all'ingresso dell'istituto, al posto di quella del suo predecessore, Medrick Weir; in bronzo, simili tra loro, di dimensioni più grandi di quelle reali, queste statue raffiguravano i due uomini seduti, in una posizione di virile prestigio ed eleganza, con lo sguardo rivolto al futuro.

Ironico il modo in cui, nel bagliore di tanta acclamazione, dopo l'incendio catastrofico del 1861, Silas Weir – come avrebbero affermato tutti coloro che lo conoscevano – mai si riprese del tutto dalle sue ferite, fisiche e mentali. *Sembrava che si fosse spenta una luce nel suo cuore.*

In compagnia, mio Padre divenne più reticente e introverso; anche nei contesti professionali, dove un tempo si comportava con l'arroganza della gioventù, il suo spirito sembrava essersi appassito. A causa di una condizione gastrointestinale indefinita, mio Padre doveva trovarsi costantemente nelle vicinanze di un bagno, cosa che gli era di grande inconvenienza e imbarazzo, e riduceva in modo drastico le sue speranze di viaggiare – nei più importanti ospedali del Nord America, per esempio, dove era stato invitato a dimostrare la sua tecnica chirurgica per la riparazione della *fistula*.

I suoi colleghi medici supposero che Silas Weir scegliesse di trascorrere più tempo possibile nel bozzolo famigliare, allo stesso modo in cui la sua famiglia suppose che scegliesse di trascorrere più tempo possibile nel suo ufficio all'istituto!

Per il mio cuore corroso dal senso di colpa, fu un balsamo apprendere da ciascuno dei miei fratelli e sorelle che anche loro nutrivano il mio stesso disagio nei confronti di nostro padre; e che mai avevano sentito di conoscerlo oltre la remota figura che appariva in casa, così affrettata e distratta dalle sue responsabilità all'istituto da confondere i nomi dei suoi figli.

Non il *mio*, in ogni caso! In qualità di primogenito, sono sempre stato "Jonathan" per mio Padre – con tutte le nostre distanze, sapevo che mio Padre amava me più di tutti.

Non da mia madre (che mai avrebbe parlato di temi così intimi con i suoi figli), ma da alcuni parenti, venni a sapere che, in seguito alle lesioni subite in quella catastrofica notte, nostro Padre evitò di dormire nella stessa camera da letto di mia madre, tantomeno nello stesso letto; né permetteva a mia madre, o a chiunque altro, inclusi altri medici, di guardare il suo corpo svestito. Sebbene fosse incline a gravi mal di testa, a difficoltà respiratorie, a dolori della colonna vertebrale e delle articolazioni, a una cronica costipazione, a una diarrea intermittente, e a molte altre patologie, mio Padre non volle sentirne di consultare un qualsiasi specialista; quando, avendo appreso della sua dolorosa condizione, suo fratello maggiore, Franklin, gli scrisse proponendogli di venire da Boston per visitarlo, mio Padre rispose con freddezza, "Ciò che la Provvidenza ha stabilito per me, sta alla Provvidenza sostenere. Non interverrò nel volere della Provvidenza."

Era convinzione di mia Madre che, da giovane medico, suo marito non avesse tempo per la felicità, essendo molto impegnato; così, da medico anziano, aveva dimenticato cosa potesse essere la felicità.

Come spesso accade quando un lavoro pionieristico viene considerato controverso, e un giovane ricercatore incontra diffuse resistenze alle sue scoperte, ci vollero alcuni anni prima che i contributi di mio Padre alla scienza medica venissero sperimentati da altri. Invenzioni pratiche come lo *speculum di Weir* vennero accolte subito, ed è ora di uso comune tra i ginecologi (ingiustamente, lo strumento non porta il suo nome); così come le procedure per la riparazione della *fistula* con il filo d'argento e l'utilizzo del chinino per contrastare la febbre (o le febbri); mentre i trattamenti più controversi, come le *terapie della Calma* e quegli esperimenti che coinvolgevano la rimozione degli organi femminili per curare l'isteria, l'epilessia, l'obesità, la ninfomania, la follia ecc., così come la rimozione dei denti, sono ancora temi dibattuti tra i medici. (I dottori di Trenton spesso scherzavano tra di loro dicendo che metà della popolazione della città *era senza denti*: potevi indovinare chi fosse un'ex paziente dell'istituto dalla faccia afflosciata e molle, perché poche di loro erano abbastanza facoltose da potersi permettere una dentiera.)

In modo simile, gli esperimenti di mio Padre con i farmaci, le diete e il digiuno vengono tenuti in alta considerazione da alcuni ricercatori, mentre vengono deplorati da altri; l'utilizzo da parte di mio padre di malate di mente come suoi soggetti sperimentali è fedelmente difeso da alcuni, e duramente condannato da altri.

Persino con la riduzione delle sue responsabilità all'istituto, Silas Weir continuò a dedicare quasi quaranta ore a settimana alle pazienti, incluse quelle private; nonostante le sue mani sfigurate, seguitò a operare alcuni interventi ginecologici richiesti soprattutto dai tutori delle pazienti. In modo parallelo, produsse un flusso ininterrotto di articoli su riviste mediche, e i volumi *Note cliniche alla chirurgia dell'utero* (1871) e *Il manuale del ginecologo* (1876) vennero ristampati entrambi per decenni.

Tuttavia, nonostante questa diligente attività, mio Padre non fu mai più una persona del tutto "in salute". La sua vecchia robustezza era svanita per sempre, rimpiazzata da una nuova diffidenza, come in qualcuno che esita a mettersi in esercizio, temendo in anticipo il dolore alle articolazioni o alla schiena. Prese a camminare con un bastone lucido, in modo lento e calcolato; la pelle pallida e pastosa della faccia sembrava segnata, come se qualcuno ci avesse scarabocchiato sopra con una penna. I capelli piumosi e grigi si fecero radi, mostrando zone del cuoio capelluto ricoperte di cicatrici. La bocca sembrava essersi raggrinzita, grande quanto una lumaca.

Divenne un'abitudine eccentrica di nostro Padre, quando qualcuno gli porgeva il famigliare saluto *Come stai?* strizzare gli occhi dietro gli occhiali dalla montatura metallica e rispondere con una cantilena nasale "Molto bene. E *tu*?" in un modo che sembrava suggerire una sorta di beffarda imitazione.

Le donne facoltose, abituate ad ammaliare i loro medici, si trovavano di fronte un enigma quando incontravano mio Padre, apparentemente incapace di mostrare loro qualsiasi forma di cavalleria da gentiluomo. Con educazione, declinava i loro inviti ad appuntamenti della buona società, e di rado sorrideva alle loro suppliche civettuole, con lo stesso grado di non comprensione di un preadolescente o di un monaco; si diceva che, durante le visite private, il dottor Weir evitasse di guardare le donne in modo diretto e le toccava, quando necessario, solo attraverso un discreto numero di strati di stoffa. Per tutto il tempo, nella sala visite c'era almeno un'infermiera insieme a lui e alla paziente, rimanendole molto vicina mentre veniva visitata.

*Il dottor Weir è un gentiluomo d'altri tempi!* – dicevano tutti, con ammirazione e ironia.

Nei miei modi intrepidi e impertinenti, che mi aiutarono non poco nella mia carriera d'avvocato, assieme alla mia inclinazione a non darmi facilmente per vinto, feci svariati tentativi di parlare in privato e in modo aperto con mio padre, nel corso degli anni.

Mia madre fece tutto il possibile per incoraggiarlo a rilassarsi in mia presenza, e per evitare di discutere di temi politici, ma mio Padre rimaneva distaccato, e deviava su chiacchiere di circostanza; se gli chiedevo come stesse, mi rispondeva con la brusca cantilena "Molto bene, Jonathan, e *tu*?"

In ciò, mi rendevo conto che mio Padre non stava facendo altro che riconoscere, in quest'ultima e più dimessa fase della sua vita, che, a livello sociale, ci presentiamo gli uni agli altri soltanto attraverso delle maschere; nutriamo uno scarsissimo interesse reale per la condizione degli altri e ci auguriamo di celare a loro la nostra.

È vero, io non mi confidai mai con sincerità a mio padre, e invero nemmeno a mia madre, non rivelai loro mai nulla di autentico sul mio stato d'animo; non importava quanto potessi stare male, la mia risposta era sempre "Sto bene, grazie!"

E adesso mi sembrava particolarmente evidente che mio Padre non si fidasse di me, del fatto che riuscissi a mantenere una qualche forma di decoro; non voleva che nessuno dei suoi figli gli parlasse in modo diretto di argomenti che lui non poteva tollerare.

Neanche una volta osai parlargli di Brigit Kinealy. Neanche una volta del terribile incendio.

Tutti sapevano che Silas Weir non avrebbe parlato del famoso incendio del 1861 all'istituto, né di nessuna delle sue pazienti dell'epoca; se qualcuno alludeva a quei temi, si irrigidiva e rimaneva impassibile, senza dire nemmeno una parola, la faccia tetra, succhiandosi le labbra come a riassorbirle nella piccola bocca a lumaca; poi, si sarebbe scusato con modi foschi e sarebbe zoppicato via.

Dopo essersi ripreso dalle lesioni peggiori, mio Padre acconsentì a venire brevemente interrogato dalle autorità di Trenton. Affermò che l'incendio era stato un atto di Dio: non un fatto doloso.

Con tutta probabilità, insisteva a dire mio Padre, il fuoco era avvampato da una scintilla di una lanterna esterna, caduta su degli stracci intinti d'olio.

Oppure, il fuoco era divampato a seguito di un lampo caduto da un cielo che ricordava essere stato *molto nuvoloso* quella sera.

Dichiarò che lui si trovava nel suo ufficio di casa, a lavorare alla luce di una lanterna, consultando un libro di chirurgia in previsione di un intervento d'urgenza al mattino, quando sentì delle grida provenire dalla Torre nord e avvertì l'odore del fumo e corse fuori; vide sgomento che la Torre nord era in fiamme; e senza pensare neanche un momento al pericolo, si precipitò ad aiutare le pazienti a evacuare l'edificio, salvando cinque o sei *donne malate di mente*, prima di venire colpito da alcune assi infiammate e di sentirsi soffocare per le volute di fumo, svenendo probabilmente a terra...

Quando si era risvegliato, gli sembrò fosse passato del tempo, Solomon era chino sopra di lui. Gli avevano detto che era *quasi morto*, ma non ricordava null'altro.

Gli investigatori gli chiesero: aveva visto qualcuno comportarsi in modo sospetto vicino alla Torre nord? Pazienti dell'ospedale o qualcuno del personale?

Mio padre scosse la testa, *No*. Non aveva visto nulla di sospetto – nessuno.

Era stato sopraffatto dalle fiamme, non aveva avuto il tempo di vedere nulla, insistette.

"Ciò che la Provvidenza ha stabilito per noi, sta alla Provvidenza sostenere. È vano desiderare altrimenti."

A prescindere da quante domande gli posero gli investigatori, Silas Weir rimase convinto che *nessuno avesse appiccato il fuoco, l'incendio era stato un Atto di Dio.*

Sembrava che le autorità locali fossero inclini a sospettare che l'incendio alla Torre nord fosse stato appiccato in modo volontario, ma non c'erano prove, né testimonianze. Il fatto che Silas Weir insistesse nel dire che *nessuno aveva appiccato l'incendio, ma che si era trattato di un Atto di Dio*, fu una potente contro-argomentazione ai loro sospetti.

Spesso accadeva, quando qualcuno veniva a sapere il mio nome, che per pigra curiosità mi si rivolgessero domande sull'incendio all'istituto: se fosse doloso o meno. Sempre porgevo una risposta succinta: "Il direttore dell'istituto ha ragione di credere che l'incendio sia stato un 'Atto di Dio'. Questo è tutto ciò che sappiamo."

In quella che sarebbe stata l'ultima conversazione privata della nostra vita, nell'autunno del 1861, confidai a mio Padre che avrei voluto confessargli da tempo di avergli disobbedito, la notte che mi aveva ordinato di frustare l'infermiera-assistente irlandese, in quella stanza della Torre nord: "Avevo la frusta in mano, e c'era lì quella ragazza – con la pelle bianca e gli occhi luminosi – ma – non riuscii a frustarla."

Parlai con un'aria di infantile innocenza e non di litigiosità, una modalità che mi è stata di grande aiuto nei primi anni d'avvocato, nel discutere di un caso di fronte a un giudice più anziano.

Astutamente, evitai di fare il nome di "Brigit". Un nome ancora così meraviglioso – speciale – per me, che temevo mi si incrinasse la voce nel pronunciarlo.

Ma lasciando intendere a mio Padre che non lo ricordavo più, come se non avesse alcun significato per me.

Nel sentire le mie parole, mio Padre si irrigidì. Un'espressione angosciata si impadronì della sua faccia, in modo simile a una maschera.

Come se, per semplice sconsideratezza, qualcuno avesse toccato il cuore nudo ed esposto di un uomo.

"Non l'hai *frustata*? Nemmeno – un solo colpo di frusta?"

"No, Padre. Non l'ho frustata."

"Mi – mi hai mentito?"

"Sì, Padre. Ti ho mentito."

L'espressione angosciata fu lenta a ritrarsi dal viso di mio padre, e si trattenne negli occhi, inumiditi. Seguì uno strano silenzio.

Sarebbe stato alquanto naturale per me proseguire a porgergli delle scuse sentite; eppure, con ostinazione, non volevo scusarmi, perché non avevo fatto allora nulla di male per cui mi sarei dovuto scusare.

Se mi fossi scusato, forse mio Padre mi avrebbe perdonato; in un romanzo dell'epoca, in cui figlio e padre erano spesso in conflitto, come le generazioni lo sono frequentemente nei periodi più travagliati, non in modo dissimile dagli stati del Nord e del Sud che si sollevano indignati a ogni errore commesso dagli altri, di certo le (umili) scuse del figlio sarebbero state seguite dal (nobile) perdono del padre.

Ma questo figlio non si sarebbe *scusato*, e questo padre non l'avrebbe *perdonato*.

Ci trovavamo nel suo ufficio, tra le sue vecchie cose, che non venivano spostate da anni, nemmeno per un'accorta pulizia. Sulle pareti spiccavano i rigidi ritratti di scienziati rinomati, ereditati da Medrick Weir, e anche un ritratto imponente e meditabondo dello stesso Weir, in una posa che ricordava Rembrandt. Si diceva che Medrick Weir fosse stato una sorta di prozio per mio padre, su di lui circolavano parecchi, strani racconti durante la mia infanzia all'istituto; si mormorava che questo direttore fosse stato ucciso da una rivolta di pazienti e che i suoi resti fossero bruciati nel caminetto di questa stessa stanza.

Tra gli arredi della stanza mi suscitava interesse solo il telescopio in ottone, essendo stato da piccolo appassionato di scienza; ma una volta, durante una rara visita nell'ufficio di mio

Padre, avevo avvicinato il telescopio alla finestra per osservare il cielo al crepuscolo e non ero stato in grado di mettere a fuoco le lenti, vedendo riflesso solo il mio occhio che sbatteva; e quando chiesi a mio Padre di aiutarmi, sollevò lo sguardo irritato dalla sua scrivania e disse: *Figliolo, chi ha tempo per questi giochi da bambino!*

Rammentai ora questo scambio con estrema vividezza. Volendo correggere a posteriori mio Padre: *Una vita in cui non c'è tempo per giochi da bambino non è vita.*

Adesso, il volto grave e segnato di mio Padre non evocava irritazione, ma melanconia. Non fastidio, ma rassegnazione. Fui sollevato dal fatto che (apparentemente) mio Padre non volesse sgridarmi o chiedermi di andarmene.

Dovetti immaginare che le mie parole gli avessero fatto richiamare alla mente Brigit Kinealy, di certo un ricordo per lui doloroso. E forse stava pensando alla sua altra infermiera-assistente – la levatrice di Düsseldorf – si chiamava Gretel?

Quanto più giovane era stato Silas Weir, in quei giorni! Era sconcertante per me pensare a questo padre così provato come a un *uomo giovane*, un tempo; che non poteva non aver trovato Brigit Kinealy una giovane donna molto attraente, pur essendo irlandese, sordomuta, e un'umile serva a contratto.

E io non potevo non chiedermi: che ne era stato di Brigit e Gretel, dopo l'incendio?

Mio Padre aveva avuto notizie da una di loro? O – da entrambe?

Mi domandai: stava pensando a quello che chi l'aveva aggredito (ancora senza un nome) gli aveva fatto, a ciò che aveva perpetrato sul suo corpo – con l'intento preciso che non dovesse morire, ma sopravvivere; così da non avere scelta che ricordare, con vergogna e angoscia, per il resto della sua vita?

Oppure – nel vedere che la sua espressione era più dolorosa che indignata – stava teneramente ricordando qualcosa di prezioso che aveva perduto? Qualcosa che non riusciva a nominare?

"Nessuno dovrà mai saperlo, Jonathan. Devi promettermelo."

Mio Padre parlò con un'urgenza tale che fui colto di sorpresa. Perché non capivo cosa volesse dire con esattezza.

Mio Padre supponeva che sapessi qualcosa che gli altri non sapevano? Qualcosa che aveva a che fare con Brigit Kinealy, che *io non avevo frustato* così come lui mi aveva ordinato?

A disagio, provai a sorridergli, per rassicurarlo. Perché sembrava rivolgermisi in modo molto sincero.

Benché non avessi idea di quello che mi stava chiedendo, mormorai all'istante: "Sì, Padre! Certo, lo prometto."

Nel salutarci, la nostra stretta di mano fu sorprendentemente calorosa, ed energica; in realtà, questa è l'unica volta che ricordo con chiarezza d'aver stretto la mano a mio padre, ancor più memorabile, essendo stata l'ultima.

# Il pegno

Certo che la cercai.
Per settimane, mesi e (sei) anni. Invano.
*Svanita nel nulla* – o così sembrava.

Come il lettore avrà già dedotto, la quinta parte di questo volume, *L'insurrezione*, è stata interamente tratta da *Una fanciulla smarrita, e ritrovata. La vera storia di un'orfana da lei raccontata* di Brigit Kinealy, un diario pubblicato nel 1868, suscitando grande plauso e non poco scandalo; uno dei primi intimi racconti della vita di una serva a contratto negli Stati Uniti, destinato a divenire un classico della letteratura irlandese-americana del diciannovesimo secolo.

Questi diari sarebbero stati pubblicati con sempre maggiore frequenza dopo la guerra civile, per accostarsi ai racconti popolari degli schiavi risalenti a un'epoca precedente, con Sojourner Truth, Mary Prince e William Grimes.

Giacché non ho le competenze per giudicare la veridicità di *Una fanciulla smarrita, e ritrovata*, ho scelto di non modificarne alcuna parte; ma ho presentato degli estratti fedelmente riprodotti del testo originale, che mostra una poetica molto personale e una prosa immaginativa, in confronto a quella rigidamente "consueta" degli stralci provenienti da *Cronaca della vita di un medico* di Silas Weir.

Nel farlo, sono consapevole di pubblicare del materiale che taluni lettori potrebbero giudicare offensivo, senza dubbio lo è agli occhi di alcuni membri della mia famiglia, inclusa mia madre, Theresa; a cui chiederei scusa se non avessi compreso, durante questi recenti anni trascorsi in un paese tragicamente diviso, lacerato, che *la Verità deve prevalere a ogni costo*.

Nell'ottobre del 1867, un anno prima della pubblicazione di *Una fanciulla smarrita, e ritrovata*, viaggiai da Boston (dovevo vivevo allora, come consulente legale per il "Liberator" di William Lloyd Garrison) ad Ardmore, in Pennsylvania, dove, presso l'auditorium, numerose giovani poetesse stavano presentando le loro opere, e tra di loro c'era "Brigit Agnes Kinealy".

Col tempo, avrei saputo ciò che era accaduto a Brigit dopo l'incendio all'istituto. Qui, riporterò la sua storia in modo conciso, affinché il lettore ne sia informato.

Presto, dopo essere sfuggita all'incendio che coinvolse l'istituto, e dopo aver lasciato Trenton, Brigit e molte delle sue sorelle fuggiasche trovarono rifugio a Philadelphia, in una casa sicura che accoglieva serve a contratto e altre persone scappate da padroni crudeli; successivamente, Brigit fu accolta dai Parrish, una facoltosa famiglia quacchera che viveva ad Ardmore ed era conosciuta per le sue "missioni di salvataggio" che riguardavano schiavi neri semiemancipati (ovvero, in fuga) e giovani come Brigit, vendute come serve da parenti più anziani, cosa all'epoca ancora del tutto legale negli Stati Uniti.

A casa dei Parrish, Brigit lavorò come tata dei bambini più piccoli, e si prendeva cura di un membro anziano e ammalato della famiglia; venne mandata a una scuola quacchera, dove si guadagnò le credenziali per poter insegnare, assieme alle capacità che le avrebbero permesso di divenire una poetessa e di pubblicare i suoi componimenti.

Fu un'enorme sorpresa per me, nel maggio del 1867, sfogliare le pagine di "Stylus" e scoprire una poesia scritta da "Brigit Agnes Kinealy".

La poesia si intitolava *Gioia* – un oggetto oscuro ai miei occhi, e inquietante, poiché aveva una strana forma affatto poetica, simile a un uovo rotto, al centro esatto della pagina; e, in modo impertinente, sembrava fare *a meno della rima*.

*Gioia*

*C'è stata gioia, tra il dolore.*
*Tra il dolore, gioia.*
*Perché il dolore-gioia è stato più*
*intenso per noi*
*Della semplice/sola*
*Gioia*

Rilessi numerose volte quella piccola, enigmatica poesia. Il mio primo pensiero fu che non mi piaceva – ma, l'avevo compresa?

E poi – la poesia *mi costringeva a pensare*.

(Come sarebbe accaduto in seguito, questi versi sarebbero stati inseriti come epigrafe all'inizio di *Una fanciulla smarrita, e ritrovata*.)

Percependo nella trasparente e quasi atona musicalità di queste parole la cadenza irlandese a malapena udibile della sua voce. A quanto pareva, benché nata in America, la giovane orfana aveva parzialmente acquisito l'inglese marcato della madre.

Con mio sgomento, gli occhi mi si riempirono di lacrime.

*Brigit! Amore mio.*

Certo che scrissi all'istante a Miss Brigit Kinealy, all'indirizzo di "Stylus", e attesi trepidante per giorni, poi settimane, senza ricevere alcuna risposta.

Di nuovo, non sapevo dire se Brigit avesse ricevuto le mie lettere, perché ne scrissi molte. Non volendo insistere in un modo che poteva risultare sgradevole, mi trattenni dallo scriverle ancora, ma rimasi vigile, pronto a vedere se la poetessa avrebbe pubblicato ancora le sue opere – cosa che accadde, nell'agosto di quell'anno, sull'"Atlantic Monthly".

Al cui indirizzo, mosso ancora da ingenua speranza, scrissi nuovamente, firmando la mia lettera *Con affetto, il tuo amico Jonathan*, come facevo in passato. Ma anche stavolta non ricevetti risposta.

Per coincidenza poi, nell'autunno del 1867 notai su "Harper's Weekly" un trafiletto in cui si diceva che varie poetesse avrebbero letto i loro componimenti, invitate dall'Ardmore Poetry Society, presso l'auditorium, a ottobre.

Ci volevano due treni per andare da Boston a Philadelphia, e da Philadelphia ad Ardmore, sulla Main Line; ma io ero determinato a stanare Brigit Kinealy, quantomeno per sfamare la mia curiosità che non ci fosse alcuna speranza d'amarla; o capire se ci fosse invece qualche residuo di sentimento tra noi.

L'anno precedente, in ciò che considerai il mio ultimo e ostinato tentativo, mentre mi trovavo in visita dalla mia famiglia per Natale, mi azzardai a ripresentarmi un'ultima volta agli uffici amministrativi dell'istituto, pensando che una piccola tangente avrebbe potuto aiutare la mia causa più di una semplice supplica spassionata.

Per venti dollari, convinsi un impiegato a rintracciare per me il documento che stavo cercando, il contratto che vincolava legalmente la piccola Brigit Kinealy all'istituto, in qualità di serva. Accluso al contratto, il testo di questo documento, che non riesce a restituire l'estrema malinconia del foglio di carta giallognolo, sgualcito e ammuffito che era stato accartocciato in fondo alla sua cartella.

> 11 gennaio 1849. Per una cifra pattutita, Mary Kinealy in persona si è presentata presso la corte del magistrato T. Bedwell di Trenton, in New Jersey, per vincolare volontariamente come serva sua figlia Brigit Agnes, una bambina di cinque anni, all'Istituto del New Jersey per donne malate di mente, a Trenton, in New Jersey, fino ai ventuno anni di età, al compimento dei quali Brigit Agnes Kinealy sarà emancipata dalla servitù e pienamente sgravata da ogni dovere verso il suddetto istituto, a meno di infrazioni al contratto o altre violazioni della legge per cui il presente contratto sarà esteso a data futura.

Presentandomi come un avvocato assoldato dalla suddetta *Brigit Agnes Kinealy*, affermai all'impiegato che, essendo ormai il contratto scaduto nello scorso gennaio 1865, undici mesi prima, non ci sarebbe stato nulla di male se mi avesse consegnato il documento, ormai nullo; perché era improbabile che qualcun'altro l'avrebbe cercato, e se questo ufficio si fosse rifiutato di consegnarmi il contratto subito, sarebbero intercorsa una notevole corrispondenza tra i nostri uffici, che gli avrebbe causato del lavoro superfluo.

"Altri venti dollari possono agevolare la nostra transazione?" – gli chiesi in modo brillante, e non fui affatto sorpreso dalla sua risposta.

Uscii così dall'archivio sotterraneo dell'istituto con il vergognoso foglio in tasca, sperando di poter un giorno mostrare di persona a Brigit Kinealy quel contratto ormai *nullo e invalido.*

*

Non appena vidi Brigit nell'Ateneo, mi sentii svenire, a malapena sapevo più dov'ero.

Quante volte in luoghi pubblici mi si era serrato il cuore nel vederla – ovvero, nel vedere qualcuno che le somigliava; e osservando meglio, nel vedere che non somigliava affatto alla luminosa Brigit dei miei ricordi.

L'occhio illuso gioca brutti scherzi alla mente timorosa. Il cuore risponde come uno sciocco, battendo all'impazzata come se davanti a noi ci fosse proprio *quella persona in carne e ossa.*

Scorgendo Brigit all'interno dell'Ateneo, nel lato anteriore della sala, percepii improvviso un senso di sgomento, e mi apparve manifesta la mia stessa follia: perché (ovviamente) Brigit non era sola come avevo desiderato immaginarla, ma in compagnia. Sebbene l'avessi immediatamente riconosciuta, mi rendevo conto che Brigit non era più la desolata, piccola orfana irlandese con cui avevo fatto amicizia nei suoi anni infelici, e che io avevo in qualche parte "guarito"; la mia spavalderia nell'assicurarmi la cessazione del suo contratto con l'istituto, contratto che avevo portato con me, mi pareva una goffa forma di vanità.

Mi rischiarò il cuore, a ogni modo, constatare che Brigit aveva chiaramente superato il trauma subito all'istituto ed era andata oltre.

Nessuno quella sera avrebbe potuto immaginare, vedendo quella giovane donna sicura di sé, che un tempo le era stato impossibile parlare e sentire come fanno le persone normali; e nemmeno Brigit emanava quell'aria ansiosa, a malapena camuffata, che tanto l'aveva caratterizzata in passato.

Questa giovane donna era comunque ancora "un'albina" – con una pelle eccezionalmente bianca, occhi d'una trasparenza singolare e pallide vene blu appena visibili sulla fronte: una persona dall'aspetto straordinario, una bellezza particolare, non adatta al gusto di tutti, come di certo non lo era nemmeno la sua curiosa opera poetica.

Portava abiti di alta qualità, una gonna lunga e una giacca dalla sfumatura discreta, color gelso, una sciarpa lavanda chiara alla gola e, sopra la testa tenuta ben dritta, un piccolo, elegante cappellino dall'orlo obliquo, che nascondeva in parte i suoi capelli biondo cenere, legati in una treccia.

Ah! – di profilo, l'avrei riconosciuta. Tuttavia, com'era irreale vedere il mio amore ad appena alcuni metri di distanza da me, ignaro della mia presenza.

Mi dava fastidio che Brigit fosse in compagnia di altre persone, una coppia più anziana, dal volto schietto e distaccato, e un gentiluomo di circa trentacinque anni dalla barba corta, i cui modi, mi pareva, erano eccessivamente solleciti e premurosi nei confronti di Brigit; un amico intimo, un fidanzato forse. (Non riuscivo a immaginare che Brigit potesse essere sposata – quella possibilità mai mi era venuta in mente, e la scartai repentinamente anche ora.)

Fui sommerso da contrastanti ondate d'emozione. Sebbene fossi eccitato di aver trovato infine Brigit Kinealy, sentivo nondimeno un senso di perdita lancinante, perché quella piccola orfana sordomuta era svanita per sempre: sostituita da questa estranea dall'aria composta, che (forse) non avrei mai osato avvicinare, se non l'avessi conosciuta già.

Doloroso per me osservare Brigit muoversi nella sua vita così eccezionalmente alterata. Sapendo che sarei dovuto rimanere a distanza, per il suo bene, se non per il mio.

Poiché non desideravo metterla in imbarazzo, tra queste persone con cui aveva plasmato una nuova esistenza. (Qualcuno avrebbe persino potuto supporre che l'anziana coppia fossero i genitori di Brigit – in qualche modo a disagio, insicuri, come persone non abituate a circostanze sociali: avrei scoperto che erano i Parrish, membri della famigerata famiglia quacchera.) Brigit poteva non avere alcun ricordo di me, separatamente dai ricordi di mio padre e dell'osceno laboratorio; ancor di più, delle misteriose circostanze che avevano riguardato la sua scomparsa dall'istituto.

Mi domandai se Brigit avesse ricevuto le lettere che le avevo spedito, affidate alle riviste che avevano pubblicato le sue poesie: in qual caso, aveva deciso di non rispondermi, e sarebbe stato alquanto scorretto da parte mia perseverare, cercando di parlarle ora.

Era anche possibile che, avendo ricevuto le mie lettere, Brigit non sarebbe stata così sorpresa di scorgere, tra il pubblico dell'Ateneo, Jonathan Weir.

Tutti questi pensieri, e altri, mi si accavallavano dentro, mentre mi sedevo al fondo della sala gremita, nella navata laterale, in una posizione da cui potei osservare Brigit Kinealy per tutta la durata dell'evento, che scivolò via nella mia mente come un sogno febbrile; incluso persino il momento in cui toccò a Brigit leggere i suoi versi, penultima nel programma della serata, declamandoli con voce sottile, come qualcuno (ancora) insicuro in pubblico.

In quell'occasione, nemmeno una sillaba delle poesie di Brigit stazionò nella mia mente, mentre la fissavo con cuore palpitante e volto arrossato; poiché avevo l'impressione che indossasse il piccolo anello con l'opale che le avevo regalato come pegno d'amore; per quel che riuscivo a vedere, non c'era nessun altro anello ad adornarle le dita.

Titubante su cosa fare dopo, quando il programma si concluse e il pubblico applaudì con grande entusiasmo.

Poiché tutti i benefattori della serata presero a stringersi attorno alle giovani poetesse, e non davano segno di volersene andare a breve, mi mossi indeciso lungo la navata, con il cappello in mano. In mezzo a queste persone amichevoli e allegre, risaltava in qualche modo il fatto che io fossi da solo: nessuno mi conosceva, né mi rivolgeva uno sguardo, come se fossi invisibile.

Un momento così inquieto che mi fa male ricordare, ancor più raccontare. Quegli attimi travagliati nelle nostre vite, in cui si è immersi in un'intensa introspezione e in uno stato di patimento, minuti che potrebbero alterare il corso della nostra esistenza, come abbiamo la sensazione di intuire in quello stesso istante, generando quasi un senso di paralisi, su come agire.

*Devi parlarle. Non puoi essere giunto fino a qui – per ritirarti in silenzio.*

*Non osare. La turberai e ti metterai in imbarazzo.*

Infine, vidi lo sguardo di Brigit sorvolarmi, per poi fermarsi e tornare in dietro con un sussulto – sul suo splendido viso un'espressione sorpresa, e quasi timorosa, nel riconoscermi.

La coppia anziana accanto a Brigit non notò nulla, essendo impegnata in una conversazione con un'altra persona, ma il suo accompagnatore si accorse subito di me, allarmato e sospettoso.

*Il tuo rivale! La ama, è possessivo.*

Poiché non mi stavo avvicinando, né stavo indietreggiando, dopo un altro lungo, impacciato momento, Brigit si congedò con grazia dalla sua compagnia e mi venne incontro, con un sorriso lucente e al contempo nervoso.

Mormorandomi, *Salve, Jonathan!* – in modo così lieve che quasi non riuscii a sentirla.

A mia volta, salutai Brigit silenziosamente, e le porsi la mano.

Sei anni! Avevo così tante volte immaginato cosa avrei potuto dirle, da ritrovarmi ora senza parole, mentre Brigit mi chiedeva, con voce esitante, come stavo – balbettai una risposta, con le guance che avvampavano.

Riuscii a risponderle in modo quasi normale che vivevo a Boston adesso, e che la mia vita era cambiata di molto dall'ultima volta che ci eravamo visti.

Non so figurarmi quanto desiderio mi balenasse sul volto! Ma Brigit si mantenne composta, controllata.

Con una voce che si sforzava di restare neutra, Brigit mi raccontò che viveva ad Ardmore adesso, e che lavorava presso una famiglia del posto; era stata incoraggiata a scrivere poesie, e aveva iniziato a pubblicare... La sua voce si affievolì mentre stavamo lì vicini in mezzo alla folla, senza guardarci negli occhi, né distogliendo lo sguardo.

Per tutto quel tempo, fui consapevole che le persone che accompagnavano Brigit ci stavano osservando con grande interesse. Temevo che si sarebbero fatte avanti, per unirsi a noi.

Non avevo alcuna certezza che Brigit avesse ricevuto le mie lettere, inoltrate alle riviste che avevano pubblicato le sue poesie; ma in quel caso, poteva aver immaginato che avrei tentato di cercarla ad Ardmore, dunque, vedermi non poté essere una completa sorpresa.

Eravamo impacciati anche dalla necessità di rivolgerci l'uno all'altra in modo formale, dato il contesto; come mai avevamo fatto in passato, quando ci incontravamo nel nostro posto segreto, tra i terreni circostanti l'istituto.

Come a deviare le domande che avrei potuto rivolgerle, Brigit mi raccontò con calore della sua "famiglia quacchera" – della sua "nuova, cara fede quacchera" – della sua casa ad Ardmore, dove veniva fatta sentire come "una di famiglia". Non menzionò un fidanzato, né si offrì di presentarmi ai suoi accompagnatori.

Con nervosismo, ma gentilmente, Brigit mi chiese della mia famiglia; non pronunciò il nome *dottor Weir*, ma le dissi di mia spontanea volontà che mio padre era ancora il direttore dell'istituto di Trenton, sebbene le sue mansioni amministrative fossero meno estese di prima e avesse completamente interrotto la sua ricerca sperimentale.

Per un istante, Brigit si fece vuota e inespressiva, simile a un foglio di carta, come se all'improvviso fosse tornata sorda. Non riuscii a resistere dal chiederle "Pensavi che mio padre fosse morto, Brigit? Nell'incendio?" – e quando Brigit sembrò di nuovo non sentire, aggiunsi beffardo, "la fama di mio Padre sta crescendo, a suo modo. È stato definito un 'pioniere' – è considerato un 'riformatore'. Ha raggiunto il suo scopo, ha ottenuto il rispetto del mondo della medicina – il titolo di 'Padre della Gino-Psichiatria'."

"Gino-Psichiatria! Cos'è?" trasalì Brigit, come se quelle parole le ferissero l'udito.

"È qualcosa che ha che fare con la 'psichiatria' e con le 'donne'."

Nel risponderle così scoppiai a ridere; mentre Brigit rimase in silenzio, colpita. Un rossore lievissimo le si era diffuso sul volto pallido come porcellana, che appariva molto giovane adesso, e fragile.

Chiesi a Brigit cosa ne era stato dell'infermiera-assistente di mio padre, Gretel, e dopo qualche esitazione Brigit mi disse che Gretel aveva un nuovo nome e che viveva ora a Waltham, in Massachusetts, alle dipendenze di un medico, come infermiera e levatrice.

"È diventata molto religiosa – Gretel. Si è guadagnata una vita felice."

Negli occhi di Brigit che traboccavano di lacrime vidi, o credetti di vedere, una sorta di angoscia, per tutto ciò che tra di noi doveva rimanere non detto.

Accorgendomi che Brigit stava rigirandosi il piccolo anello al dito, non sapendo cosa fare, glielo feci notare; fu un grave errore, perché Brigit velocemente sollevò la mano davanti a sé e balbettò che me l'avrebbe restituito... Lo indossava, disse, in memoria della mia *generosità* e della mia *gentilezza* nei suoi confronti, come prova di quello che può il cuore di un brav'uomo, anche se appartiene al *rango dei Padroni*.

Il mio volto si fece paonazzo. Che assurdità! – il *rango dei Padroni*. Fu doloroso sentire che Brigit mi pensava in quel modo.

"Hai impiegato molto del tuo tempo, Jonathan – a insegnarmi a leggere, e a scrivere. È solamente grazie a te se riesco a fare la somma di una colonna di numeri e a moltiplicare un numero a due cifre per un numero a una cifra sola, a mente."

Poteva essere un tentativo ironico, ma reagii con uno sguardo impassibile.

"Dubito che molto di quello che dici sia vero, Brigit. Conoscevi già molte parole quando ti feci da 'insegnante' – sapevi già leggere abbastanza bene. Avevi memorizzato pagine e pagine del libro di anatomia di mio padre, per quel che ricordo."

"Io – io – non ricordo..."

"...parole come esofago, fegato, colon... ti ricordi, le scrivevi su un foglio di carta, con i pastelli."

Vidi negli occhi di Brigit che lo ricordava eccome, assieme a molto altro.

Ma non voleva farlo, e non voleva essere costretta a farlo. Non era più la docile serva a contratto, ansiosa di accontentare e compiacere i suoi superiori; adesso era una giovane donna dalla schiena dritta e la testa eretta, determinata a mantenere la sua posizione.

Impulsivamente, come non avevo intenzione di fare, dissi a voce molto bassa, così che solo Brigit potesse sentirmi: "Ti ricordi, Brigit, che avevamo pianificato di andarcene da Trenton insieme? – avevo promesso che sarei tornato per te, e che avrei estinto il tuo contratto, non appena avessi potuto."

Brigit si irrigidì, mentre per istinto mi allungai a toccarla.

"Spero di non turbarti, Brigit, nel dirti queste cose. Ma – ho aspettato sei anni per dirle, e devono essere dette."

Con voce titubante Brigit rispose, "Io – io penso – io penso che fossero pensieri ingannevoli. Tu non mi conoscevi – la tua amicizia nei miei confronti non ammetteva alcun dubbio su di me."

"Cosa intendi dire, con 'alcun dubbio su di te'?" era un giro di frase curioso, che non riuscivo a comprendere.

"Dubbi sulla mia – persona. Sul mio essere. La mia – purezza."

"Purezza!" Il mio viso si fece ancora più rovente, per un momento non riuscii a parlare. Brigit stava alludendo forse a qualcosa di così personale, di così intimo che a malapena poteva essere ammesso in privato, figuriamoci in quel contesto pubblico?

Nel cogliere il mio stupore, Brigit disse con durezza, "C'erano – ci sono – troppe differenze tra noi, Jonathan. Non potevi non saperlo, all'epoca. Ero troppo giovane – troppo ingenua e ignorante – per capire. Ora vivo con gente che comprende quelli come me – orfani, servi a contratto. 'Padroni'. Tutto ciò che ci viene fatto, tutto ciò che non abbiamo modo di evitare. Tutto quello che ci immerge nel peccato – anche se non il nostro, nel peccato degli altri, ma che macchia anche noi. I Parrish mi hanno presa con sé, mi hanno 'salvata'. Come hanno salvato altri. Non mi giudicano, perché Dio è una luce eterna che splende dentro di noi, che ci ama, e che non ci giudica."

Rimasi lì frastornato, cercando di rintracciare un senso nelle parole di Brigit, pronunciate con una specie di veemenza, come se credesse che non potessi davvero capire. Mi sentivo la testa come un campanile in cui la campana viene fatta rintoccare bizzosa, assordante.

Nel vedere l'effetto che le sue parole avevano avuto su di me, Brigit cercò di farsi più morbida: "Io – io non credo che tu pensassi seriamente quelle cose, Jonathan. Eri molto dispiaciuto per me. Volevi incoraggiarmi a non perdere la speranza."

"Brigit, questo è ingiusto! Io ho sempre pensato seriamente le cose che ti dicevo, non potevi non saperlo. Certo, volevo incoraggiarti a 'non perdere la speranza'. Ti amavo – non avevo il coraggio di dirtelo, con questa precisione – non avevo il coraggio di riconoscerlo io stesso."

Brigit trasalì di nuovo, guardandomi per un istante, gli occhi colpevoli, feriti. Con un gesto infantile che rammentai dal passato, si portò al volto entrambi le mwni, come a nascondersi gli occhi con le dita; eppure, le dita erano allargate. Il piccolo anello con l'opale, sul terzo dito della mano destra di Brigit, scintillava flebilmente, come se protestasse.

Dopo questo sfogo, capii che dovevo andarmene. Era l'ultima delle mie intenzioni fare una *scenata* e turbare Brigit Kinealy.

Balbettando come uno stupido, le augurai la buonanotte; avevo in mano una copia della rivista letteraria intitolata "Thalia" che vendevano nell'Ateneo e in cui erano rappresentate tutte le poetesse della serata; la indicai, per suggerire in qualche modo, se gli accompagnatori di Brigit ci stavano guardando, che avrei letto la rivista molto presto, e che ora la stavo salutando.

Sentivo la bocca contorcersi pericolosamente, avevo il terrore di perdere ogni matura compostezza.

Mi voltai alla cieca, per andare via. Scontrandomi con uno o due gentiluomini sul mio cammino. Mi ronzava la testa – *Mi sta davvero lasciando andare? Non mi ama?*

Quant'ero stato ingenuo a portare il contratto ormai nullo con me, nella tasca del mio cappotto. Come se potessi tirarlo fuori e impressionare in quel modo Brigit Kinealy, invece che turbarla e offenderla, forse in modo irrevocabile.

Quando varcai il portone di marmo dell'Ateneo e uscii fuori tra le raffiche d'aria, mi sembrava che una morsa mi stringesse il petto, facendomi respirare a stento.

Avevo prenotato una stanza all'Ardmore Inn, per quella sera. Sarei andato lì a piedi, a circa mezzo miglio di distanza, stringendo a me la rivista letteraria come un talismano.

Mi fermai un momento per recuperare il contegno. Molte persone mi guardavano con facce interrogative, come a chiedersi se stessi male.

"Jonathan – aspetta!"

Brigit corse fuori dall'Ateneo, agitata e senza fiato, per raggiungermi.

Sul volto dalla pelle cerea, uno sguardo di pura emozione, di paura. La pallida vena blu sulla sua tempia vibrava.

"– io sono certa che non volessimo dire seriamente, Jonathan. Eravamo entrambi così giovani. Io – non penso che..."

"Tu lo sei! Ma *io no.*"

"Tu non mi conoscevi davvero allora – ero una bambina, soffrivo così tanto – e tu non hai idea di chi io sia ora, dopo così tanti anni."

"Sei anni non sono 'tanti' – in una vita."

"È stata una vita, per me."

"Anche per me! Ti ho cercata."

"Jonathan, per favore! Non potevi dire sul serio che – mi amavi –"

"No. Non è vero. Era la prima volta nella mia vita che sentivo qualcosa di così 'serio'. Io gettai la frusta a terra, sentivo ribollire in me quel sentimento – non puoi non ricordarlo."

"N-no..."

Ma, chiaramente, *sì*, Brigit lo ricordava.

Ma, chiaramente, *no*. Non dovevo costringerla a ricordare.

Certo, risaliva a molto tempo prima il momento in cui avevo gettato la frusta a terra. Non a quando le dissi di amarla.

Tuttavia, in quel frangente era insensato puntualizzare. Come ogni bravo avvocato, sapevo quando era strategico ritirarsi, o dare l'impressione di farlo.

"Brigit, lo capisco: mi sono approfittato della tua situazione. Tu non eri 'libera' allora – tu non avevi scelta."

"Io – io non avevo scelta..."

"Mi scriverai, almeno? Ci rivedremo ancora?"

"Non so a che scopo vederci, Jonathan. La mia vita è diversa adesso."

"Tutte le nostre vite sono 'diverse' adesso. Non siamo bambini."

"Io – io ho una famiglia ora. Sono una quacchera. Nella nostra comunità ci sono responsabilità, aspettative..."

"Ho grande rispetto per i quaccheri! Per la fede quacchera! Sarei felice di diventare un quacchero io stesso, in me non è rimasto nulla se non un gelido avanzo della fede calvinista."

"Jonathan, per favore! – non è divertente."

"Non sono 'divertito' – non voglio essere 'divertente'. Sono venuto fino a qui da Boston, apposta per vederti e per dirti che non ti ho mai dimenticata; e che provo per te gli stessi sentimenti che provavo sei anni fa."

"Jonathan, per favore – lasciami andare..."

"Io ti amo, Brigit. Ma ti lascerò andare." Assicurai a Brigit, abbassando la voce.

Brigit sembrò trarre coraggio da questa promessa. Le si illuminò il viso, che appariva affaticato, colpevole. Sembrava aver completamente dimenticato l'idea di restituirmi l'anello con l'opale.

Mi prese dalle mani la rivista "Thalia", e con una piccola penna scrisse in fretta varie righe sulla prima pagina; restituendomela, e voltandosi velocemente, come se temesse che i suoi accompagnatori la stessero seguendo e potessero vederci insieme.

Grato per quel gesto, mi girai anche io, e resistetti all'impulso di voltarmi indietro. Una sorgente di speranza mi zampillò nel cuore. Dovetti controllarmi, per non leggere subito ciò che Brigit aveva scritto sulla rivista, aspettando invece di fare ritorno all'Ardmore Inn per la notte.

Cari lettori, è vero che l'amavo. Ma non avevo alcuna intenzione di lasciarla andare.

# Ringraziamenti

Questa è un'opera di finzione che include alcuni episodi tratti dalla vita di personaggi storici quali J. Marion Sims (1813-1883), dottore in medicina, "padre della moderna ginecologia"; Silas Weir Mitchell (1829-1914), dottore in medicina, "padre della neurologia medica"; Henry Cotton (1876-1933), dottore in medicina, direttore dell'Istituto per malati di mente del New Jersey dal 1907 al 1930.

Numerosi passaggi, disseminati nel testo si basano su alcuni stralci di *The Story of My Life* (1888) di Sims. Devo un riconoscimento particolare a *Madhouse: A Tragic Tale of Megalomania and Modern Medicine* (Yale University Press, New Haven, CT 2005) di Andrew Scull, che racconta la vita e la carriera di Henry Cotton; e a *The Female Malady: Women, Madness, and English Culture (1830-1980)* (Pantheon Books, New York 1985) di Elaine Showalter.

Il secondo capitolo è stato pubblicato su "Conjunctions" ed estratti dai capitoli 6, 7 e 9 su "Boulevard".

Oceani Narrativa straniera

1. Michael Cunningham, *Un cigno selvatico*
2. Tahar Ben Jelloun, *Il matrimonio di piacere*
3. Petros Markaris, *L'assassinio di un immortale*
4. Guillaume Musso, *La ragazza di Brooklyn*
5. Laird Hunt, *Neverhome*
6. Joël Dicker, *Il libro dei Baltimore*
7. Chinua Achebe, *Le cose crollano*
8. Wole Soyinka, *Sul far del giorno*
9. Paulo Coelho, *La spia*
10. Emanuel Bergmann, *L'incantesimo*
11. Jessie Burton, *La musa*
12. Marina Perazagua, *Yoro*
13. Cynthia Ozick, *Le carte della Signorina Puttermesser*
14. Jonathan Lethem, *Anatomia di un giocatore d'azzardo*
15. Petros Markaris, *Il prezzo dei soldi*
16. Gilda Piersanti, *Roma enigma*
17. Guillaume Musso, *Un appartamento a Parigi*
18. Olivier Rolin, *Veracruz*
19. Dana Spiotta, *Innocenti e gli altri*

20. Bernard Minier, *Non spegnere la luce*
21. Ismail Kadare, *La bambola*
22. Howard Jacobson, *Pussy*
23. Chinua Achebe, *Non più tranquilli*
24. Sean Greer, *Less*
25. Andreï Makine, *L'arcipelago della nuova vita*
26. Patrick McGrath, *La guardarobiera*
27. Octavio Prenz, *Solo gli alberi hanno radici*
28. Alojz Rebula, *La peonia del Carso*
29. David Vann, *Aquarium*
30. Bernard Minier, *Notte*
31. Delphine Minoui, *Gli angeli dei libri di Daraya*
32. Adebayo Ayobami, *Resta con me*
33. Laurent Binet, *La settima funzione del linguaggio*
34. Petros Markaris, *L'università del crimine*
35. Joël Dicker, *La scomparsa di Stephanie Mailer*
36. Peter Carey, *Molto lontano da casa*
37. Sam Shepard, *L'uomo dentro*
38. Libby Page, *Il lido*
39. Paulo Coelho, *Hippie*
40. Ludmila Ulitskaya, *Il sogno di Jakov*
41. Edward Carey, *Nel ventre della balena*
42. Guillaume Musso, *La ragazza e la notte*
43. Andrés Barba, *Repubblica luminosa*
44. Tahar Ben Jelloun, *La punizione*
45. Elfriede Jelinek, *Gli esclusi*
46. Jean Marie Gustave Le Clézio, *Bitna sotto il cielo di Seul*
47. Rao Pingru, *La nostra storia*
48. Michel Houellebecq, *Serotonina*

49. Daša Drndić, *Leica Format*
50. Zia Haider Rahman, *Alla luce di quello che sappiamo*
51. Raphael Jerusalmy, *Evacuazione*
52. Howard Jacobson, *L'enigma di Finkler*
53. Juan Octavio Prenz, *Il signor Kreck*
54. Chinua Achebe, *La freccia di Dio*
55. Kevin Powers, *Un grido nelle rovine*
56. Jonas Jonasson, *Il centenario che voleva salvare il mondo*
57. Charles Davis, *Hitler, Mussolini e me*
58. Monica Sabolo, *La scomparsa di Summer*
59. Kamel Daoud, *Zabor*
60. Ismail Kadare, *Aprile spezzato*
61. Richard Powers, *Il sussurro del mondo*
62. Marion Messina, *Falsa partenza*
63. Andrew Sean Greer, *La via dei pianeti minori*
64. Clemens J. Setz, *L'ora tra la donna e la chitarra*
65. Guillaume Musso, *La vita segreta degli scrittori*
66. Petros Markaris, *Il tempo dell'ipocrisia*
67. Hoda Barakat, *Corriere di notte*
68. Bernard Minier, *Sorelle*
69. Jonathan Lethem, *Il detective selvaggio*
70. Ngũgĩ wa Thiong'o *Il signore dei corvi*
71. Ben Okri, *Libertà*
72. Howard Jacobson, *Su con la vita*
73. Tatiana de Rosnay, *Sentinella della pioggia*
74. Tahar Ben Jelloun, *Insonnia*
75. Susan Faludi, *Nella camera oscura*
76. Eimear McBride, *Bohémien minori*
77. Edward Carey, *Piccola*

78. Peter Schneider, *Il saltatore del muro*
79. Guillaume Musso, *L'istante presente*
80. William Faulkner, *Gambetto di cavallo. Sei racconti polizieschi*
81. Jessie Burton, *La confessione*
82. Percival Everett, *Quanto blu*
83. Patrick McGrath, *Racconti di follia*
84. Ocean Vuong, *Brevemente risplendiamo sulla terra*
85. Laurent Binet, *Civilizzazioni*
86. Oyinkan Braithwaite, *Mia sorella è una serial killer*
87. Woody Allen, *A proposito di niente*
88. Joyce Carol Oates, *Ho fatto la spia*
89. Leila Slimani, *Il paese degli altri*
90. James Joyce, *Ulisse*
91. Joël Dicker, *L'enigma della camera 622*
92. Richard Powers, *Canone del desiderio*
93. Ludmila Ulitskaya, *Tra corpo e anima*
94. Howard Jacobson, *Kalooki nights*
95. Michael Krüger, *La casa dei pazzi*
96. Norman Mailer, *Il nudo e il morto*
97. Oliver Stone, *Cercando la luce*
98. Guillaume Musso, *La vita è un romanzo*
99. Anne Enright, *L'attrice*
100. Petros Markaris, *L'omicidio* è denaro
101. George A. Romero, Daniel Kraus, *I morti viventi*
102. Anne Carson, *Autobiografia del Rosso*
103. Elfriede Jelinek, *Le amanti*
104. Anne Boyer, *Non morire*
105. Andrés Barba, *Le mani piccole*

106. Lojze Kovačič, *Il bambino in esilio. I migranti*
107. Katharina Volckmer, *Un cazzo ebreo*
108. Patricia Highsmith, *Donne*
109. Daniel Birnbaum, *Dr. B.*
110. Jon Fosse, *L'altro nome*
111. Joyce Carol Oates, *Pericoli di un viaggio nel tempo*
112. Ismail Kadare, *Le mattine al Cafè Rostand*
113. Christian Kracht, *I morti*
114. Vanessa Springora, *Il consenso*
115. Rumaan Alam, *Il mondo dietro di te*
116. Hervé Le Tellier, *L'anomalia*
117. Norman Mailer, *Il canto del boia*
118. Adania Shibli, *Un dettaglio minore*
119. Charles Yu, *Chinatown interiore*
120. Jonas Jonasson, *Dolce è la vendetta SpA*
121. Patrick McGrath, *La lampada del diavolo*
122. Camille Kouchner, *La famiglia grande*
123. Jonathan Lethem, *L'Arresto*
124. Amin Maalouf, *I nostri fratelli inattesi*
125. Petros Markaris, *Quarantena*
126. Quentin Tarantino, *C'era una volta a Hollywood*
127. Rick Moody, *La lunga impresa. Storia del mio matrimonio*
128. Percival Everett, *Telefono*
129. Ayad Akhtar, *Elegie alla patria*
130. Karine Tuil, *Le cose umane*
131. Yanis Varoufakis, *Un Altro Presente*
132. Joyce Carol Oates, *La notte, il sonno, la morte e le stelle*
133. Guillaume Musso, *La sconosciuta della Senna*
134. Michel Faber, *D (Una storia di due mondi)*

135. Édouard Louis, *Lotte e metamorfosi di una donna*
136. Richard Powers, *Smarrimento*
137. Aravind Adiga, *Amnistia*
138. Joël Dicker, *L'enigma della camera 622 nuova edizione*
139. Bernard-Henry Lévy, *Sulla strada degli uomini senza nome*
140. Emily St. John Mandel, *L'hotel di cristallo*
141. Mel Brooks, *Tutto su di me!*
142. Ben Okri, *Preghiera per i vivi*
143. Abdulrazak Gurnah, *Sulla riva del mare*
144. William Faulkner, *Bandiere nella polvere*
145. Michel Houellebecq, *Annientare*
146. Kamel Daoud, *Il pittore che divora le donne*
147. Drago Jančar, *E l'amore anche ha bisogno di riposo*
148. Boris Pahor, *Oscuramento*
149. Inger-Maria Mahlke, *Arcipelago*
150. Cynthia Ozick, *Antichità*
151. Monica Sabolo, *Eden*
152. Abdulrazak Gurnah, *Paradiso*
153. Daša Drndić, *Belladonna*
154. Andreï Makine, *L'amico armeno*
155. Billy Wilder, *Inviato speciale*
156. Anne Youngson, *Vediamoci al museo*
157. Nita Prose, *La cameriera*
158. François-Henri Désérable, *Il mio padrone, il mio vincitore*
159. Tahar Ben Jelloun, *Il miele e l'amarezza*
160. Elfriede Jelinek, *La voglia*
161. Joël Dicker, *Il caso Alaska Sanders*
162. Marcel Proust, *I settantacinque fogli*
163. Rabih Alameddine, *Il lato sbagliato del telescopio*

164. Abdulrazak Gurnah, *Voci in fuga*
165. Woody Allen, *Zero Gravity*
166. Leila Slimani, *E noi balliamo*
167. Ludmila Ulitskaya, *Era solo la peste*
168. T.C. Boyle, *I Terranauti*
169. Petros Markaris, *La congiura dei suicidi*
170. Joyce Carol Oates, *L'altra te*
171. Aeham Ahmad, Andreas Lukas, *Taxi Damasco*
172. Norman Mailer, *The Fight*
173. Kirstin Valdez Quade, *Le cinque ferite*
174. Patricia Highsmith, *Diari*
175. Mircea Cărtărescu, *Melancolia*
176. Marc Hamer, *Come acchiappare una talpa e ritrovare se stessi nella natura*
177. Joyce Carol Oates, *Respira*
178. Guillaume Musso, *Angélique*
179. Charles Graeber, *Il bravo infermiere*
180. Abdulrazak Gurnah, *Il disertore*
181. Dubravka Ugrešić, *La volpe*
182. Joël Dicker, *La verità sul caso Harry Quebert*
183. Joël Dicker, *Gli ultimi giorni dei nostri padri*
184. Ismail Kadare, *Il dossier O.*
185. Joseph Zoderer, *L'inganno della felicità*
186. Ross Raisin, *Fame*
187. Camille Laurens, *Figlia femmina*
188. Andrus Kivirähk, *L'uomo che sapeva la lingua dei serpenti*
189. Clemens J. Setz, *I bambini indaco*
190. Emily St. John Mandel, *Mare della Tranquillità*
191. Stéphanie Coste, *Lo scafista*

192. Louis Bayard, *I delitti di West Point. The Pale Blue Eye*
193. Jessie Burton, *La casa del Destino*
194. John Carr, *Fuga dal ghetto*
195. Anuk Arudpragasam, *Passaggio a nord*
196. Cristophe Ono-dit-Biot, *Trovare rifugio*
197. Bernard-Henry Lévy, *Dunque, la guerra!*
198. Emir Kusturica, *L'angelo ribelle*
199. Percival Everett, *Gli alberi*
200. Woody Allen, *Rivincite*
201. Woody Allen, *Senza piume*
202. Woody Allen, *Effetti collaterali*
203. Sean Greer, *Less a zonzo*
204. NoViolet Bulawayo, *Gloria*
205. Wole Soyinka, *Cronache dalla terra dei più felici al mondo*
206. Abdulrazak Gurnah, *Cuore di ghiaia*
207. Édouard Louis, *Metodo per diventare un altro*
208. Joyce Carol Oates, *Babysitter*
209. Michel Houellebecq, *Qualche mese della mia vita*
210. Victoria Belim, *La Casa del Gallo. Un segreto di famiglia in Ucraina*
211. Petros Markaris, *La rivolta delle Cariatidi*
212. William Faulkner, *I saccheggiatori*
213. Akira Mizubayashi, *Anima spezzata*
214. Richard Powers, *Operazione anime erranti*
215. Karine Tuil, *La decisione*
216. Howard Jacobson, *Cocco di mamma*
217. Jon Fosse, *Io è un altro*
218. Joyce Carol Oates, *Dammi il tuo cuore*
219. Patrick Zaki, *Sogni e illusioni di libertà. La mia storia*

220. Jonas Jonasson, *Tre amici quasi geniali verso la fine del mondo*
221. Elfriede Jelinek, *Dati personali*
222. Ismail Kadare, *Il Palazzo dei Sogni*
223. Ian Fleming, *Thrilling Cities*
224. Sarah Freethy, *Il fabbricante di porcellane*
225. Nita Prose, *L'ospite del mistero*
226. Ruman Alaam, *Il mondo dietro di te, edizione film*
227. Joël Dicker, *Il caso Alaska Sanders, nuova edizione*
228. Jon Fosse, *Melancholia I-II*
229. Woody Allen, *Pura anarchia*
230. Lewis Carroll, *Le avventure di Alice nel Paese delle Meraviglie*
231. Michael Cunningham, *Day*
232. Louis Bayard, *La torre nera*
233. Michael Krüger, *Il dio dietro la finestra*
234. Joël Dicker, *Un animale selvaggio*
235. Percival Everett, *Cancellazione*
236. Péter Nádas, *Storie dell'orrore*
237. Matthew Blake, *Anna O*
238. Christian Kracht, *Eurotrash*
239. Abdulrazak Gurnah, *L'ultimo dono*
240. Clemens J. Setz, *Le lune prima dell'atterraggio*
241. Michel Faber, *Ascolta. La musica, il suono e noi*
242. Dana Spiotta, *Ribelle*
243. Jon Fosse, *Un bagliore*
244. Alvydas Šlepikas, *Il mio nome è Marytė*
245. Guillaume Musso, *Qualcun altro*
246. Andrew Sean Greer, *Com'è stato per me*

247. Eimear McBride, *Strange Hotel*
248. Petros Markaris, *La violenza dei vinti*
249. Fríða Ísberg, *Il marchio*
250. Woody Allen con Eric Lax, *Conversazioni su di me e tutto il resto*
251. Percival Everett, *James*
252. Jean-Baptiste Andrea, *Vegliare su di lei*
253. Tahar Ben Jelloun, *Gli amanti di Casablanca*
254. Laurent Binet, *Prospettive*
255. Anne Enright, *Scricciolo, scricciolo*
256. Hervé Le Tellier, *Quel nome sul muro*
257. Gerald Murnane, *Corpi idrici*
258. Jon Fosse, *Un nuovo nome. Settologia VI-VII*
259. Lorrie Moore, *Sono senza casa, se questa non è la mia*
260. Al Pacino, *Sonny Boy*
261. Ismail Kadare, *Quando un dittatore chiama*
262. Kaveh Akbar, *Martire!*

Finito di stampare
nel mese di novembre 2024
presso
Mediagraf S.p.A., Noventa Padovana (PD) – Italia